LE SOUFFLE DE LA MORT

UN THRILLER POLICIER BRITANNIQUE

LES ENQUÊTES DU SERGENT DÉTECTIVE TOMEK BOWEN
TOME 8

JACK PROBYN

CLIFF EDGE PRESS

eBook ISBN format numérique: 978-1-80520-189-2

ISBN format numérique: 978-1-80520-190-8

Première édition

Visitez le site web de Jack Probyn à www.jackprobynbooks.com.

À PROPOS DU LIVRE

L'île de Mersea. Plus de 1 000 hectares de terres agricoles, de marais et plusieurs parcs de caravanes. Habituellement, elle abrite 7 000 personnes. Mais pour le week-end férié du mois d'août, elle accueille deux résidents supplémentaires : le DS Tomek Bowen et sa fille, Kasia, cherchant à profiter au maximum de la fin des vacances scolaires, de la fin de l'été, et de la fin du congé prolongé de Tomek.

Mais quand un corps est découvert attaché à une bouée un matin, Tomek est entraîné dans l'univers trouble du meurtre et de la mort plus tôt que prévu. Coupé de son équipe et du reste des forces de police, Tomek est contraint de mettre en pratique ses années d'expérience. Mais alors que la marée se rapproche, coupant toute connexion avec le monde extérieur, pourra-t-il attraper le tueur avant qu'il ne frappe à nouveau ?

REJOIGNEZ LE CLUB VIP

Votre livre GRATUIT vous attend

Offert dès votre adhésion au club

Recevez dès maintenant votre exemplaire GRATUIT du roman préquelle de la série DS Tomek Bowen sur jackprobynbooks.com en rejoignant mon club VIP par e-mail.

CHAPITRE
UN

Des connards. Des connards partout. Des connards qui étaient *supposément* ses amis. Des connards qui, pensait-elle, avaient un minimum de respect pour elle et son établissement. Des connards qui, d'après ce qu'ils laissaient entendre, l'appréciaient pour tout son travail et ses efforts. Mais si le désordre devant elle était une indication de leur respect, leur loyauté, leur *amitié*, elle savait qu'elle ne pouvait leur faire confiance que dans la mesure où elle pouvait les pousser – directement dans les profondeurs de l'eau trouble à seulement quelques dizaines de mètres.

Des paquets de chips vides jonchaient les tables et les chaises, et encore plus de miettes étaient éparpillées sur le sol. On aurait dit qu'ils avaient été ouverts et délibérément vidés. Soit cela, soit ses amis s'étaient lancés dans une espèce de bataille d'oreillers les uns contre les autres, balançant des chips en l'air sans se soucier du pauvre diable qui devrait tout nettoyer après. C'étaient les seules explications qu'elle avait pour une telle sauvagerie impolie.

— Ce n'est pas grave, avaient-ils probablement dit. Charlene va nettoyer. Elle n'a rien de mieux à faire que de trimer toute la journée pour nous nourrir et nous servir des bières, tout en consacrant le peu de temps libre qu'elle a à planifier ses événements communautaires. C'est ce pour quoi elle vit. C'est tout ce qu'elle fait.

Oui, elle nettoierait après leur passage. Et oui, elle continuerait à subvenir aux besoins de la communauté, même si parfois ils prouvaient qu'ils méritaient le contraire. Mais cela ne signifiait pas qu'ils pouvaient lui marcher dessus.

Parfois, elle pensait simplement : Qu'ils aillent se faire foutre, tous, ces ingrats. Ils ne méritaient pas sa charité, ils ne méritaient pas son temps, son effort et son énergie. Du temps, de l'effort et de l'énergie qu'elle ne récupérerait jamais. Mais ensuite, elle se souvenait des sourires excités et fous des enfants lorsqu'ils déambulaient sur l'île, tirant les bras de leurs parents dans différentes directions, les entraînant vers les étals du marché et les tirant à la recherche des œufs de dragons qu'elle avait disposés un peu partout à Pâques. Ça en valait la peine. Elle aimait voir les autres heureux. Elle aimait créer des souvenirs pour les gens. Ce serait grossier de dire qu'elle se considérait comme une version moderne et féminine de Robin des Bois, mais c'était exactement ce qu'elle ressentait. Son temps, son énergie et ses efforts en échange de souvenirs qui dureraient toute une vie.

Sauf que les seuls *souvenirs* qu'elle avait à ce moment-là étaient d'avoir frotté les tables et essuyé le bar toutes les vingt secondes parce qu'il semblait qu'à chaque fois qu'elle passait, une nouvelle tache ou gouttelette de bière s'était formée à la place d'une autre. Sans parler des souvenirs d'être à quatre pattes à ramasser des chips avec ses ongles.

Alors qu'elle laissait tomber son chiffon sur le plateau à bière, qui devait être vidé avant qu'elle ne parte pour la nuit, une rafale de vent siffla à travers une fissure dans l'une des fenêtres et fit claquer le volet contre le mur. Le bruit la fit sursauter pendant une fraction de seconde avant d'être remplacé par de la frustration. Damien avait promis qu'il le réparerait plus tôt dans la semaine. Il lui avait dit que c'était une priorité, qu'il l'aurait fait avant la fin de la journée. La fin de la journée était arrivée, et visiblement la priorité s'était envolée par la fissure dans la fenêtre.

Que penseraient les visiteurs ? Que c'était un taudis, un pub délabré, une pauvre excuse de pub. Et comme c'était le *seul* pub de l'île, elle avait une réputation à maintenir, des normes à respecter. Elle ne voulait pas s'installer dans de mauvaises habitudes et laisser l'endroit tomber en décrépitude comme l'avait fait le propriétaire précédent. Ce n'est pas parce que c'était le seul pub de l'île que les gens viendraient forcément. La concurrence était féroce, et on pouvait parier que, aussi sûrement que la marée montait et descendait deux fois par jour, les trous dans la fenêtre deviendraient bientôt aussi grands que le trou de dettes dans lequel elle était tombée.

Charlene ramassa un verre à bière vide sur le côté, l'inspecta, puis le plaça sous le comptoir. Elle jeta un dernier coup d'œil au sol avant de descendre. Le pub devait être impeccable pour le lendemain. Les clients, nouveaux et anciens, afflueraient par ces portes, où ils boiraient, mangeraient, riraient et peut-être même pleureraient. Et avec un peu de chance, les nouveaux clients reviendraient et deviendraient des habitués. Et ainsi le cycle se répéterait, insufflant une nouvelle vie à l'établissement.

Alors qu'elle se tournait vers le sous-sol, un son, comme un grondement profond, remonta les escaliers. Elle s'arrêta, attendit, écouta.

Son rythme cardiaque s'accéléra.

Le grondement s'intensifia.

Puis il fut remplacé par le bruit assourdissant et cardiaque de verre qui se brise.

Charlene se figea, fixant l'entrée, son cœur battant maintenant à tout rompre dans sa poitrine, essayant de s'échapper. Elle voulait courir, mais elle était clouée sur place, ses pieds immobilisés par une force invisible. Son cœur lui remonta dans la gorge et elle retint son souffle, le gardant là.

Elle saisit une bouteille vide de Peroni et la brandit par le goulot comme une batte de baseball. Il n'y avait qu'une seule entrée, et une seule sortie, et elle ne voulait pas descendre désarmée.

Dehors, le vent s'arrêta soudainement et tout ce qu'elle pouvait entendre était le son rauque de sa respiration saccadée et paniquée.

— Il y a quelqu'un là-bas ? appela-t-elle.

Silence. Bien qu'elle ne s'attendait pas vraiment à ce que quelqu'un réponde.

— Si quelqu'un est là, je veux que vous sortiez maintenant et que vous quittiez ma propriété. Si vous partez tranquillement, je ne porterai pas plainte.

Toujours pas de réponse. Elle ne savait toujours pas pourquoi elle s'attendait à ce que ça marche. Peut-être était-ce le réconfort d'entendre sa propre voix. Comme si quelqu'un de son côté était dans la pièce avec elle, la tenant, la soutenant alors que ses genoux devenaient faibles de peur abjecte.

— Ce n'est pas drôle ! cria-t-elle à nouveau. Je vous donne jusqu'à trois avant que je descende là-bas et... et que je vous *blesse* !

Avec ma bouteille de bière vide.

— Un...

Rien.

— Deux...

Allait-elle vraiment faire ça ? S'aventurer dans l'inconnu ?

— Trois.

Sur la première marche, ses jambes ont cédé et elle a trébuché. À la troisième et la quatrième, elle avait retrouvé son sang-froid et s'accrochait au mur pour se soutenir. À la septième et huitième, l'adrénaline et la fureur déferlaient dans ses veines alors que la cave devenait plus visible.

L'espace était plongé dans l'obscurité totale, à l'exception de la lumière ambiante derrière elle qui se diffusait sur le sol. Elle chercha l'interrupteur et alluma la lumière. Une lueur jaune, plus intense et plus vive, inonda les lieux, illuminant ses tourmenteurs.

Sauf qu'il n'y en avait aucun.

Là, sur le sol, du côté gauche de la pièce, se trouvait le verre à bière brisé qui avait causé la perturbation, des centaines de morceaux éparpillés sur la surface. Le coupable : encore une fenêtre qui avait besoin d'être remplacée. Un courant d'air s'était engouffré par l'ouverture et avait fait tomber le verre au sol.

Va te faire foutre, Damien.

Oh là là, elle allait lui passer un sacré savon demain. Il ne saurait pas ce qui lui tomberait dessus. Il serait tellement désolé qu'il regretterait de ne pas avoir réparé les fenêtres *avant* qu'elles ne deviennent un problème.

Soupirant, Charlene remonta chercher une pelle et une balayette. Elle les gardait sous le comptoir pour les casses agaçantes et fréquentes qui se produisaient. Le temps qu'elle atteigne la dernière marche, son pouls et son rythme cardiaque avaient chuté drastiquement, revenant presque à la normale. Elle se versa une bonne dose de whisky pour achever le processus, et l'avala d'un trait.

Au moment où elle écartait le verre de ses lèvres, le vent revint, ainsi que le bruit de cognement qui l'accompagnait, frappant contre le mur. *Bang, bang, bang.* Jurant entre ses dents, Charlene se précipita vers le volet et le referma d'un coup sec.

Au même moment, une fenêtre de l'autre côté du pub s'ouvrit violemment, faisant pleuvoir du verre sur les tapis. Charlene poussa un cri et laissa tomber son verre de whisky. Il explosa en morceaux à l'impact. Mais elle s'en fichait. Tout ce qui l'importait, c'était la brique qui venait de traverser la fenêtre.

Elle se pencha pour la ramasser. La reconnut instantanément : gravées sur l'un des coins, les lettres DW Bricks.

Les briques de Damien Westwood.

Et puis elle l'a vu. L'inscription sur l'autre côté, gravée sur le flanc de la brique.

On pouvait y lire : *BOUH !*

Halloween n'était pas avant quelques mois, et pourtant elle venait de recevoir la frayeur de sa vie.

CHAPITRE
DEUX

VENDREDI

La musique remplissait la voiture. La musique de Kasia, certes. Sauf que ce n'était pas elle qui l'avait choisie ; Tomek avait pris cette décision pour elle. Il avait supposé qu'elle voudrait écouter son artiste préféré pendant le trajet, que cela lui ferait peut-être du bien. Que cela lui remonterait peut-être le moral. Bien que cela n'ait que peu d'effet. Et ce depuis bien longtemps. Tomek avait essayé d'engager la conversation, de communiquer avec sa fille, mais cela avait été difficile. Quelques mots de trois ou quatre syllabes suivis à l'occasion d'une phrase plus longue, c'était tout ce qu'il avait obtenu. Certains jours étaient bons, d'autres mauvais. Son humeur montait et descendait comme la marée. C'était prévisible de la part d'une adolescente, bien sûr. Mais encore plus après ce qu'elle avait traversé au début des vacances d'été. Sur une échelle de un à dix – un étant misérable et déprimée, ne voulant rien d'autre que rester dans sa chambre, et dix étant aussi heureuse qu'un enfant gourmand devant un cupcake – Tomek la plaçait fermement à quatre.

Une nette marge de progression.

— Je t'ai déjà dit que j'ai emmené ta mère ici une fois ? demanda-t-il. Ce n'était probablement pas le meilleur moment pour parler de sa mère, mais quand était-ce le bon moment ?

— Oui. Trois fois.

— Je ne l'ai jamais emmenée trois fois. Juste une seule.

Elle fronça les sourcils et roula des yeux, se tournant lentement vers lui avec un visage qui explosait de dérision. — Non, je voulais dire que tu me l'as *raconté* trois fois.

— Ah. D'accord.

Il raclait le fond du baril des conversations depuis si longtemps qu'il avait commencé à y remettre de la sciure.

— Et est-ce que je t'ai dit qu'elle s'était vraiment amusée ?

— Tu as dit qu'elle a poussé des cris sur la plage parce qu'elle n'aimait pas le sable, qu'elle a hurlé sur le bateau, et qu'ensuite elle s'est plainte à chaque seconde de la nuit parce que les lits étaient tellement inconfortables.

Tomek laissa échapper un petit rire. — J'en ai des souvenirs bien plus agréables. Le sable est comme sur n'importe quelle plage du monde, il faut juste le laisser s'écouler entre tes orteils. Un bateau reste un bateau ; on ne peut pas éviter le tangage, peu importe combien on essaie. Et, bon, pour ce qui est de dormir... il n'y en a pas eu beaucoup, mais—

— Beurk ! s'exclama Kasia en plaquant ses mains sur ses oreilles et secouant la tête avec dégoût.

— Je ne voulais pas dire ça comme ça, dit-il, tentant de se rattraper. Tu seras ravie d'apprendre que tu n'as pas été conçue là-bas, si c'est ce que tu penses.

Le secouement de tête s'arrêta et Kasia baissa les mains et se tourna lentement pour lui faire face, son expression passant du dégoût à l'angoisse.

— Je ne pensais *pas* à *ça*. Mais maintenant si ! Son corps frissonna à l'idée de Tomek et sa mère ayant des rapports sexuels, une pensée qu'aucun enfant, quel que soit son âge, ne devrait jamais avoir à imaginer.

Avant que Tomek ne puisse s'excuser pour les images troublantes qui voltigeaient sans doute dans sa tête, la circulation se fluidifia. Il quitta la voie principale pour une série d'étroites routes sinueuses pleines de virages serrés et de haies qui avaient désespérément besoin d'être taillées. Tomek connaissait les routes de campagne comme sa poche. Des années à conduire pour aller et revenir des maisons un peu partout dans l'Essex lui avaient donné l'impression d'être un chauffeur de taxi s'entraînant pour le fameux examen de « The Knowledge ».

Ce matin-là, le soleil brillait magnifiquement, et déjà il pouvait sentir son avant-bras commencer à brûler alors qu'il pendait par la fenêtre. C'était le week-end férié d'août, une période qui marquait la fin des vacances scolaires et la fin de l'été. Bientôt, les nuits commenceraient à tomber plus tôt et les sourires débordants et les visages joyeux reculeraient avec la lumière du jour. Les shorts, T-shirts et tongs feraient bientôt place aux chaussures imperméables et aux longs manteaux d'hiver, accompagnés à l'occasion de bonnets et de gants en laine. Le bonheur collectif d'un pays si obsédé par les conversations sur la météo chuterait aussi brutalement que la température.

Sauf ce week-end-là.

Ce week-end était occupé par la régate annuelle de l'île de Mersea, un week-end d'activités nautiques et aquatiques, couronné par des soirées de socialisation et de consommation d'alcool.

C'était la dixième pour Tomek, la première pour Kasia.

Et on voyait clairement lequel des deux était le plus enthousiaste.

Après presque une heure de route, ils arrivèrent enfin au Strood, une longue et étroite bande de route qui reliait l'île de Mersea au continent britannique. Elle se trouvait sous le niveau de la mer et était inondée deux fois par jour lorsque la marée montait sur la côte. Pendant plusieurs heures chaque jour, l'île de Mersea était coupée du reste de la civilisation et n'était accessible que par bateau ou embarcation. Certains, avec plus d'argent que de bon sens, avaient tenté de traverser le Strood et avaient échoué, obligeant les résidents et autres visiteurs à secourir à pied les passagers abandonnés. Ils finissaient par arriver de l'autre côté sains et saufs ; les véhicules, cependant, n'avaient pas toujours autant de chance.

Au moment où Tomek et Kasia arrivèrent, la marée montait, et la route était déjà submergée par quelques centimètres d'eau.

Au loin, ils pouvaient voir le paysage plat et sans prétention de l'île de Mersea, tapi à quelques mètres au-dessus du niveau de la mer. Au-dessus d'eux, des volées de mouettes se dispersaient dans le ciel, et sur la droite, une série de mâts de bateaux dépassaient de l'horizon comme de mini gratte-ciel.

— Qu'est-ce qui arrive à la route ? demanda Kasia, jetant rapidement un coup d'œil au panneau de signalisation à côté d'elle. Qu'est-ce que ça veut dire, *inondation* ?

— Quand la marée monte, la route est inondée, donc personne ne peut entrer ou sortir de l'île.

— Oh mon Dieu ! Et elle est en train d'être inondée maintenant ?

— On dirait bien.

— Mais qu'est-ce que tu fais ? On devrait faire demi-tour. On devrait revenir plus tard. Et si on se noie ?

Tomek appuya doucement sur l'accélérateur et ils commencèrent à traverser le Strood. Kasia se mit à haleter fortement.

— Tout ira bien, dit-il, posant une main rassurante sur son avant-bras. Ça arrive tous les jours, et jusqu'à présent personne n'en est mort.

Son explication n'avait guère apaisé ses craintes. Il était tout naturel que sa paranoïa et ses sens soient en éveil. Après tout ce qu'elle avait traversé, il aurait été plus inquiet si les événements de cette nuit-là n'avaient eu aucun impact sur elle. Il espérait que les six dernières semaines passées ensemble, à explorer le pays, à voyager vers certains des endroits qu'elle avait voulu visiter, à s'éloigner d'Essex et des rappels de Zeus et des Harpies, lui avaient fait un bien fou. Mais il n'en était pas si sûr. Impossible de savoir quelle part de l'impact était superficielle, et quelle part avait pénétré sous la surface. Il doutait que l'un d'eux ne le sache avec certitude avant qu'elle ne retourne à l'école, dans sa salle de classe. De retour à la *vie* quotidienne, où la bulle que Tomek avait placée autour d'elle éclaterait bientôt, la rendant soudainement vulnérable aux moqueries et au harcèlement. Certes, l'école avait préparé les enseignants et remis aux parents une lettre soigneusement rédigée détaillant l'incident (sans offrir de détails spécifiques ni trop en révéler), mais les enfants pouvaient être de véritables salopards, même sans le vouloir, et pire encore quand c'était intentionnel.

Le cocon de surprotection s'ouvrirait bientôt, et il espérait qu'un papillon magnifique, plus fort et plus confiant, émergerait de l'intérieur.

Seul le temps le dirait.

Peu après, ils traversèrent le Strood et accédèrent à l'île. De là, c'était un court trajet jusqu'à West Mersea, le cœur vibrant et animé de l'île. Ils séjournaient au camping Rosebank pour le long week-end. Le parc n'était qu'à quelques pas des marais et uniquement accessible à pied. Tomek se gara dans le parking à proximité et inspira profondément, remplissant ses poumons d'air.

— Qu'est-ce que tu fais ? demanda Kasia.

— C'est l'un des airs les plus purs que tu respireras jamais.

Elle leva les yeux au ciel. Avant que Tomek ne puisse dire quoi que ce soit, il fut assailli par un bâillement et étira ses bras vers le ciel.

— On n'a conduit qu'une heure, commenta Kasia.

— À mon âge, une heure en paraît dix.

— À qui le dites-vous !

La voix venait de derrière Tomek. D'un homme grand dans la fin de la cinquantaine avec de larges épaules, un gros ventre, de grandes mains et une grosse tête de cheveux assortie. Il avait l'air d'avoir été haltérophile à un moment de sa vie. Ou alors, il avait reçu un ensemble de caractéristiques particulières du patrimoine génétique. Fixée sur son visage, une paire de lunettes qui faisaient paraître ses yeux globuleux, et il portait un pantalon en velours côtelé et un blazer avec des pièces aux coudes qui semblait ne pas avoir été lavé depuis les années soixante-dix.

Kasia se crispa immédiatement.

— Inutile d'avoir l'air si alarmée, dit l'homme, puis il s'approcha d'eux. Je m'appelle Montgomery Fletcher. Je suis propriétaire de cet endroit. Vous êtes des clients ?

Tomek tendit la main. Elle disparut presque dans celle de Montgomery.

— Nous sommes là pour le week-end.

— La régate ? Bienvenue ! C'est formidable de vous avoir. C'est fantastique de voir tant de personnes venues d'ailleurs assister à l'événement. C'est ça l'esprit de la régate. Un vrai spectacle. Vous voulez vous enregistrer maintenant ou explorer d'abord un peu l'île ?

— S'enregistrer, si nous ne sommes pas trop en avance ?

Montgomery balaya la remarque d'un geste. — Ce n'est pas un

problème. J'ai juste mis fin d'après-midi sur le site web en cas d'urgence. Les femmes de ménage ont généralement terminé vers onze heures.

Après avoir déchargé la voiture, Tomek et Kasia suivirent Montgomery jusqu'à leur mobil-home. Une petite valise chacun. Rien de trop extravagant. Juste assez pour quelques jours de tourisme léger et d'exploration à travers la petite île.

Leur maison pour les nuits à venir était située à une rangée du bord du site, à seulement quelques mètres d'un petit sentier qui longeait le bord de l'eau. Deux lits. Douche et toilettes. Cuisine. Salon. Tout en un. Tout ce dont ils avaient besoin. Un endroit où Kasia pourrait se détendre et récupérer mentalement si tout devenait un peu trop pour elle. Un endroit où Tomek pourrait dormir et chier, les deux choses dont il avait le plus besoin lors d'un séjour. Ça n'avait pas besoin d'être extravagant, ça n'avait pas besoin d'être cher, ça n'avait même pas besoin d'être propre. Tant qu'il y avait ces deux éléments essentiels, il était satisfait. Après tout, il n'était pas étranger aux lits inconfortables ; dans le passé, il avait passé plusieurs semaines sur un canapé-lit chez un ami, et rien ne dit moins relaxation que l'armature métallique d'un canapé-lit IKEA s'enfonçant dans votre dos.

La température à l'intérieur du mobil-home était fraîche. Au-dessus, un climatiseur soufflait de l'air froid à travers les bouches d'aération. Tomek vérifia le temps dehors ; un léger décalage, mais si les prévisions étaient fiables, cela se révélerait utile au cours du week-end. Dehors, une volée de mouettes passa devant la fenêtre en criaillant.

— Qu'en pensez-vous ? demanda Montgomery, tirant Tomek de ses pensées.

— C'est parfait. Plus que suffisant pour nos besoins, tu ne trouves pas, Kasia ?

L'adolescente haussa les épaules.

— C'est son préféré, répondit Tomek à sa place.

— Excellent. Tout ce dont vous avez besoin devrait être ici, mais s'il vous manque quoi que ce soit, je suis juste au coin sur le site, et serai plus qu'heureux de vous aider. Vingt-quatre heures sur vingt-quatre, sept jours sur sept.

— Quand trouvez-vous le temps de dormir ? demanda Tomek.

L'homme rit, son gros ventre rebondissant de haut en bas. — Bonne question. Je ne me souviens pas de la dernière fois où j'ai eu une nuit complète de sommeil, pour être honnête, mais c'est le prix à payer quand on gère sa propre entreprise. Voulez-vous une visite du site, ou peut-être de l'île ? demanda Montgomery, faisant de son mieux pour relancer la conversation.

Tomek secoua la tête. — Ça ira. Je suis venu ici de nombreuses fois. Je n'imagine pas que ça ait beaucoup changé depuis ma dernière visite.

CHAPITRE
TROIS

Tomek posa le seau sur le ponton avec tant de force que l'eau se répandit sur la surface. Le soleil de milieu de matinée commençait à réchauffer le ponton, et Tomek pouvait sentir la chaleur sous la plante de ses pieds. En dessous, la marée montait, et à chaque ondulation des vagues, le ponton tremblait. Dans sa main, il tenait un paquet de jambon et un bout de fil de nylon. Ils étaient sur le point de se lancer dans un rite de passage typique de Bowen.

— Qu'est-ce qu'on fait ici, papa ? demanda Kasia, assise en tailleur sur le ponton, posant son téléphone sur ses genoux.

— La pêche aux crabes ! répondit-il avec l'excitation d'un enfant parlant du dernier jeu vidéo. Tu l'as déjà fait avant ?

Elle secoua la tête. — C'est quoi ?

Le sourire sur le visage de Tomek s'élargit davantage. — Je vais te montrer.

Se laissant tomber au bord de la plateforme et trempant ses orteils dans l'eau, Tomek déroula la ligne de pêche, enfonça un morceau de jambon dans la pochette au bout de la ligne, puis la descendit soigneusement dans l'eau.

Il se tourna vers elle avec excitation, espérant voir la même réaction sur son visage. Au lieu de cela, il vit tout le contraire : le visage d'une adolescente à qui on venait d'annoncer qu'elle devrait nettoyer sa chambre tous les soirs pendant une semaine.

— Et maintenant ? demanda-t-elle.

— Comment ça, « et maintenant » ? Tu mets la nourriture dans l'eau, tu attends, et ensuite tu récoltes les fruits de ton travail.

— Combien de temps ?

Le soupir que Tomek laissa échapper était volontairement audible. — Mets en pause ton monde de gratification instantanée pour un moment, tu veux bien ? Ces choses prennent du temps. Il faut être patient. C'est comme la pêche.

— Je n'aime pas la pêche.

— Comment le sais-tu ? Tu l'as déjà fait ?

Elle ne répondit pas à la question, évitant simplement son regard.

— Alors comment peux-tu dire que tu n'aimes pas ça ? C'est comme dire que tu n'aimes pas gagner un million d'euros au loto parce que tu ne l'as jamais fait. Je ne pense pas qu'il y ait qui que ce soit au monde qui n'aimerait pas gagner un million d'euros.

— Un milliardaire probablement pas...

Tomek ouvrit la bouche pour répondre, mais il ne trouvait rien à dire. La logique d'une adolescente l'avait complètement déstabilisé. Alors, il répondit : — Prends ta ligne, mets-y du jambon, et mets-la dans l'eau. Ce n'est pas difficile.

Avec un souffle d'exaspération, Kasia fit ce qu'on lui demandait. Elle arriva jusqu'au paquet de jambon avant de s'arrêter.

— Qu'est-ce que tu fais ? demanda Tomek, la regardant avec une légère incrédulité.

— Tu peux le faire pour moi ?

— Pourquoi ?

— Je n'aime pas le jambon.

— Bien sûr que si. Tu en manges tout le temps dans tes sandwichs.

Du moins, elle en mangeait davantage *récemment*.

— Je n'aime pas la sensation. C'est dégoûtant au toucher.

— C'est du jambon...

— C'est horrible.

Tomek hésita. Allait-il vraiment se disputer avec elle à propos de la mise d'un morceau de jambon dans une petite pochette pour la pêche aux crabes ? Non. Il y avait des choses plus importantes dans le monde dont il fallait s'inquiéter, et après tout ce qu'elle avait traversé, il jugea cela insignifiant. Finalement, il prit le jambon, en déchira un morceau et l'enfonça dans la pochette.

Tandis qu'il le lui rendait, elle le remercia puis laissa tomber la pochette dans l'eau. Ce faisant, le jambon se détacha légèrement et, en une seconde, un crabe apparut à la surface, saisit le jambon, puis disparut à nouveau. Tomek tendit la main vers sa propre ligne, qui était là depuis un moment déjà, pour découvrir que son jambon avait également disparu. Un crabe était venu et reparti sans qu'il s'en rende compte.

Quelques instants de mécontentement plus tard, leurs deux lignes reposaient sous la surface, garnies de nouveaux mets délectables. Kasia s'occupait de sa propre ligne tandis que Tomek surveillait attentivement la sienne, guettant les vibrations les plus légères, les plus infimes dans ses doigts, prêt à passer à l'action.

Il savourait des journées comme celle-ci. Le soleil qui lui chauffait le dos et lui brûlait la nuque. Le bruit des vagues qui s'écrasaient contre le rivage au loin. L'air frais de l'été qui caressait les poils de ses bras. Et la sensation de la ligne à crabes qui passait entre ses mains.

Enfant, son père l'avait emmené avec ses frères à Mersea Island certains week-ends pour une heure ou deux de pêche aux crabes, assis au bord du ponton, à observer, à attendre que les petits crustacés viennent grignoter la nourriture. Bien que ses frères aient eu plus de succès, cela n'avait pas diminué son plaisir de l'expérience. C'était l'un de ses plus précieux souvenirs. Sauf que ça n'avait duré que jusqu'à l'âge de dix ans. Après la mort de Michał, lui et sa famille avaient cessé de venir. Ils avaient arrêté leurs visites sur l'île. Ils avaient arrêté d'aller à la plage en famille. Toute leur vie s'était arrêtée.

Tomek voulait que le contraire soit vrai pour Kasia. Après les événements de l'été, il voulait faire *plus* avec elle, il voulait lui montrer que la vie continuait, que la vie suivait son cours quoi qu'il se passe dans le passé. Tout ce qu'on pouvait faire, c'était aller de l'avant. Il ne savait pas si le message passait encore ; peut-être était-il trop passif, trop vague à ce sujet, mais il espérait qu'un jour, il passerait.

Deux minutes plus tard, la ligne de Kasia commença à frémir. Tomek fut le premier à le remarquer. Il lui donna un petit coup sur l'épaule, l'arrachant à ses pensées profondes, et lui dit de remonter sa ligne. Rapidement, Kasia fit glisser la ligne entre ses doigts jusqu'à atteindre l'extrémité. Là, attaché au fond de la pochette, se trouvait un crabe de la taille de son poing, sa pince coincée à l'intérieur de la pochette.

À sa vue, Kasia hurla, gémissant comme une enfant effrayée. Tomek attrapa la ligne avant qu'elle ne puisse la lâcher, puis plongea le crabe dans le seau. Une fois qu'elle se fut ressaisie, Tomek lui passa le seau.

—Tu veux jeter un coup d'œil ?

—C'est dégoûtant !

—C'est délicieux à manger, pourtant.

—Beurk, tu ne peux pas le manger.

—Pourquoi pas ?

—Parce qu'il est si... Elle finit par abaisser son visage grimaçant vers l'eau. Il est si petit. Il a probablement une femme et des enfants.

—Je ne crois pas que ça marche comme ça, Kash, dit Tomek. Oui, il aura des enfants... Mais pas comme nous.

—Ça n'a pas d'importance. Tu ne peux pas le manger !

—On ne va pas le faire. Le but est de les attraper et de les relâcher. Kasia fixa le crabe un moment de plus tandis qu'il s'agitait frénétiquement au fond du seau. —Je ne veux plus manger de poisson.

Oh, super. Elle a une crise de conscience.

—Juste le poisson ? Et le poulet ? Le bœuf ? Le renne ?

—Le renne ? Les gens mangent *ça* ?

Tomek hocha la tête.

—Oh mon dieu, alors non, absolument pas. Je ne veux plus jamais manger de viande ni quoi que ce soit. Je deviens végétarienne.

Génial, pensa Tomek. Non seulement elle était gravement allergique aux cacahuètes, mais elle choisissait maintenant de devenir encore plus difficile quand ils sortaient manger ou dînaient au restaurant.

Il regarda le crabe, puis le paquet de jambon. —On dirait que c'est juste toi et moi qui allons manger les bonnes choses, mon pote.

CHAPITRE
QUATRE

Les mouvements de Tomek étaient fluides, réguliers, maîtrisés. Ceux de Kasia, en revanche, étaient inexistants.

Il se retourna dans le kayak biplace pour la voir assise là, parfaitement immobile, un mélange de fatigue et de peur sur son visage tandis qu'elle se penchait pour regarder l'eau. Depuis dix minutes, il pagayait pour eux deux, la transportant gratuitement.

— Qu'est-ce qui ne va pas ? demanda-t-il.

— Rien.

— Tu n'aimes pas ça ? C'est encore une de ces choses que tu dis ne pas aimer mais que tu n'as jamais essayées ?

— Eh bien, j'essaie maintenant, et je ne pense pas que j'aime ça. C'est flippant ici. L'eau... la mer... Et s'il y avait des requins ?

— Il n'y a pas de requins à West Mersea, Kasia. Tu as plus de chances de trouver le monstre du Loch Ness dans ces eaux qu'un requin.

Elle n'avait pas l'air convaincue.

— C'est tellement profond, dit-elle.

— Tu pourrais probablement y toucher le fond, lui expliqua-t-il.

Elle agrippa les bretelles de son gilet de sauvetage et les serra fort jusqu'à ce que ses articulations blanchissent. Tomek pivota encore plus sur son siège, mais ce faisant, le kayak tangua d'un côté à l'autre. Kasia, lâchant prise sur les bretelles, s'accrocha aux bords du kayak et poussa un cri à s'en déchirer les poumons. Le son se propagea à travers la vaste étendue de marais salants, par-delà les bandes d'herbe et au-dessus de l'eau.

— Ce n'est pas drôle ! Tu fais ça exprès ?

Tomek se retourna jusqu'à faire face à la proue. Il posa la pagaie sur ses genoux et leva les mains en signe de reddition.

— Je ne fais rien, expliqua-t-il, alors que le cri continuait à résonner à travers le paysage plat. J'essayais juste de voir si tu allais bien.

— Non, ça ne va pas. Je n'aime pas ça. C'est... j'ai peur. Je ne... je veux rentrer.

— Pourquoi ? demanda Tomek involontairement. Il savait qu'il aurait dû respecter ses souhaits. Après tout, ce week-end était consacré à l'aider à se remettre mentalement et à célébrer son anniversaire, mais c'était une réponse réflexe, un muscle qui avait été tellement entraîné au cours des vingt dernières années dans la police qu'il se contractait au moindre signe de résistance.

— Je n'aime pas ça, répéta-t-elle, cette fois d'un ton plus grave. Je pourrais me noyer.

— Tu ne vas pas te *noyer*, expliqua-t-il, essayant d'améliorer la situation avec un ton plus doux. Tu as ton gilet de sauvetage, tu sais nager, et tu es avec—

— Je ne sais pas nager !

Ces mots semblèrent résonner à travers les marais pendant une éternité, continuant à vibrer trente secondes après qu'elle les ait prononcés.

Puis trente secondes se transformèrent en soixante, et Tomek ne disait toujours rien. Il restait assis à l'avant du kayak, fixant l'eau, inconscient du grèbe huppé qui flottait devant la proue tandis que le soleil de début d'après-midi tapait sur ses cuisses et ses avant-bras. Jusqu'à ce qu'enfin les synapses de son cerveau se remettent du choc soudain de cette révélation.

— Qu'est-ce que tu veux dire, tu ne sais pas nager ?

Il voulait se retourner pour la regarder, mais il s'en abstint. À la place, il tourna son cou de cinquante degrés vers la gauche et aperçut une Kasia abattue et embarrassée du coin de l'œil.

— Je..., commença-t-elle, une boule se formant dans sa gorge. Je n'ai jamais appris. Maman ne m'a jamais emmenée quand j'étais petite, et je ne l'ai jamais fait à l'école. J'avais toujours des mots d'excuse. Elle... Chaque fois que mes amis voulaient aller à la plage, je me défilais toujours, de peur qu'ils veuillent aller nager.

Tomek réfléchit un moment avant de répondre. Ce n'était pas sa faute si elle ne savait pas nager ; ce blâme revenait entièrement à sa mère, cette femme avec qui il avait eu le malheur de passer plus de temps dans sa vie qu'il ne l'aurait souhaité. Est-ce que cela ruinait certains de ses plans pour le week-end ? Oui, mais il ne pouvait pas en vouloir à sa fille, et il n'y avait aucune raison de laisser cela gâcher les prochains jours non plus.

— Pourquoi n'as-tu rien dit plus tôt ? Le gars de la boutique t'a même demandé si tu étais à l'aise dans l'eau.

Kasia baissa la tête. — Je ne voulais pas te décevoir. Je sais que tu as mis beaucoup de réflexion et de temps à organiser ce week-end. Je sais à quel point tu es enthousiaste. J'ai juste...

Un sourire explosa sur le visage de Tomek, et toute l'obscurité et la grisaille qui avaient assombri sa journée se dissipèrent soudainement, laissant place au soleil.

— Oublie ça, lui dit-il. La beauté de cet endroit, c'est qu'il y a plein de choses à faire. Et si tu préfères retourner à la caravane et y rester douze heures, c'est tout aussi bien. C'est ton week-end, d'accord ?

Elle leva lentement les yeux vers lui. — D'accord..., dit-elle, bien que le doute dans sa voix suggérait qu'elle n'y croyait pas.

— Allez, dit-il en saisissant sa pagaie. Ramenons-toi sur la terre ferme.

Tomek plongea la rame dans l'eau et poussa fort, faisant pivoter le kayak à cent quatre-vingts degrés. Puis il rama, à gauche, à droite, à gauche, à droite. Des mouvements fluides et réguliers sur l'eau. Sauf que cette fois, le kayak semblait plus lourd. Peut-être parce qu'il *savait* que Kasia ne faisait pas sa part du travail. Ou peut-être à cause de la culpabilité qu'il ressentait, sachant qu'il avait potentiellement mis la sécurité de Kasia en danger en l'emmenant sur l'eau.

Après une courte distance à tracer des lignes régulières dans l'eau, quelque chose attira l'attention de Tomek. Une masse noire et épaisse sur un talus herbeux, entourée d'un vol de corbeaux qui sautillaient tout autour.

Intrigué, Tomek manœuvra le kayak vers l'objet sur la berge. Kasia l'interpella, questionnant leurs mouvements comme une passagère paniquée à bord d'un avion, mais il n'y prêta pas attention.

À mesure que l'objet se rapprochait, il réalisa enfin ce qui avait attiré son regard depuis une telle distance : un chien mort, un Labrador noir. Il avait vu de nombreux cadavres humains dans sa vie, des plus sanguinolents et mutilés aux plus paisibles et sereins, mais quand il s'agissait d'animaux morts, il ne pouvait en compter que sur les doigts d'une main.

Il venait de voir sa sixième victime.

Tomek arrêta le kayak à dix mètres du rivage, enfonçant sa pagaie dans l'eau. Il n'y avait pas de cause de décès visible. Pas de blessure à la tête, pas de lacérations sur le corps. Pas de sang maculant sa fourrure, et pourtant les oiseaux avaient commencé à festoyer sur sa carcasse, le dévorant par l'arrière, et une odeur âcre de mort et de putréfaction flottait vers eux, emplissant ses narines. Le seul signe indiquant que le chien avait subi une quelconque blessure ou épreuve — hormis le fait évident qu'il était mort — était une paire de pattes arrière gravement brisées et mutilées.

— Papa, qu'est-ce qui se passe ? demanda Kasia.

Tomek était incapable de détacher son regard du magnifique animal. Une fois de plus, il se rappela l'idée d'offrir un chien à Kasia, pour la soutenir, un animal de compagnie pour la famille. Il avait écarté cette idée aussi vite qu'elle était apparue. Il était toujours au travail, et Kasia à l'école. Les chiens représentaient une telle contrainte, et il craignait de ne pas pouvoir lui accorder les soins et l'attention nécessaires. Il parvenait tout juste à s'occuper correctement de Kasia à cet égard, alors un animal dépendant et exigeant... De plus, voir celui-ci étendu là, mutilé et affalé sur le sol, constituait une raison supplémentaire de ne pas en adopter. Il avait déjà fait face à la mort d'êtres chers par le passé, mais il ne pouvait imaginer le décès d'un animal de compagnie.

— Papa, pourquoi on—

Elle s'interrompit dès qu'elle aperçut l'animal. Un petit hoquet s'échappa de ses lèvres et elle porta sa main à sa bouche.

— Ne le regarde pas, lui dit-il, avant de faire pivoter le kayak.

— Que lui est-il arrivé ?

— Je ne sais pas, répondit-il.

Alors qu'il s'engageait dans l'une des innombrables voies navigables, il entendit un bateau approcher. La cabine fut la première à émerger au-dessus d'une berge herbeuse, se détachant comme un accessoire dans un spectacle de marionnettes, bientôt suivie par le reste du bateau. Sur le côté était inscrit le nom MT MERSEA TOURS. À la barre se tenait un homme d'une soixantaine d'années, vêtu d'un t-shirt et d'un short qui semblaient avoir été décolorés par des années d'exposition au soleil et au sel. Ses longs cheveux gras s'éclaircissaient, tandis que sa barbe était épaisse et fournie, comme si quelqu'un avait tiré tous ses cheveux du sommet de sa tête jusqu'à son menton. L'homme rappela immédiatement à Tomek l'Oncle Albert de *Only Fools and Horses*.

— Bonjour ! s'écria l'homme avec un fort accent de l'Essex, tandis qu'il faisait virer son bateau pour s'approcher d'eux en tressautant.

— Bonjour, répondit Tomek alors que l'homme s'arrêtait à côté d'eux.

Le capitaine abaissa un levier sur le tableau de bord et se pencha par-dessus bord.

— Vous êtes perdus ? demanda-t-il, la parole légèrement pâteuse. Superbe journée pour ça.

— Superbe journée pour se perdre ou juste en général ?

— Les deux, répondit l'homme. Si vous devez vous perdre, autant le faire avec le soleil qui vous tape dans le dos et vous donne un joli teint.

Tomek observa les bras et le visage de l'homme. Son corps entier avait la couleur du cuir, presque méditerranéen.

— Heureusement que nous ne sommes pas perdus, dit-il.

— Vous n'êtes pas du coin, hein ? Je ne reconnais pas votre visage.

Tomek expliqua qu'ils étaient là pour la régate.

— C'est bien ce que je pensais. L'endroit est si petit qu'on finit par reconnaître tous les visages avec le temps.

L'homme s'assit sur le bord de son bateau et laissa pendre ses jambes. En se rapprochant, Tomek sentit une odeur d'alcool dans son haleine.

— Vous êtes déjà venus à la régate ? demanda l'homme.

— C'est la première fois pour ma fille.

— Excellent. Eh bien, bienvenue. La régate n'est plus ce qu'elle était, mais c'est toujours un sacré bon moment. Je suis sûr que vous allez adorer.

— Que faites-vous si loin ? demanda Tomek.

— Je cherche des clients potentiels. L'homme pointa du doigt les autocollants avec le logo sur le côté du bateau. Je m'appelle Mick Thorne. Je gère ma propre entreprise de visites guidées, emmenant les touristes et autres visiteurs autour de l'île. Ouais, ce n'est plus ce que c'était, avec tout le monde qui peut avoir son propre kayak et tout ça de nos jours — surtout quand mon dernier foutu bateau a eu un satané trou — mais la haute saison est toujours la meilleure période, toujours quand je gagne juste assez pour tenir une année de plus. Enfin, c'était comme ça avant...

Tomek laissa la dernière phrase en suspens. Il sentait que Mick Thorne voulait développer, mais ne le ferait que s'il était poussé ou orienté dans la bonne direction par Tomek. Finalement, il choisit de faire avancer la conversation.

— Vous ne sauriez pas quelque chose à propos de ça, là-bas, par hasard ? demanda Tomek.

— Quoi, où ça ?

Avant même que Tomek puisse pointer du doigt, Mick sembla savoir à quoi Tomek faisait référence.

— Il y a un chien mort, expliqua Tomek. Ses pattes sont brisées. On dirait qu'il a pu être heurté par une voiture. Le pauvre animal ne semble pas être là depuis longtemps, mais les oiseaux l'ont déjà attaqué.

Les yeux de Mick s'écarquillèrent. Il ouvrit et ferma la bouche plusieurs fois avant de répondre. — Ouais... ces salauds font ça. Remarquez, j'imagine que la chaleur n'a pas aidé non plus. Il claqua sa langue contre ses dents et secoua la tête, s'essuyant le dessous du nez. Terrible. Absolument terrible. Un chien, vous dites ? C'est encore pire. Le meilleur ami de l'homme, juste... juste laissé pourrir là comme ça.

Certaines personnes dans ce monde, mon vieux. Ça me rend malade. Encore un claquement de langue, encore un hochement de tête. Une longue pause. Laissez-moi m'en occuper, je vais m'assurer qu'on s'en occupe. On ne peut pas laisser ça traîner quand le spectacle commence demain. Que penseraient les visiteurs et les concurrents de l'endroit ?

Bien mieux que ce que je pense de toi actuellement, songea Tomek tandis qu'il disait au revoir à Mick Thorne et reprenait la direction du centre de location de kayaks sur l'île.

CHAPITRE
CINQ

Tomek pensait encore à l'animal mort plus d'une heure plus tard lorsqu'ils sont entrés au Café Fowler sur la Coast Road. Après avoir déposé le kayak, ils étaient retournés au mobil-home pour se doucher et se rafraîchir, puis ils étaient sortis pour déjeuner tardivement.

Tomek gardait de bons souvenirs du Fowler. Étant le seul café sur la côte ouest de l'île, c'était l'endroit que sa famille et lui fréquentaient le plus souvent lorsqu'ils cherchaient un petit-déjeuner, un déjeuner ou un en-cas en début de soirée. En tant que trois garçons affamés, ils vidaient le portefeuille de leur père et s'assuraient toujours d'avoir l'estomac plein.

Il était impossible de visiter le Fowler sans essayer leur sandwich aux huîtres signature. Tomek l'expliqua à Kasia alors qu'ils s'installaient à une table qui venait d'être libérée par un couple de personnes âgées qui l'avait laissée en ordre, avec les assiettes et les couverts soigneusement empilés.

Ce n'était pas inhabituel que le Fowler soit bondé, mais là c'était autre chose. Des groupes de personnes, certains de cinq ou six individus, étaient agglutinés ensemble, discutant bruyamment comme le font les gens de l'Essex, dévorant leur nourriture, sirotant sans gêne leurs sodas et cafés sans se soucier des autres. La clientèle était un mélange de jeunes et de vieux, de minces et de corpulents, de bruyants et de discrets – et Tomek adorait ça. Le Fowler lui rappelait le café qu'il fréquentait à Hadleigh : Monika's. Celui-là aussi accueillait le même creuset de stéréotypes de l'Essex et servait également une excellente nourriture.

— Tu vas essayer le sandwich aux huîtres ? demanda Tomek.

Kasia laissa tomber le menu et leva les yeux vers lui, profondément irritée.

— Tu ne te souviens pas de la conversation qu'on a eue il y a littéralement deux heures ? Je suis végétarienne maintenant, tu te rappelles ?

Tomek pensait que la conversation datait d'un peu plus de trois heures, mais décida de ne pas relever l'utilisation de *littéralement*.

— Ah, oui. Pardon. J'ai oublié. Tu t'y tiens toujours alors ?

— Oui !

Tomek prit une serviette propre, sortit un stylo imaginaire de sa poche et fit semblant d'écrire.

— Deux heures... c'est noté ! La prochaine étape est d'atteindre cinq heures. Voyons combien de temps tu tiendras avant de dire à quelqu'un que tu es maintenant végétarienne. C'est ça le *vrai* test.

Kasia leva les yeux au ciel et se remit à regarder le menu. Sous son souffle, elle marmonna *Connard*. Tomek l'entendit mais choisit de ne pas riposter ; c'était mérité, comme tous les autres mots qu'elle aurait pu utiliser pour le décrire. En fait, il était reconnaissant qu'elle n'ait pas choisi quelque chose de plus fort. Il ne voulait pas avoir à la réprimander dans un lieu aussi public.

Quelques instants plus tard, un beau jeune homme d'une trentaine d'années s'approcha d'eux. Il portait un pantalon chino beige portant plusieurs taches de graisse, un polo Ralph Lauren ample et un tablier. Ses traits étaient rugueux et séduisants, avec une épaisse barbe noire et des yeux encore plus sombres. En dessous, Tomek voyait une paire de valises qui semblaient avoir été traînées à travers la moitié du monde. Pourtant, malgré le manque évident de sommeil et le stress intense qu'il traversait actuellement, il leur souriait avec enthousiasme, les traitant comme s'ils étaient ses tout premiers clients.

— Désolé pour l'attente, commença-t-il, puis il remarqua la pile d'assiettes sur la table. Il les prit, les déposa en cuisine à l'arrière du café, et revint une seconde plus tard. — Bienvenue chez Fowler. Je m'appelle

Bradley et je serai votre serveur aujourd'hui. Puis-je vous apporter quelque chose à boire ?

Tomek se tourna vers Kasia et attendit qu'elle choisisse. Elle réfléchit sur le menu plastifié avant de finalement demander un chocolat chaud. Classique pour une fille de treize ans, bien que peut-être pour son quatorzième anniversaire, il devrait lui suggérer d'essayer quelque chose de plus fort.

— Et pour vous ?

Il fallut quelques instants à Tomek pour réaliser qu'on s'adressait à lui.

— Un flat white, s'il vous plaît.

— Des plats ?

— Deux minutes, répondit Tomek. Le temps que vous prépariez les boissons, nous devrions savoir ce que nous voulons.

▭

Sauf qu'il fallut vingt minutes avant qu'ils n'obtiennent leurs boissons, et à ce stade, Tomek envisageait de partir ; chose qu'il avait vu faire par plusieurs autres clients potentiels entre-temps.

— Heureusement qu'on n'a pas faim, chuchota-t-il à Kasia avant que Bradley n'arrive et ne pose les boissons sur la table.

— Désolé pour l'attente, dit l'homme.

— Vous semblez débordé.

Bradley siffla entre ses dents et posa ses mains sur ses hanches, regardant autour de lui. À ce moment, il sembla faire une pause, réfléchir et prendre une pause pour la première fois depuis des semaines.

— Ça ne va faire qu'empirer ce week-end, répondit-il.

— Si c'est plus simple, nous demanderons la même chose à chaque fois que nous viendrons.

— Je doute que ça change grand-chose. En ce moment, il n'y a que moi et une autre personne. J'ai besoin d'au moins deux personnes de plus.

En désignant Kasia, Tomek dit en plaisantant :

— Eh bien, si vous avez besoin d'une plongeuse ou d'une serveuse, j'ai une jeune fille de treize ans, bientôt quatorze, qui est tout à fait capable.

Tomek ne réalisa que brièvement que cela ressemblait à du proxénétisme pour sa fille, quelque chose qui aurait dû lui être douloureusement évident étant donné les événements récents. Heureusement, Bradley lui épargna l'embarras et déclina l'offre.

Après avoir pris leur commande de nourriture, Tomek le retint pour demander :

— Ça fait combien de temps que vous avez cet endroit ? La dernière fois que je suis venu, c'était géré par d'autres propriétaires.

Et géré beaucoup plus efficacement.

— Maureen et Rob ?

— Ce sont eux.

Une expression vide traversa le visage de Bradley.

— C'étaient mes parents. Ils sont décédés l'année dernière ; Maman est partie en premier, et il s'est avéré que Papa ne pouvait pas gérer l'endroit tout seul, alors il l'a suivie peu après, et j'en ai hérité. Je m'en occupe seul depuis. — Bradley se tourna vers l'adolescente à l'arrière, qui se débattait actuellement avec la machine à café. — Enfin, Naomi et moi nous occupons de l'endroit.

Tomek offrit à l'homme un sourire compatissant. —Vous faites du bon travail. Ça ne doit pas être facile, vu le climat.

—N'est-ce pas, répondit Bradley avec un petit rire délicat, le genre qui suggérait qu'il avait bien plus à dire. —Il y aura peut-être un peu d'attente pour la nourriture, ajouta-t-il.

—Ce n'est pas grave, répondit Tomek. Nous ne sommes pas pressés. Prenez tout le temps qu'il vous faut.

CHAPITRE
SIX

La première chose qu'ils remarquèrent en approchant de la plage de West Mersea fut le bruit des conversations animées et des rires. La deuxième fut l'odeur : celle du bois qui brûlait, suffisamment forte pour faire frémir leurs narines à plusieurs centaines de mètres. La dernière chose qu'ils remarquèrent fut la douce lueur jaune qui illuminait le sable.

Au centre de la plage, suffisamment éloigné des célèbres cabanes de plage de l'île de Mersea pour ne pas les roussir, et assez proche du bord de l'eau en cas d'urgence, se dressait un grand feu. Des flammes de deux mètres de haut léchaient et dansaient contre le fond noir du ciel et des marais. La fumée s'élevait encore plus haut, et l'odeur âcre du bois carbonisé s'intensifiait. À cette vue, Kasia se crispa et ses muscles se tendirent. Son allure ralentit jusqu'à ce qu'elle s'arrête complètement.

— Hé, commença Tomek en posant une main sur son dos. Ça va aller, d'accord ? Tout va bien. Tu es en sécurité. Je suis avec toi. Rien ne va se passer.

Tandis qu'il frottait son dos de haut en bas, la blessure de couteau sur le dos de sa main élança de douleur. Une douleur qu'il n'avait pas ressentie depuis l'incident. Une douleur qui lui rappelait avec pertinence ce qui s'était passé cette nuit-là. Mais ce n'était rien comparé aux cicatrices émotionnelles qui continuaient de tourmenter Kasia. Pendant un long moment, ils restèrent là, tous les deux, à fixer les flammes. Au plus profond d'elles, Tomek vit le reflet de l'homme qui leur avait causé tant de souffrance : Zachary Godson. Il imaginait que Kasia voyait le même homme, mais leurs visions de cet individu devaient être radicalement différentes, car lui le voyait parfaitement immobile, figé dans un instantané de regret et de douleur atroce, sa peau carbonisée et clouée à la voie ferrée sous tension qui l'avait tué.

Tomek soupçonnait que l'image qu'avait Kasia de l'homme était un peu moins brutale.

Ce n'est que lorsque Tomek entendit son nom qu'il revint à la réalité de la plage. S'approchant d'eux, vêtu d'un pull léger couleur crème et d'un short beige, se trouvait Montgomery. C'est alors que Tomek remarqua les autres personnes sur la plage. Beaucoup d'entre elles. Des dizaines, en fait. Des hommes, des femmes, des enfants. Socialisant, discutant, buvant, jouant autour du feu.

Montgomery arriva une seconde plus tard.

— Bonsoir, vous deux, dit-il. Vous avez trouvé facilement ?

Kasia avait trouvé l'invitation coincée dans la porte de la caravane après leur retour du dîner chez Fowler's. (L'attente pour la nourriture avait été si longue qu'ils avaient décidé de fusionner les repas en un seul.)

— Heureusement, c'est une petite île, répondit Tomek.

— En effet. On apprend vraiment à connaître l'endroit, et les gens, en très peu de temps. Montgomery fit un geste vers le rassemblement de personnes près du feu. Voulez-vous que je vous présente, ou... ?

Tomek se tourna vers Kasia, qui continuait de fixer les flammes, hypnotisée. Il lui donna un petit coup de coude, mais cela ne fit aucune différence.

— Kash...

Rien.

Un autre coup de coude. Toujours rien.

Tomek regarda Montgomery avec gêne. Juste au moment où il allait ouvrir la bouche, une voix perçante ponctua l'air.

— Papa !

Montgomery pivota sur place. À une vingtaine de mètres, un jeune garçon émergea de derrière la lueur du feu et sprinta vers eux. Montgomery se mit à genoux, se préparant à embrasser l'enfant qui se jeta sur son père à pleine vitesse. Montgomery poussa un cri et, alors qu'il déposait le garçon au sol, il fit semblant de se tenir l'estomac, comme s'il avait le souffle coupé.

— Tomek, Kasia, voici mon fils, Jacob.

Tomek salua poliment le garçon. Il ne pouvait pas avoir plus de neuf ou dix ans. Ses traits étaient enfantins, et pourtant il y avait une expression sur son visage - une expression, une lueur dans ses yeux - qui suggérait qu'il était plus âgé, plus expérimenté. Comme s'il était une personne âgée née dans le corps d'un enfant.

— Ravi de te rencontrer, Jacob. Je m'appelle Tomek et voici Kasia.

Cette fois, le coup de coude fonctionna ; Kasia revint au présent en clignant des yeux et fit un signe frénétique au garçon.

— Enchanté de vous rencontrer, répondit Jacob. Sa politesse et son éloquence surprirent Tomek. Êtes-vous ici pour la régate ?

— Oui, répondit Tomek, pris au dépourvu.

— Mon papa est l'une des personnes qui ont aidé à l'organiser. Puis-je vous demander si vous allez y participer ?

— Bien sûr. Je pensais peut-être faire le mât de cocagne. Qu'en penses-tu ?

— Peu de gens arrivent à faire le mât de cocagne, dit le jeune garçon. Vous pourriez avoir du mal.

— Est-ce que ton père va le faire ?

Tous les regards se tournèrent vers Montgomery. Le propriétaire du camping devint soudain timide. — Les organisateurs de l'événement ne sont pas autorisés à participer, au cas où nous gagnerions ! Tout le monde pourrait penser que c'est truqué. Non, je me contente parfaitement de regarder depuis mon bateau, merci beaucoup.

La conversation tomba dans un silence naturel, jusqu'à ce que Jacob se déplace sur le sable et tire sur le bras de Kasia. Le mouvement n'était ni brutal ni brusque, mais après tout ce que Kasia avait traversé, elle était peu réceptive aux contacts inattendus, et elle retira violemment son bras en reculant d'un bond.

— Jacob, tu ne peux pas attraper les gens comme ça, dit Montgomery en faisant exactement la même chose à son fils en l'éloignant. Ses énormes mains et avant-bras engloutirent complètement le garçon.

— Je voulais juste lui demander si elle aimerait venir jouer avec moi et certains de mes amis.

— Oui, mais avec tes mots. Pas tes mains. Montgomery regarda Tomek, puis Kasia, qui s'était absentée mentalement, fixant le sable comme si elle revivait ce qui lui était arrivé au château. Je suis vraiment désolé pour ça, il—

— Ce n'est rien, dit Tomek, puis il tourna son attention vers Kasia. — Tu voudrais y aller ? Ça pourrait être bien pour toi de passer du temps avec des gens plus proches de ton âge. Je parie que tu en as assez de me voir.

Kasia se tourna lentement vers lui, la consternation gravée dans ses pores. Lentement, elle hocha la tête, bien que Tomek sentît qu'elle n'acceptait que parce qu'il le lui avait demandé devant des inconnus, et qu'elle avait l'impression de n'avoir pas d'autre choix.

— Excellent, lâcha Jacob, puis il se précipita à ses côtés. Il lui tendit la main comme un groom attendant impatiemment un pourboire, et dit : — Mademoiselle, puis-je prendre votre main ? Je connais tous les endroits les plus cools de l'île, parfaits pour les nouveaux arrivants, et je vous promets que vous serez en sécurité.

Kasia examina cette main pendant un long moment, raidit les épaules, inspira profondément, puis fit le grand saut et plaça sa main dans la sienne.

— Je prendrai bien soin d'elle, dit Jacob à Tomek.

— J'en suis sûr. Appelez-moi si vous avez besoin de quoi que ce soit, tous les deux.

Kasia acquiesça et, avec une subtile expression de peur abjecte, suivit Jacob vers l'autre bout de la plage, par le même chemin que Tomek et elle venaient d'emprunter. Un moment plus tard, ils disparurent de vue, et c'est alors qu'il réalisa qu'il venait de l'envoyer dans l'obscurité avec un parfait inconnu.

— Ils seront parfaitement en sécurité, commença Montgomery, comme s'il percevait l'inquiétude de Tomek. Rien ne s'est produit sur cette île depuis des décennies. Et quand ça arrive, c'est généralement un accident lié à un bateau ou aux huîtres. Je suis ici depuis assez longtemps pour me souvenir de cette fois où Murph s'est fait trancher la main par une hélice. L'homme eut un haut-le-cœur. Tant de sang… Je n'ai jamais rien vu de tel depuis. Heureusement. Enfin ! Pourquoi est-ce que je gâche l'ambiance en parlant de sang ?

— Vous avez un fils très poli, dit Tomek. Il décida qu'il valait mieux faire avancer lui-même la conversation, plutôt que de laisser l'autre homme s'en charger.

— Oh, Jacob ? Merci. C'est très gentil de votre part. Ça n'a pas été facile, pas depuis que sa mère est partie, mais il s'y habitue peu à peu. Et moi aussi.

Tomek jeta un coup d'œil à la main de l'homme ; il portait toujours son alliance, comme s'il s'accrochait au mince espoir que sa femme puisse un jour revenir.

— Nous l'avons élevé pour qu'il soit poli et respectueux, mais parfois il… comme vous l'avez vu, il oublie ses bonnes manières.

Tomek balaya la remarque d'un geste. — Les enfants restent des enfants, ajouta-t-il, même s'il n'avait aucune idée de comment se comportaient réellement les enfants de cet âge. J'espère qu'il ne prendra pas la réaction de Kasia trop au sérieux. Elle traverse juste quelques difficultés ces derniers temps.

— Ne sommes-nous pas tous dans le même cas !

Tomek rit doucement. La conversation avait atteint sa fin naturelle, et les deux hommes se tenaient en silence. Mais exactement la même chose se produisait à une courte distance. Les conversations qui, quelques instants auparavant, bouillonnaient de vivacité, étaient maintenant inexistantes, et les participants sirotaient leurs boissons maladroitement, à court de banalités. Peu après, un quintette de jeunes d'une vingtaine d'années déambula sur la plage, portant avec eux des étuis à guitare et d'autres équipements musicaux à travers le sable.

— Enfin ! Ils sont là, s'exclama Montgomery. L'animation de ce soir, et pas une minute trop tôt. L'endroit devenait comme une ville fantôme. Si vous voulez bien m'excuser ?

Tomek fit un signe de la main pour libérer l'homme. Tandis que Montgomery s'éloignait en hâte, un autre homme s'approcha de Tomek depuis la direction opposée. Ils discutèrent quelques instants, puis le nouveau venu finit par se diriger vers Tomek. D'épaisses épaules bien arrondies émergeaient de sa moitié supérieure, et en bas, il avait une paire de jambes de la taille de troncs d'arbres — une taille dont Tomek ne pouvait que rêver. Tomek lui donna un âge similaire au sien, peut-être plus jeune, fin de la trentaine. Ses cheveux étaient raides, et ses yeux étaient profondément enfoncés dans son visage. L'homme tendit sa main.

— Flynn. Comment ça va ?

— Tomek. Bien, mais je ne dirais pas non à une de ces bières.

Dans son autre main, Flynn tenait une bouteille de bière. Il dit à Tomek d'attendre, repartit vers le feu, puis revint en trottinant, la bière à la main. Avant de la passer à Tomek, il plaça le bouchon dans sa bouche et l'ouvrit avec ses dents. Tomek frissonna.

— Un jour, ça va mal tourner, dit-il.

— C'est déjà arrivé, dit Flynn en montrant à Tomek une cicatrice d'un pouce de long sur son menton. Une blessure de guerre de mes années rebelles quand je pensais que c'était cool de faire des conneries stupides comme ça.

— Bon de voir que tu as retenu la leçon.

— Certaines choses ne changent jamais, alors pourquoi lutter ? Comme ma mère avait l'habitude de dire.

— Femme sage.

— Ça, elle l'était.

— Oh, je suis désolé.

— Non, pas comme ça. Elle est toujours vivante — *à peine*. Elle est dans une maison de retraite, mais la vieille s'accroche encore.

Tomek ne savait pas comment répondre à cela.

— Je suppose que tu es ici pour demain ? demanda Flynn.

Tomek hocha la tête.

— Première fois ?

Tomek détailla son historique avec la régate.

— Bon retour parmi nous, dit Flynn. C'est toujours bon de voir que les gens reviennent encore et encore.

— Tu y participeras ?

Flynn prit une longue gorgée de bière. — Peut-être. Ça dépend si je peux trouver le temps. On m'a embauché pour photographier la journée. Ils m'appellent le photographe officiel de l'événement.

— Un surnom que tu t'es donné ou... ?

Une autre gorgée. Flynn secoua la tête. Puis, en parlant, il commença à légèrement traîner ses mots, comme si les deux dernières gorgées de bière lui étaient soudainement montées à la tête.

— Les organisateurs — Montgomery, Derry, Charlene — ils font tous partie du comité qui met ça en place. Avant, j'ai toujours fait la photographie gratuitement, de mon propre chef. Mais maintenant ils veulent donner un aspect plus officiel, « élargir l'attrait ». Il mit les derniers mots entre guillemets avec ses doigts.

— Au moins, tu seras payé.

— Bah ! Aucune putain de chance. Charlene ne te paierait même pas si tu étais sans-abri et qu'elle venait de trouver 20 livres par terre.

— Charlene ? demanda Tomek, conscient qu'il risquait d'envoyer Flynn dans une crise de rage.

— C'est la propriétaire du pub Victory Inn. Mais elle est aussi à la tête du comité. Elle est en poste depuis moins d'un an et elle a déjà tout changé, dans les deux domaines. Et la plupart des gens à qui tu parles te diraient qu'aucun de ces changements n'est pour le mieux. Tu peux croire ça, *tout ça*, c'était son idée. Le feu, le rassemblement, le groupe, tout. Et elle n'est même pas là pour le voir. C'est censé rassembler tout le monde, inciter les gens à faire davantage un week-end complet de la régate, plutôt que de venir juste pour le samedi, et elle ne peut même pas se donner la peine de se montrer. Tout ce travail qui a été fait, et elle s'en fout complètement.

Tomek regarda la plage et prit un moment pour apprécier le « travail préparatoire » auquel Flynn faisait référence : un tas de bois, quelques allume-feu, quelques fûts, et plusieurs caisses de bière (qui étaient vraisemblablement fournies par Charlene elle-même). Sans oublier le groupe qui était en train de s'installer. Tomek ne pensait pas qu'il y avait eu beaucoup de travail préparatoire.

—Est-ce que quelqu'un l'a contactée pour voir si elle va bien ? demanda-t-il. Il lui est peut-être arrivé quelque chose.

—J'en doute. C'est la personne la plus bruyante dans n'importe quelle pièce, et elle aime penser qu'elle est aussi la plus importante. Mais elle est toujours en retard, peu importe l'événement.

Cela ne répondait pas vraiment à la question, mais Tomek décida de ne pas insister. Flynn connaissait Charlene mieux qu'il ne pouvait prétendre la connaître.

Flynn prit une autre gorgée de sa boisson, la termina, puis regarda le gobelet, profondément déçu, comme s'il n'avait jamais prévu d'en voir le fond.

—Une autre ? demanda-t-il à Tomek.

Tomek regarda la sienne et déclina l'offre. La sienne était encore presque pleine. L'expression de déception sur le visage de Flynn s'accentua.

—Tu fais quoi dans la vie ?

Tomek s'était demandé combien de temps il faudrait pour que ce sujet de conversation particulier surgisse. En fait, il l'avait redouté. Il ne voulait pas que les gens sachent qu'il était détective. Non pas qu'il en ait honte, ou qu'il soit gêné d'être suspendu en attendant une enquête plus approfondie ; c'était plutôt qu'il n'aimait pas les regards que les gens lui lançaient quand il annonçait ce fait. C'était généralement un mélange : certains le traitaient avec mépris, comme s'il était personnellement responsable de tous les problèmes liés au maintien de l'ordre actuel ; tandis que d'autres étaient ravis d'entendre sa profession. Ils se sentaient en sécurité, protégés d'une certaine manière, comme s'il était un superhéros capable de désarmer n'importe quel agresseur ou menace d'un seul regard.

Malheureusement, dans l'ensemble, les premiers l'emportaient sur les seconds, et il avait donc décidé de rester discret. Aussi longtemps que possible, du moins.

—Je travaille dans l'administratif, offrit-il. Pas un mensonge complet — il y avait beaucoup trop de conneries administratives inutiles dans son travail.

—Sympa, répondit Flynn, bien que son intonation démentît son choix de mots. Il avait l'air de ne pas croire Tomek, puis il lui lança un regard curieux, sourcil levé. —Tu cours ?

—*Si je cours* ?

—Ouais. Tu sais. Un pied devant l'autre, mais plus vite.

—Oui, je cours. Pas autant qu'avant, remarque, mais je cours toujours.

—On appelle ça un *jogging rapide*, alors ?

—Quelque chose comme ça.

—Ça te dit d'aller courir demain ? demanda Flynn. Je fais normalement un tour de l'île le matin, mais parfois ça peut être solitaire.

—Donc tu as besoin d'un ami ?

Flynn haussa les épaules. —Quelque chose comme ça.

Un sourire narquois apparut sur le visage de Tomek. —Je peux vivre avec ça. C'est noté. On se retrouve avant le lever du soleil devant le camping Rosebank ?

CHAPITRE
SEPT

Un froid automnal inhabituel balaya la plage et les rues alors qu'ils retournaient vers la caravane. Il était près de minuit. Les rues baignaient dans une lueur lunaire blanchâtre et, au-dessus d'eux, Tomek contemplait l'un des plus beaux ciels nocturnes qu'il ait jamais vus : des centaines de minuscules lumières blanches parsemaient la toile noire, lui faisant des clins d'œil. De nouvelles apparaissaient chaque fois qu'il regardait une zone vide d'espace sombre, tandis que d'autres semblaient gagner en intensité. Et il était presque certain que, dans cette zone à faible pollution lumineuse, il pouvait apercevoir les contours flous de la Voie lactée, le spectacle le plus grandiose et magnifique du ciel nocturne.

Il s'arrêta pour jeter un autre coup d'œil, pour se délecter de cette vision, mais Kasia poursuivait sa marche rapide.

— Allez ! insista-t-elle, d'une voix chuchotée et dure. J'ai envie d'aller me coucher.

Dormir avant minuit ? Quelle sorte d'adolescente es-tu ?

Tomek oublia rapidement le ciel étoilé et se dépêcha de la rattraper.

— Qu'est-ce que vous avez fait, Jacob et toi ? demanda-t-il.

— Il m'a montré sa petite cachette.

— Ah, vraiment ?

— Ouais, et... tous ses amis ne sont pas... enfin, ils ne sont pas réels. Ils sont imaginaires. Sur le chemin vers la cachette, il me parlait de

Stanley, d'Archie, de Henley. De leurs vies, de leur apparence, de ce qu'ils aimaient faire. Mais quand on est arrivés, il n'y avait personne.

— Le pauvre.

— Ensuite il m'a montré le bunker à l'autre bout de l'île. Il s'avère que c'est là qu'il aime jouer à cache-cache avec eux. Et parfois ils s'entraînent pour leurs concours d'orthographe en équipe et font semblant d'être à *University Challenge*.

Tomek ne savait pas quoi dire. Il pensait qu'utiliser une seconde fois « Le pauvre » serait un peu trop.

— Il est vraiment adorable, continua Kasia. Et il veut que j'aille chez lui demain.

— C'est gentil.

— Il m'a dit qu'il a plein d'autres amis que je pourrai rencontrer là-bas. Je parie qu'ils sont tous imaginaires aussi.

Tomek fit un bruit désapprobateur. Il n'aimait pas le ton moqueur dans sa voix. — Sois gentille. Certaines personnes gèrent différemment le fait d'être enfant unique. Et certains ont du mal à se faire des amis.

— J'en aurai quand je retournerai à l'école, marmonna Kasia entre ses dents.

Ils arrivèrent à un virage qui menait vers le ponton où ils avaient passé la matinée à pêcher des crabes. Une poignée de lampadaires, disséminés le long de la route, illuminaient le ponton et une cabane à huîtres, perchée sur le bord de la route. À côté, sur leur gauche, se trouvait une série de voiliers entassés sur le béton, et un petit embarcadère qui menait à l'eau. Sur leur droite immédiate se trouvait le Café Fowler. À côté, le Victory Inn. Deux commerces voisins avec un troisième en face, un peu plus loin sur la route. L'odeur d'eau de mer salée, d'algues humides, et la puanteur inconfondable de poisson frais flottait dans l'air, épaisse et entêtante, comme si elle était incrustée dans le béton, les poteaux téléphoniques, les murs de briques. Des dizaines de lignes blanches, comme les poils sur le visage d'un octogénaire, dépassaient de derrière le ponton, se balançant doucement au gré du courant. Le doux bruit de l'eau léchant le rivage était le seul son audible, hormis le grondement lointain d'un avion se dirigeant vers un climat encore plus chaud.

Tomek se sentait en paix ici. Tout était si tranquille, si détendu, si idyllique. L'évasion parfaite pour eux deux.

Ils continuèrent le long de la route jusqu'à ce que quelque chose attire l'œil de Tomek. Devant le Victory Inn, donnant sur l'eau, il y avait une terrasse-jardin. Des bancs et des tables en bois occupaient l'espace, avec de petites cabines cylindriques isolées comme des furoncles sur le côté gauche. Parmi les bancs, Tomek aperçut une lueur orange clair et sentit l'odeur de tabac flotter dans leur direction. Tenant la cigarette, la silhouette d'une femme, adossée contre le banc, ses traits dissimulés dans l'obscurité.

— Bonsoir, les jeunes, dit-elle. Tomek et Kasia s'arrêtèrent ; Kasia lui prit la main et la serra fort. — Désolée si je vous ai fait peur, continua-t-elle. Au début, son ton était brusque, profond, presque garçonnier. Mais ensuite, elle toussa pour évacuer le goudron de ses poumons et parla doucement. — Je ne vais pas vous faire de mal ou quoi que ce soit, je tiens à être parfaitement claire d'emblée. Remarquez, personne ne vous ferait de mal ici. Cet endroit est aussi sûr qu'une banque, comme on dit. Qu'est-ce qui vous fait sortir si tard ?

L'étreinte de Kasia se desserra légèrement.

— Nous sommes allés à la fête sur la plage, expliqua Tomek.

— La fête ! Comment c'était ?

— Agréable.

— Et le groupe ?

— Meilleur que ce à quoi je m'attendais.

— C'est bon à entendre. C'est toujours agréable de savoir que ton travail acharné a porté ses fruits.

Une ampoule s'alluma dans la tête de Tomek. — Vous devez être Charlene ?

Charlene leva les mains en signe de reddition. — Coupable comme accusée. Comment connaissiez-vous mon nom ?

— Certains des gars ont expliqué que vous aviez tout organisé. Pourquoi n'êtes-vous pas venue ?

Elle tira une autre bouffée de sa cigarette. — Parce que ce n'est pas à moi d'en profiter. C'est pour que tout le monde s'amuse. De plus, si j'avais été là, j'aurais été inquiète tout le temps.

— Mais vous serez à la régate demain ?

— Bien sûr. Je ne manquerais cette occasion pour rien au monde. Je vous y verrai ?

— Absolument. Tomek donna un autre coup de coude à Kasia. — Nous sommes vraiment impatients. Ça devrait être bien.

Charlene se pencha en avant, les coudes sur les genoux. — Si vous voulez mon conseil, arrivez tôt. Ça va être bondé, et assurez-vous d'être au premier rang pour les courses. Si vous êtes perdus au milieu de la foule, vous n'avez aucune chance, à moins que vous ne soyez vraiment bons en natation ou en aviron, bien sûr.

Tomek n'était particulièrement bon dans aucune de ces disciplines. Il était médiocre dans l'une et complètement novice dans l'autre.

— Je ne vais pas vous retenir, dit Charlene, les congédiant d'un geste de la main. — Vous devez bien dormir si vous voulez avoir une chance de gagner.

— Des conseils pour marcher sur le mât de cocagne ?

Charlene ricana. — À part porter des chaussures à semelles antidérapantes ? Je dirais que votre meilleure option est de ne pas tomber.

CHAPITRE
HUIT

Tomek se réveilla en sursaut. Il repoussa les couvertures, se faufila dans l'étroit passage entre le lit et le mur, puis sprinta vers la chambre de Kasia. Les murs étaient si fins que le cri qui l'avait réveillé semblait presque avoir retenti à ses côtés. Il la trouva assise, raide comme un piquet, les cheveux en désordre, emmêlés et luisants de sueur, le visage crispé comme si elle était possédée.

Quand il tendit la main pour la toucher, elle paniqua et la repoussa avant de se lancer dans une attaque physique contre lui. Le giflant. Le frappant. Le griffant. Lui hurlant de s'éloigner. Comme s'il était la cause du cauchemar revenant pour un deuxième round.

Revenant pour achever les choses.

Ce n'est que lorsqu'il l'enveloppa de ses deux bras et la serra fortement contre lui qu'elle finit par se calmer et que ses muscles se relâchèrent. Peu après, son corps fut secoué de tremblements incontrôlables tandis qu'elle commençait à sangloter contre son torse nu. Il continua à la tenir, lui faisant comprendre qu'il était là pour elle, qu'il n'irait nulle part et que tant qu'il serait présent, elle serait en sécurité.

— Ça va aller, chuchota-t-il en commençant à lui caresser les cheveux. Ça va aller. Il est parti. Il ne reviendra pas. Je m'en suis assuré, tu te souviens ?

Les tremblements s'affaiblirent, mais elle ne dit rien.

Les cauchemars avaient commencé presque immédiatement après la mort de Zachary Godson, l'homme qui avait manipulé et endoctriné Kasia pour qu'elle rejoigne sa secte apocalyptique. Et ils n'avaient jamais cessé depuis. Parfois ils étaient fréquents : quatre, cinq nuits d'affilée. D'autres fois, il y avait des accalmies, quelques jours sans le moindre murmure pendant son sommeil. D'après ce que Tomek pouvait constater, il n'y avait aucun déclencheur, aucun incident émotionnel ou rappel qui les provoquait. Ils étaient, à bien des égards, similaires à ses propres cauchemars.

— Ça va aller, répéta-t-il, la berçant doucement d'avant en arrière. Tout ira bien. Tu veux que j'allume la lumière ?

Elle acquiesça. Tomek la relâcha et alluma la lumière, sentant une crampe musculaire dans ses côtes alors qu'il s'étirait pour atteindre l'interrupteur.

— Tu veux en parler ?

Kasia était assise sur le lit, avec son t-shirt de nuit de travers sur son épaule, jouant avec ses mains. Elle était incapable de le regarder. — On était encore dans sa chambre.

— D'accord.

— Et il était en train de faire le massage.

Tomek savait où cela menait : Zachary Godson descendant de sa fille pour récupérer un masque de cygne, se préparant à la pénétrer, pour être interrompu par quelqu'un d'autre entrant dans la pièce. Même si Tomek savait que rien de sexuel ne s'était produit entre Kasia et Zachary — Kasia avait répété ce fait à maintes reprises au cours des dernières semaines — cela n'empêchait pas Tomek de bouillir de rage à cette pensée.

— Et puis je me suis réveillée, conclut-elle.

Tomek lui frotta délicatement le dos. — Tu voudrais quelque chose ? De l'eau ? Un petit encas de minuit ? Tant que tu ne prends pas de fromage.

— Du fromage ?

— Apparemment, ça donne des...

Il réalisa sa gaffe trop tard.

— Ça donne quoi ?

— Ça donne... ça donne... des cauchemars.

Elle n'était pas du tout impressionnée.

— À moins bien sûr que tu aies envie de fromage, auquel cas, c'est tout à toi.

Elle prit un moment avant de répondre. — Je... je ne veux pas de fromage.

— Non ? Un encas de minuit ?

— Je te veux toi.

— Je suis là, ma grande.

Puis elle désigna le lit simple à côté d'elle.

— Je veux que tu dormes ici avec moi cette nuit, murmura-t-elle, à peine audible. Je n'aime pas les bruits dehors. Le vent. L'eau. On dirait des bruits de pas toutes les deux secondes. Je... Ça te dérangerait ?

Tomek retira les valises qui étaient posées dessus, puis jeta les couvertures de l'autre lit et sauta directement dedans. — Pas du tout. Tant que ça ne *te* dérange pas de m'entendre ronfler. Qui sait, tu trouveras peut-être que ça t'aidera à te rendormir, comme si je te chantais une berceuse. Sauf que je suis un ours grizzly et que les murs résonnent.

CHAPITRE
NEUF

La vue le long de la plage était digne d'une carte postale. Des teintes de violet, orange, rouge, rose et jaune se fondaient en un mirage dans le ciel, perturbé seulement par de fines traînées de nuages presque transparentes. En arrière-plan, quelques degrés au sud, la moitié supérieure du soleil pointait au-dessus de l'horizon, explosant en une boule jaune qui apportait avec elle une chaleur réconfortante et la promesse d'une belle journée. Au second plan, Tomek avait droit à un paysage où le brun et le vert s'entrelaçaient. La marée était basse, laissant apparaître les ravins profonds des ruisseaux, semblables à des sillons de peau ridée. À l'intérieur, une multitude de bateaux, inclinés sur le côté, étaient enlisés dans la vase. Bientôt, la puissance phénoménale de la marée soulèverait ces navires et les porterait, permettant à des centaines, des milliers de marins, de faire l'expérience de la force monumentale de l'océan. Au premier plan, la plage scintillait tandis que le soleil la teintait d'un éclat effervescent.

C'était un nouveau jour. Un début de journée parfait.

Pas de pluie, pas de vent, et une vue spectaculaire.

La seule partie qui n'était pas parfaite, cependant, était la douleur qui envahissait actuellement les pieds, les cuisses, l'estomac, la poitrine et les poumons de Tomek. Son corps tout entier hurlait contre lui, fustigeant sa décision idiote de courir aussi loin et aussi vite après des semaines d'inactivité. Jusqu'à présent, ils avaient parcouru plus de onze kilomètres, courant dans le sens des aiguilles d'une montre autour de la côte de l'île, suivant l'itinéraire de la course Round the Island qui leur avait fait traverser différents paysages : goudron, gravier, herbe et racines d'arbres exposées. Mais aucun n'était aussi difficile que de se traîner dans le sable. Tomek aurait dû y être habitué, vivant le long de la côte sud de l'Essex, mais les derniers mois sans exercice l'avaient rattrapé. Et en conséquence, il n'arrêtait pas de prendre du retard et était forcé de s'arrêter fréquemment pour reprendre son souffle. Pendant ce temps, Flynn avait continué sans problème, malgré qu'il se soit plaint de souffrir d'une légère gueule de bois au début. L'enfoiré, terminant la course comme si c'était aussi banal que de marcher jusqu'au bout de la rue. Il portait même un sac à dos, le double enfoiré.

La respiration de Tomek était rauque et ses jambes ressemblaient à de la gelée quand, par chance, Flynn les arrêta près de la rangée multicolore des cabines de plage de l'île de Mersea. Tomek leur jeta un rapide coup d'œil et se rappela le moment où il avait vu un cadavre coincé entre les cabines de plage de Thorpe Bay plus tôt cette année. À une courte distance se trouvait la poubelle métallique qui avait servi pour le feu de plage la nuit précédente. L'odeur de fumée et de cendres carbonisées flottait encore dans l'air.

Flynn retira son sac à dos, le posa délicatement sur le sable, puis, encore plus soigneusement, sortit un appareil photo reflex numérique. Un Nikon D780.

—Bon sang, qu'est-ce qu'il est énorme, dit Tomek, ébahi par la taille imposante de l'appareil.

—C'est ce qu'elle a dit, répondit Flynn, examinant l'appareil dans sa main. On dit que la taille ne compte pas toujours, mais crois-moi, quand il s'agit de ce petit bijou, elle compte vraiment.

Tomek rit, pensa à quelque chose à dire, mais y renonça. Puis, dans un silence amusé entre les deux hommes, Flynn commença à prendre des photos du lever de soleil. Il prit des clichés sous différents angles. Haut. Bas. Horizontal. Vertical. Pour l'un d'eux, il s'abaissa jusqu'au sable et prit quelques photos l'œil collé à l'objectif comme s'il était un photographe de mode de seconde zone dans les années quatre-vingt-dix.

Ouais, fais-moi voir, bébé !

Donne-m'en plus !

Oh, oui, c'est le cliché parfait !

Montre-moi plus de jambe, ma belle !

Du moins, c'était ce que Tomek s'attendait à entendre dire par les semi-professionnels. Au moment où le photographe eut terminé, Tomek avait presque repris son souffle.

—Désolé pour ça.

—Pas de problème du tout. J'oublie souvent de m'arrêter et d'admirer le paysage, mentit-il. Merci de m'avoir montré la beauté dans la simplicité.

Tandis que Flynn rangeait l'appareil dans son sac à dos, il dit :

—Je vais les retoucher sur Lightroom ce soir et les partager avec toi. Si tu restes assez longtemps, je pourrai peut-être en imprimer un et l'encadrer pour toi avant ton départ.

—Ce serait adorable, mais ne te donne pas cette peine.

—Ne dis pas de bêtises.

Flynn balança le sac à dos par-dessus son épaule. Il claqua contre son dos.

—Je te l'offrirai gratuitement si tu me bats sur la dernière ligne droite.

—Et si je perds ? On parle de doubler le prix ?

—De le tripler.

Tomek scruta le visage de l'homme à la recherche d'un signe d'insincérité, mais n'en trouva aucun.

—À vos marques... commença Flynn. Prêts...

Mais Tomek était déjà parti. N'étant pas du genre à laisser passer l'occasion d'obtenir quelque chose gratuitement, il sprinta sur le sable vers l'autre bout de la plage comme le cheval d'une publicité Lloyds TSB. Il ne fit que dix mètres avant que la sensation de gelée ne revienne dans ses jambes et que ses genoux ne fléchissent, le faisant tomber la tête la première. Il se retrouva avec la bouche pleine de sable qu'il recracha sur la plage.

Flynn ne lui témoigna aucune sympathie et courut en avant, riant bruyamment avec un sourire narquois sur le visage alors qu'il le dépassait.

Cet enfoiré allait même jusqu'à frimer en courant à reculons.

Tomek finit par le rattraper quelques centaines de mètres plus loin. Non pas parce qu'il avait sprinté ou fourni un effort particulier pour le rejoindre, mais parce que Flynn avait ralenti son allure jusqu'à marcher.

— Je ne vais pas te faire payer le triple du prix. Vu la façon dont tu t'es étalé là-bas, j'envisage même de te *donner* de l'argent, dit-il derrière son sourire suffisant qui, pendant le temps qu'il avait fallu à Tomek pour le rattraper, avait presque doublé de taille. Comme dans *Vidéo Gag* à l'époque.

Tomek aurait volontiers accepté les 250 £ de récompense. À condition de ne pas avoir à subir l'humiliation de passer à la télévision qui allait avec. Malheureusement, il réalisa qu'on ne pouvait pas avoir l'un sans l'autre.

— Et si on n'en parlait plus jamais, comme ça personne n'a besoin de savoir ?

Les commissures des lèvres de Flynn tressaillirent. — Je ne fais aucune promesse.

Levant les yeux au ciel, Tomek dit : — Quitte ou double. Toi et moi sur le mât de cocagne cet après-midi. Si je gagne, j'obtiens l'impression gratuitement et tu gardes ta bouche fermée concernant ma petite chute. Si tu gagnes, je paie le double de ton prix habituel pour l'impression et tu peux raconter au monde entier ce qui s'est passé.

Flynn réfléchit à la proposition un moment. — Tu te sens plutôt confiant, n'est-ce pas ?

— Non, j'ai juste une addiction au jeu grave et handicapante, répondit Tomek.

— Vraiment ?

— Non, plaisantait-il, je blaguais.

— Eh bien, il y a des gens qui ont *vraiment* un problème de jeu, marmonna Flynn, détournant son regard de Tomek. Mais je n'en fais pas partie, alors à la réflexion, j'accepte ton offre.

Tout était convenu. Un marché équitable. Les deux hommes se serrèrent la main et poursuivirent le reste du trajet en trottinant régulièrement. Alors qu'ils passaient devant des jardins donnant sur le front de mer, quelque chose attira l'attention de Tomek. Il arrêta Flynn et pointa une forme dans la boue. Elle bougeait, portait un pantalon de pêcheur, et émettait des bruits d'animal — entre deux bribes de conversation avec elle-même.

— C'est Derry, expliqua Flynn.

— Derry ?

— Un homme de la mer. Il possède le Hangar d'Emballage. L'affaire familiale depuis des années.

Flynn désigna une petite cabane en bois perchée élégamment sur pilotis au sommet d'un petit monticule de terre à une centaine de mètres vers le sud-est. Elle se dressait sereinement contre l'arrière-plan rose et violet du lever du soleil. Tomek la connaissait bien. Elle avait été construite en 1890 et restait l'un des monuments les plus connus de Mersea. Au début du XIXe siècle, l'industrie ostréicole avait prospéré, et le bâtiment avait été construit pour aider les habitants à nettoyer, trier et emballer les huîtres pour les expédier à Londres. Au fil des ans, il s'était délabré, mais grâce à un projet de restauration au début des années quatre-vingt-dix, le site historique avait été préservé.

— Il essaie de maintenir le commerce des huîtres sur l'île depuis des années, poursuivit Flynn. L'endroit est à peine fonctionnel et rarement ouvert, mais il organise parfois des journées portes ouvertes en été avec des enfants et tout ça. Il a dû continuer en venant ici tous les matins pour récupérer sa pêche du jour. C'est tout ce qu'il lui reste. Flynn s'avança vers l'eau en agitant la main. — Salut, Dezza !

Ils trouvèrent ce qui était visible de Derry à une dizaine de mètres plus loin. Sa moitié inférieure avait été engloutie par la boue. Autour de lui se trouvaient quelques seaux, une bouteille d'eau et un couteau de pêche qui scintillait au soleil. Mais ce n'était pas ce qui avait attiré l'attention de Tomek. Ses yeux, comme ceux de Flynn, étaient fixés sur le labrador noir qui gisait à côté de lui, couvert de boue.

— Qu'est-ce qui s'est passé ici ? demanda Flynn, s'approchant du bord de la boue. C'est... c'est le chien de Mick ?

— Je pense que oui. Derry, un homme d'une cinquantaine d'années aux bajoues tombantes et aux lobes d'oreilles encore plus tombants, hocha solennellement la tête. Ses yeux étaient remplis de chagrin. — Le pauvre n'a disparu qu'il y a quelques jours.

— C'est le même Mick qui organise les visites ? demanda Tomek.

— Oui. C'est lui, répondit Flynn. Tu le connais ?

Tomek acquiesça. — Je l'ai rencontré hier, pendant que ma fille et moi faisions du kayak le long des marais. Nous avons vu le chien sur le bord d'un des ruisseaux.

— Il était vivant ?

— Mort.

— S'il ne l'était pas avant, il l'est certainement maintenant. Derry caressa délicatement l'animal, avec un regard contemplatif. Puis il reporta son attention sur Flynn et Tomek. — Vous avez dit qu'il était avec vous quand vous avez vu le chien ?

— Il est arrivé quelques instants après.

— Comment a-t-il réagi ?

Tomek s'arrêta un moment pour réfléchir. — Maintenant que j'y pense, sa réaction a changé quand il a vu l'animal. Comme s'il l'avait *reconnu*...

— Pauvre bougre, répondit Derry. Puis il se tourna vers Flynn, échangeant un regard avec lui. — Vous ne pensez pas... Il examina les alentours, puis baissa la voix. — Vous ne pensez pas qu'il y est pour quelque chose, n'est-ce pas ?

— Pour quoi ? répliqua Flynn, communiquant avec Derry comme si Tomek n'était plus là. Son chien s'était enfui. Je me souviens qu'il l'avait dit. Il a dû simplement aller nager, se retrouver échoué, puis mourir.

— Mais quand il l'a trouvé hier ? Pourquoi ne l'a-t-il pas enterré ?

Flynn haussa les épaules. — Peut-être qu'il a essayé mais qu'il était trop bouleversé pour le faire correctement.

— Ou il a essayé de lui offrir un enterrement de marin, dit Derry, comme s'il essayait de se convaincre que c'était ce qui s'était passé.

— Voilà, c'est ça, dit Tomek. Je suis sûr qu'il y a une explication parfaitement raisonnable. Vous devrez lui demander quand vous le verrez.

Mais Tomek voulait être présent. Il voulait entendre la justification de Mick Thorne pour avoir laissé son animal de compagnie mort au milieu des marais de Mersea.

CHAPITRE
DIX

La régate de West Mersea était divisée en trois événements tout au long de la journée. Le premier était le Marathon de Cobmarsh et les Courses de Dériveurs, une série d'épreuves individuelles et par équipes qui voyaient maris et femmes, amis et coéquipiers, et vétérans de plus de soixante ans faire le tour de l'île de Cobmarsh dans une variété d'embarcations.

Le deuxième événement de la journée était les courses de voile, qui comprenaient six catégories différentes, des smacks aux croiseurs, naviguant autour de la côte de l'île, s'embarquant dans un voyage similaire à celui que Tomek et Flynn avaient effectué plus tôt ce matin-là.

Le troisième, et le plus important, était les sports nautiques. Plusieurs heures de courses d'aviron variées, de natation, et un concours pour le bateau le mieux décoré. Cette partie de la journée attirait les foules les plus nombreuses et les plus bruyantes. Sauf que, pour la première fois en plus de cent ans d'histoire, la tradition allait être brisée, car un nouvel événement faisait son apparition. Un événement qui, espérait-on, exciterait toute une génération de jeunes fans : le Bateau Caisse à Savon, une variante nautique de la populaire course Red Bull où les concurrents devaient compléter un slalom dans des embarcations décoratives et costumées. Au lieu de transformer leurs voitures pour ressembler à la Reliant Robin de Del Boy ou à la Mystery Machine de Scooby-Doo, ils devaient opérer cette transformation sur des barques en bois et compléter un parcours d'obstacles sur l'eau. Mais rien de tout cela n'approchait l'événement principal : Marcher sur le Mât Graissé.

L'épreuve de Tomek.

Il était le numéro cinquante-six sur la liste. Son numéro était agrafé sur son t-shirt avec fierté. Il semblait que, dans la chaleur estivale, les shorts étaient obligatoires, cependant, pour beaucoup de concurrents, les t-shirts et autres vêtements couvrant le haut du corps étaient optionnels. Kasia observait avec mépris la foule de concurrents à moitié nus, de toutes formes et tailles, qui faisaient la queue le long du ponton.

— Tu es sûre que ça va d'attendre ici ? lui demanda Tomek.

Elle regarda l'eau et se perdit un moment dans son propre reflet. — Ça va.

— Tu veux monter sur l'un des bateaux ?

— Ça va.

Sur l'eau, des dizaines de bateaux avaient jeté l'ancre en une longue rangée parallèle à la côte et au port, et tanguaient maintenant à l'unisson, donnant l'impression d'être à Monaco pendant le week-end du Grand Prix de Formule 1. La grande différence était que les spectateurs n'étaient pas des multimillionnaires. À bord des bateaux se trouvaient d'anciens concurrents, qui séchaient maintenant au soleil de l'après-midi, aux côtés de quelques invités et spectateurs. Tomek scruta la masse de visages à la recherche de Flynn, mais ne parvint pas à le trouver.

Puis il entendit son numéro.

— Cinquante-six. M. Tomek Bowen !

Un grand rugissement s'éleva de la foule. Tomek sentit momentanément un nœud d'anxiété se serrer dans son estomac. Il se tourna vers Kasia.

— Souhaite-moi bonne chance, dit-il.

— Casse-toi une jambe, répondit-elle avec la sincérité de quelqu'un qui n'avait aucune idée de ce qu'il disait.

— Casse une-? Je ne joue pas dans une version scénique de *Pirates des Caraïbes* !

— Ah non ? Je pensais que tu t'étais entraîné à marcher comme Jack Sparrow.

Oui, c'était le cas. Mais là n'était pas la question.

Il lui lança un regard désapprobateur puis se dirigea vers le bord de l'eau. En pataugeant, les nerfs commencèrent à l'envahir. L'eau était froide, l'adrénaline coulait dans ses veines, et il prit soudainement conscience que des milliers d'yeux le regardaient pagayer jusqu'au grand bateau où se déroulait l'événement. Il devint très conscient de sa façon de nager, de ses mouvements, et de la manière dont il se hissait hors de l'eau. La dernière chose dont il avait besoin était que son short de bain glisse et dévoile ses fesses devant des milliers de spectateurs.

L'épreuve du mât graissé avait lieu sur un navire appelé Thames Barge Committee Boat. Le pont était fait de bois qui craquait à chaque ondulation de la marée. Le côté tribord était ancré par une corde qui semblait dater de plusieurs centaines d'années, et le bateau sentait le T-Cut et le polish pour bois.

Debout sur le bord tribord, à quelques mètres du mât graissé, se tenaient Charlene et Derry, l'homme qui avait pataugé dans la boue pour secourir le chien.

— C'est ce que je lui ai dit, disait Derry.

— Je lui ai dit de ne pas le faire comme ça, mais il n'a pas écouté, répondit Charlene.

— Tu te crois toujours si intelligente, n'est-ce pas ? Franchement.

Ils parlaient à voix basse et leur conversation s'arrêta immédiatement dès que Derry aperçut Tomek sur le pont. Il sourit timidement à Tomek, puis lui fit signe d'avancer vers le mât graissé. Alors que Tomek passait devant Charlene, Derry lui saisit la main et la leva en l'air comme s'il était un vainqueur. Ce geste suscita un autre rugissement de la foule.

— Le voici, tout le monde, dit Charlene, parlant à nouveau dans son microphone. Elle consulta son bloc-notes. — Tomek Bowen. D'où venez-vous, Tomek, et pensez-vous pouvoir atteindre l'extrémité ?

Charlene lui mit le microphone sous le nez.

Bégayant, il répondit : — Je viens de Leigh-on-Sea, et non, je n'ai absolument aucune prétention d'arriver jusqu'au bout.

Il crut entendre un léger rire de la foule traverser l'eau.

— Bien, Tomek, commença Derry, en lui donnant une tape dans le dos. — L'objectif est de décrocher le drapeau à l'extrémité du mât. Jusqu'à présent, un seul concurrent s'en est approché, et s'il avait porté ses chaussures adhésives, il l'aurait peut-être eu. Quand vous serez prêt, mon gars. Le mât est à vous.

Le mât est à moi, se répéta Tomek. Encore et encore.

Et puis le monde sembla s'assombrir, de l'extérieur vers l'intérieur, jusqu'à ce qu'il ne reste plus que le mât. Plus de foule sur la plage. Plus de bateaux tanguant d'un côté à l'autre sur l'eau. Plus de Kasia. Plus de Flynn. Plus de Charlene.

Juste lui et le mât. Lui et l'occasion de mettre en pratique ses semaines d'entraînement.

Les années précédentes, il avait essayé la même vieille tactique : sprinter sur le mât, glisser et tomber. Le plus loin qu'il avait réussi à aller était juste au-delà de la moitié, avant que la graisse ne le précipite finalement dans l'eau. Mais cette année, il s'était entraîné à une tactique différente, inspirée par un ancien gagnant.

La démarche de Jack Sparrow.

Le plus grand problème pour gravir le mât de cocagne était le centre de gravité décentré. Pour contrer cela, Tomek avait prévu de marcher comme s'il était ivre, vacillant d'un côté à l'autre tandis que son corps luttait pour se stabiliser sur la pente. Ces dernières semaines, il s'était entraîné dans le salon et dans le jardin, et sa technique avait donné de meilleurs résultats qu'espéré. Mais maintenant c'était l'épreuve réelle, et soit ça allait exceptionnellement bien fonctionner, soit il allait finir par se briser le dos et tomber la tête la première dans l'eau.

Il n'y avait qu'une seule façon de le savoir.

Mais d'abord, il avait besoin d'un rappel. Avant de commencer, il entama un lent applaudissement, réduisant progressivement l'intervalle entre chaque claquement. Immédiatement, la foule suivit son exemple, jusqu'à ce qu'il les laisse continuer sans lui. Alors que le bruit atteignait son crescendo, son regard se fixa sur le drapeau rouge qui flottait mollement au bout du mât.

Cinq mètres de bois se dressaient entre Tomek et le drapeau.

Cinq mètres de bois se tenaient entre lui et la célébrité locale.

Retenant son souffle, contractant ses abdominaux et relâchant ses muscles des jambes, il se lança. Le premier pas le prit par surprise, et il faillit tomber. Le niveau de graisse était bien au-delà de ce qu'il avait rencontré auparavant. Mais il y survécut. Ainsi qu'au deuxième, et au troisième.

À son quatrième pas, la gravité commençait à le déséquilibrer. Elle voulait le tirer vers le bas de chaque côté du mât, mais ses jambes souples et sa posture instable le maintenaient miraculeusement debout, et il continua à monter le long du mât.

Cinq mètres devinrent quatre.

Quatre devinrent trois.

Au deuxième mètre, les images de toutes ses tentatives précédentes défilèrent dans son esprit, suivies rapidement par toutes les tentatives infructueuses qu'il avait déjà vues ce jour-là.

Il les bannit et se concentra sur la tâche à accomplir. Quelques pas de plus, et il y était.

Il joua avec l'idée de sauter, de s'élancer en avant pour revendiquer le drapeau comme le sien, mais où était l'amusement dans cela ? Il valait bien mieux qu'il le saisisse et le revendique avec confiance plutôt que de se jeter aveuglément dessus dans un acte de foi.

Deux mètres devinrent un.

À ce stade, il remarqua que la graisse du mât commençait à diminuer, et son adhérence sur le mât à augmenter. Et puis, enroulant ses orteils et les plantes de ses pieds autour de la courbe du mât comme s'il était un danseur de ballet sur le point de s'élancer dans un final éblouissant, il tendit la main vers le drapeau et l'arracha de son support.

Pendant un bref instant, pendant une fraction de seconde, il put se tenir parfaitement immobile et savourer l'acclamation retentissante qui résonnait dans toute la foule, avant de finalement plonger dans l'eau. Quand il refit surface, il tenait toujours fermement le drapeau dans ses mains, et le leva victorieusement au-dessus de sa tête. Les acclamations de la foule s'amplifièrent. Il s'imprégna de la vue et de l'atmosphère tandis qu'ils scandaient son nom.

Tomek ! Tomek ! Tomek !

Il l'avait fait. Le premier concurrent à conquérir le mât de cocagne cette année. Il serait un héros avant la fin de la journée. Un homme ordinaire élevé à des hauteurs presque stratosphériques. Il était sûr qu'ils allaient ériger une statue à son nom et le vénérer à partir de ce jour. C'était la seule chose logique à faire.

CHAPITRE
ONZE

Malheureusement, il n'y aurait pas de statue à son nom. Charlene l'avait confirmé. Mais cela ne dégonflait pas son ego. Au contraire. Chaque année, à l'extérieur du Victory Inn et de Fowler's, le long de Coast Road, se tenait le marché de Mersea. On y vendait de tout, des décorations et ornements artisanaux recyclés aux livres jaunis et écornés que quelqu'un avait trouvés dans son grenier, des produits officiels de la régate de West Mersea Town aux robes de soirée d'occasion. Le marché s'étendait sur près de cent mètres, avec des commerces locaux indépendants alignés de chaque côté, et il était toujours bondé. Si les événements nautiques n'étaient pas votre truc, alors le marché l'était presque certainement. L'odeur des vendeurs de nourriture de rue préparant de délicieuses offrandes flottait dans l'air. Au menu : paella et falafels. Une marée humaine allait et venait à travers le marché, flânant à son propre rythme, se faufilant doucement d'un stand à l'autre. Dans la main de Tomek, il tenait le drapeau. Au-dessus de sa tête pour que tout le monde le voie.

Et ils l'ont vu, en effet. Des dizaines d'inconnus l'ont acclamé. L'ont félicité. Lui ont serré la main. Lui ont tapé dans le dos. Ont alimenté son ego jusqu'à des niveaux de vanité sans précédent, au point qu'il était convaincu que la foule avait formé une haie d'honneur pour qu'il la traverse, comme s'il était une sorte de royauté.

Après s'être offert un repas de victoire bien mérité, Tomek et Kasia ont déambulé dans le marché, s'arrêtant à divers stands, examinant les tables et les portants de vêtements, admirant le savoir-faire qui avait été nécessaire pour produire ces articles, avant de finalement passer au suivant.

Alors qu'ils avançaient lentement avec le reste de la foule, Tomek sentit une tape sur son épaule. Il s'arrêta, se retourna et prit connaissance de la stature du petit homme devant lui. L'homme rappelait à Tomek le DCI Nick Cleaves à tous les égards. Les cheveux, ou plutôt leur absence. Le cou gras et rond. Le ventre proéminent. Et les yeux... Il y avait quelque chose en eux. Un étrange mélange d'espoir et de désespoir.

— Félicitations, mon pote, dit l'homme, en lui serrant la main sans la lâcher. Surpris que tu ne sois pas là-bas à surveiller si quelqu'un d'autre pourrait s'approcher de ton trône.

Tomek jeta un coup d'œil au drapeau. — Je serai quand même le *premier* à l'avoir fait aujourd'hui.

— Et à juste titre. Je n'ai jamais vu personne réaliser ça comme toi. Super impressionnant.

— Eh bien, merci... Tomek offrit à l'homme un sourire poli qui disait qu'il en avait fini avec la conversation et voulait continuer son chemin.

Mais avant qu'il ne puisse lui tourner le dos, l'homme marmonna : — Je... Je suis Stuart. Stuart Simms. Mais la plupart des gens m'appellent Stu.

— J'espère qu'ils ne t'appellent pas SS.

Stuart rit maladroitement. Tomek eut l'impression qu'il ne comprenait pas la référence.

— Ouais. Bien joué. Enfin, je voulais juste me présenter. Je suis responsable de l'organisation de tout ça.

— Ah bon ?

— Je gère le marché hebdomadaire du côté est de l'île. On a un autre événement qui arrive ce lundi férié, si tu es dans le coin ? J'ai entendu de Montgomery que tu restes tout le week-end. Ce serait bien de voir de nouveaux visages au marché. Ça devient assez ennuyeux de voir les mêmes personnes semaine après semaine.

Et les mêmes vieux produits fatigués aussi, imagina Tomek.

— Je suis sûr qu'on pourra y faire un tour, dit-il.

Stuart laissa échapper un lourd soupir de soulagement par les narines, renforçant davantage l'impression que Tomek avait de Nick.

— Ce serait super. Rien de tel que d'avoir un gagnant pour attirer plus de monde.

Stuart dit au revoir, puis s'éloigna, et avec une légère claudication à la jambe gauche, disparut lentement dans la foule.

— Papa, regarde !

La chose suivante que Tomek sentit fut une petite traction sur son bras, le tirant dans la direction opposée. Kasia le guida à travers la marée humaine comme une fille en mission, se faufilant parmi les arrivants jusqu'à l'autre côté du marché. Ils s'arrêtèrent devant un stand vert. Une table, remplie de plantes d'intérieur, occupait l'espace. Mais ce qui attira immédiatement l'œil de Tomek fut le bonsaï assis au milieu, occupant la place centrale. Un orme de Chine. Presque cinquante centimètres de haut. Planté dans un magnifique pot en céramique rouge et or avec un plateau assorti. Les yeux de Tomek s'illuminèrent.

— Je l'ai vu et j'ai pensé à toi, Papa, commença Kasia. Je me suis dit qu'on pourrait l'acheter pour remplacer... eh bien, tu sais... remplacer les anciens. Et je pensais... je pensais que je pourrais peut-être l'acheter pour toi. Tu sais... pour m'excuser.

Le cœur de Tomek se réchauffa. C'était gentil de sa part d'offrir de remplacer celui qu'elle avait détruit, et une partie de lui pensait qu'elle lui devait bien ça, mais ensuite il regarda le prix.

— Tu ne peux pas te le permettre, ma puce, répondit-il. Il passa son bras autour de son épaule et la tira vers lui.

— Je ferai plein de corvées à la maison. Je laverai la voiture. Je ferai la lessive pendant six mois. Je ferai la lessive et la vaisselle, et je repasserai même tes chemises.

— Bon sang, dit la femme perchée sur une chaise de jardin derrière les plantes. J'aimerais que tu sois *ma* fille. La mienne ne propose jamais de faire aucune de ces choses pour moi.

Tomek massa l'épaule de Kasia. — J'ai la meilleure fille du monde, dit-il. Puis ajouta : — Merci pour l'offre quand même, Kash. Mais peut-être une autre fois. J'y réfléchirai. Il leva les yeux vers la femme. — Serez-vous là lundi ?

Elle confirma qu'elle y serait.

— Voilà, dit-il, cette fois à Kasia. Si c'est encore là à ce moment-là, on le regardera. Et au moins, ça te donnera un peu de temps pour trouver deux cents livres.

CHAPITRE
DOUZE

Ce soir-là, dans le jardin de la brasserie, Tomek n'arrivait pas à entendre ses propres pensées, encore moins ce que Kasia lui disait. Le son des riffs de guitare déchirants et le rythme lourd des tambours emplissaient l'air. Le même groupe que la veille, composé d'un chanteur principal, deux guitaristes, un bassiste et un batteur, reprenait actuellement « I Bet You Look Good on the Dancefloor » des Arctic Monkeys. Un choix étrange, vu qu'il n'y avait pas de piste de danse et que le public ne semblait pas assez jeune pour connaître la chanson. Il y avait une incohérence quelque part, et Tomek ne pensait pas que c'était la faute du groupe. Cependant, il était reconnaissant de ne pas avoir à écouter certaines des musiques pop minables qui existaient de nos jours. Du rap marmonné sur le fait de coucher avec autant de femmes que possible et de prendre autant de drogues que possible. Ou ces chansons formatées qui ne signifiaient absolument rien pour personne.

Il était un snob musical et n'admirait que les bonnes choses. Le rock de la fin des années quatre-vingt, début quatre-vingt-dix. Donnez-lui The Stone Roses, Oasis et Nirvana n'importe quel jour de la semaine plutôt que le fatras qui existait aujourd'hui. Tout n'était que bouillie, conçue pour vendre autant de disques que possible.

— Tu penses qu'ils sont bons, papa ? lui demanda Kasia pour la deuxième fois, ayant visiblement épuisé ses sujets de conversation.

— Ils ne sont pas mauvais, vu qu'ils doivent avoir quoi… quinze ans ?

— Arrête. Ils n'ont pas mon âge.

Kasia fit une pause pour observer les membres du groupe. Ses yeux semblaient s'attarder sur l'un d'entre eux en particulier : le chanteur principal.

— Tu le trouves mignon ?

— Quoi ? Non ! Pourquoi tu… ?

Elle baissa la tête et évita son regard.

— Je ne le trouve pas mignon. Mon Dieu, tu es tellement gênant.

En riant, Tomek dit :

— C'est normal de dire que tu le trouves mignon. Je ne vais pas me mettre en colère. Tu as le *droit* de le trouver mignon. Ce avec quoi j'aurais un problème, c'est si tu le ramenais à la maison.

— Mais n'importe quel musicien serait mieux que de ramener Zeus à la maison, non ? répondit Kasia, son visage s'élargissant en un léger sourire.

Tomek fut pris de court. Il ne s'attendait pas du tout à cette réponse. Mais il était content qu'elle l'ait dit. Cela montrait qu'elle grandissait, qu'elle guérissait, qu'elle utilisait l'humour et l'humour noir pour rire de la situation et passer à autre chose.

— Si tu ramènes quelqu'un comme Zeus chez moi, je ferai en sorte que la même chose se produise que la dernière fois. Pareil pour tout homme qui te fait du mal.

Et alors, le visage de Kasia s'assombrit. Le moment de légèreté était terminé.

Avant que Tomek ne puisse dire quoi que ce soit pour l'alléger, un étranger s'approcha d'eux. Il annonça sa présence d'un geste de la main, puis posa l'autre sur l'épaule de Tomek.

— Félicitations pour la victoire aujourd'hui, dit l'homme. Vous devrez revenir l'année prochaine. Voir si vous pouvez défendre votre titre.

Tomek remercia l'étranger, puis le congédia d'un geste. C'était la cinquième personne ce soir-là à le féliciter pour sa performance sur le mât de cocagne. Ils le traitaient comme un héros, et il adorait ça. Son ego n'avait jamais été aussi gonflé.

Alors que l'homme se dandinait vers le pub, il fut rapidement remplacé par une silhouette plus familière.

Depuis la dernière fois que Tomek l'avait vu, Flynn avait plaqué ses cheveux en arrière et taillé un peu sa barbe. Tomek se leva de son siège et lui serra la main.

— Tu es venu t'incliner à mes pieds, c'est ça ?

— J'étais en fait venu pour t'offrir mes félicitations, mais si tu vas être un connard à ce sujet, alors je pourrais avoir des doutes, et peut-être que je raconterai à tout le monde ta petite chute de tout à l'heure.

Flynn se tourna vers Kasia.

— Est-ce que ton père a toujours été aussi imbu de lui-même ?

Le sourire revint sur son visage.

— Malheureusement.

— Je n'imagine que trop bien ce que ça doit être de vivre avec lui, dit Flynn, puis il donna une tape amicale sur l'épaule de Tomek. Il regarda les assiettes vides sur le banc. — J'espère que je n'interromps rien.

— On a fini, répondit Tomek. Bien que Kasia et moi étions justement en train de discuter duquel des membres du groupe elle trouvait le plus mignon.

— Papa !

— Les membres du groupe, hein ? dit Flynn. Et lequel...

— Je n'ai rien dit de tel du tout ! Il l'invente ! protesta Kasia.

Avant que Tomek ou Flynn ne puissent répondre, Jacob, le fils de Montgomery, arriva en bondissant de l'autre côté du jardin, portant avec lui un dinosaure en peluche.

— Bonsoir ! s'exclama le petit garçon. Son visage et son expression rayonnaient d'innocence. Il posa le vélociraptor sur la table et leva les yeux avec espoir vers Kasia.

— Où est ton père ? demanda Tomek, après avoir rapidement cherché le propriétaire du camping-car du regard.

— Au bureau. Nous avons eu de nouveaux invités qui sont arrivés.

— Il sait que tu es ici ?

Le garçon hocha la tête, fixant toujours Kasia avec des yeux pleins d'espoir.

Tomek ouvrit la bouche pour parler, mais Jacob le coupa.

— Voudrais-tu venir jouer ? demanda-t-il à Kasia. Tu n'es pas venue cet après-midi. Je t'ai attendue toute la journée.

Les yeux de Kasia ricochèrent entre Tomek, Jacob et Flynn. Une expression mitigée traversa son visage. D'un côté, elle voulait s'éloigner de l'embarras d'être avec son père en ce moment, et de l'autre, elle ne voulait pas passer de temps avec Jacob pour une quelconque justification adolescente qu'elle pouvait avoir.

Finalement, Tomek répondit pour elle.

— Nous avons passé plus de temps à la régate que prévu. Vous pouvez y aller tous les deux. Mais soyez prudents. Et tiens-moi au courant de l'endroit où vous êtes.

Sur ce, Kasia se glissa à contrecœur de sous la table et suivit Jacob de près alors qu'ils se faufilaient à travers la foule vers la sortie du jardin.

— Un verre ? demanda Flynn, une fois Kasia partie. C'est moi qui invite. Je dois offrir une pinte de félicitations au héros du jour.

Tomek regarda son verre de Pepsi vide, puis leva les yeux vers Flynn.

— Je vais accepter ta proposition.

Alors que tous deux se dirigeaient vers le bar, Tomek cédant volontiers la table à une famille de quatre personnes, le groupe commença à jouer une version de « In The End » de Linkin Park. Malgré les guitares lourdes et les paroles criées qui plombaient immédiatement l'ambiance, Tomek apprécia.

À l'intérieur, le bar occupait le fond du pub et était actuellement tenu par Charlene, et Charlene seule, tirant une demi-douzaine de bières à la fois, les enregistrant à la caisse, et prenant des commandes de nourriture simultanément. Elle était comme une machine, virevoltant autour du bar. C'était son château et elle en avait le contrôle absolu. Assis au comptoir, perché dangereusement sur un tabouret, voûté, les doigts enserrant son verre comme s'il craignait que quelqu'un ne le lui prenne, se trouvait Mick Thorne, l'opérateur de bateau touristique. La puanteur d'alcool, épaisse et écœurante, émanait de ses vêtements, et l'odeur remonta jusqu'aux narines de Tomek. En s'arrêtant à côté de l'homme, il ressentit soudain l'envie de le tâter, pour s'assurer qu'il allait bien, qu'il était toujours vivant.

Avant qu'il ne puisse le faire, l'homme le devança.

— Salut, les gars, balbutia Mick, se tournant lentement vers Tomek et Flynn, son corps toujours courbé comme le Bossu de Notre-Dame. Vous venez prendre un verre ?

— C'est le bar ici ? Je croyais que c'étaient les toilettes, répliqua Tomek d'un ton sarcastique.

Mick ricana. — Vous aurez plus de chance de vous faire servir dans les chiottes qu'ici. Mick s'arrêta pour prendre une minuscule gorgée de sa bière. — Tout c'que j'ai à vous dire, c'est bonne chance. Y'a aucune garantie que celle-là vous servira.

Tomek comprit rapidement que par « celle-là », Mick faisait référence à Charlene qui, comme si elle avait senti ses oreilles chauffer, s'approcha d'eux.

— Ne lui prêtez pas attention, les gars, dit Charlene, une main sur le robinet de bière le plus proche. Il est juste en rogne parce que je lui ai coupé les vivres pour ce soir.

— C'est pour ça qu'il boit sa pinte comme si c'était une ration pendant un raid aérien ? demanda Flynn.

— Sans parler du fait qu'il la berce comme un enfant, ajouta Charlene.

— Fermez-la, vous tous ! siffla Mick. J'ai perdu mon chien. Vous saviez pas ? Ce pauvre type l'a trouvé pour moi hier, et maintenant vous voulez tous vous foutre de ma gueule pour ça ? Jerry est parti... et maintenant j'ai plus rien. C'était mon meilleur pote, ce petit cabot. Il adorait la bouffe, celui-là. Et ça me gêne pas de dire qu'il avait pas de problème à s'enfiler quelques pintes de temps en temps non plus. Mick fixait solennellement son verre, se perdant dans la myriade de bulles remontant à la surface. — C'était sa préférée, vous savez. Une bonne pinte bien fraîche d'Amstel. Tu pourrais pas m'en servir une autre, Charlene ? Juste une de plus. Tu pourrais ? Fais-le pour Jerry.

Charlene réfléchit un instant, desserrant sa prise sur la pompe à bière.

— Impossible, Mick, dit-elle sévèrement. Tu as largement dépassé la limite, et si je t'en donne plus, tu ne pourras pas conduire le bateau demain.

Mick ricana. — J'ai personne à emmener. Personne veut payer cinquante livres pour un tour de l'île qu'ils peuvent voir sur Google putain de Maps ou un de ces sites de merde de réseaux sociaux. Depuis que tu m'as fait augmenter mes prix, je me suis fait complètement entuber. Un peu de postillons jaillit des lèvres de Mick alors qu'il crachait le dernier mot. — Putain d'*entuber*.

Charlene frémit de dégoût. Elle se pencha vers Mick et murmura : — Ce n'est ni le moment ni l'endroit pour faire une scène. Finis ton verre, et puis va-t'en.

— Ouais, je vais finir mon verre, c'est sûr. Et ça prendra le temps que ça prendra. T'oseras pas me toucher, sinon je te ferai regretter de l'avoir fait.

Des têtes inquiètes d'autres clients du pub tournèrent lentement leur attention vers la dispute naissante, la désapprobation marquant leurs expressions. Charlene lança des regards meurtriers à Mick, puis tourna rapidement son attention vers Tomek et Flynn. En un instant, son sourire commercial était de retour, révélant cette fois un ensemble de dents tachées par le tabac. — Qu'est-ce que ce sera, les gars ?

Flynn passa la commande, et pendant que Charlene s'affairait à tirer leurs bières, Tomek se déplaça de l'autre côté de Mick, s'adossant contre le bar. Quelque chose le tracassait, le tiraillait. Quelque chose que le détective en lui brûlait de satisfaire.

— Je suis désolé pour ton chien, commença-t-il. Qu'est-ce qui lui est arrivé ?

— Qu'est-ce que tu veux dire par qu'est-ce qui lui est arrivé ? Il s'est barré et il est crevé, voilà !

— Tu l'as reconnu comme étant ton chien quand je te l'ai montré hier ?

— Bien sûr que oui. T'as déjà eu un animal de compagnie ? Ils sont comme des enfants. On les oublie pas facilement. Surtout les chiens. On les appelle le meilleur ami de l'homme pour une raison.

— Qu'est-ce que tu en as fait après notre départ ? La seule raison pour laquelle je demande, c'est parce que Derry Waterman l'a trouvé dans la boue ce matin.

— Ce connard ? Pourquoi il s'en mêle ? J'ai jeté ce bâtard par-dessus bord du bateau. Je lui ai fait des adieux appropriés. C'était un chien de mer, et il méritait de reposer en mer. Qu'est-ce qui donne à ce foutu type le droit de tripoter mon chien mort ?

Presque comme sur commande, Derry Waterman apparut de l'autre côté du bar.

— Quelqu'un a dit mon nom ?

— Le voilà, la petite fouine de *merde*.

— Qu'est-ce que t'as dit ?

Tomek intervint avant que la situation ne dégénère. Il plaça une main sur la poitrine de Derry, le retenant. Au bar, un public s'était formé, et Tomek pouvait sentir des dizaines de paires d'yeux fixés sur eux. Il n'avait pas eu l'intention de provoquer une scène, pourtant c'était exactement ce qui s'était produit. Même le son du groupe venant de l'extérieur semblait s'atténuer, comme s'il faisait une pause pour écouter.

— Bon, désolée, Mick, mais tu en as eu assez. C'est fini pour la soirée. Dehors, lança Charlene sèchement.

Mick ouvrit la bouche pour riposter mais, sentant l'atmosphère soudainement tendue, jugea préférable de s'abstenir, glissa de sa chaise et se faufila à travers la foule avec l'allure d'un homme qui n'avait plus rien à perdre, son verre de bière toujours à la main.

Dès qu'il fut parti, la musique et les bavardages reprirent, comme si Charlene avait appuyé sur un interrupteur.

— Désolée pour ça, les gars, dit-elle en passant les boissons par-dessus le comptoir.

Tomek n'avait plus envie de boire, mais prit quand même son verre. Il remercia Flynn, puis tourna son attention vers Derry.

— Il est toujours comme ça ?

Derry grogna. — Il a ses moments. Il enleva une paire de lunettes à monture épaisse de son nez et nettoya les verres avec sa chemise. — J'y suis habitué maintenant. Ça ne l'empêche pas de m'énerver de temps en temps, cependant. Il posa une main ferme sur l'épaule de Tomek, si durement que c'était presque une claque, comme si c'était personnel. — Enfin, assez parlé de lui. Parle-moi de toi, héros du mât de cocagne.

Tomek grimaça. — Personne ne devrait jamais être appelé comme ça, dit-il. À moins d'être une star du porno. Auquel cas, d'accord.

— J'en déduis que tu n'es pas une star du porno alors ?

— Il travaille dans l'*administration*, intervint Flynn. Ce que je trouve suspect, parce que quel genre de mec qui bosse dans l'administration peut grimper un mât de cocagne comme ça ?

— Le genre qui a actuellement le drapeau et le trophée dans sa caravane, répliqua Tomek. La plaisanterie entre eux était bonne, mais Tomek ne pouvait s'empêcher de se sentir légèrement mal à l'aise face au commentaire de Flynn. Il avait espéré que l'homme ne l'aurait pas soupçonné de mentir sur son métier.

— Assure-toi de garder ce truc sous clé, ajouta Derry. Beaucoup se sont battus et sont morts pour ce titre.

Tomek haussa un sourcil.

—Je plaisante. Mais son prestige ne peut pas être sous-estimé. Les hommes sont prêts à des folies quand leur esprit se fixe sur quelque chose. Un bref silence s'installa entre eux tandis que les trois hommes méditaient sur les paroles de Derry, bien que la réaction immédiate de Tomek fût très différente de celle des autres. —Et les femmes, bien sûr, s'empressa d'ajouter Derry.

Tomek but une gorgée de son verre. Le liquide frais toucha ses lèvres et rafraîchit son corps en descendant dans sa gorge. La journée avait été d'une chaleur aveuglante, et l'air à l'intérieur du pub était moite et lourd. Le climatiseur menait un combat perdu d'avance.

Au cours des deux heures suivantes, Tomek, Flynn et Derry parlèrent de la météo, de la régate, de l'excitation du spectacle, de son histoire et de ce qu'ils pouvaient encore attendre du reste du week-end. Tomek profita de ce moment pour mieux connaître Derry. Cet homme possédait et exploitait le Packing Shed depuis trente ans après l'avoir hérité de son père, qui lui-même l'avait hérité de *son* père. L'établissement était dans la famille Waterman depuis plus de quatre-vingt-dix ans, se transmettant de génération en génération. Mais cette tradition semblait sur le point de s'arrêter pour Derry : il était célibataire, ne s'était jamais marié, et n'avait pas d'enfants ni de petits-enfants à qui transmettre l'entreprise et cet héritage. Maintenant, il devait trouver quelqu'un à qui passer l'affaire le moment venu, sinon l'un des monuments les plus célèbres de Mersea resterait là, inoccupé, victime des éléments, sans doute englouti par la mer et détruit. Derry aimait son travail. Il adorait se réveiller chaque matin, s'aventurer dans l'eau et pêcher des huîtres. C'était tout ce qu'il avait toujours connu, depuis l'âge de dix ans, et il ne pouvait pas imaginer faire autre chose. Il y avait des jours, cependant, où il se sentait seul et envisageait d'abandonner. Mais ensuite, il se rappelait qu'il avait besoin de l'île autant que l'île avait besoin de lui. L'entreprise n'était plus ce qu'elle était. En fait, elle s'effritait, presque inexistante, mais elle avait été toute sa vie.

Après trois pintes de plus que ce qu'il avait initialement prévu, Tomek finit par mettre fin à la soirée à onze heures. Il salua ses nouveaux amis d'un signe de la main et se dirigea vers la sortie. Lorsqu'il partit, la foule s'était drastiquement réduite. La plupart des visiteurs et des familles avaient emmené les enfants se coucher, et il ne restait plus que les habitants. Le groupe, qui avait épuisé son répertoire et reprenait maintenant la liste des morceaux, avait brièvement cessé de jouer.

En fermant la porte du pub derrière lui, Tomek s'arrêta pour écouter. C'était parfaitement silencieux. Il n'y avait pas de voitures sur la route, pas de klaxons qui retentissaient contre les conducteurs erratiques, pas de signal sonore des passages piétons ni de sirènes. La marée était basse, il n'y avait donc même pas le bruit des vagues léchant doucement le rivage, et le vent était tombé. Tout était parfaitement immobile, silencieux.

Jusqu'à ce qu'il entende un remue-ménage à l'arrière du pub.

Une discussion houleuse. Un homme et une femme.

—Tu ne peux pas me demander ça, dit l'homme.

—Je le peux et je le fais. Je suis ta patronne.

Tomek s'avança sur la pointe des pieds vers l'arrière du pub, trouva un petit espace dans la clôture et regarda à travers. Charlene se tenait sur une marche. À quelques pas d'elle se trouvait le chef, un homme d'une trentaine d'années portant son uniforme blanc. La fumée s'échappait de l'extrémité de sa cigarette, s'élevant lentement dans le ciel.

—J'ai une vie en dehors de cet endroit. J'ai des choses à faire. Il tira une très, très longue bouffée de sa cigarette et la retint encore plus longtemps, comme s'il absorbait toutes les toxines et le goudron pour libérer sa frustration, avant de l'expirer par les narines.

—C'est simple, Leon, dit-elle. Soit tu le fais, soit je trouve un autre chef pour diriger cet endroit. Toi et tous les autres êtes facilement remplaçables.

Tomek décida qu'il ne voulait pas en entendre davantage. Ce n'était pas sa dispute. Alors il quitta le pub et se dirigea vers la caravane. Une fois arrivé, il trouva Kasia qui l'attendait devant la porte, son visage illuminé par la douce lueur bleue de l'écran de son téléphone.

—Qu'est-ce que tu fais ? lui demanda-t-il. Depuis combien de temps es-tu assise là ?

—Environ une heure.

—Pourquoi ne m'as-tu pas envoyé un message ?

—Je l'ai fait. Tu n'as pas répondu.

Tomek vérifia rapidement son téléphone. Un appel manqué et plusieurs messages WhatsApp lui indiquant exactement où elle se trouvait.

—C'est ma faute, dit-il. Pourquoi n'es-tu pas venue me chercher au pub ?

Elle haussa les épaules. —Je ne voulais parler à personne.

Tomek décida de ne pas insister. —Où est parti ton nouvel ami ?

—Se coucher. Il n'a que dix ans, tu te souviens.

—C'est vrai, répondit Tomek en montant les marches et en déverrouillant la porte.

—J'ai accepté de le voir demain, si ça ne te dérange pas ?

—Pas de problème, dit Tomek.

Une fois à l'intérieur, Tomek alluma les lumières, baignant l'intérieur de la caravane d'une chaude lueur orangée. En fermant la porte derrière Kasia, il regarda fixement l'obscurité du marais qui s'étendait au-delà, pensant à combien tout était silencieux et parfait.

CHAPITRE
TREIZE

Des connards, partout. Tous autant qu'ils sont. Incompétents et arrogants. Remettant tout en question chaque fois qu'on leur demandait de faire quelque chose. Piquant une crise dès que la vie devenait un peu trop difficile pour eux. Pourquoi ne pouvaient-ils pas simplement faire ce qu'on leur disait ? Était-ce si compliqué de suivre une instruction simple, venant qui plus est d'une propriétaire ?

Le sang de Charlene bouillonnait encore plus de deux heures après alors qu'elle redressait le tabouret où Mick Thorne s'était assis quelques heures plus tôt. Elle ne pouvait pas en être certaine, mais elle était sûre de sentir une odeur d'urine émanant des fibres du coussin. S'il s'avérait que ce salaud avait pissé sur lui-même dans son pub, il allait en entendre parler le lendemain. Elle ne pouvait pas tolérer ça. Ni la façon dont il lui avait parlé avec condescendance. Et en plein milieu du pub lors de sa soirée la plus fréquentée, en plus. C'était inacceptable. Elle aurait aimé pouvoir dire que ce n'était pas dans ses habitudes, mais ce serait un mensonge.

Depuis qu'elle lui avait suggéré d'augmenter les prix de ses excursions en bateau, Mick Thorne lui en voulait. Il l'avait blâmée pour le manque de clients ces dernières semaines, plutôt que de mettre la faute sur sa mauvaise hygiène personnelle, l'odeur d'alcool dans son haleine, et ses mauvaises manières. Cet homme était un porc, qui n'avait aucun respect pour les femmes. Il ne pouvait pas tolérer qu'une femme accomplie, une *entrepreneuse*, ait fait une suggestion qui aiderait son entreprise. Et il s'était donc lancé dans un cas monumental d'auto-sabotage et avait tout foutu en l'air pour lui-même.

Il ne pouvait s'en prendre qu'à lui-même.

Et à l'alcool.

Est-ce que Charlene se sentait coupable de lui fournir le vice qui détruisait rapidement son identité ? Pas particulièrement. Pas après ce qu'il avait fait. Si quelque chose, c'était le minimum qu'il méritait.

Charlene se pencha et renifla le tissu du siège. La puanteur d'urine lui monta au nez.

Ce salaud *avait* pissé sur lui-même. C'était peut-être pour ça qu'il était resté si parfaitement immobile : pour se tremper dedans comme l'animal qu'il était. Ou peut-être qu'il n'avait pas voulu bouger pour ne pas déranger les particules et donner l'alerte sur ce qu'il avait fait. Quoi qu'il en soit, il s'était soulagé sur sa propriété.

Soupirant profondément, Charlene souleva le tabouret d'à côté du bar et le transporta au sous-sol. Le temps qu'elle atteigne la dernière marche, son biceps hurlait d'agonie, et son avant-bras lui faisait mal là où le tabouret s'était enfoncé dans sa chair. Ensuite, elle attrapa un petit plateau de nettoyage en plastique et le posa sur le sol. À l'intérieur se trouvait tout ce dont elle avait besoin pour un nettoyage de printemps : un spray antibactérien, une variété de chiffons de différentes couleurs, de l'eau de Javel, une brosse en bois à poils de cheval, et un petit pot de T-Cut (pour enlever les rayures que ses clients laissaient derrière eux). Mais pour ceci, pour le tabouret de bar taché d'urine, elle allait avoir besoin de quelque chose de plus fort, et pas seulement dans le domaine chimique.

Au fond du sous-sol se trouvait une bouteille de solution de qualité industrielle, introuvable dans le commerce, qu'elle avait empruntée à un ami et avait complètement oublié de rendre. Dès qu'elle ouvrit le couvercle, une explosion de produits chimiques lui monta au nez et la fit grimacer. L'odeur était si forte qu'elle pouvait à peine garder les yeux ouverts, et elle la sentit aller droit à son cerveau, faisant fourmiller les neurones à l'intérieur de son crâne.

— Putain de bordel de merde, siffla-t-elle tandis que les produits chimiques descendaient dans sa gorge.

Elle n'avait absolument aucune idée de ce qu'il y avait dedans, ou de ce à quoi ça servait. Tout ce qu'elle savait, c'est que c'était efficace pour faire partir les taches des tissus. Elle prit un chiffon rose fluorescent du plateau et le plaça au-dessus de la bouteille. Alors qu'elle versait la solution sur le chiffon, elle regretta immédiatement de l'avoir fait. Les produits chimiques traversèrent le tissu et brûlèrent sa chair. Elle laissa rapidement tomber le chiffon sur le tabouret et inspecta sa main. Une petite boursouflure rouge de peau enflammée s'était formée dans sa paume et lui donnait l'impression de brûler.

Se maudissant d'avoir fait une erreur aussi stupide – une erreur qu'elle reprochait à Mick Thorne – elle chercha une paire de gants en caoutchouc extra épais pour protéger sa peau, puis frotta la solution sur le chiffon. Les produits chimiques bouillonnèrent et grésillèrent au contact du matériau, enlevant rapidement tout ce qui s'y trouvait. Mais alors elle réalisa sa deuxième erreur, avant qu'il ne soit trop tard. La solution était si puissante qu'elle brûlait à travers le tissu, le dissolvant. Elle jura à voix basse, maudissant Mick Thorne. Tout était la faute de ce salaud. Alors qu'elle plaçait la chaise et le matériel de nettoyage dans le coin de la pièce, elle entendit un bruit venant de l'étage.

Encore un. Le deuxième en autant de semaines.

Charlene soupira. — Si j'ai encore une putain de brique à travers ma fenêtre, ils auront affaire à moi.

Jetant les gants dans le plateau, elle monta les marches avec fureur. Elle s'arrêta dans le bar. Attendit. Écouta. Le bruit s'était arrêté. Pour le moment. Il n'y avait personne à l'intérieur du pub ; les tables et les chaises étaient exactement comme elle les avait laissées, tout comme l'équipement du groupe qui était une tâche pour le lendemain.

Elle était sur le point de se retourner et de redescendre quand elle entendit un autre bruit. Venant de l'extérieur. À l'arrière du pub. Près des poubelles. Le bruit de verre brisé. Charlene retint son souffle. Son pouls s'accéléra, et elle ne sentait plus la sensation de brûlure dans sa main. Avant de se diriger vers la cuisine, elle attrapa la chose la plus proche qu'elle put trouver – une fourchette qui devait être jetée.

Brandissant le petit objet métallique comme si elle savait quoi en faire, elle se dirigea sur la pointe des pieds vers la cuisine. L'endroit était impeccable. Tout ce qu'on pouvait voir brillait sous la lumière artificielle au-dessus, et l'odeur parfumée d'eau de Javel flottait dans l'air. Leon avait fait du bon travail, après tout. Mais elle ne pouvait pas penser à ça en ce moment.

Tout ce qu'elle pouvait voir était la lueur orange terne qui venait de l'extérieur de la porte de la cuisine. Et ce qui se trouvait de l'autre côté.

En chemin, elle passa devant une rangée de couteaux de cuisine en acier inoxydable. Ils étaient aussi tranchants que des scalpels, capables de percer un corps avec facilité, et feraient considérablement plus de dégâts que l'arme improvisée qu'elle avait récupérée au bar, mais son esprit était tellement concentré sur les poubelles, tellement focalisé sur ce qu'elle pourrait trouver dehors, qu'elle ne les remarqua même pas.

Dix pas plus tard, avancés avec précaution sur la pointe des pieds, elle arriva à la porte. La vue de l'intérieur lui offrait presque quatre-vingt-dix pour cent de l'extérieur. Et dans ces quatre-vingt-dix pour cent, il n'y avait rien : juste les poubelles à roulettes et la clôture en bois. Mais c'était ces dix pour cent restants qui la déconcertaient. L'inconnu. L'idée que quelqu'un pourrait se tenir là avec une autre brique à la main, attendant de la lancer sur son visage cette fois plutôt qu'à travers sa fenêtre.

— Il y a quelqu'un ? dit-elle, sa voix se brisant à mi-chemin. Parce que si vous êtes là, je vous donne l'opportunité de partir maintenant avant que je ne sorte et que je vous arrange le portrait au point que vous devrez manger avec une paille pour le reste de votre vie.

Avec ma putain de fourchette inutile... pensa-t-elle.

— Je vous donne jusqu'à cinq pour déguerpir d'ici.

Rien. Silence. Même le vent et la mer ne bougeaient pas.

— Cinq... commença-t-elle.

— Quatre...

Aucun mouvement.

— Trois...

— Deux...

— *Un*.

Sauf que ce n'était pas sa voix qui avait prononcé le dernier mot. Cela venait de derrière elle. Profond, menaçant. Et avec une certaine finalité qui fit dresser les cheveux sur sa nuque.

Le cœur battant la chamade, Charlene pivota sur place et se retourna pour faire face à la cuisine, brandissant la fourchette en signe de défi.

L'homme en face d'elle la regarda, puis éclata de rire.

— Posez ça, Charlene. Vous avez déjà causé assez de dégâts dans cette ville, et à moi. Je ne vous laisserai pas en faire davantage.

CHAPITRE
QUATORZE

DIMANCHE

Tomek avait les muscles des jambes presque aussi douloureux que la tête. Il savait que c'était une mauvaise décision de rester et de boire autant — quatre pintes, ce qui selon ses propres critères était beaucoup — mais il appréciait la compagnie et s'était laissé emporter. Trop emporté pour réaliser qu'il était légèrement éméché et que la pièce tournerait plus tard lorsqu'il poserait sa tête sur l'oreiller.

Maintenant, il regrettait amèrement ses décisions.

Heureusement, il n'était pas le seul à souffrir. La différence était que Flynn avait une autre raison de courir beaucoup plus lentement : d'une manière ou d'une autre, sur le chemin du retour du pub, il avait glissé du trottoir et s'était tordu la cheville. Pas trop gravement, avait-il précisé avant qu'ils ne commencent à courir. Pourtant, à voir sa démarche saccadée et son corps penché d'un côté lorsqu'il mettait un pied devant l'autre, il était clair qu'il souffrait. Alors qu'ils approchaient du même bout de plage que la veille, Flynn les fit s'arrêter.

Ce dimanche matin, l'air était beaucoup plus frais et moins humide, avec une légère brise leur rappelant que le vent était toujours là. En s'arrêtant, Tomek sentit ses bras picoter et baissa les yeux sur ses avant-bras. Ils étaient brûlés et rouge vif à cause du soleil de la veille. Malgré les incessantes recommandations de Kasia pour qu'il mette de la crème, cela avait eu peu d'effet. Son teint polonais pâle lui rappelait qu'il ne pouvait pas profiter du soleil autant que les autres.

— Matinée glorieuse pour ça, dit Flynn, faisant écho à son sentiment de vingt-quatre heures plus tôt.

Tomek devait admettre que c'était vrai. Des rubans d'or et de rouge, cette fois entrelacés de touches d'orange et de vert, s'étiraient à travers le ciel avant de fondre dans une toile bleu clair. Au milieu, le soleil brillait magnifiquement à quelques centimètres au-dessus de l'horizon. Malheureusement, comme ils avaient dormi une demi-heure de trop, ils avaient manqué le lever du soleil. Juste devant eux s'étendaient les mêmes verts et bruns que la veille. L'herbe vibrante prospérant sur la terre riche. La boue humide, s'accrochant encore aux dernières traces de la mer, scintillant dans le soleil matinal. Chaque jour était identique ici. Et chaque jour était une carte postale.

Flynn laissa tomber son sac sur la plage et commença à prendre des photos du paysage. Cette fois, Tomek se sentit inspiré à faire de même et prit quelques clichés avec l'appareil photo de son iPhone. La qualité serait sans doute bien inférieure à celle de Flynn, mais au moins il aurait les souvenirs sur son propre appareil plutôt que sur celui de quelqu'un d'autre.

— Tout simplement magnifique, dit Flynn en commençant à ranger ses affaires.

— C'est une vue dont on ne peut jamais se lasser, dit Tomek, plus pour lui-même que pour Flynn.

— Ce n'est pas les Dolomites, ni les Alpes ou les Maldives, mais c'est notre paysage unique, dit Flynn. Il y a de la beauté dans tout ce que tu regardes. Cet arbre là-bas. Cette corniche. Ce morceau de bois qui sort du sol, expliqua Flynn, en montrant du doigt les différents points de repère autour du littoral. La beauté est dans l'œil de celui qui regarde, comme on dit.

Tomek était d'accord. Bien qu'il ne trouvât pas beaucoup de beauté dans la vision de l'homme qui pataugeait actuellement dans la boue à quatre pattes, venant vers eux.

— Le voilà, dit Tomek, en regardant sa montre. Juste à l'heure.

— Vite ! s'exclama Derry, agitant frénétiquement un bras en l'air. Dépêchez-vous ! Vous devez venir rapidement !

Tomek et Flynn s'approchèrent du bord de l'eau.

— Vite ! J'ai besoin de votre aide ! Il y a... il y a... Quelque chose est arrivé...

— Qu'est-ce qu'il y a ? demanda Flynn à l'endroit où le sable cédait la place à la boue.

Derry n'était qu'à quelques mètres, pourtant il continuait de parler fort. Il portait les mêmes vêtements que la veille et était couvert de boue presque de la tête aux pieds.

— C'est Charlene, dit-il, essoufflé. Je l'ai trouvée là-bas. Il les regarda tous les deux dans les yeux avant de terminer. Elle est morte.

▭

La boue était plus profonde que ce à quoi Tomek s'attendait. À moins qu'il ne pesât plus qu'il ne le pensait. Maintenant, il comprenait pourquoi Derry était si essoufflé quand il les avait approchés.

Depuis cinq minutes, Tomek et Flynn essayaient, sans succès, de patauger dans la boue pour venir en aide à Charlene Harris. Tomek pensait cyniquement qu'elle avait de la chance de ne pas être en train de mourir, car il n'y aurait eu aucun moyen de la sauver. La progression dans la boue était ardue et longue. Chaque pas l'enfonçait d'au moins trente centimètres et nécessitait un effort monumental pour s'en extraire. Et en tant que personne déjà déshydratée et fatiguée, Tomek haletait lorsqu'il atteignit le corps.

C'était bien Charlene. Aucun doute là-dessus. Elle gisait parfaitement immobile, sur le dos, reposant nettement à la surface, comme si la répartition de son poids l'empêchait de s'enfoncer plus profondément dans les sables mouvants. Ses cheveux étaient souillés et emmêlés. Le soleil n'était pas encore levé depuis assez longtemps pour les avoir séchés, et ses cheveux et vêtements collaient à son corps. Sa peau, sous l'épaisse couche de boue, avait la couleur de plusieurs des bateaux voisins — blanc nacré. Ses yeux et sa bouche étaient ouverts, comme si elle essayait de dire quelque chose, de leur crier. Le nom de son meurtrier était un murmure sur ses lèvres. Au début, Tomek fut incapable de voir ce qui l'avait tuée (à part l'évidente possibilité qu'elle se fût noyée). Mais ensuite, en se penchant à côté d'elle, en prenant soin de ne pas la toucher ni de déplacer aucune partie de son corps, il remarqua la chaîne enroulée autour de son cou. Ses yeux la suivirent jusqu'à une bouée orange fluorescente à quelques pas de là.

Sans réfléchir, Tomek saisit son poignet et chercha un pouls. Il fit abstraction de son environnement — le vent, les oiseaux criards qui avaient repéré l'agitation, le son de l'eau qui s'approchait rapidement avec la marée — cherchant quelque chose. N'importe quoi.

Il ne trouva rien.

—Qu'est-ce qui lui est arrivé ? s'écria Flynn en s'effondrant à genoux à côté d'elle, passant ses mains boueuses dans ses cheveux. Est-ce que quelqu'un lui a fait ça ?

Avant que Tomek ne puisse répondre, Flynn tendit la main vers elle. Tomek lui frappa la main et aboya sur l'homme.

—Non ! Ne la touche pas !

Son rugissement résonna jusqu'au sommet du ruisseau où ils étaient coincés. Flynn retira brusquement sa main et la serra contre sa poitrine, comme si Tomek l'avait physiquement agressé. Il semblait à la fois effrayé et offensé.

—Nous devons préserver son corps du mieux possible, expliqua Tomek pour tenter de se justifier.

—Pourquoi ? demanda Derry. Elle est partie...

Tomek examina l'homme avant de répondre. —Oui, mais elle ne s'est pas aventurée toute seule dans ce ruisseau pour se faire ça, n'est-ce pas ?

—Ah non ? demanda Flynn d'un ton hystérique, tenant toujours sa tête entre ses mains.

Haussant les épaules, Tomek dit : —Vous la connaissez mieux que moi. Est-ce que ça ressemble à quelque chose qu'elle aurait pu faire ?

Les deux hommes se regardèrent, secouèrent la tête, puis se tournèrent vers Tomek, livides.

—Bien. Si quelqu'un lui a fait ça, nous devons découvrir qui. Et notre meilleure chance d'y parvenir est de préserver son corps autant que possible.

—Comment ? demanda Derry, hésitant. Elle a été sous l'eau. Est-ce que tout n'aurait pas... est-ce que tout n'aurait pas été emporté par l'eau maintenant ?

Tomek n'y avait pas pensé. Son esprit était tellement préoccupé par la sécurisation de la scène de crime qu'il n'avait même pas envisagé la possibilité qu'il ne reste plus aucune preuve sur elle. Il avait également été si préoccupé qu'il n'avait pas remarqué que le niveau d'eau montait considérablement. Pendant qu'ils étaient coincés dans le ruisseau, l'eau, profonde de quelques centimètres, s'était infiltrée et les entourait rapidement.

Le temps pressait, ils étaient au milieu de nulle part, sans présence policière immédiate, et ils n'avaient aucun moyen de transporter le corps de façon sûre et sécurisée jusqu'à la rive.

Tomek devait réfléchir vite s'il voulait protéger autant de preuves que possible.

Il claqua des doigts vers Flynn. Le photographe mit un moment à réagir.

—Donne-moi ton appareil photo, ordonna-t-il.

—Mais... mais, l'eau. Il va être mouillé.

—Je m'en fiche. On en a besoin.

Tomek enjamba le corps, malmena Flynn pour obtenir le sac à dos, puis le laissa tomber dans l'eau. Une fois ouvert, il fouilla à l'intérieur pour trouver l'appareil photo professionnel et le braqua sur le corps. Le seul problème était qu'il n'avait absolument aucune putain d'idée de comment l'utiliser. Essayer de naviguer dans le menu des fonctions était comme tenter d'opérer la Station Spatiale Internationale. Il se souvenait de l'époque où il suffisait de pointer, d'appuyer sur un bouton et d'espérer le meilleur quelques semaines plus tard quand les photos arrivaient. Depuis quand étaient-ils devenus si compliqués ?

—Donne-le-moi, lança Flynn en arrachant l'appareil des mains de Tomek et en faisant sa magie dessus.

Quand il le rendit à Tomek, le menu des fonctions avait disparu. Maintenant, tout ce qu'il avait à faire était de pointer et d'appuyer sur un bouton. Heureusement, les photos apparaissaient sur un écran numérique, donc pas besoin d'espérer le meilleur. Il commença par la tête de Charlene Harris, approchant son visage, ses yeux, son nez, ses cheveux et son cou sous tous les angles. Puis il passa à la moitié supérieure de son corps. Son polo qui s'était taché de boue. Ses mains, y compris une grande marque rouge sur la paume de sa main droite, et une bague verte sale sur la même main. Jusqu'à son pantalon et ses chaussures.

Quand il eut fini avec l'appareil photo, il le rendit à Flynn. Puis il se tourna vers Derry et dit : —Tu dois appeler la police. Ils doivent venir ici le plus vite possible. Dis-leur exactement ce qui s'est passé et où nous sommes. Si tu ne connais pas les réponses à leurs questions, demande-moi.

—Pourquoi ? dit Derry, figé, les mains dans les poches de son manteau.

—Parce que je suis sergent-détective, leur dit-il.

Tomek reporta son attention sur le corps de Charlene. Mais alors qu'il commençait à calculer la meilleure façon de le transporter, il remarqua le silence. Il n'y avait aucun mouvement. Aucun bruit de pieds éclaboussant dans la boue. Aucun son de Derry parlant précipitamment dans un combiné.

Lentement, il se tourna pour faire face aux deux hommes. Leurs expressions étaient identiques. Un mélange de surprise et d'inquiétude. D'incrédulité et de peur.

C'était le regard que Tomek redoutait. Que pour une raison quelconque, ils ne lui faisaient plus confiance. Qu'ils n'étaient plus de son côté. Qu'il était, en une seule phrase, soudainement devenu l'ennemi.

—Tu es flic ? dit Flynn prudemment, comme s'il se méfiait de chaque mot prononcé devant Tomek.

—Oui.

—Pour la police d'Essex ? demanda Derry.

—Oui.

Flynn balança son sac à dos par-dessus son épaule. —Je savais bien que ce « oh, je travaille dans l'administration et mon boulot est vraiment secret », c'était des conneries. Pourquoi tu n'as rien dit ?

—Parce que je savais que j'aurais cette réaction, rétorqua Tomek. Et je ne voulais pas les tracas qui viennent avec. Je suis en vacances, je fête l'anniversaire de ma fille. Juste pour ce week-end, je ne voulais pas être détective. Mais maintenant, on dirait que je n'ai pas le choix.

Ce qui lui rappela.

—Pourquoi n'appelles-tu pas ? demanda-t-il à Derry.

Le pêcheur d'huîtres le regardait fixement, les yeux écarquillés de peur. Mais pas la peur qui l'empêchait de bouger ou d'avoir accès à ses muscles. C'était le type de peur qui le persuadait que ce n'était pas une bonne idée, comme entrer dans un bâtiment hanté.

—Putain de merde, siffla Tomek. Je vais le faire moi-même.

CHAPITRE
QUINZE

Tomek s'effondra sur le sable, haletant, à bout de souffle. Ses poumons lui faisaient un mal de chien et ses biceps ainsi que ses muscles des épaules le brûlaient comme mille feux. Il resta allongé quelques instants, fixant le ciel d'un bleu immaculé, reprenant sa respiration. À cause de la marée montante, lui et Flynn, étant les plus jeunes des trois, avaient été contraints de porter Charlene Harris à travers les marais jusqu'à la plage. Au début, Tomek avait essayé de la porter sur ses épaules comme un pompier, mais il avait vite abandonné après s'être enlisé dans la boue. Ensuite, ils s'étaient relayés pour traîner son corps sans vie à la surface, jusqu'à ce qu'ils finissent par utiliser le niveau d'eau montant et ce qui restait de sa flottabilité naturelle pour l'amener sur la terre ferme. Ça n'avait été ni facile, ni élégant, mais ils l'avaient fait. Ils avaient récupéré le corps de Charlene Harris du mieux qu'ils pouvaient, vu les circonstances.

Après avoir finalement repris son souffle, Tomek se redressa sur ses coudes. Une rafale de vent projeta du sable sur ses jambes et ses bras, éraflant légèrement sa peau. À présent, Flynn et Derry étaient déjà debout, regardant l'horizon, les mains sur les hanches et la tête, l'air abattu, comme s'ils venaient d'être abandonnés sur une île déserte. Puis le regard de Tomek tomba sur Charlene Harris, et il prit douloureusement conscience qu'il y avait un cadavre au milieu d'une plage fréquentée et très passante.

Avant qu'il ne puisse réagir, un bruit attira son attention. Un instant plus tard, un golden retriever apparut, bondissant sur le sable, projetant des coquillages derrière lui, fonçant vers Charlene.

— Mabel ! cria le propriétaire. Mabel, viens !

Mais le chien ne prêta aucune attention à son maître. Il était trop intéressé par les odeurs émanant du cadavre devant lui. Tomek réagit promptement, attrapa le chien par le collier et l'éloigna délicatement. Le chien ne résista pas, comme s'il était habitué à subir ce genre d'intervention. Les propriétaires, un couple d'une cinquantaine d'années, se précipitèrent vers eux, s'excusant de loin pour le comportement de leur chien.

Ils s'arrêtèrent net dès qu'ils réalisèrent ce qui avait attiré l'attention de Mabel.

— Mon dieu, est-ce que c'est Charlene ? demanda la femme, portant ses mains à son visage.

Avant que quiconque ne puisse répondre, elle hurla. Le bruit se répandit le long de la plage. Son mari la saisit et détourna son attention du corps. Il la consola un moment avant de se précipiter vers Tomek pour récupérer son chien.

— C'est une scène de crime, expliqua Tomek. S'il vous plaît, je vous demande de rester à distance.

— Charlene ! s'écria la femme dans une crise d'hystérie. Heureusement, sa voix fut étouffée par une nouvelle rafale de vent.

L'atmosphère sur la plage sembla s'alourdir. La pression atmosphérique avait chuté drastiquement, et quelques nuages avaient étiré leurs membres sur le soleil, le couvrant partiellement. Même le chien semblait bouleversé par ce spectacle, les oreilles dressées et la tête penchée sur le côté.

Tomek devait reprendre le contrôle de la situation. Et vite.

Désignant Flynn et Derry, il dit : — Nous devons empêcher les gens d'accéder à la plage autant que possible. J'ai besoin que vous vous dispersiez de chaque côté et empêchiez quiconque de venir par ici.

— Et là-haut ? demanda Derry en montrant une route qui disparaissait sur le continent.

— Je m'en occupe, dit Tomek. La police sera bientôt là.

Puis, presque comme s'il l'avait invoquée, le son d'une sirène de police résonna au loin. Une voiture de police en uniforme arriva quelques minutes plus tard, juste au moment où Flynn et Derry atteignaient chaque extrémité de la plage.

Un jeune agent, qui n'avait pas plus de vingt ans, avec des cheveux noir de jais coiffés sur le côté, sortit de la voiture et se dirigea vers Tomek. Son attitude entière et sa façon de courir suggéraient son niveau d'expérience : il débutait dans le métier. Tomek espérait que le répartiteur n'avait pas envoyé la personne la plus jeune de l'équipe pour s'occuper d'une enquête pour meurtre potentiel.

— Salut, dit-il, étonnamment jovial vu la situation. Je suis là pour un possible meurtre.

Tomek regarda le jeune homme avec incrédulité. Son visage juvénile suggérait qu'on lui demandait encore sa carte d'identité partout où il allait et que sa mère lui achetait toujours ses sous-vêtements.

— Il n'y a rien de « possible » là-dedans, dit Tomek, puis il expliqua la situation à l'agent. Elle s'appelle Charlene Harris.

— Ça va, Charlene ? dit l'agent comme s'il oubliait momentanément tout ce que Tomek venait de lui dire.

— Vous pouvez lui parler autant que vous voulez, mon gars. Elle ne va pas répondre. Tomek s'accroupit à côté d'elle. Je suppose qu'elle est morte à un moment donné tôt ce matin, et que c'est soit la chaîne qui l'a tuée, soit l'eau. Maintenant, beaucoup d'ADN et de preuves auront été emportés par l'eau et par le fait que nous avons dû la traîner jusqu'ici...

Mais le jeune homme n'écoutait pas. Il était trop occupé à fixer les yeux vides de la femme morte, s'y perdant irrémédiablement. Tomek fit le tour du corps et saisit l'homme par les épaules.

— Hé ! Écoutez-moi ! Vous êtes là ?

L'agent reprit progressivement ses esprits.

— Vous êtes avec moi ?

— Oui.

— Vous êtes sûr ?

— Oui.

— C'est votre premier cadavre ? demanda Tomek franchement.

— Oui.

— Eh bien, prenez-en note. Vous allez en voir beaucoup d'autres dans votre carrière. Je me souviens de mon premier. Ça reste avec vous pendant un moment, jusqu'à ce que, malheureusement, ça devienne la norme et que vous vous y habituiez.

— Vous êtes policier ? demanda l'agent, se tournant lentement vers Tomek.

— Sergent-détective. Puis Tomek se présenta. Et comment puis-je vous appeler ?

— Agent Murray. Aidan Murray.

— Aidan, voilà. Je peux t'appeler Aide pour faire court ?

Un peu de chaleur revint sur le visage de l'homme. — La plupart de mes amis le font.

— Aide ce sera alors. Tomek repassa immédiatement en mode travail hyperfocalisé. — Je sais que c'est ta première fois, mon vieux, et qu'il y a beaucoup à assimiler, mais j'ai besoin que tu m'écoutes et que tu fasses ce que je te dis.

Le gendarme allait connaître un baptême du feu, et il ne le savait même pas.

— D'abord, est-ce que quelqu'un d'autre vient ?

Les yeux d'Aidan s'écarquillèrent. Il secoua la tête. — J'étais le plus proche. J'étais sur l'île hier pour la régate et mon secteur est principalement Maldon, alors ils m'ont contacté par radio.

— Mais ils n'envoient personne d'autre ?

— Pas à ma connaissance. Je crois qu'ils voulaient que je confirme la perte de vie avant de faire intervenir la brigade criminelle.

— Perte de vie ? Putain de perte de... ? Je leur ai dit explicitement qu'il y avait un putain de cadavre dans mes bras.

Tomek se tourna vers l'eau. À présent, la marée avait considérablement monté et ne montrait aucun signe de ralentissement. Bientôt, le Strood serait coupé, les laissant isolés sans aucun soutien expérimenté.

— *Kurwa mać*, murmura Tomek.

— Désolé.

— Ce n'est pas ta faute si tout le monde est incompétent, mon vieux. Ça signifie simplement qu'on va devoir se débrouiller seuls pour l'instant. Mais d'abord, j'ai besoin que tu passes un appel. Dis-leur qu'on a besoin de tout le monde ici dès que possible. Et qu'ils ne doivent pas traîner. S'ils te questionnent ou hésitent, assure-toi de noter leur nom. Je m'occuperai d'eux quand je retournerai au commissariat.

Visiblement effrayé par Tomek, Aidan hocha la tête, puis se précipita vers la voiture où il commença l'appel. Il revint quelques instants plus tard.

— Ils sont en route, dit-il.

— Combien de temps ?

— Elle n'a pas précisé. Dès qu'ils pourront être là.

— Tu leur as donné un numéro de contact ?

Aidan secoua la tête.

Tomek réalisa qu'il aurait dû être celui qui passe l'appel. Le pauvre bougre n'arrivait pas à réfléchir clairement. Il était sûr qu'Aidan était un gars plutôt débrouillard – il venait de terminer sa formation, donc toutes les connaissances étaient encore fraîches dans sa tête – mais en ce moment, il se comportait comme s'il croyait que la terre était plate.

— Bon. Alors comment sauront-ils *où* nous trouver, *comment* nous trouver ?

Aidan haussa les épaules.

— Allez, mon vieux. Travaille avec moi là. Rends-moi la tâche facile, s'il te plaît. Rappelle-les.

Aidan n'eut pas besoin qu'on le lui dise deux fois. Cette fois, il passa l'appel devant Tomek et recueillit toutes les informations dont ils avaient besoin : un membre de l'équipe d'enquête criminelle de Colchester serait là dès que possible, mais en raison de travaux routiers et d'embouteillages dus à une collision antérieure, la standardiste ne pouvait pas dire avec certitude quand. Tomek n'aimait pas ça, mais il n'avait aucun contrôle sur la situation. Il ne pouvait rien faire.

En rangeant son téléphone, Aidan regarda Tomek d'un air morne et dit : — Alors, qu'est-ce qu'on fait maintenant ?

Pendant un long moment, Tomek ne dit absolument rien. La vérité, c'est qu'il ne savait pas. Il n'avait pas la réponse. C'était différent de tout ce qu'il avait jamais vécu. D'habitude, il avait toute la force de la police d'Essex derrière lui et pouvait faire appel aux équipes de la police scientifique, aux gestionnaires de scène de crime et aux agents en uniforme, avec la certitude qu'ils arriveraient rapidement, s'ils n'étaient pas déjà là à son arrivée. Mais maintenant, tout ce qu'il avait, c'étaient deux témoins clés et un agent de police si jeune qu'il sortait à peine des langes. Loin d'être idéal.

Tant de pensées et d'actions lui traversaient l'esprit. Une liste de tâches prioritaires qui apparaissait, de façon peu utile, au hasard. Il était incapable d'en tirer un sens quelconque.

La première tâche, comme pour toute scène de meurtre, était de préserver les preuves, de créer un cordon pour protéger autant d'espace que possible. Mais comme ils avaient traîné Charlene dans la boue – littéralement, dans ce cas – Tomek considérait cela comme moins prioritaire.

La deuxième serait de clouer sur place les témoins et de prendre les déclarations pertinentes. La troisième serait de recueillir autant d'informations que possible sur la scène de crime.

Sauf que, dans l'esprit de Tomek, il ne voulait faire aucune de ces choses car il y avait un autre problème plus urgent à résoudre.

Charlene n'allait nulle part pour le moment. Flynn et Derry non plus. Et Tomek devait s'assurer qu'il en était de même pour le reste de l'île.

— Je veux que tu conduises jusqu'au Strood et que tu bloques la route. Personne ne quitte cette île sans mon autorisation.

CHAPITRE
SEIZE

Tout cela était passionnant. Terriblement passionnant. Mais aussi terriblement terrifiant en même temps. Quelqu'un était mort. Comme dans, réellement mort. Décédé. Fini. Plus rien. Disparu de cette vie et de la suivante.

Il n'avait absolument aucune idée de ce qu'il faisait, aucune idée de ce qui arriverait ensuite. Mais il était reconnaissant que Tomek soit là. L'homme donnait l'impression de savoir de quoi il parlait. D'avoir l'expérience pour gérer cette situation. La seule chose qui lui manquait, songea Aidan, c'était la patience. Aidan pouvait déjà voir sur le visage de l'homme qu'il était sur les nerfs, qu'il n'aimait pas l'idée de devoir tout épeler.

Il ne pouvait qu'imaginer ce qui se serait passé s'il avait découvert le corps sur la plage sans que Tomek ne soit là : il aurait gesticulé et paniqué comme une tortue sur le dos. Il aurait été complètement dépassé. En fait, il l'était toujours. Mais au moins, il y avait de l'espoir. Le temps de faire ses preuves et d'atténuer la mauvaise impression qu'il avait donnée devant l'inspecteur principal.

Sa prochaine tâche était facile. Douloureusement facile. Simple, vraiment. Se garer devant le Strood et empêcher les gens de partir.

Mais si c'était censé être si facile, pourquoi avait-il l'impression qu'il allait gravir l'Everest avec un chameau attaché sur son dos ?

Lorsqu'il arriva au Strood, il ne restait plus rien du goudron. L'eau, profonde de plus de trente centimètres, l'avait revendiqué pour l'après-midi jusqu'à ce que, dans un peu plus de six heures, elle le rende comme un adolescent cédant à contrecœur le contrôle de la manette de jeu vidéo quand vient l'heure des devoirs. Mais cela n'allait pas empêcher les gens d'essayer de quitter l'île. Alors qu'il s'approchait du Strood, trois voitures le précédaient, toutes à différentes étapes de la traversée.

Sans réfléchir, Adrian sortit de la voiture. Il le regretta immédiatement. L'eau lui montait aux chevilles, et en un instant, son pied fut trempé. Peu après, l'autre pied suivit et son humeur s'assombrit avec.

La voiture la plus proche de lui était immobile. Le conducteur était perché derrière le volant, évaluant la profondeur, pesant les possibilités, décidant si son impatience valait le risque d'un moteur noyé et d'une facture de garage salée par la suite.

Aidan pataugea vers lui. Il frappa à la vitre, faisant sursauter le conducteur.

—Vous ne pouvez pas traverser cette route, dit-il. Vous devez rester sur l'île.

L'homme baissa la vitre. —Pourquoi ?

—Parce qu'il y a eu un meurtre. Nous avons besoin que tout le monde reste sur l'île pour leur propre sécurité.

—Un meurtre ! Vous voulez dire que quelqu'un a été tué ?

Aidan pensait que c'était évident, mais il hocha la tête en réponse.

—Quelqu'un a été tué sur l'île et vous voulez que j'y reste ? Allez vous faire foutre !

Avant qu'Aidan ne puisse protester, l'homme passa la première et écrasa l'accélérateur. Le moteur rugit et la voiture bondit en avant, formant un grand sillage en traversant la marée.

La voiture atteignit le milieu du Strood avant de finalement ralentir jusqu'à l'arrêt. L'eau était beaucoup plus profonde là-bas, et était remontée jusqu'au capot. Le moteur fut rapidement noyé et de la fumée commença à s'échapper de dessous le capot.

—Je vous l'avais bien dit, ricana Aidan pour lui-même.

Alors qu'il s'apprêtait à patauger dans l'eau pour récupérer l'homme (et lui dire qu'il était un parfait crétin), le bruit d'un autre moteur qui vrombissait le distrait. Une Audi était garée à quelques centimètres derrière sa voiture de fonction et tentait désespérément de sortir.

Aidan bondit devant elle et posa ses mains sur le capot.

—Qu'est-ce que vous croyez faire ? hurla le propriétaire.

—Vous empêcher de bousiller votre voiture !

—Je veux partir.

—Dommage. Ce n'est pas permis. Ordres de la police. Ne me forcez pas à venir vous arrêter.

Il se sentait soudain plein d'énergie. Comme s'il pouvait affronter cet enfoiré et gagner.

Et puis ça lui vint à l'esprit. Le ruban de police blanc et bleu dans le coffre. Il se précipita à l'arrière de la voiture, récupéra le ruban et commença à le tendre entre les deux clôtures qui longeaient les deux côtés du Strood. Ça ferait l'affaire, pensa-t-il. S'ils ne pouvaient pas boucler la plage, alors ils devraient boucler l'île entière.

■■■

Peu après que Tomek les eut renvoyés, des foules avaient commencé à se former autour de Flynn et Derry. Les deux hommes furent rapidement inondés de civils qui tournaient autour d'eux, formant des lignes de protection imaginaires comme s'ils étaient retenus par une force invisible. Tomek pouvait entendre les questions de loin.

—Que s'est-il passé ?

—Qui est-ce ?

—Lui est-il arrivé quelque chose de grave ?

Des cris et des hurlements perçants traversèrent l'air, montant et descendant le long de la plage. C'était le pandémonium. Tomek ne leur avait pas demandé de garder l'information pour eux, il n'avait donc aucune raison d'être en colère contre eux quand ils révélèrent que c'était Charlene sur la plage. Cela ne l'empêchait pas de se sentir frustré, cependant. Il devait contrôler la situation, créer un périmètre de fortune, forcer tout le monde à reculer derrière la ligne. Et surtout, il devait protéger le corps. La protéger des regards d'une façon ou d'une autre. Protéger sa *dignité*.

Le seul problème était que la plage était déserte, et à moins de la traîner dans l'une des nombreuses cabines de plage le long de l'étendue de sable, il n'avait rien pour la protéger. Il aurait souhaité qu'Aidan lui laisse du matériel. Un rouleau de ruban de police, un manteau, n'importe quoi.

Et puis ça lui vint à l'esprit. S'il ne pouvait pas trouver une bâche ou ériger une tente pour la protéger des éléments, alors il devrait en fabriquer une d'une manière ou d'une autre.

À présent, le sable et l'air se réchauffaient rapidement, et déjà une poignée de mouches avaient commencé à tournoyer au-dessus du cou de Charlene, s'approchant de plus en plus près à mesure qu'elles gagnaient en confiance et en appétit. Bientôt, elles commenceraient à se repaître de sa chair, et l'odeur nauséabonde qui persistait déjà dans les narines de Tomek s'intensifierait. Bientôt, ce serait insupportable.

S'agenouillant, Tomek enfonça ses mains dans le sable et commença à former un monticule. D'abord en commençant par ses pieds, puis en faisant tout le tour de son corps comme une motte et une basse-cour de château. Ce n'était pas grand-chose, mais c'était le mieux qu'il puisse faire. Et après quelques minutes, il fit une pause pour reprendre son souffle et examiner son travail.

C'était médiocre. Seulement quelques centimètres de hauteur. Pas assez pour la dissimuler entièrement à la vue, et cela ressemblait à ce qu'un enfant pourrait accomplir après une longue journée énergique à la plage. Et le voilà, essoufflé comme un bœuf, épuisé et peinant à retrouver sa respiration.

C'était moins qu'inutile.

Il lui fallait une autre solution.

Fouillant dans sa poche, il sortit son téléphone et appela Kasia. Elle répondit quelques instants plus tard, fatiguée et endormie.

—Désolé de te réveiller, commença-t-il. Mais il y a eu une situation.

—Quoi ? demanda-t-elle, sa voix soudainement submergée d'inquiétude.

—C'est... un problème lié au travail.

—Lié au travail ? Mais tu n'attends pas de réponse avant mardi ?

—Pas *ce* genre de problème, dit-il. Différent. Il y a eu... il y a eu un incident impliquant quelqu'un sur l'île.

—Un *incident* ? répéta-t-elle. C'était tout ce qu'il avait besoin de dire sur le sujet. Elle comprenait parfaitement.

—J'ai besoin de ton aide. J'ai besoin que tu ailles au Strood et que tu récupères du ruban et tout ce qui pourrait être utile auprès du policier qui s'y trouve.

—Comment ?

—J'ai besoin que tu coures, que tu sois aussi rapide que possible. Peux-tu faire ça pour moi, Kasia ? Je ne te le demanderais pas si ce n'était pas absolument nécessaire.

Une pause.

—Oui. Je pense que je peux.

———

Parfois, Tomek détestait la nature humaine. En particulier, il détestait l'avidité du cerveau humain pour les détails macabres.

Dans les vingt minutes qui suivirent l'appel de Tomek avec Kasia, la foule sur la plage, qui comptait initialement un petit groupe de cinq à dix personnes de chaque côté, avait gonflé jusqu'à presque tripler. Les premiers spectateurs avaient sans doute inondé les boîtes de réception de leurs amis avec des messages les convoquant ou les informant de ce qui s'était passé. Et ainsi le nombre avait rapidement augmenté. Et, bien sûr, il y avait eu des passants innocents, des promeneurs de chiens, des joggeurs, des marcheurs qui, cédant à leurs désirs, s'étaient retrouvés emportés dans l'hystérie générale.

Avant que Tomek ne puisse penser à une façon de gérer les foules, un cri le distrait.

Il pivota sur place pour voir Kasia qui se précipitait vers lui, ses cheveux blonds rebondissant de façon désordonnée. Dans sa main, elle tenait un rouleau de ruban de police.

—Papa !

Six mètres les séparaient. Tomek commença à se diriger vers elle, mais c'était trop tard. Dès qu'elle posa le pied sur le sable, elle remarqua le corps et s'arrêta net. Sa main vola vers sa bouche, étouffant un cri. Tomek se précipita vers elle et l'enlaça, la faisant tourner pour l'éloigner de cette vision.

—Je t'ai dit de m'attendre sur le parking, dit-il, caressant ses cheveux.

—Je sais, je sais. Je suis désolée.

Tomek la serra fermement contre sa poitrine et la maintint là, pressant son visage contre son torse pour bloquer toutes les visions et sensations qui devaient l'assaillir en ce moment.

—Est-ce qu'elle est... est-ce qu'elle est morte ? demanda Kasia.

—Oui, lui dit-il. Mais je ne veux pas que tu voies ça. Donne-moi ce que tu as apporté, et je veux que tu retournes directement à la caravane et que tu y restes jusqu'à ce que je rentre, d'accord ?

Il relâcha sa pression sur elle et regarda son visage. Des larmes scintillaient aux coins de ses yeux, et ses joues étaient rouges. Il ne l'avait pas sentie pleurer contre sa poitrine. Elle l'avait bien caché. Il se demanda combien de fois de plus elle avait fait cela sans qu'il ne s'en aperçoive.

—Tout va bien se passer, lui dit-il.

—Est-ce que quelqu'un lui a fait ça ? demanda-t-elle.

—Je n'en suis pas sûr pour l'instant, ma puce. Je vais devoir enquêter.

—Toi ? Pourquoi toi ? Pourquoi pas quelqu'un d'autre ?

Tomek serra les dents. —Parce qu'il n'y a personne d'autre ici en ce moment. La marée a coupé l'île, alors je suis le mieux placé pour Charlene. Ça ne me plaît pas plus qu'à toi, mais c'est mon travail.

Le regard sur son visage lui dit ce qu'elle pensait de tout ça. Que c'était toujours son travail. Que ça ne s'arrêtait jamais. Que le travail était plus important qu'elle, que tout le reste.

Elle s'éloigna de lui et baissa les yeux vers le sol. Puis, lentement, elle se tourna vers le cadavre sur la plage. —Parfois je pense que Zeus avait raison. Le monde est vraiment en train de finir.

▭

Tomek avait renvoyé Kasia à la caravane avant de dire ce qu'il pensait vraiment de sa dernière déclaration.

Il était furieux contre elle. La sincérité avec laquelle elle l'avait dit suggérait qu'elle pensait encore à lui, que ses tentacules s'accrochaient toujours aux humeurs de son cerveau. Pour se calmer, Tomek avait fait défiler son carnet d'adresses jusqu'à ce qu'il trouve le numéro de portable de Montgomery.

Montgomery répondit après presque une minute.

—Rosebank Lettings, Montgomery à l'appareil.

—C'est Tomek. Du numéro soixante-neuf.

Un moment pour que le nom et le numéro s'enregistrent.

—Ah, Monsieur Bowen. Comment puis-je vous aider ? Y a-t-il un problème avec votre caravane ? demanda l'homme jovial.

—Pas vraiment, dit Tomek en jetant un demi-regard vers le cadavre. Il y a un autre problème pressant pour lequel j'espérais que vous pourriez m'aider.

—Oh ?

Tomek expliqua la situation, sans omettre aucun détail. Il finit par demander un drap de lit, ou quelque chose d'assez grand pour recouvrir Charlene et la cacher à la vue jusqu'à l'arrivée de la police. Qui de mieux que le propriétaire d'un site de caravanes ? Par chance, Montgomery en avait beaucoup qui traînaient.

Il arriva dix minutes plus tard. Pendant ce temps, Tomek avait créé un cordon de chaque côté de la plage, attachant le ruban entre les cabines de plage et des poteaux improvisés qu'il avait formés avec deux grands bâtons qu'il avait trouvés échoués sur le rivage.

Montgomery s'approcha de Tomek avec précaution, avec l'appréhension de quelqu'un qui craignait ce vers quoi il se dirigeait. Comme si Tomek était une bête sauvage et était le seul responsable du meurtre de Charlene.

Alors qu'il avançait laborieusement vers Tomek, il était incapable de regarder le corps à quelques mètres de lui.

— C'est... c'est vraiment elle ? demanda-t-il.

Tomek hocha la tête.

Montgomery bougea légèrement la tête, se retint. — Qui aurait pu faire une chose pareille ?

— Je ne sais pas, dit Tomek. Mais j'ai l'intention de le découvrir.

Montgomery hésita un moment, inclinant cette fois la tête sur le côté. — Que voulez-vous dire ?

— Je suis policier. Sergent-détective de la police d'Essex, division de Southend. Jusqu'à présent, moi et un agent de police sommes les seules personnes équipées pour gérer cet incident.

— Vraiment ? Dieu merci pour cela. Nous avons de la chance de vous avoir. Montgomery leva le drap en l'air, comme s'il venait de se rappeler qu'il l'avait. — Et vous avez de la chance de m'avoir, dit-il, puis il le tendit à Tomek.

Tomek l'arracha des mains de Montgomery et s'approcha du corps. En s'approchant, l'odeur âcre de décomposition le frappa au visage et pénétra directement dans son cerveau. L'odeur putride lui donna la nausée, et il lutta pour garder le dîner de la veille là où il était. Repoussant la nausée imminente au fond de son esprit, il plaça délicatement le drap sur le corps de Charlene, le lestant aux quatre coins avec des tas de sable. Ce n'était pas parfait — c'était loin d'être parfait et pas vraiment professionnel — mais c'était le mieux qu'il puisse faire avec les ressources dont il disposait.

En s'éloignant du corps, il poussa un long et profond soupir. Un poids avait été retiré de ses épaules. Il avait accompli la première tâche de sa liste. Il avait préservé le corps. Maintenant, il pouvait se concentrer sur la tâche suivante : découvrir qui avait tué Charlene Harris.

CHAPITRE
DIX-SEPT

— Expliquez-moi ce qui s'est passé, commença Tomek. Tout ce dont vous vous souvenez et avec autant de détails que possible.

Derry Waterman changea maladroitement de position, regardant la plage de haut en bas, puis le drap blanc fin qui ondulait dans la brise.

Après un effort inquiétant, Tomek avait finalement réussi à faire évacuer la plage. Il ne restait plus que le cordon de police, le corps de Charlene et deux volontaires qui avaient choisi de rester pour s'assurer que personne d'autre ne s'aventure sur le sable. Entre-temps, Tomek avait retenu Derry.

Il avait quelques questions auxquelles il voulait des réponses.

— Eh bien, commença Derry, j'étais dans l'eau. En train de ramasser mes huîtres. Comme je le fais chaque matin. Ce n'était pas différent d'hier ou d'avant-hier. Vous savez comment ça se passe ; vous m'avez vu hier.

— C'est vrai. Mais nous ne parlons pas d'hier. Nous parlons d'aujourd'hui. À quelle heure vous êtes-vous réveillé ce matin ?

Le visage de Derry se crispa. — Quel rapport avec tout ça ?

— Répondez à la question.

Son visage se crispa davantage, accentué par une légère inclinaison de la tête. — Pourquoi prenez-vous ce ton avec moi ?

— Pourquoi êtes-vous sur la défensive ?

— Parce que je n'ai jamais eu à faire quelque chose comme ça auparavant, d'accord ? Cela vous surprendra peut-être, mais je n'ai jamais vu de cadavre avant. J'étais enfant quand mes parents sont morts, je ne les ai donc jamais vus. Et toutes les autres personnes de ma vie qui sont décédées étaient des parents éloignés. Je suis sous le choc. Je n'ai aucune idée de ce qui a pu se passer et je ne comprends pas pourquoi vous me posez ces questions.

— Parce que c'est vous qui l'avez trouvée. Maintenant, j'ai besoin de savoir à quelle heure vous vous êtes réveillé ce matin.

Derry réfléchit trop longtemps au goût de Tomek. Beaucoup trop longtemps pour quelqu'un qui suivait la même routine matinale depuis trente ans.

— Cinq heures, dit-il finalement.

— Pile ?

— J'ai une alarme sur mon téléphone si vous voulez la voir ?

— Ce ne sera pas nécessaire, dit Tomek en prenant des notes sur son propre téléphone, faute de stylo et de papier. À quelle heure avez-vous quitté la maison ?

— Cinq heures trente.

— Comment était l'île ? Décrivez-la-moi.

— Est-ce que j'écris un livre ou quoi ?

Tomek ignora la remarque. — Avez-vous entendu quelque chose d'étrange, vu quelque chose d'inhabituel ? N'importe quoi qui sorte de l'ordinaire. Quoi que ce soit.

Derry réfléchit à nouveau, cette fois en regardant le sol. — Écoutez, je ne sais pas quoi vous dire. Je me suis levé. Je me suis habillé avec mon équipement. J'ai quitté la maison. Je suis descendu à l'eau, et j'ai commencé à pêcher des huîtres. C'est la même chose que je fais depuis...

— Les trente dernières années, termina Tomek. Oui, je sais. Donc vous dites que vous n'avez rien vu d'inhabituel ?

Derry croisa les bras sur sa poitrine. — À part Charlene, vous voulez dire ?

Tomek soupira intérieurement et décida de changer d'approche. — Quand l'avez-vous remarquée ? Décrivez-moi ce moment.

Cette fois, ce fut au tour de Derry de soupirer. Plus fort. Plus durement. Comme un enfant boudeur. — J'étais dans la boue. À quatre pattes. Environ une heure après avoir commencé, avant que vous ne le demandiez, et c'est là que j'ai vu quelque chose du coin de l'œil, qui dépassait de derrière la bouée. Au début, j'ai pensé que c'était peut-être un autre chien — maintenant, une part de moi aurait préféré que ce soit le cas — mais quand j'ai vu les chaussures, j'ai compris que je me trompais.

— Vous vous êtes approché du corps ?

— J'ai d'abord appelé, oui. Mais quand il n'y a pas eu de réponse, j'ai su que quelque chose n'allait pas. Alors je me suis approché prudemment. J'ai essayé de la secouer plusieurs fois, mais elle était allongée face contre terre dans la boue. Je savais qu'elle ne respirait plus.

Tomek se rappela la position du corps de Charlene quand Flynn et lui avaient pataugé pour s'y rendre. Elle était allongée sur le dos, les yeux ouverts, fixant le ciel. Et il y avait très peu de boue sur son visage. Pas assez pour suggérer qu'elle avait été allongée face contre terre.

— Vous l'avez déplacée ? demanda Tomek.

— J'ai essayé, oui. Mais elle pesait une tonne. C'était comme essayer de déplacer un tronc d'arbre. Elle s'enfonçait dans la boue à chaque fois.

— Et vous avez nettoyé son visage ?

— Pas intentionnellement. Mes mains étaient mouillées, et... j'ai peut-être éclaboussé son visage plusieurs fois avec mes pieds. Ce n'était pas mon intention, cependant.

Tomek grogna en prenant note. — Vous souvenez-vous avoir vu quelqu'un ?

Derry serra les bras contre sa poitrine, enfonçant ses mains plus profondément sous ses aisselles. — On en revient encore à ça ?

— C'est important.

— Non, je n'ai vu personne.

— Personne sur un bateau peut-être ?

— Il y en avait plein dans les parages, mais je n'ai vu personne à bord, non. Il me faudrait des jumelles à la place des yeux pour pouvoir voir ça.

— Vous n'avez pas reconnu les bateaux ?

Derry secoua la tête. — Ma vue n'est plus ce qu'elle était.

Une rafale de vent traversa l'espace entre eux, soufflant vers le continent. Tomek se tourna face au vent et vit le drap de Charlene onduler comme si elle bougeait dessous. Miraculeusement, le sable le maintenait en place, bien que Tomek préférât ne pas penser à combien de temps cela pourrait durer.

— On a fini ? demanda Derry précipitamment.

— Pas tout à fait, répondit Tomek avec une certaine dureté dans la voix. C'était lui qui dirigeait la conversation, et il voulait s'assurer que Derry le savait. — Je ne vous empêche pas de faire quelque chose, j'espère ?

— Non, vint la réponse sèche. Je me demandais simplement ce que vous aviez besoin de savoir de plus.

— Si c'était une déclaration de témoin ordinaire, commença Tomek, je passerais probablement près d'une heure, peut-être deux, avec vous. Et jusqu'à présent... Il consulta sa montre. Nous parlons depuis environ quinze minutes, vingt tout au plus.

Le visage de Derry blêmit.

— Qu'est-ce qu'il pourrait bien y avoir d'autre ?

— Charlene, répondit-il sèchement, comme si cela était censé répondre à la question.

— Quoi, Charlene ?

— Dites-moi tout ce que vous savez sur elle. Était-ce habituel pour elle de sortir la nuit ? A-t-elle un bateau qu'elle aurait pu utiliser et qui serait maintenant porté disparu ? Pouvez-vous penser à quelqu'un qui aurait pu lui faire cela ? Avait-elle des ennemis ?

— Oh, des ennemis, elle en avait en abondance, répondit Derry, sans rien ajouter de plus.

— Y compris vous-même ?

Derry ricana, mais ne dit rien. Tomek explorerait cette piste plus tard.

— Qui d'autre ?

— Tout le monde sur l'île, dit-il avec franchise. Personne ne l'aimait. Bien sûr, tout n'était qu'une façade. Nous affichions tous un visage amical en sa présence, certains mieux que d'autres, mais dans l'ensemble, c'était la femme la plus détestée que j'aie jamais rencontrée.

— Pourquoi ?

— Parce qu'elle change tout. Elle fait grimper les prix. Elle met des gens au chômage. Elle change la vie de tout le monde pour le pire. Il y a un groupe d'entre nous qui fait partie de l'Association de l'île de Mersea. Nous sommes comme un comité de quartier et un mini-conseil municipal réunis en un. Nous prenons soin de la communauté, et s'il y a un problème avec quoi que ce soit – les poubelles, des voisins bruyants, des gens qui ne ramassent pas les crottes de leurs chiens – alors ils nous le font savoir et nous leur parlons. Avant, c'était gratuit, une ressource gratuite ouverte à tous les membres de la communauté. Maintenant, en tant que présidente du comité, Charlene l'a rendu réservé aux membres. Donc, si vous êtes un membre payant et que vous avez un nid-de-poule devant votre maison, vous pouvez le faire réparer. Pas de problème. En un rien de temps. Alors que si vous ne l'êtes pas, vous pouvez essentiellement aller vous faire foutre. C'est ce qu'elle dit. Derry mit ses mains sur ses hanches et secoua la tête. Maintenant, aucun d'entre nous ne voulait ça. Mais depuis qu'elle est arrivée, elle a transformé ce qui était une démocratie – ce qui est d'ailleurs comment elle a obtenu le pouvoir en premier lieu – en une dictature. Et pas une bonne.

Tomek ne pouvait pas en imaginer une seule qui soit bonne.

— Qui d'autre fait partie de ce groupe ? demanda-t-il.

Derry énuméra une poignée de noms, et Tomek les nota dans son téléphone : Ian Kidd, le propriétaire du vignoble de l'île ; Bradley Fowler, propriétaire du petit café que Tomek et Kasia avaient visité vendredi ; Mick Thorne, que Tomek connaissait déjà ; Montgomery, de même. Et Stuart Simms, l'homme qui avait abordé Tomek au milieu du marché la veille.

Tomek plaça l'émoji de coche à côté du nom de Derry pour indiquer qu'il lui avait parlé et avait pris sa déposition. Il espérait avoir terminé la liste entière avant la fin de la journée.

— A-t-elle eu d'autres ennemis ? demanda-t-il.

— Quelques-uns, répondit Derry sèchement. Il y a le petit Jimmy de la maison numéro treize ; elle a pris son ballon une fois parce qu'il a failli traverser la vitrine de son pub. Ou Deontae, qui a refusé de déplacer sa voiture une fois, alors elle l'a fait immobiliser et n'a pas voulu la débloquer avant qu'il n'ait payé l'amende. Ou-

— J'ai compris, interrompit Tomek. Elle était détestée par beaucoup de gens. Est-ce que quelqu'un l'aimait vraiment ?

— Vous sembliez l'apprécier, nota Derry.

Tomek haussa les épaules. — Elle semblait parfaitement agréable chaque fois que je lui parlais.

Derry se tapota le côté de la tête avec un doigt fortement marqué de cicatrices. — On ne peut pas juger tout le monde sur les apparences, dit-il.

Ce n'était pas la première fois qu'il se trompait sur le caractère de quelqu'un. Ni la dernière.

— Une dernière chose avant que je vous laisse partir, commença Tomek.

— Enfin !

— Savez-vous ce qu'elle a fait hier soir après que j'ai quitté le pub ?

Derry secoua la tête. — Je suis parti peu après vous, donc je n'en ai aucune idée, malheureusement. Le groupe me rendait absolument fou, et j'avais besoin de m'allonger. Mais je sais que juste après votre départ, elle se disputait avec Leon à l'arrière. Tout le monde pouvait l'entendre.

— Leon ?

— Oui. Leon Holland. Son chef cuisinier.

CHAPITRE
DIX-HUIT

Tomek trouva Leon dans la cuisine du Victory Inn. Il était un peu plus de dix heures du matin, et il s'affairait à disposer une pléthore d'ingrédients sur une assiette. Il était entouré d'une équipe de sous-chefs et de personnel de soutien vêtus d'uniformes blancs immaculés. Le reste de la cuisine était aussi impeccable que leurs tenues. Dès qu'il avait franchi la porte d'entrée du pub, l'odeur de bacon et d'œufs, ainsi que d'autres ingrédients gras typiquement britanniques du petit-déjeuner, l'avait frappé au visage.

Tomek appela Leon par son nom.

L'homme à qui il appartenait fut le seul à garder la tête baissée. Tomek l'appela à nouveau.

— Je suis occupé, dit-il, en s'agitant autour de son poste de travail. Deux toasts blancs, quatre œufs brouillés et une tranche de bacon supplémentaire, s'il vous plaît !

— Chef ! répondit-on à l'unisson.

La cuisine explosa dans une nouvelle frénésie d'activité : le bacon fut immédiatement jeté dans une poêle où il commença à grésiller, et les œufs entamèrent leur voyage pour devenir brouillés.

— Leon ! J'ai besoin de vous parler, tonna Tomek, sa voix dépassant à peine le bruit de la cuisine. C'est urgent.

Cette fois, Leon fut le seul à réagir à l'appel de Tomek, tous les autres membres du personnel se détournant, mal à l'aise.

Leon laissa tomber ses ustensiles sur la table puis appela un autre chef pour terminer son travail de préparation avant de se précipiter vers Tomek. Lorsqu'il contourna le plan de travail de la cuisine, la stature imposante de l'homme apparut en entier. Il mesurait un peu plus d'un mètre quatre-vingts, était bien bâti et son ventre suggérait qu'il aimait goûter une portion ou deux de ce qu'il cuisinait. Il était dégarni, avait des rides profondes sur le front et aux coins des yeux, et sa barbe était parsemée de sel et de poivre. Tomek l'estima au début de la quarantaine, mais savait qu'il pourrait se tromper complètement ; il était sûr que le stress du travail dans un environnement de cuisine animé n'aidait pas à ralentir le processus de vieillissement.

— Qu'est-ce que c'est et qui êtes-vous ? lança Leon. J'ai une cuisine à gérer.

— Ouais, dit Tomek, égalant le niveau de dédain de Leon. C'est au sujet de votre patronne.

— Ah, parfait. *Vous* savez où elle est ?

— Oui. Elle est actuellement allongée sur le dos, entourée d'un tas de sable, avec seulement un drap pour la protéger, morte.

Il fallut un moment pour que le dernier mot s'inscrive sur le visage de Leon.

— Morte ?

— C'est pourquoi je suis là. Pour vous le dire et aussi vous poser quelques questions.

— Des questions ? Pourquoi ? Qu'est-ce que j'ai fait ?

— C'est ce que je dois déterminer.

Leon ricana. — Qu'est-ce que vous êtes, une sorte de flic ?

Tomek pointa son doigt en forme de pistolet vers le chef. — Bingo.

Leon, peu impressionné, dévisagea Tomek avec colère. — Vous plaisantez, n'est-ce pas ?

— Je ne plaisante pas sur ce genre de choses. Vous pouvez m'appeler Sergent Bowen, si vous voulez. Ou, puisque vous êtes habitué à votre petite brigade, vous pouvez m'appeler monsieur. Vous êtes un homme d'autorité, je présume.

Leon se raidit inconfortablement, roulant l'épaule à plusieurs reprises, comme pour gratter une démangeaison qui n'existait pas. — Que voulez-vous dire, elle est morte ?

— De la même façon que les espoirs de la nouvelle génération d'acquérir un prêt immobilier sont morts. Et j'ai l'intention de découvrir comment. Et pourquoi. Tomek sortit son téléphone et ouvrit l'application Notes sur une nouvelle page. — Y a-t-il un endroit peut-être un peu plus privé où nous pourrions aller ?

Leon n'hésita pas. Il fit signe à Tomek de s'écarter, puis se faufila devant lui et grimpa à toute vitesse un escalier proche, franchissant les marches deux par deux. Tomek le suivit à son propre rythme. En haut des marches se trouvaient deux portes : une à gauche, sur laquelle était accroché un panneau indiquant « Invités », et une à droite, avec un autre panneau qui disait « Bureau ». En entrant dans le bureau, Tomek pensa que le terme n'était que vaguement lié à ce qu'il trouva à l'intérieur : une table de salle à manger qui avait été utilisée comme bureau ; une série d'étagères contenant des classeurs à levier et des livres de recettes ; une armoire, à moitié ouverte, qui contenait un assortiment de vêtements professionnels et personnels ; un canapé-lit, couvert de papiers, de reçus et de boîtes de nouveaux verres à bière ; et enfin une machine à laver. À tous égards, cela ressemblait à un bureau, mais Tomek eut l'impression que peut-être Charlene, ou quelqu'un d'autre de l'équipe, l'utilisait fréquemment comme chambre à coucher.

Leon sortit de derrière la porte et la ferma derrière Tomek.

— Vais-je devoir fermer le restaurant ? demanda Leon.

Tomek fut surpris que ce soit sa préoccupation principale.

— C'est probablement une bonne idée. Il fit une pause. Une idée lui traversa l'esprit. — J'aurai peut-être besoin de l'utiliser pour mes enquêtes. J'aimerais amener des personnes ici pour les interroger, en l'absence d'un commissariat à proximité. Combien de temps vous faut-il pour vous débarrasser du personnel ?

— Ah, merde. Je vais devoir leur dire, n'est-ce pas ?

Tomek haussa les épaules. — À un moment donné. À moins que vous ne vouliez que je le fasse.

Plaçant ses mains sur ses hanches, Leon commença à faire les cent pas dans le peu d'espace qui restait dans le bureau, son regard perçant des trous dans la moquette. — Non, ils devraient l'entendre de ma bouche. Je vais leur dire. Mais qu'en est-il du service de midi et du dîner ? Nous attendions beaucoup d'invités de la régate.

Dans la liste des priorités de cet homme, Tomek était curieux de voir où se situait Charlene.

Il le découvrit quelques secondes plus tard, après que Leon eut fini de s'inquiéter du paiement du personnel pour la journée et de la quantité de nourriture qui allait se gâter et devrait être jetée.

— Charlene... dit-il, comme s'il se rappelait soudainement la raison pour laquelle ils étaient là.

— Charlene... répéta Tomek. — Depuis combien de temps travaillez-vous avec elle ?

— Environ six ans maintenant.

— Longtemps, nota Tomek. — Et avez-vous toujours été son chef de cuisine, ou avez-vous gravi les échelons depuis le bas ?

— Je la connaissais avant qu'elle reprenne cet endroit. On travaillait ensemble dans le café près du vignoble. C'est comme ça qu'on s'est rencontrés. Puis, quand elle a repris cet endroit, elle m'a fait venir.

— Ça a dû bien passer, dit Tomek, laissant échapper cette pensée par erreur.

— C'est une façon de voir les choses. Quoi qu'il en soit, je suis ici depuis et j'ai été heureux.

— Vous en êtes sûr ?

— Qu'est-ce que ça veut dire ?

— Simplement que je vous ai entendus vous disputer hier soir, dehors près des poubelles.

Leon devint soudain timide et mit ses mains dans ses poches. — Quand ? À quelle heure ?

— Y a-t-il eu plusieurs incidents ?

Fermant les yeux, il secoua rapidement la tête. — Non, ce n'est pas du tout ce que je voulais dire. N'essayez pas de me faire dire ce que je n'ai pas dit. Je me demandais juste... à quelle heure c'était, parce que... parce que j'avais oublié.

Tomek n'en croyait pas un mot. — C'était un peu après onze heures. Juste avant que le groupe ne recommence sa playlist.

— Ah. Je me souviens. Et alors ?

Tomek appuya son doigt sur l'écran pour le réveiller. — De quoi vous disputiez-vous ? Ça semblait important.

— Charlene voulait que les garçons viennent dès six heures ce matin, alors qu'ils n'auraient pas fini avant minuit. Je lui ai dit que c'était illégal de leur demander de venir après seulement six heures de pause, quand ils auraient dû en avoir deux de plus, mais elle ne voulait pas écouter.

— Pourquoi les voulait-elle si tôt ?

— Pour préparer. Pour être prêts pour les clients qui viennent pour notre nouveau service de petit-déjeuner. C'est récent que nous le proposons, et ça marche vraiment bien — les profits ont augmenté d'environ cinquante pour cent — mais les garçons s'habituent encore aux horaires. Ça les a complètement déstabilisés. Moi y compris, parfois. C'est trop. Et on ne nous paie pas plus pour faire ces heures supplémentaires. Aucun des garçons n'est payé plus. Alors hier soir, je me battais pour eux, je les défendais.

— Quel a été le résultat ?

— J'ai ouvert le restaurant et fait toute la préparation avant qu'ils n'arrivent à l'heure normale.

— Ils ne savaient rien de la demande de Charlene ?

Leon secoua la tête.

— Tout un martyr, n'est-ce pas ?

— Je ne sais pas ce que ça veut dire. Tout ce que je sais, c'est que je ne veux pas que mon personnel soit exploité. C'est aussi simple que ça. Pas grand-chose à ajouter, pour être honnête. J'ai vécu ça, je l'ai fait. J'ai connu l'autre côté du travail en cuisine. J'essaie de protéger les garçons de ça autant que possible. Bien sûr, ils doivent apprendre, mais il y a des façons meilleures et différentes de le faire.

Tomek finit de taper une note dans son téléphone. — À quelle heure avez-*vous* fini hier soir ? Ça doit vous prendre un moment pour tout nettoyer ?

— Environ une heure. Je suis parti juste après minuit.

— Et où était Charlene ?

— Encore en train de nettoyer.

— Encore ici quand vous êtes parti ? demanda Tomek.

— Dans la cave, en train de remplacer un des tonneaux.

Tomek fit une autre note de l'heure que Leon venait de mentionner. Lentement, il réduisait la fenêtre pendant laquelle elle aurait pu être tuée. Jusqu'à présent, il avait six heures non comptabilisées. Entre minuit, quand Leon était parti, et six heures, quand Derry l'avait découverte.

— Et c'était la dernière fois que vous avez vu Charlene ? demanda-t-il.

— Je... je suppose que oui, répondit Leon, réalisant soudain.

— Qu'avez-vous fait après être parti ?

— Je suis... je suis rentré chez moi. J'habite à environ cinq minutes à pied. Je suis rentré, je suis allé directement me coucher. Il fit une pause, réfléchit. — J'avais très faim et j'ai pensé à me faire un croque-monsieur ou un bol de céréales, mais j'étais tellement crevé que ça n'en valait même pas la peine.

— Quelqu'un vous a vu ?

— Pas que je sache.

— Vous n'avez vu personne pendant votre trajet ?

Leon secoua la tête.

— Diriez-vous que vous êtes la dernière personne à l'avoir vue vivante ?

Leon hésita avant de répondre, comprenant l'insinuation derrière la question de Tomek.

— À part la personne qui l'a tuée, oui.

— Donc vous n'avez rien à voir avec ça ?

— Non ! Oui, j'étais probablement la dernière personne à l'avoir vue, mais ça n'a rien à voir avec moi.

Leon devenait irrité. Ses mains étaient maintenant hors de ses poches, l'un de ses poings serré.

— Et quand vous êtes arrivé ce matin ? Avez-vous remarqué quelque chose d'étrange ? Des signes de lutte ?

Leon claqua des doigts de façon animée. — Maintenant que vous le mentionnez, il y avait une fourchette par terre dans la cuisine.

— Une fourchette ?

— Ouais. Je ne sais pas d'où elle venait ni pourquoi elle était là.

— Vous n'avez pas trouvé ça bizarre ?

Leon haussa les épaules. — J'ai simplement supposé que Charlene l'avait fait tomber par accident et qu'elle n'avait pas eu le courage de la ramasser. Elle était probablement ici jusqu'à tard.

— Avez-vous vu autre chose qui semblait ne pas être à sa place ?

— La porte arrière était déverrouillée, mais j'ai regardé et ça ne semblait pas que quoi que ce soit ait été pris de là-bas. Rien n'a été pris à l'intérieur non plus. On n'a pas beaucoup de problèmes par ici.

C'est ce qu'on me dit sans arrêt. Jusqu'à maintenant.

— Je suppose que vous avez des caméras de surveillance ici ? demanda-t-il.

Leon parut inquiet. — On en a, mais... mais aucune ne fonctionne.

— Quoi ?

— C'est plus dissuasif qu'autre chose. Elle a juste les caméras là-haut, et quand quelqu'un s'énerve, elle les montre au plafond et ils s'arrêtent aussitôt.

— Pourquoi ne les utilise-t-elle pas ?

— Le coût. Économiser de l'argent. Elles sont chères à faire fonctionner, à ce qu'on me dit.

— Qui a été le dernier à la voir avant vous ?

Avant que Leon ne puisse répondre, un bruit éclata dehors. Les deux hommes se tournèrent vers la source de la perturbation. Cela venait du haut des escaliers.

Leon tressaillit, se dirigeant vers la porte, mais Tomek le retint, une réaction instinctive pour protéger tout le monde sauf lui-même d'un danger potentiel. Il attendit, attendit, attendit. Écoutant silencieusement.

Il entendit trois, peut-être quatre paires de pas, se chevauchant et descendant rapidement les escaliers.

Dès qu'ils eurent atteint le bas, Tomek les suivit. Dehors dans la cage d'escalier, les bruits continuaient. C'était comme si l'endroit était mis à sac.

Tomek descendit les marches jusqu'à arriver en bas. Là, regroupé autour de la scène improvisée de l'autre côté du pub, manipulant et manœuvrant leur équipement, se trouvait le groupe de la veille.

— Voilà, Détective, dit Leon derrière l'épaule droite de Tomek. Ce sont eux que vous cherchez. Les dernières personnes à avoir vu Charlene vivante. Avant moi, bien sûr.

CHAPITRE
DIX-NEUF

Le groupe s'appelait BLADE. Un acronyme formé à partir des initiales de leurs prénoms : Ben, Liam, Andrew, Drew et Ethan. Ils jouaient ensemble depuis cinq ans et s'étaient formés après avoir obtenu leurs diplômes de l'Université d'East Anglia. Avant cela, les jeunes hommes avaient grandi ensemble sur l'île, fréquentant la même école puis le même établissement d'études supérieures.

— On est tous des potes inséparables, expliqua Andrew, le chanteur principal. On mourrait les uns pour les autres.

Tomek trouva cela révélateur, bien que son côté cynique se demandât combien de temps cela durerait. Si l'histoire des groupes de rock était un indicateur, il y aurait sans aucun doute une date limite à leur amour et à leur adoration mutuelle quand/si la célébrité et la notoriété arriveraient.

— Je dois admettre que vous étiez très bons, mentit-il. Votre performance d'hier soir était meilleure que ce à quoi je m'attendais.

Les garçons se donnèrent des coups de poing amicaux. Tandis que Tomek les regardait se taper dans le dos, il réalisa, sous les lumières du pub, qu'ils étaient tous identiques. Presque des copies conformes les uns des autres. Les cheveux courts sur les côtés, avec une touffe de cheveux ondulés et en désordre sur le dessus qui leur tombait jusqu'aux yeux. Les mêmes mâchoires ciselées et pommettes saillantes. Les mêmes traits de jolis garçons qui signifiaient d'emblée que leur ego était gonflé par des filles de dix ans leurs cadettes. Les mêmes t-shirts amples avec des imprimés d'anime japonais qui pendaient sur leurs épaules frêles et semblaient deux tailles trop grands. Et les pantalons extra larges qui s'évasaient aux chevilles. Ils avaient tous l'air d'avoir été lâchés dans un magasin Urban Outfitters et d'en être ressortis sans aucune monnaie.

— Merci, mec, dit Andrew. On apprécie vraiment. On travaille sur notre musique depuis si longtemps. C'est sympa d'être de retour dans notre ville natale pour un concert comme celui-ci. Et ça signifie encore plus d'entendre des commentaires comme le tien.

— C'est votre premier concert ?

— Pas en général, répondit Drew avant qu'Andrew ne puisse intervenir. Les deux garçons se regardèrent.

— On a fait *plein* de concerts, poursuivit Andrew. Plein dans le nord, à Norfolk, à Leicester. On a joué quelques concerts à Manchester et à Solihull. La plupart étaient pour de petits pubs, mais on progresse. On construit petit à petit. Vous voyez ?

Tomek n'avait pas le temps de flatter leur ego. Il les détestait déjà parce qu'ils lui rappelaient trop Les Fils de Zeus. De temps en temps, alors qu'il jetait un rapide coup d'œil au groupe, certains de leurs visages se transformaient en ce souvenir qu'il avait du musicien qui avait causé tant de douleur et de tourment à Kasia.

— C'était la première fois que vous donniez un concert ici ?

Andrew hocha la tête. — Première fois que cet endroit accueille un groupe local, je crois. On prend ça. On l'ajoute au CV. Le jeune homme vérifia l'heure sur son téléphone. — Est-ce que ça va prendre encore longtemps ? On voulait un peu partir.

— Vous avez un endroit où aller ?

Les garçons se regardèrent d'un air penaud. Il était évident qu'ils avaient quelque chose à cacher. Tomek voulait découvrir quoi.

— Juste hors de l'île.

— Pourquoi ?

Andrew se pencha en avant, les coudes sur les genoux. — C'est à quel sujet, mec ? Vous êtes vraiment un flic ?

— À moins que je n'aie fait le mauvais métier ces vingt dernières années, je suis assez sûr d'être un officier de police, oui. Je voulais vous poser quelques questions sur Charlene.

— Quoi, à propos de cette *garce* ? lâcha Andrew. Puis il porta sa main à sa bouche quand il réalisa à quel point il l'avait dit fort. — Désolé, je ne voulais pas-

— Le coup est déjà parti, mon pote, rétorqua Tomek. Qu'est-ce qui se passe ? Vous et Charlene, vous vous êtes accrochés hier soir ?

— Quelque chose comme ça.

— Vous voulez bien m'expliquer ?

Andrew bomba soudainement son maigre torse, mais cela ne fit pas grand-chose pour le rendre plus imposant ou plus intimidant. — Pas avant que vous nous disiez de quoi il s'agit.

En riant, Tomek répondit : — Ça ne fonctionne pas comme ça. Je pose les questions. Vous me donnez les réponses. Et ensuite, si je suis satisfait, je vous laisserai aller où vous avez besoin d'aller.

Les garçons communiquèrent télépatiquement entre eux, se passant des messages à travers la table. Tous les cinq étaient coincés dans le box le plus petit que Tomek avait pu trouver.

— Si ça nous fait sortir d'ici plus vite, dit Andrew. Elle a porté plainte contre nous ou quoi ?

— Et pourquoi ferait-elle ça ?

— Parce que *nous* devrions être ceux qui portent plainte contre *elle*. Pas l'inverse.

— Pourquoi ?

— Parce qu'elle essaie de nous arnaquer.

Tomek ne dit rien. Il attendit que le chanteur principal précise.

— Quand elle nous a engagés, elle a dit qu'elle allait nous payer mille cinq cents livres pour les deux soirées. Ça fait trois cents livres chacun...

— Je suis capable de faire le calcul, mais merci de vous en inquiéter. Tomek nota le chiffre sur son téléphone.

— Et elle a aussi dit qu'on pourrait rester dans les chambres au-dessus pendant les deux nuits où on serait là. Mais ce qu'elle n'a pas dit, c'est qu'elle allait nous les facturer et que ça serait déduit des mille cinq cents livres.

Tomek confirma sa compréhension d'un hochement de tête.

— Et elle ne nous a pas non plus dit que nos repas et nos boissons seraient aussi déduits du paiement. Alors on a bu et bu – je ne sais même pas combien de pintes on a eues entre nous – mais on était complètement défoncés à la fin de la soirée.

On ne l'aurait pas deviné en les regardant. Certes, ils avaient l'air pâles et fatigués – quel jeune mal nourri d'une vingtaine d'années ne l'était pas ? – mais il n'avait pas remarqué qu'ils soignaient une gueule de bois. Il enviait ces jeunes corps et leur capacité à supporter l'alcool.

— Au final, elle a dit qu'on lui devait environ deux cents livres. Vous pouvez y croire ? *On* lui devait de l'argent à *elle*. Je n'allais pas accepter ça alors je suis allé lui parler. Je lui ai dit qu'elle se comportait comme une enfoirée et que c'était complètement injuste. Mais elle n'en avait rien à faire. Elle a dit qu'elle se fichait qu'on ne puisse pas se le permettre. Qu'on devait régler la note quand même et qu'on devrait trouver d'autres moyens de le faire.

— On devait se réveiller plus tôt pour qu'on puisse partir sans payer, dit Liam, le bassiste. Mais on a trop dormi.

Les garçons se tournèrent immédiatement vers Liam, assis au fond de la banquette, et commencèrent à lui donner des pichenettes sur le bras.

— Putain, pourquoi t'as dit ça, abruti ?

— Bien joué, crétin. Maintenant tu nous as balancés !

Les garçons continuèrent à lancer des attaques verbales contre Liam, faisant le tour de la table un par un, jusqu'à ce que Tomek dise :

— Vous aviez prévu de vous enfuir avec tout cet équipement ?

Andrew se tourna vers le coin de la pièce qui avait été transformé en scène improvisée, probablement au cas où le temps se serait détérioré la veille. L'espace était rempli d'éléments de batterie, d'enceintes, de guitares et de kilomètres de câbles. Il n'y avait aucune chance qu'ils aient pu tout ranger et emballer à temps sans que personne ne le remarque.

— Personne n'a dit que c'était un plan bien réfléchi, répondit Andrew, comme s'il lisait l'expression de Tomek. On pensait simplement que ce n'était pas juste de payer l'addition.

Tomek n'offrit aucune opinion sur la question. D'un côté, il pouvait comprendre la frustration des garçons. On leur avait demandé de se produire le week-end dans leur ville natale. C'était une grande étape dans leur carrière musicale. Mais, d'un autre côté, il comprenait le point de vue de Charlene. Elle avait une entreprise à gérer, et si les garçons vidaient son stock d'alcool, alors il estimait qu'elle était parfaitement dans son droit de leur demander de payer ce qu'ils devaient.

— Comment s'est terminée la dispute ? demanda-t-il.

— Eh bien, on est allés se coucher, non ?

— À quelle heure c'était ?

Ils se regardèrent les uns les autres.

Ethan, le garçon assis le plus près de Tomek, répondit :

— Vers minuit et demi. Peu après la fermeture du pub et la fin du feu d'artifice.

Le ricanement qui sortit du nez de Tomek lui échappa.

— Quoi, pas de drogues, pas de cocaïne, pas de strip-teaseuses ? Ça ne correspond pas vraiment au style de vie rock and roll, non ?

— Les temps ont changé, mec. On ne veut pas empoisonner notre corps avec ce genre de trucs.

Mais l'alcool, et en grande quantité, ça allait ? Cette fois, Tomek réussit à garder son rire pour lui.

— Laissez-moi récapituler. Vous vous êtes couchés vers minuit, minuit trente. Et puis vous vous êtes réveillés il y a environ vingt minutes ? Et vous n'avez vu personne ni parlé à personne depuis.

— Ouais, c'est ça.

— Parce que vous espériez quitter l'île avec tout votre matériel pour éviter de payer l'addition ?

— Ouais.

— C'est tout ce dont vous avez besoin de notre part ? demanda Ethan, jetant un coup d'œil à sa montre. Ou on peut y aller maintenant ?

— Où comptez-vous aller ? répliqua Tomek. La marée est haute. Vous devrez traverser le Strood à la nage avec tout votre équipement.

Les garçons gémirent collectivement. Une idée surgit soudainement dans l'esprit de Tomek. Il leva un doigt en l'air, puis quitta la pièce. Il revint un instant plus tard, avec Leon à sa suite.

— Les garçons, commença-t-il. J'aimerais vous présenter cet homme. C'est le chef cuisinier ici, et il dit que vous avez encore une addition à régler. Étant donné que vous n'irez nulle part de sitôt, je suis sûr qu'entre vous six, vous pourriez parvenir à un accord.

CHAPITRE
VINGT

Kasia traînait ses chaussures sur le gravier, projetant des cailloux sur la surface inégale. Elle a retiré son pull et l'a drapé sur son épaule. Il faisait tellement chaud dehors. Elle n'avait jamais autant transpiré de sa vie. C'était comme entrer dans un sauna. Son bas du dos était couvert d'un fin film de sueur, tout comme ses avant-bras et ses aisselles, et pour empirer les choses, tout était si immobile. Il n'y avait aucun mouvement d'air, aucune brise légère pour la rafraîchir. Elle était certaine de pouvoir sentir son odeur corporelle qui remontait lentement jusqu'à ses narines. Elle a rapidement vérifié ses aisselles, mais il n'y avait rien. Juste son imagination paranoïaque et hyperactive qui lui jouait des tours.

Elle venait d'entrer dans le camping et serpentait entre les mobil-homes. Il y en avait tellement, serrés les uns contre les autres sur cette petite parcelle de terre, qu'on avait l'impression de vivre tous les uns sur les autres. Elle pouvait voir dans les salons des gens en passant, apercevoir les propriétaires perchés sur leur canapé, regardant la télévision ou s'affairant dans la cuisine. Pourquoi n'étaient-ils pas dehors sur leurs balcons à profiter du soleil ? Elle a presque pensé à poser la question à quelqu'un, mais s'est ravisée. Elle n'était pas d'humeur à converser. Elle était encore en train d'assimiler ce qu'elle avait vu sur la plage, essayant de comprendre le fait que quelqu'un avait été tué quelques heures auparavant.

Malheureusement, la mort ne lui était pas étrangère. Elle avait presque été témoin de la mort, presque vu cela se produire juste devant elle. Et elle avait elle-même failli mourir. Des images de cette nuit-là, attachée au lit, pendant que son professeur de polonais saupoudrait des cacahuètes et des noix sur son corps allergique, lui revenaient à l'esprit de temps en temps. Récemment, les cauchemars concernant Zeus et ce qu'il avait tenté de lui faire étaient devenus plus féroces et plus fréquents, et elle avait du mal à les gérer. C'était difficile à expliquer, mais elle avait l'impression de se noyer, tout juste capable de garder la tête hors de l'eau. Et personne ne venait à son secours.

Est-ce que cela signifiait qu'elle devrait apprendre à se maintenir à flot toute seule ? Elle ne savait pas. Tout ce qu'elle savait, c'est qu'elle voulait que les cauchemars cessent, qu'ils s'en aillent, qu'ils disparaissent à jamais.

Elle a tourné à gauche entre deux caravanes. Son logement pour le week-end se trouvait à une dizaine de mètres, à l'autre bout de la rangée. Alors qu'elle déambulait en regardant le sol, elle a donné un coup de pied dans un autre caillou. Celui-ci s'est envolé au loin et a rebondi. Tandis qu'il volait dans les airs, Kasia a retenu son souffle et son cœur a fait un bond dans sa gorge ; il se dirigeait droit vers le mobil-home de quelqu'un.

— Non, non ! Ne frappe pas...

Par chance, la petite pierre a atterri juste avant le côté de la caravane et s'est arrêtée en roulant dessous. Kasia a finalement laissé échapper tout l'air de ses poumons.

— C'était juste.

La voix venait de quelque part sur sa droite. Kasia a scruté les mobil-homes à sa recherche.

Elle a trouvé la propriétaire quelques instants plus tard. Une femme antillaise âgée, vêtue d'un gilet léger, penchée par la fenêtre de son salon, en train de fumer. Elle a fait signe à Kasia.

— Vous avez vu ça ? a dit Kasia.

— Ne t'inquiète pas, ma chérie, a répondu la femme. Je ne lui dirai rien. Barry peut être un peu con parfois.

Kasia a ri intérieurement, bien qu'elle se soit efforcée de ne pas le montrer sur son visage. Prudemment, elle s'est approchée de la caravane.

— Merci, a-t-elle dit. Vous ne le direz pas non plus à mon père, n'est-ce pas ?

La femme a pointé sa cigarette vers la caravane de Kasia et Tomek. — Vous êtes les gens du numéro soixante-neuf ?

Kasia a lentement hoché la tête.

— Je pensais bien t'avoir reconnue. Tu es là pour le week-end ?

Un autre hochement de tête, encore plus lent cette fois.

— Super événement, n'est-ce pas ? Tu as aimé ?

Encore un hochement.

— Comment t'appelles-tu ?

Kasia a hésité. Depuis son expérience avec Zeus, elle faisait moins confiance à tout le monde – les gens qu'elle connaissait, ses professeurs, ses amis – et encore plus aux étrangers. Elle pensait qu'ils étaient tous méchants, cyniques et qu'ils lui voulaient du mal. Mais pas cette femme. Elle sentait de la bonté en elle. Une gentillesse, une douceur qu'on ne trouve que dans les âmes les plus pures. Elle sentait qu'il n'y avait pas un seul mauvais os dans le corps de cette femme, et qu'elle posait autant de questions uniquement parce qu'elle était seule et avait besoin de compagnie. C'était pareil avec le petit Jacob. Il était si curieux et bavard parce qu'il n'avait personne d'autre à qui parler, personne d'autre à appeler son ami.

Son *véritable* ami, pour être précis.

— Kasia, a-t-elle fini par dire.

— Kasia. C'est un nom inhabituel. Moi c'est Dayana. Tu veux entrer boire quelque chose, te mettre à l'abri de cette chaleur ? J'ai une canette de Coca dans le frigo, si tu veux ?

Sa réponse immédiate aurait été de dire non. De fuir cette inconnue. De partir dans la direction opposée et de retrouver Tomek, lui raconter ce qui s'était passé. Mais elle s'est ensuite souvenue que Dayana avait promis de ne pas parler du caillou à son père, et qu'elle devrait peut-être amadouer un peu la femme pour s'assurer que cela reste ainsi.

— Vous avez du light ? a demandé Kasia.

— Une petite fille mince comme toi qui surveille sa ligne ? Je n'ai jamais entendu pareille absurdité. Tout ce que j'ai, c'est du normal, et c'est tout ce que tu auras, j'en ai peur. Si tu n'aimes pas ça, j'ai un peu d'eau du robinet de la cuisine. Elle a mis sa main devant sa bouche et a parlé en chuchotant. — Mais ne le dis pas à Barry, il ne sait pas que je la vole de sa réserve.

Kasia gloussa et entra dans la caravane. La disposition de la maison était presque identique à celle où elle et Tomek séjournaient. La seule différence était que les effets personnels et l'ameublement chez Dayana étaient beaucoup plus chaleureux et personnels. Alors que la leur était une copie conforme sortie d'un catalogue, celle de Dayana contenait des photos de famille et des souvenirs qu'elle avait acquis tout au long de sa vie, des tapis à motifs et des papiers peints qui n'avaient pu être choisis que par quelqu'un au goût éclectique.

Kasia trouva une place au bout du canapé et posa ses mains sur ses genoux. À quelques pas, un ventilateur électrique luttait péniblement contre la chaleur, soufflant doucement de l'air tiède vers elle. Dayana apporta la boisson un instant plus tard, puis déposa une assiette de biscuits sur le canapé à côté d'elle. Entre elles se trouvait une table basse portant les preuves des habitudes tabagiques de Dayana, sans compter l'odeur de tabac qui s'était imprégnée dans le tissu des meubles.

—Ne t'inquiète pas, je ne les ai pas empoisonnés, dit Dayana en désignant les biscuits.

—C'est exactement ce que dirait quelqu'un qui les aurait empoisonnés, répliqua Kasia.

Dayana laissa échapper un rire rauque. —Très malin, dit-elle. —Tu es plutôt futée, n'est-ce pas ?

Kasia haussa les épaules. —Mes professeurs le pensent. Pour certains de mes cours en tout cas. Mais pas en maths. Je n'aime pas les maths.

Dayana se pencha à travers le canapé et chuchota : —Laisse-moi te confier un petit secret : moi non plus. Je n'ai jamais réussi à m'y faire. Mais j'avais un professeur très séduisant, ce qui aidait. Tu as quelqu'un comme ça qui t'enseigne ?

Kasia pensa à M. Hendry, frissonna, puis secoua la tête.

—Tant pis. À ton âge, tu dois probablement être concentrée sur les garçons, les amis et t'amuser, non ?

Kasia haussa les épaules, mal à l'aise. Pour détourner la conversation d'elle-même, elle demanda : —Depuis combien de temps vis-tu ici ?

—Moi ? Près de quarante ans maintenant. J'ai trouvé cet endroit quand je travaillais sur l'île. J'ai réussi à l'avoir à bon prix. L'ancien propriétaire du site, avant que Montgomery ne le reprenne, me l'a vendu en promotion pour le Black Friday. Je ne savais même pas ce que ça voulait dire à l'époque. Une partie de moi pensait même que c'était une sorte d'arnaque. Mais je suis contente de l'avoir fait au final. Donc, oui, j'y vis depuis et je n'ai pas l'intention de partir de sitôt. Il y a tout ce dont j'ai besoin. Je suis près de la plage. Je me réveille au son de l'eau au loin et des oiseaux. Et il y a un approvisionnement presque sans fin de poisson.

—L'odeur ne te donne pas la nausée ? Kasia eut un haut-le-cœur en pensant à l'odeur près du ponton.

Dayana gloussa. —Au début, si. Mais je m'y suis habituée, d'une certaine façon. Ce sont les gens qui me donnent plus la nausée que quiconque !

—Oh ? demanda Kasia, incapable de cacher la curiosité dans sa voix.

—Laisse-moi te dire une chose, quoi que tu fasses, ne regarde *pas*, et je veux dire *ne regarde pas*, en aucune circonstance, dans la caravane de M. McGowan au numéro quarante-neuf le matin. Il se promène toujours en slip avec tous les rideaux ouverts, quel que soit le temps.

—Beurk !

—Quelques fois, j'en ai vu plus que prévu, et j'ai dû le réprimander. Mais tu sais ce qu'il a fait ? Il l'a fait encore plus souvent. J'ai essayé d'en parler à Montgomery, mais il n'a rien fait. Je pense qu'il avait peur de M. McGowan.

Dayana prit l'un des biscuits et l'inséra soigneusement dans sa bouche. Elle mordit dedans, puis le posa sur son genou. Kasia fit de même. Sauf qu'elle était affamée et dévora le biscuit en une seule bouchée. Puis elle s'attaqua à la boisson et en but la moitié d'un trait.

—Ton père ne te nourrit pas là-bas ?

Kasia rit maladroitement. —Bien sûr que si. C'est juste que je n'ai pas pris de petit-déjeuner. Il a été occupé.

—Occupé ? En vacances ? Personne ne lui a dit qu'on est censé se détendre en vacances ?

—Il... il s'occupe de quelque chose d'important. Quelque chose sur la plage...

Kasia tourna son regard vers le tapis et fixa jusqu'à s'y perdre. Lentement, les fibres crème se transformèrent en sable et le corps de Charlene Harris commença à apparaître dans l'espace. Son rythme cardiaque s'accéléra.

—Ça va, ma chérie ?

—Oui.

—Qu'est-ce qui se passe ? D'habitude, je suis au courant de tout ce qui se passe ici.

Kasia se tourna lentement vers Dayana. —Tu connais Charlene ?

—Charlene ? Oui, je suis bonne amie avec elle.

Avalant profondément, Kasia expliqua que le corps de Charlene avait été trouvé sur la plage, et que Tomek enquêtait sur son possible meurtre. Dayana réagit comme Kasia s'y attendait : la main sur la bouche et un halètement audible.

—Non, dit-elle, ce n'est pas possible. Je n'y crois pas. Une chose pareille n'arriverait jamais ici. Jamais. Il doit y avoir une erreur, un malentendu.

Au moment où Kasia allait répondre, quelque chose à l'extérieur de la fenêtre du salon attira son attention. Un bateau de police en uniforme filait devant la fenêtre, gyrophares bleus et blancs clignotant, bondissant sur l'eau, formant un large sillage.

—Oh mon dieu, dit Dayana en se soulevant du canapé et en se précipitant, aussi vite qu'elle le pouvait, vers la fenêtre. —Je n'y crois pas. Pauvre Charlene.

CHAPITRE
VINGT-ET-UN

Tomek observait le bateau s'amarrer au ponton. Il avait reçu l'appel du répartiteur quelques instants auparavant, l'informant qu'un sergent-détective et une équipe de deux officiers de scènes de crime, ainsi qu'un responsable de scène de crime, allaient arriver. L'un des agents sauta sur le ponton, attrapa une corde lancée par le capitaine et attacha le bateau au béton. Peu après, l'équipe de Colchester, où se trouvait le quartier général de la police d'Essex, monta précairement sur la plateforme. Tomek se présenta, la main tendue.

— Je suis le Sergent-Détective Rick Lawson, dit le sergent-détective. Il avait une épaisse chevelure blonde, avec une barbe tout aussi dense, et un regard qui suggérait qu'il se sentait supérieur à tous ceux qu'il rencontrait. Particulièrement à Tomek, comme en témoignait le fait qu'il ne daignait pas le regarder dans les yeux, ni ne serrait sa main longtemps. Il la retira brusquement et commença immédiatement à examiner les environs, se dirigeant vers l'île.

— Jane Evers, dit la responsable de la scène de crime. Elle parlait doucement, poliment, avec un léger accent du Devonshire. — Et voici mes collègues, Karina et Farrah. Nous ramènerons le corps avec nous sur le bateau pour l'autopsie.

— Compris, acquiesça Tomek. — Voudriez-vous-

— Il est où, ce corps ? cria Rick depuis le trottoir, l'impatience teintant sa voix. Il consulta sa montre. — Tu crois que tu pourrais nous montrer où il se trouve ?

Jane lança un regard d'excuse à Tomek. — Il est stressé, dit-elle pour le défendre.

— Ce n'est pas lui qui a trouvé un cadavre ce matin et a dû le traîner sur la plage tout en essayant de s'assurer que toute l'île n'en prenne pas plein la vue.

— Tu viens ou pas ? cria Rick.

Tomek ignora l'homme et commença à aider l'équipe de la scène de crime à décharger leur équipement du bateau. S'il y avait une chose qu'il n'aimait pas ou n'appréciait pas, c'était qu'on le presse. Ce connard l'avait fait attendre plus de deux heures pour leur arrivée ; il était plus que content de prendre un peu plus de temps que nécessaire.

Ils furent prêts quelques minutes plus tard. Tomek, avec l'aide de l'équipe de la scène de crime, transporta la majeure partie de l'équipement le long des rues jusqu'à la plage. Là, ils enfilèrent leurs combinaisons blanches en papier pour les analyses forensiques et se dirigèrent vers le corps de Charlene. À sa surprise, le drap blanc remplissait toujours sa fonction, tout comme le monticule de sable qui l'entourait.

— C'est toi qui as fait ça ? demanda Rick, d'un ton accusateur.

— C'était le mieux que je pouvais faire avec les ressources limitées dont je disposais.

Les femmes de l'équipe SOCO lui adressèrent chacune un signe de tête appréciateur. Elles comprenaient que les conditions avaient été loin d'être idéales, et que Tomek avait été contraint d'agir rapidement et efficacement s'ils voulaient avoir une chance de récupérer des preuves sur Charlene. Il avait mis ses années d'expérience à profit, et elles le voyaient bien.

Rick, quant à lui, lança à Tomek un regard dédaigneux en se penchant pour soulever le drap qui recouvrait le corps de Charlene. Ce faisant, un torrent de sable s'envola dans les airs et frappa Tomek au visage, éraflant sa peau et pénétrant dans ses yeux. L'homme n'offrit aucune excuse, ni aucune indication qu'il avait fait quelque chose de mal.

Connard.

Pendant un moment, Tomek ne dit rien tandis que l'équipe de Colchester commençait à examiner le corps. L'une des agents SOCO, Farrah, sortit un appareil photo et commença à photographier le cadavre. Tomek lui expliqua qu'il avait déjà photographié le corps et qu'il pouvait partager les images, si nécessaire. À la tête du corps, Jane et Rick dégagèrent les cheveux du visage de Charlene et inspectaient l'entaille rouge qui s'était formée sur son cou. Une rafale de vent souffla l'odeur rance dans les narines de Tomek. Celle-ci, combinée à l'odeur des algues séchées, le fit vomir.

— T'as jamais vu de cadavre avant ? lança Rick, alors que Tomek s'éloignait. — Ou c'est le genre de choses dont vous n'avez pas à vous occuper à Southend ? Juste un tas de crimes au couteau et de morts liées à la drogue par chez vous, hein ?

— C'est ça qui vous a pris tant de temps pour arriver ? rétorqua Tomek après avoir ravalé la bile. — Vous avez paniqué parce que pour une fois, vous aviez du *vrai* boulot à faire ?

À cela, Rick n'eut aucun commentaire.

S'il existait une sorte de rivalité ou de désaccord tacite entre les régions de Southend et de Colchester au sein de la police d'Essex, Tomek n'en était pas conscient, mais à la façon dont Rick lui avait parlé, il semblait avoir quelque chose de personnel contre lui. Comme si Tomek avait pissé sur le pas de la porte de sa mère et ruiné son parterre de fleurs à un moment donné. Si c'était ainsi que Rick voulait jouer, cependant, Tomek était plus que disposé à satisfaire l'homme. Il lui restait de la frustration accumulée à évacuer après l'affaire Zeus et sa suspension. Et Rick semblait être la cible parfaite.

— Comment l'as-tu trouvée ? demanda Rick.

— À environ trente mètres dans l'eau, au milieu du ruisseau. Il pointa la blessure sur son cou. — C'était dû à une chaîne métallique. Elle était attachée à une bouée.

Rick avait l'air de ne pas écouter. — Quand le corps a-t-il été découvert ?

Tomek consulta les notes sur son téléphone et le lui dit.

— Par ?

— Un homme nommé Derry Waterman. Il travaille dans le Packing

Shed sur l'eau. Il ramassait des huîtres à ce moment-là. Il le fait tous les matins.

Rick lui jeta un regard en coin. — Tu sais tout ça ?

— Je n'ai pas chômé. Je n'allais pas rester à ne rien faire en vous attendant, hein ? C'est une bonne chose que je sache ce que je fais.

— On verra, murmura Rick en tournant son attention vers les bras et les mains de Charlene. Un essaim de mouches bleues bourdonnait et tournoyait dans tous les sens autour du corps. Rick en chassa quelques-unes d'un geste, mais c'était inutile ; elles revenaient sans cesse. Pendant ce temps, elles laissaient Tomek tranquille. Peut-être avaient-elles aussi senti que Rick était un connard et avaient-elles décidé de prendre le parti de Tomek.

— Qu'est-ce que c'est que ça ? demanda Rick en pointant la marque rouge sur la main de Charlene.

— Je n'ai pas eu le temps d'examiner ça, répondit-il. J'espérais que notre médecin légiste pourrait nous éclairer. Ou, en attendant, notre équipe de la police scientifique ?

Jane, la responsable de la scène de crime, s'interrompit dans sa tâche et se pencha pour examiner la main. Sa combinaison émit un bruissement tandis qu'elle bougeait.

— Ça ressemble à une brûlure chimique. La peau est vraiment inflammée. Elle a pu entrer en contact avec quelque chose, ou peut-être que quelqu'un lui a fait ça. J'imagine que l'eau salée n'a pas dû arranger les choses.

— Qu'est-ce qui pourrait provoquer ça ?

— Des produits chimiques, mon pote, intervint Rick avant de se relever et de s'éloigner pour passer un coup de fil.

— Brillant, rétorqua Tomek quand l'homme fut hors de portée de voix. Je n'y avais pas pensé. Il faudra ajouter ça au Panthéon de la Pensée Brillante, aux côtés de l'inventeur du pain tranché et de la fission nucléaire.

Lorsqu'il se retourna vers Jane, elle lui souriait.

— Oups, j'ai dit ça à voix haute ?

— Assez fort pour que je l'entende en tout cas. Elle gloussa. Ignorele. Il est juste stressé en ce moment. Sa femme doit accoucher d'un jour à l'autre.

— Oh, tu veux dire qu'il n'est pas simplement un connard ?

— Malheureusement, il l'est aussi. C'est juste que, maintenant, il est *extra* connard. Sous beaucoup de stress.

— Je n'ose pas imaginer comment se sent sa pauvre femme : enceinte *et* elle doit le supporter en plus de ça ?

— Elle fumait pas mal d'herbe, je sais ça. Elle a arrêté quand ils se sont mis ensemble. Donc elle se replonge probablement dans cet état d'esprit quand elle a besoin de se calmer et de faire abstraction de ses jérémiades.

— De l'herbe ? Il est au courant ?

Jane secoua la tête. Tomek sentit les coins de sa bouche se relever involontairement. Ce n'était pas une information particulièrement utile à avoir contre Rick. Il n'y avait aucun avantage à ce qu'il le sache. Mais néanmoins, ça ressemblait à une victoire, comme s'il avait quelque chose sur cet homme dont celui-ci ne se doutait même pas. Comme si Tomek était monté sur un piédestal infinitésimalement plus haut.

— Tu ne peux pas lui dire, ajouta Jane. Ça écraserait vraiment son ego. Sans parler du mariage.

Tomek fit le signe de la croix sur son cœur en jurant de mourir s'il trahissait sa promesse. Il ne dirait rien. À moins d'être provoqué, bien sûr.

Un instant plus tard, Rick revint, glissant son téléphone dans sa poche.

— C'était le bureau, commença-t-il. Jane, ils veulent le corps dès que possible. Est-ce que vous trois pouvez vous charger de le mettre dans un sac et de le ramener au bateau ? Il devrait toujours être là.

Jane examina le corps devant elle. Elle n'avait pas l'air à l'aise.

— Je vais vous donner un coup de main, proposa Tomek.

— Non, tu ne le feras pas. Toi et moi devons parler à Derry Waterman.

— Pas tout de suite. Il ne va nulle part. Comme nous tous, il est coincé sur l'île. Et la dernière fois que j'ai vérifié, les sergents n'avaient pas d'autorité sur d'autres sergents.

— Si, quand ce sont ceux de Colchester qui mènent l'enquête.

Tomek ignora l'homme et se tourna vers Jane. Karina et Farrah avaient déjà commencé à sortir le sac mortuaire noir de leur sac de transport et le disposaient à côté de Charlene.

— Laisse-moi vous aider avec ça, dit Tomek, en se déplaçant vers la tête et en plaçant une main sous le crâne de Charlene et l'autre sur le haut de son dos.

CHAPITRE
VINGT-DEUX

Ils ont trouvé Derry perché sur un banc de parc à quelques centaines de mètres de la plage, toujours vêtu de sa tenue de pêche, fixant le vide au loin, regardant les bateaux et les oiseaux. La dépression et le désespoir étaient profondément gravés dans les rides de son front et de ses joues, et ses yeux étaient vitreux, perdus dans ses pensées. Une cigarette pendait de sa main et, à en juger par son extrémité, elle brûlait depuis un certain temps.

Tomek a appelé son nom deux fois, mais il n'y a eu aucune réponse. Ce n'est que lorsqu'il s'est placé devant l'homme que Derry a réalisé sa présence.

— Désolé pour ça, a-t-il dit en tapotant le bout de sa cigarette avant de la mettre à sa bouche. J'étais à des kilomètres d'ici.

— Quelque part d'agréable ? a demandé Tomek.

Il a secoué la tête. — Je ne saurais pas où aller. J'ai vécu sur l'île toute ma vie. Jamais été à l'étranger, jamais rien vu du monde à part ce qu'on montre à la télé. C'est une existence plutôt triste, non ?

— Ouais, c'est vraiment triste, a lancé Rick. Mais si ça ne te dérange pas, on a quelques questions à te poser.

Le dos de Derry s'est raidi tandis qu'il se tournait vers Tomek. — C'est qui, lui ?

— Mon équivalent. De la police de Colchester.

— Rick Lawson, a dit l'homme en agitant sa carte professionnelle devant le visage de Derry. Je suis l'officier principal chargé de cette enquête.

— Ça veut dire quoi ?

— Ça veut dire que c'est moi qui dirige.

Rick l'a dit avec une telle autorité que Tomek a compris que cette déclaration lui était destinée. Rick l'avait exprimé, l'avait lancé dans le monde, avait revendiqué le rôle d'officier principal avant que Tomek ne puisse le faire. Et comme la police de Colchester dirigerait l'enquête depuis leurs bureaux, sans mentionner le fait que Tomek était toujours suspendu, il était parfaitement logique que Rick soit aux commandes. Tomek aurait simplement préféré que ce rôle revienne à quelqu'un qui soit un peu moins con.

— Il ne peut pas simplement te répéter ce que je lui ai déjà dit ? a demandé Derry à Rick, agitant son doigt entre les deux hommes. Ça nous ferait gagner du temps à tous.

— Je préférerais l'entendre de vous, si ça ne vous dérange pas.

Derry a levé les yeux au ciel sans faire aucun effort pour cacher son mécontentement face à ce désagrément. — Qu'est-ce que vous voulez savoir ?

— Comment vous avez trouvé le corps de Charlene Harris.

Derry a soupiré bruyamment. — Je me suis levé le matin. Comme je le fais toujours. Je suis allé dans les marais, comme je le fais toujours. J'ai commencé à chercher des huîtres, comme je le fais tous les jours. Puis j'ai vu son corps dans la boue, ce qui était une amélioration par rapport au chien mort que j'ai vu hier, si vous voulez autant de détails.

— Le chien était au même endroit ?

— Non. À quelques mètres de là où j'ai trouvé Charlene.

— Sont-ils liés d'une quelconque façon ?

— Qui ? Le chien et Charlene ? Je ne pense pas qu'elle était du genre à avoir ce type de relation avec des animaux.

— Non, idiot, a lancé Rick. Je veux dire si le chien appartenait à Charlene.

— C'était celui de Mick, a répondu Tomek.

— Mick ?

— Le gars qui possède une compagnie de bateaux touristiques sur l'île.

— D'accord. Rick s'est retourné vers Derry, semblant désintéressé par d'autres informations sur Mick. — Et vous n'aviez rien à voir avec la mort de Charlene, n'est-ce pas ?

— Non. Pourquoi je l'aurais fait ?

— C'est à vous de me le dire. C'est vous qui l'avez trouvée.

— Ça ne veut pas dire que je l'ai tuée.

— L'avez-vous vue hier soir ?

— On était au pub avec elle.

— Quand êtes-vous rentré chez vous ?

Derry a haussé les épaules. — Vers minuit. Après le feu d'artifice.

— Qu'avez-vous fait après ?

— Je suis rentré chez moi, comme tu viens de le dire.

— Vous êtes sûr ?

Le visage de Derry s'est tordu comme s'il souffrait. Puis il s'est tourné vers Tomek. — Il est sourd ?

— Répondez à la question, s'il vous plaît, a interrompu Rick avant que Tomek ne puisse réagir.

— Oui, je suis sûr que je suis rentré chez moi. Je n'étais pas si ivre. J'avais encore toutes mes facultés.

— Suffisamment pour la tuer ?

— Putain de merde, a dit Derry, secouant lentement la tête. Qu'est-ce qui vous fait croire que je l'ai fait ?

Tomek connaissait la réponse à cette question. C'était la solution la plus facile et la plus rapide. Piéger l'homme qui l'avait trouvée. Rejeter la faute sur Derry pour qu'il puisse rentrer chez lui à temps pour la diffusion de l'après-midi de *Pointless* avec un paquet de biscuits Hobnob et une tasse de thé et, avec un peu de chance, la naissance de son enfant. Tomek voyait clair dans son jeu.

— Je fais simplement mon travail, a répondu Rick.

— Ouais, eh bien *lui* a fait son travail plus tôt, et il ne m'accusait pas d'avoir eu quoi que ce soit à voir avec ça, a répliqué Derry.

Rick s'est adressé à Derry mais a regardé Tomek. — Eh bien, peut-être qu'il aurait dû.

Tomek a soutenu le regard de l'homme pendant un long moment. L'a maintenu jusqu'à ce que finalement Rick cède et détourne les yeux.

Prends ça, connard, a pensé Tomek. — Il n'y a rien de mal dans ma façon d'agir et de faire mon travail, a-t-il dit. Comment osez-vous. Si vous avez un problème avec ça, je vous conseille de m'envoyer un e-mail. J'y jetterai un œil à mon retour. En attendant, j'apprécierais que vous traitiez notre témoin clé avec un peu plus de respect. Il a vécu une matinée traumatisante.

— Tu t'es ramolli, a été la réplique.

— Tu ne m'as jamais rencontré avant. Comment peux-tu faire une telle déclaration ?

Rick a ouvert la bouche, mais Tomek l'a interrompu d'un geste de la main. Il n'allait pas faire ça devant Derry. Il n'allait pas avoir une dispute totalement non professionnelle avec un égal devant un témoin clé. Il y a un temps et un lieu pour tout.

— As-tu réfléchi davantage à qui aurait pu lui faire ça, Derry ? a demandé Tomek.

— Maintenant que tu en parles, dit Derry avec animation, comme s'il reprenait soudain vie en parlant à Tomek. Elle s'était disputée avec un type qui s'appelle Damien Westwood l'autre jour. Il travaille de l'autre côté de l'île, près du vignoble. Il possède sa propre entreprise de maçonnerie. Il construit des maisons et tout ça. Et il fait aussi quelques petits boulots sur l'île pour les gens.

— À propos de quoi était la dispute ?

— Eh bien, il y a quelques semaines, il était censé avoir réparé une fissure dans une fenêtre, mais il ne l'a pas fait. Et puis quelqu'un a balancé une brique à travers l'une des fenêtres du pub, et elle portait les initiales de son entreprise de maçonnerie, alors naturellement elle a pensé qu'il pouvait y être pour quelque chose.

CHAPITRE
VINGT-TROIS

Tomek savourait le son du silence. L'adorait, en fait. Assis au volant, maître de la voiture, avec Rick à ses côtés qui, sans aucun doute, critiquait mentalement sa façon de conduire. Rick avait choisi d'éteindre la radio. Au début, Tomek s'était opposé à cette idée, désirant quelque chose pour combler le vide, mais il avait rapidement commencé à apprécier le son de la respiration lourde et frustrée de Rick. Il avait songé à engager une conversation polie – lui demander des détails sur sa carrière, ses aspirations ; s'enquérir de sa femme enceinte sur le point d'accoucher – mais il avait finalement décidé qu'il s'en moquait. Cet homme lui avait réservé un accueil si glacial qu'il ne méritait pas les platitudes quelque peu forcées de Tomek.

Le vignoble d'Ian Kidd, « Wine by the Mer-Sea », se trouvait du côté est de l'île, à dix minutes de route. Avant d'y arriver, ils passèrent devant l'entreprise de maçonnerie de Damien Westwood, un petit entrepôt construit, ironiquement, en acier et en tôle ondulée. Sur le parvis, des palettes de briques de différentes couleurs et tailles étaient empilées les unes sur les autres.

Tomek ralentit sa voiture jusqu'à l'arrêt sur le parking gravillonné, et laissa le moteur tourner. De la musique, diffusée par un ensemble d'enceintes, s'infiltrait dans la voiture. À travers les portes ouvertes de l'entrepôt, Tomek aperçut un homme athlétique penché au-dessus d'une bétonnière, versant soigneusement un mélange.

— C'est lui ? demanda Rick.

— Comment le saurais-je ? Je n'ai pas sa photo dans mon portefeuille, rétorqua Tomek. Je connais ces gens autant que vous.

Rick posa sa main sur la poignée de la portière.

— On aurait pu s'y méprendre. Ils vous parlent comme si vous étiez un habitant du coin.

Il claqua la portière après être sorti. Tomek ouvrit la bouche pour protester, mais l'homme était déjà à mi-chemin à travers le parvis. Tomek regarda Lawson approcher le maçon avec précaution, annonçant sa présence de loin, de peur de recevoir une brique surprise en plein visage.

Quand il s'ennuya, Tomek passa la première vitesse et laissa Lawson se débrouiller. Ils avaient décidé de se séparer, pour diviser et conquérir. En partie parce qu'ils ne voulaient pas être en compagnie l'un de l'autre, et en partie parce qu'ils aimaient tous deux penser qu'ils savaient mieux : Tomek insistait pour parler d'abord au propriétaire du vignoble, et Lawson tenait à connaître les allées et venues du maçon. Ils étaient comme deux boules de bowling de même poids se dirigeant l'une vers l'autre, et après s'être heurtées, elles avaient convenu de rouler chacune de leur côté.

Tomek arriva au vignoble quelques instants plus tard. L'entrée était indiquée par un petit panneau en bois. Si petit, en fait, que s'il n'avait pas su ce qu'il cherchait, il l'aurait manqué. À sa gauche s'étendait le vignoble, rangée après rangée de ceps de vigne, distancés de façon égale. Le soleil brillait magnifiquement sur eux, illuminant leur vert sain et vibrant. À sa droite se trouvait une petite maison avec un grand bateau qui étincelait au soleil. Au bout de l'allée d'entrée, il y avait une petite zone d'accueil et une boutique de souvenirs. À côté, dissimulée derrière un buisson dense, se trouvait l'enseigne du Log Cabin Café qui, également de façon ironique, n'était pas du tout fait de rondins ; il était plutôt construit en briques et en acier noir. Au loin, une épaisse colonne de vapeur s'élevait d'un bâtiment, montait haut dans le ciel avant de finalement disparaître. Tomek se gara à l'emplacement le plus proche de la sortie et se dirigea nonchalamment vers la zone d'accueil. Des familles se promenaient dans les environs, avec de petits enfants courant de haut en bas du vignoble, leurs cris joyeux se répercutant dans tout l'espace. En approchant de l'accueil, un homme sortit du bâtiment.

— Ian Kidd ? demanda Tomek.

— Non. Désolé, mon pote, dit l'homme en continuant son chemin.

Tomek attrapa la porte avant qu'elle ne se referme et se glissa à l'intérieur. À l'intérieur se trouvait un petit bureau sans personne derrière, sur lequel était posé un écran d'ordinateur. Des dépliants d'entreprises locales étaient accrochés à un tableau d'affichage derrière le bureau. Tomek les examina : des menuisiers et des mécaniciens indépendants faisaient de la publicité, tout comme le Fowler's Café et le Victory Inn.

— Bonjour ? appela Tomek. Il y a quelqu'un ?

Mais il n'y avait personne d'autre aux alentours.

Ensuite, il essaya le Log Cabin Café. Il grouillait de clients. Des familles et des couples âgés venus pour un déjeuner léger occupaient les tables et les chaises. La pièce était décorée d'objets récupérés et recyclés suspendus aux murs. Tomek n'avait jamais vu autant de fers à cheval et de chaînes de bateau de sa vie.

— Bonjour, monsieur, commença l'adolescente derrière le comptoir. Qu'est-ce que je peux vous servir ?

— Ian Kidd, s'il est disponible.

L'adolescente pinça les lèvres et secoua la tête.

— Je ne l'ai pas vu aujourd'hui.

— Quelqu'un l'a-t-il vu ?

Elle tira sa responsable d'une machine à café proche. Le nom sur son badge indiquait : Ariana.

— Ian ? commença-t-elle. Je l'ai vu ce matin. Mais je ne sais pas où il est parti. Vous avez besoin de lui pour quelque chose ? Je peux l'appeler.

Tomek sourit poliment aux deux femmes.

— Si cela ne vous dérange pas.

La dernière chose qu'il voulait, c'était qu'Ian Kidd ait pris la fuite.

— Ce n'est pas à propos de ce qui s'est passé avec Charlene, n'est-ce pas ? demanda Ariana, en tenant sa main sur le microphone du téléphone portable.

Les nouvelles circulaient vite sur l'île.

— Qu'est-ce qui vous fait penser cela ?

Soudain, la femme devint timide. Elle ne répondit pas à la question et une seconde plus tard, elle raccrocha.

— Il ne répond pas. Je suis sûre qu'il n'est pas allé bien loin. Vous êtes tout à fait le bienvenu pour rester et l'attendre si vous le souhaitez. Je continuerai d'essayer entre-temps.

— Merci.

— Puis-je vous servir quelque chose à boire pendant que vous attendez ?

Tomek examina le menu et les prix, fut effaré par le coût d'un simple café filtre noir, rien de trop extravagant, puis décida qu'il n'avait pas soif, et qu'Ian Kidd était soit un homme d'affaires astucieux, soit un voleur.

Tomek trouva une chaise près de l'entrée et la tira de sous la table. Alors qu'il se perchait sur le bord, il sortit son téléphone et fit défiler son historique d'appels récents. Tout en haut, il trouva le nom d'Aidan Murray et appuya sur le numéro. L'agent de police venait tout juste de répondre à l'appel lorsque quelque chose attira l'attention de Tomek.

— Ian ! cria Ariana, puis elle contourna le comptoir et se précipita vers l'homme à l'extérieur.

La porte s'ouvrit brusquement et un instant plus tard, elle revint, traînant Ian Kidd derrière elle comme si elle était sa mère et qu'elle l'avait amené s'excuser auprès du professeur pour une bêtise commise plus tôt. Dès qu'il posa les yeux sur lui, Tomek fut frappé par l'étrange ressemblance entre Ian Kidd et l'acteur de *Life on Mars*, Philip Glenister. Les deux hommes étaient presque identiques. Même cheveux, même structure faciale, mêmes yeux sévères et puissants. La seule différence, heureusement, était la voix. Ian parlait avec une voix de baryton profonde qui avait la même fréquence qu'un marteau-piqueur.

— Avez-vous un endroit privé où nous pourrions parler ? La réception était vide quand je m'y suis rendu à l'instant.

Ian se tourna vers la gérante du café, lui lançant un regard. Ariana passa immédiatement à l'action, contourna le comptoir et lui lança un trousseau de clés.

— Suivez-moi, dit Ian. Je sais exactement où aller.

Tomek s'était demandé s'il était conduit à sa mort. La réalité était bien moins terrifiante : Ian l'avait mené jusqu'au bateau, *The Vineyard*, qu'il avait dépassé en voiture en arrivant. L'intérieur était étonnamment spacieux, avec une cabine et un espace sous le pont assez grand pour quatre à cinq personnes. L'odeur de sel et d'algues imprégnait l'air, et Tomek pouvait sentir la présence de sel séché sur les surfaces et les meubles.

— Quel endroit, dit-il en admirant la décoration nautique.

— Je l'utilise à peine, répondit Ian. La vie est si occupée que je ne peux pas en profiter autant que je le voudrais. Ça m'a fait du bien de la sortir sur l'eau pour la régate hier. Un sourire se dessina sur son visage tandis qu'il inspectait l'intérieur du bateau. Quand ses yeux se posèrent sur Tomek, il le fixa pendant un long moment. Puis il claqua des doigts et dit : Je pensais bien vous reconnaître. Vous êtes le gars qui a conquis le mât de cocagne !

— J'ai fait d'autres choses dans ma vie.

— Mais rien ne peut se comparer à la montée d'adrénaline et au sentiment de fierté que vous avez ressenti hier, n'est-ce pas ?

Ian Kidd posa une main ferme sur l'épaule de Tomek, puis commença à lui tapoter les bras. Comme s'ils étaient potes. Comme s'ils étaient des frères. Tomek avait déjà été confronté à ce genre de tactique. Il s'attendait à ce que, dans quelques minutes, Ian Kidd veuille l'étreindre dans un câlin fraternel.

Un pas de trop.

— Vous devriez être fier de vous, poursuivit Ian. C'est tout ce que je dis, d'accord. Vous avez fait du bon boulot.

— À ce propos, dit Tomek, j'ai un autre travail à faire. Je suis sergent-détective à la police d'Essex.

À ces mots, l'amour fraternel qui explosait par tous les pores du visage d'Ian disparut rapidement.

— Un sergent-détective ? Oh là. Ça ne présage rien de bon. Je ne suis pas dans le pétrin, n'est-ce pas ? Une autre tape, plus faible cette fois, comme si Ian prenait soudainement conscience qu'en frappant plus fort, Tomek pourrait l'arrêter pour agression.

Ian marchait sur une corde raide avec précaution. Et Tomek voulait être là pour le rattraper quand il tomberait.

— Depuis combien de temps possédez-vous cet endroit ? demanda-t-il.

— Je comprends, répondit Ian en croisant les bras sur sa poitrine. Question classique de diversion. Vous jouez serré, hein ? Je vois comment ça se passe. De quel endroit parlez-vous : du café ou du vignoble ?

— Du-

— Question piège. Je les possède tous les deux depuis la même durée. Presque quinze ans. Je suis originaire de Peterborough mais j'ai toujours eu de la famille par ici. Et quand mon père est décédé, j'ai hérité d'une somme d'argent, et j'ai pensé la mettre à bon usage, alors j'ai acheté cet endroit — à l'époque où les terrains étaient moins chers et où le coût de la vie ressemblait à celui de l'Europe de l'Est.

Tomek grogna et pensa moins bien de l'homme pour cette comparaison.

— Les affaires n'ont pas toujours été faciles, si vous me pardonnez le jeu de mots, mais ça m'a maintenu à flot — si vous me pardonnez celui-là aussi !

Putain, cet homme était insupportable. Mais si Tomek voulait des informations, il allait devoir persévérer.

— Où vendez-vous votre vin ?

— Nous sommes présents dans tout le pays. Partout en Grande-Bretagne.

— Je connais l'expression. Pendant combien de temps avez-vous travaillé avec Charlene Harris ?

— Charlene ? Ian se gratta le dessous du menton. Je pense qu'elle est restée ici environ trois ans. Bonne employée. Femme agréable. Destinée à de plus grandes choses, ce qu'elle fait exactement. Elle a fait de bons progrès là-bas au Victory Inn.

Tomek acquiesça d'un léger signe de tête.

— Avez-vous déjà eu des disputes ou des altercations ?

— Des disputes ? Absolument pas. Pas pendant qu'elle travaillait

pour moi, du moins. Depuis qu'elle est devenue directrice de l'Association de l'île de Mersea, nous n'avons pas toujours été d'accord, mais c'est la même chose pour presque tous les autres membres.

Tomek prit note mentalement. — Sur quoi n'étiez-vous pas d'accord ?

Ian haussa les épaules. — Sur ceci et cela. Des trucs liés aux affaires. Rien d'important dans l'ensemble. Elle me tapait sur les nerfs et je tapais sur les siens. C'était simplement la façon dont notre relation fonctionnait.

— Au point que vous vouliez la tuer ?

— La *tuer* ? Ian cracha presque le mot. De quoi diable parlez-vous ?

— On l'a trouvée morte ce matin.

— Morte ?

— Oui. Vous êtes familier avec ce terme ?

Ian ne répondit pas à la question. Il passa ses doigts dans ses cheveux et s'assit sur le canapé, se balançant d'avant en arrière, fixant la table qui avait été coincée dans l'espace exigu.

— Morte ? Quand est-ce arrivé ?

— Aux premières heures du matin. J'estime entre une heure et six heures.

— En plein milieu de la nuit. Qui aurait pu lui faire ça ?

— C'est pourquoi je suis ici.

Ian tourna brusquement la tête vers Tomek. — Vous pensez que je l'ai fait ?

— L'avez-vous fait ?

— Non. Bien sûr que non. Et vous n'avez rien pour baser cette accusation. Je trouve ça abominable.

Le ton d'Ian changea immédiatement. Il n'était plus le gars sympathique, humble et autodérisoire. Il était l'homme d'affaires déterminé qui avait rencontré une affaire ou deux délicates dans sa vie et savait comment obtenir ce qu'il voulait.

Tomek tapota l'écran pour le réveiller. — Je n'ai rien suggéré. J'ai simplement posé une question. C'est peut-être votre conscience qui vous rend paranoïaque.

— Paranoïaque ? Je ne suis pas paranoïaque !

C'est exactement ce qu'une personne paranoïaque dirait, pensa Tomek.

— Où étiez-vous entre une heure et six heures ce matin ?

— Endormi, rétorqua Ian. Comme une personne normale.

— Vous n'êtes pas sorti faire un tour nocturne sur *The Vineyard* ?

Tomek avait réalisé peu après l'arrivée de Rick Lawson qu'ils rechercheraient quelqu'un qui avait accès à un bateau, ou du moins savait comment en manœuvrer un. La marée aurait été haute durant les heures du décès de Charlene, donc un bateau, un kayak ou un autre dispositif flottant aurait été vital pour l'emmener sur l'eau. De là, il imaginait que le tueur avait enroulé la chaîne autour de sa gorge et l'avait jetée par-dessus bord.

— Non. Le bateau est resté dehors toute la nuit. Je ne l'ai ramené que ce matin.

— Quelqu'un peut confirmer ça ?

— Comme qui ? lança Ian avec irritation, de plus en plus énervé. Vous voulez dire la police des bateaux, qui viendrait vérifier que je ne suis pas garé sur une zone interdite ? Pfft. Je vous en prie.

— Étiez-vous avec quelqu'un hier soir ?

— Non.

— Étiez-vous au pub ?

— Oui.

Tomek ne se souvenait pas de l'avoir vu.

— Avez-vous bu quelque chose ?

— Oui.

— Quelqu'un vous a-t-il vu partir ?

— Probablement.

Tomek tapota l'écran d'un air sarcastique. — Vous avez des noms à me donner ?

Ian regarda à nouveau le sol et commença à secouer la tête. Il serra les lèvres, puis se mit à hocher la tête. — Justement, oui. Oui, j'ai un nom pour vous, mon gars. Et je peux vous garantir que vous allez vouloir l'entendre.

Tomek ne retint pas son souffle. — Je vous écoute.

— Derry Waterman.

— Quoi à son sujet ?

— C'est lui que vous devriez surveiller.

— Pourquoi ?

Tomek hésitait à noter le nom de cet homme dans son téléphone. Il voulait d'abord entendre la justification d'Ian.

— Parce qu'il la déteste. Il la déteste absolument. Il la *méprise*...

— J'aurai besoin de quelque chose de plus concret que ça. *Pourquoi* la déteste-t-il ?

— Parce qu'elle le met en faillite, comme elle le fait avec la plupart d'entre nous, pour être honnête, mais Derry l'a ressenti plus durement. Charlene a complètement asséché son commerce. Elle lui paie de moins en moins pour beaucoup plus de ses produits. Elle lui a aussi retourné un tas d'huîtres et de poissons parce qu'ils n'étaient pas de la bonne couleur. J'ai même entendu dire qu'elle avait refusé de payer une livraison parce qu'il était en retard et qu'elle avait manqué le déjeuner à cause de ça. Oh, et comme si ça ne suffisait pas, elle a tellement augmenté son loyer que c'est devenu insoutenable pour lui. Il n'y a pas si longtemps, il avait besoin d'être renfloué parce qu'il ne pouvait pas payer les taxes foncières, alors elle a proposé de le racheter et de lui faire payer un loyer pour le terrain sur lequel se trouve son hangar. Puis elle a augmenté le loyer jusqu'à ce qu'il soit presque insoutenable. Elle a fait la même chose pour beaucoup d'autres personnes sur l'île aussi.

Tomek ne dit rien. Il absorba ce qu'il entendait.

— Oui, c'est ça. Ian commença à agiter son doigt. — Elle l'a presque mis en faillite. En plus, ils ne se sont jamais vraiment entendus de toute façon. Je pense simplement qu'ils ne s'aiment pas. C'est à lui que vous devriez parler. C'est lui qui avait le plus gros compte à régler avec elle.

CHAPITRE
VINGT-QUATRE

Vingt minutes plus tard, Tomek était de retour à la caravane. Peu après avoir quitté Ian Kidd, il avait reçu un appel alarmant de Kasia, le convoquant d'urgence au site de Rosebank. Il avait sauté dans la voiture et conduit aussi vite que possible, sans se rendre compte qu'il avait laissé Rick Lawson abandonné à DW Bricks. Tant pis. En tant qu'enquêteur principal, Tomek était certain que l'homme était assez débrouillard pour retrouver son chemin jusqu'à West Mersea.

À son arrivée sur le site, il trouva Flynn debout devant sa porte, avec Kasia calée dans l'entrée, protégeant la caravane de l'intrus.

— Flynn ? dit Tomek avec une certaine alarme dans la voix. Il était certain qu'il ne se passait rien de sinistre ou déplacé entre eux, mais quand il voyait un homme adulte parler à sa fille adolescente – et quelqu'un d'aussi bien bâti et costaud que Zeus – ses instincts paternels protecteurs se manifestaient.

— Tomek, dit Flynn en se retournant. Justement l'homme que je voulais voir. Il retira son sac à dos de ses épaules et le brandit triomphalement. J'ai les photos de tout à l'heure prêtes à te montrer, si tu as un peu de temps ?

Tomek consulta sa montre. — Dix minutes. Et après je dois partir.

Tomek fit un signe de tête à Kasia, et elle s'écarta pour laisser entrer le photographe. Tomek le suivit dans la caravane et lui dit de s'installer sur le comptoir de la cuisine. En quelques instants, Flynn avait sorti son ordinateur portable, l'avait posé et chargé les photos sur son écran. Avant de regarder, Tomek demanda à Kasia d'aller dans sa chambre. Elle avait déjà vu assez du cadavre de Charlene Harris. Elle n'avait pas besoin d'en voir davantage.

— J'ai dû me débarrasser de certaines photos que tu as prises. Il y avait trop de mouvement et elles sont sorties floues.

— Si c'était aussi simple que viser et appuyer, murmura Tomek pour lui-même.

— Ce n'est pas aussi facile que ça en a l'air. C'est pour ça qu'on nous appelle des « professionnels ». Flynn appuya sur la touche fléchée de son clavier pour faire défiler les photos. Alors que des images de Charlene Harris sous différents angles défilaient sur l'écran, Tomek fut transporté vers les vasières, puis plus tard sur la plage, revivant les événements de cette matinée. Regardant son visage délavé, hagard et vide. Il ne savait pas pourquoi, mais manipuler physiquement le corps de Charlene avait eu un impact mental plus important sur lui qu'il ne l'avait pensé.

— J'ai dû ajuster quelques-unes d'entre elles, poursuivit Flynn. Une mouche s'était glissée dans l'un des cadres, alors je l'ai recadrée.

La photo en question apparut à l'écran. Elle montrait la main enflammée de Charlene. Sauf que cette fois, il y avait une légère différence. Charlene portait une fine bague. Sa pierre verte était juste hors de vue, mais Tomek pouvait voir, avec ses faibles connaissances en joaillerie, qu'elle était coûteuse et avait probablement coûté une fortune.

— As-tu une autre photo où on la voit ? demanda Tomek.

Quelques clics plus tard, Flynn en trouva une. Une rangée de trois émeraudes parfaitement serties dans le métal lui faisait face.

— Qu'est-ce qu'il y a ? demanda Flynn.

— J'ai vu le corps il y a environ une heure, avant qu'il ne soit emporté par l'équipe médico-légale, et je ne me souviens pas avoir vu ça, expliqua-t-il.

Tomek ferma les yeux et se remémora ce moment : Rick avait montré du doigt la main, s'interrogeant sur la source de l'inflammation. Et de l'angle où se trouvait Tomek, il aurait dû voir la bague. Mais elle n'était pas là, n'est-ce pas ? Il ne pouvait pas l'affirmer avec certitude ; il devrait attendre que les images de la scène de crime soient traitées et partagées avec lui.

Si jamais elles l'étaient.

— Où penses-tu qu'elle soit allée ? demanda Flynn.

— Je doute qu'elle soit tombée. Elle n'avait pas été déplacée pendant des heures.

— Quelqu'un l'a prise ? Flynn ferma lentement le couvercle de l'ordinateur portable, comme pour suspendre la présentation des images à Tomek jusqu'à ce qu'il ait obtenu la réponse dont il avait besoin.

— Probablement.

— Mais qui cela pourrait-il être ? Qui d'autre était là ? Qui d'autre se serait approché du corps ?

Tomek connaissait la réponse. Le nombre de personnes concernées était restreint. Flynn mit quelques instants à comprendre.

— Moi, toi et Derry ?

— Peut-être. Je préfère ne pas me prononcer pour l'instant. Pas avant d'être sûr qu'elle ait vraiment disparu.

Avant que Flynn ne puisse répondre, on frappa à la porte. Le bruit soudain brisa le silence et fit sursauter Flynn. De l'autre côté du panneau de verre texturé de la porte se trouvaient deux silhouettes. L'une grande et large, l'autre petite et mince.

Tomek reconnut immédiatement l'une d'elles. Le gilet et la casquette de police portés par l'un des visiteurs étaient révélateurs.

Il ouvrit la porte à la volée pour trouver Aidan Murray debout là, tenant sa casquette de police sous le bras, avec Montgomery à ses côtés.

— Que faites-vous ici ? demanda Tomek. Plus important encore, comment savez-vous où je loge ?

— Mes excuses, répondit Montgomery en saluant innocemment. C'était moi. Il vous cherchait alors je l'ai amené ici. J'ai supposé que, comme il s'agissait d'une affaire de police, vous voudriez être au courant. J'espère que ça ne pose pas de problème ?

Tomek inspira profondément. — Ce n'est pas idéal, mais je ne peux rien y faire maintenant. Qu'est-ce qui se passe ?

— C'est le sergent détective Lawson, sergent, commença Aidan.

— Il t'a parlé, c'est ça ?

— Pas vraiment, sergent.

Tomek attendit que l'homme crache le morceau.

— Il a utilisé *quelques* mots pour me parler, certes. Mais aucun d'entre eux n'était agréable. J'étais là, debout près du Strood, exactement comme vous me l'aviez demandé, faisant mon travail et m'assurant que personne d'autre ne quitte l'île, quand tout à coup cette camionnette s'arrête avec DW Bricks sur le côté, et le sergent détective Lawson en sort d'un bond. Je pensais qu'il venait vérifier ma position, mais il m'a juste dépassé en trombe et a commencé à s'enfoncer dans l'eau.

— S'enfoncer dans l'eau ? répéta Tomek.

— Ouais. Jusqu'à la taille. J'ai essayé de le rappeler mais il n'a pas écouté.

— Il ne le ferait pas, répondit Tomek. Son bébé est sur le point de naître. Personne, ni toi, ni moi, n'allait l'arrêter. Merci de m'avoir prévenu.

Il regarda autour de lui, réalisa qu'il y avait trois parfaits inconnus dans son domicile temporaire, puis dit : — Et si nous continuions cette discussion au pub ? Je pense que nous devrions l'utiliser comme notre centre opérationnel. Quiconque a besoin de moi ou a quelque chose à me signaler peut me trouver là-bas. Moins il y a de gens qui savent où je loge, mieux c'est.

— On va au *Winchester* en attendant que tout ça se tasse ? demanda Flynn avec enthousiasme.

Tomek eut un sourire narquois. — Ouais, quelque chose comme ça.

CHAPITRE
VINGT-CINQ

En chemin vers son quartier général improvisé, Tomek avait remarqué que le Café Fowler était calme et s'y était donc glissé. La clochette au-dessus de la porte tinta lorsqu'il la referma derrière lui. L'endroit était désert, dépourvu de toute présence à l'exception de Bradley et de l'adolescente qui travaillait pour lui. C'était bien différent de l'atmosphère animée qu'il avait connue la veille.

— Prends une place, lança Bradley après avoir aperçu Tomek entrer. Je serai là dans une minute. Avec un peu de chance, tu n'attendras pas aussi longtemps pour ta nourriture et ta boisson cette fois.

Avec un sourire narquois, Tomek trouva une place près de l'entrée et se tourna vers la fenêtre. Dehors, la marée descendante scintillait sous le soleil de l'après-midi. Des nuages cotonneux s'étiraient dans le ciel, si fins qu'ils en étaient presque transparents. Juste devant lui, un trio de mouettes à l'air suspect planait près de la porte. L'une d'elles l'observait d'un œil méfiant, sa tête pivotant d'un côté à l'autre comme sur un axe.

— Si tu ne fais pas attention, elle trouvera un moyen d'entrer et te prendra ta nourriture, ton téléphone, ton portefeuille *et* tes clés, dit Bradley.

— Sans oublier ma dignité.

— Difficile à trouver de nos jours. Bradley fouilla dans son tablier et sortit un stylo et un bloc-notes. Qu'est-ce que je te sers ?

— Un flat white et un moment de ton temps, si tu peux te le permettre ?

Bradley examina le café derrière lui, puis se tourna vers la jeune fille qui était occupée à faire défiler l'écran de son téléphone. — Je pense bien pouvoir me libérer, dit-il, avant d'appeler son employée pour commander le café de Tomek. Dès qu'il entendit le sifflement de la machine, Bradley demanda : — Comment trouves-tu ton séjour ici ?

— Comme regarder un match de West Ham. Il y a eu quelques bons moments, des instants prometteurs... mais en général, tout est parti en vrille.

— À qui le dis-tu, répondit Bradley. Mais ce n'est pas la réaction à laquelle je m'attendais.

Un instant plus tard, le café de Tomek arriva. Il remercia la jeune fille, puis prit une gorgée. Le liquide lui brûla les lèvres et il le reposa rapidement, regrettant sa décision.

— C'est calme aujourd'hui, remarqua Tomek.

— Extrêmement. C'est bizarre. Je ne sais pas où tout le monde est passé. Et le Victory Inn est fermé aussi.

— Il y a une raison à cela, dit Tomek, avant de lui expliquer ce qui était arrivé à Charlene.

— Putain... fut la réponse de l'homme. Je... je n'arrive pas à y croire. Comment tu... comment tu le sais ?

— Je suis policier. Je me suis trouvé au bon endroit au bon moment.

Jusqu'à présent, parmi toutes les personnes à qui il avait révélé sa profession, la réaction de Bradley était la plus authentique : il semblait heureux d'apprendre la nouvelle, comme si c'était une bonne chose (ce qui était le cas, en réalité), alors que tous les autres avaient donné à Tomek l'impression qu'ils avaient quelque chose à cacher.

— Tu enquêtes là-dessus maintenant ? demanda-t-il.

Tomek hocha lentement la tête. — Tu travailles près de chez elle. Tu la vois probablement assez souvent. Je me suis dit que je passerais voir ce que tu sais, si tu sais quelque chose.

— Moi ? J'ai été ici toute la journée.

— Et aux premières heures du matin ?

— J'étais chez moi. Endormi. Je suis allé à l'after un moment, mais je suis parti au bout d'une demi-heure. J'étais mort de fatigue.

— L'after ? demanda Tomek.

— Après le feu d'artifice, il y a généralement un grand événement sur la plage. Non officiel, bien sûr. Feu, musique, danse, boissons. Charlene a essayé d'en faire quelque chose de plus organisé, mais heureusement, elle n'a pas réussi à mettre la main dessus, sinon ça aurait tué tout le plaisir, et l'endroit aurait été rempli d'enfants et de familles.

Tomek hocha lentement la tête. — Donc c'était une fête réservée aux adultes ?

— Ouais. Mais pas comme *ça*. Ce n'est ni sordide ni malsain. On ne veut juste pas que l'ambiance retombe, si tu vois ce que je veux dire.

Tomek s'en moquait. Il était trop intéressé par les détails de la fête. Et plus important encore, par les participants.

— Qui était là ? demanda-t-il.

— Moi. Mon frère, Tony. Damien. Flynn. Une poignée de personnes que je connais depuis l'école et avec qui j'ai grandi.

— À quelle heure es-tu parti ?

— Vers une heure du matin. Peut-être plus tôt.

Tomek prit note de l'heure, la comparant avec ce qu'il savait déjà : à une heure du matin, Charlene était encore au pub, en train de ranger. Leon n'était pas parti avant cette heure-là, et il avait été le dernier à voir Charlene vivante.

— Où habites-tu ?

Bradley le lui dit.

— Est-ce que tu dois passer devant le Victory Inn pour rentrer chez toi ?

— Non.

— Es-tu rentré directement chez toi ?

Bradley acquiesça.

— Quelqu'un t'a vu ?

— Non.

— As-tu vu quelqu'un ?

— Non.

— Quelqu'un peut corroborer tout ça ?

— Mon frère. On vit ensemble chez maman et papa. On a hérité de la maison après leur mort.

— À quelle heure est-il rentré ?

Bradley haussa les épaules. — Tu devras lui demander. Je dormais, et j'étais déjà parti quand il s'est réveillé.

— Qu'est-ce qu'il fait dans la vie ?

— Il est plombier. À son compte. C'est vraiment pratique de l'avoir sur l'île, honnêtement. Il fait toujours des travaux un peu partout et est toujours disponible pour réparer n'importe quoi, que ce soit ici ou à la maison, expliqua Bradley, tentant d'ajouter un peu de légèreté à la conversation.

— Si j'ai des problèmes avec notre caravane, je saurai qui contacter.

Bradley gloussa maladroitement. La gravité de la situation s'imposait lentement à lui, ainsi que la réalisation que Charlene Harris était morte et que *lui* était interrogé en relation avec cette affaire. Tomek aurait aimé mettre le jeune homme à l'aise, mais ce n'était pas sa responsabilité.

— Je suis désolé pour tes parents, dit-il.

Cette remarque sortit soudainement Bradley de sa rêverie et le ramena dans la pièce. — Merci. C'était dur, ça l'est toujours, mais on s'en sort. Un jour après l'autre. Les week-ends chargés comme celui-ci m'aident certainement à ne pas y penser.

— Sauf pour ce qui s'est passé ce matin.

— Sauf pour ce qui s'est passé ce matin, répéta Bradley.

— Comment décrirais-tu ta relation avec Charlene ? Étiez-vous amis ? Aviez-vous une relation professionnelle importante ? Je crois comprendre que tu fais aussi partie de l'Association de l'Île de Mersea...

Bradley hocha lentement la tête, traitant chaque question individuellement.

— On s'entendait, dit-il, fixant la table. Tandis qu'il parlait, Tomek prit une autre gorgée de son café. — Nous étions cordiaux, professionnels. Mais je ne la connaissais pas assez pour nous considérer comme *proches*. Et je ne la qualifierais pas non plus d'amie. C'était une connaissance.

— Et concernant vos commerces ? Vous considériez-vous comme des concurrents ? L'un d'entre vous a-t-il eu des désaccords ou des brouilles depuis que tu as repris l'affaire ?

Bradley sentit que c'était une question orientée et leva les yeux.

— À qui d'autre avez-vous parlé ? demanda-t-il.

— Ce n'est pas important. J'apprécierais que tu répondes à la question.

Inspirant profondément, Bradley retint son souffle un moment. Deux. Trois. Puis il expira par le nez. — Je veux dire, vous y êtes allé, n'est-ce pas ? Je parie que vous avez probablement vu le menu. C'est presque une copie carbone du nôtre. Surtout le petit-déjeuner. Vous savez, elle n'a commencé à faire ça qu'il y a quelques semaines et elle nous pique déjà une tonne de clients. Elle est moins chère, elle a de meilleurs cuisiniers, et ce sont les mêmes ingrédients frais. Elle crée un monopole et me pousse à la faillite par ses prix. Bien sûr, il reste un peu d'argent en banque depuis le décès de maman et papa, mais ça ne durera pas éternellement, alors j'ai dû trouver des moyens nouveaux et créatifs pour réduire les coûts et gagner plus d'argent, mais avec la récente augmentation des frais qu'elle a imposée, c'est presque impossible.

J'ai dû trouver des moyens nouveaux et créatifs pour réduire les coûts et gagner plus d'argent, répéta Tomek intérieurement. Comme la tuer et lui voler sa bague, tu veux dire ?

— Tu lui dois aussi des frais ?

Bradley acquiesça tristement. — Tous les membres de l'Association doivent payer une cotisation. C'est une nouveauté qu'elle a introduite.

— Mais elle ne possède pas le terrain ou le bâtiment ?

Bradley secoua la tête.

— Seulement le Packing Shed, alors ?

— Mm hmm. Et le terrain pour le marché.

Tomek se tapota le menton. — J'ai l'impression qu'elle était une femme d'affaires avide qui n'avait pas peur d'écraser les petits.

— C'est exactement ça, et après tout ce que maman et papa ont fait pour elle, c'est comme ça qu'elle nous remercie ? Ça ne m'a jamais semblé correct.

— Qu'ont-ils fait ?

— Quand Charlene a repris le Victory Inn, ils lui ont envoyé tous leurs clients, ils ont toujours vanté sa cuisine et son service client, et ils lui ont même accordé un prêt pour rembourser certaines des dettes qu'elle avait sur l'établissement. Ils croyaient que la marée montante soulevait tous les bateaux, et que nous pouvions partager les clients. C'est ce qui m'a le plus contrarié chez elle, honnêtement. Elle a trahi leur gentillesse et l'a utilisée contre eux. Pour ça, je n'ai jamais pu lui pardonner.

CHAPITRE
VINGT-SIX

L'odeur de cannelle, tentant vainement de masquer celle de l'alcool et du regret, flottait lourdement dans le pub. À l'intérieur, Tomek trouva Flynn et Aidan coincés à une petite table, chacun sirotant un verre de Pepsi, ne se regardant pas, scrutant la salle, à court de banalités. Dès que Flynn reconnut Tomek, le photographe bondit de sa chaise. Mais Tomek ne lui prêta aucune attention. Quelque chose d'autre avait attiré son regard et, tel une pie volant vers le prochain objet brillant, il se dirigea nonchalamment vers cette chose.

—Je crois qu'on va devoir donner ton nom à ce tabouret, dit-il.

Lentement, Mick Thorne, avec ses cheveux gras, clairsemés et filasses, leva la tête et se tourna vers Tomek. Ses yeux étaient injectés de sang, son visage encore plus, et l'odeur d'alcool suintait de ses pores, s'ajoutant à celle de transpiration. Son corps tanguait d'un côté à l'autre, comme un bateau se balançant sur l'eau, et un mince filet de salive pendait du coin de sa bouche, s'infiltrant dans sa barbe. Tomek doutait que cet homme ait cessé de boire depuis qu'on l'avait renvoyé chez lui. Mis à part la pinte à moitié vide dans sa main, le plus révélateur était le regret dans ses yeux. L'appel à l'aide. Ce regard de désespoir, d'impuissance. Cet homme avait besoin de soutien, et il n'y avait personne pour lui en offrir.

—Keskidi ? marmonna Mick.

Dès qu'il ouvrit la bouche, la tristesse dans ses yeux disparut et ils devinrent vitreux, comme si la bête qui le maintenait prisonnier de son propre corps s'était réveillée et avait pris le dessus, le repoussant à l'intérieur. Profondément, très profondément. Piégé.

—Je t'ai demandé si tu paies un loyer pour cette place. Ou si ton nom est gravé dessus.

Mick le regarda sans comprendre. —Kesturacontes ? Tu débarques ici et tu m'embrouilles. *Foutmoilpaix.*

Malgré les derniers mots complètement incompréhensibles, Tomek comprit parfaitement ce que voulait dire l'homme.

—Tu n'es pas censé être ici, continua-t-il. Cet endroit est censé être fermé. Comment es-tu entré ?

—Àtonavis ? Il se pencha en arrière sur sa chaise, défiant les lois de la physique, et pointa la porte derrière lui.

Tomek jeta un coup d'œil vers le bar. Il n'y avait personne. Tout ce qu'on pouvait entendre était le bruit de Leon et des membres de BLADE s'affairant dans la cuisine. Tomek saisit le verre de Mick. L'homme essaya de le lui reprendre, mais son geste fut tellement en retard qu'il n'attrapa que du vide.

—Tu t'es servi tout seul, par hasard ?

Tomek voyait bien que c'était le cas. Qu'il s'était servi un verre ou deux derrière le bar. Tomek était surpris de ne pas l'avoir trouvé allongé derrière le comptoir, la bouche collée sous le bec de sa pompe préférée, laissant un flux régulier de bière couler dans sa bouche comme une réserve d'oxygène.

—*Foutmoilpaix. Laissmoitranquille* !

Tomek soupira profondément. L'homme n'était clairement pas en état d'être interrogé sur la mort de Charlene. Mais cela n'allait pas l'empêcher d'essayer.

—Tu n'es pas sorti en mer aujourd'hui, n'est-ce pas, Mick ?

—Quoi ?

—Sur l'eau. Ton bateau. Tomek imita le bruit d'un moteur. —Tu n'es pas allé sur l'eau, n'est-ce pas ?

—*Keskiditui* ?

—Et hier soir ? Tu n'as pas fait de navigation hier soir, Mick ?

Mick fit une pause. Tomek chercha sur le visage de l'homme un signe de réflexion, mais il n'y avait rien. Il y avait eu un bref éclair de conscience, comme si le vrai Mick avait fait surface, mais il avait immédiatement été réprimé et avait disparu.

—Tu as entendu les nouvelles, Mick ?

Mick regardait dans le vide, sa tête dodelinant, ses lèvres battant comme celles d'un poisson.

—Tu as entendu parler de Charlene ?

L'homme secoua la tête. Du moins, c'est ce que ça semblait être, bien que Tomek n'en fût pas sûr.

—Elle est morte, poursuivit-il. Hier soir, elle a été tuée en mer. Tu ne saurais pas quelque chose à propos de—

—Bien, cracha l'homme. Dans son état d'incohérence extrême, c'était le seul mot cohérent qu'il avait prononcé. Tomek trouva cela très révélateur.

—Pourquoi c'est bien, Mick ?

Pas de réponse.

—Tu sais quelque chose sur—

Avant qu'il ne puisse finir sa phrase, Mick pivota et tomba de sa chaise. Son corps semblait bouger au ralenti. Il était déjà en l'air avant que ses bras n'aient essayé de se raccrocher à quelque chose. Il s'effondra sur la moquette, atterrissant lourdement sur le dos et la tête, avec un bruit sourd. Ses yeux s'ouvrirent brusquement avant de se refermer lentement. La réaction immédiate de Tomek fut de se précipiter à ses côtés. Mais alors Mick laissa échapper un gémissement continu de douleur, et l'inquiétude de Tomek se dissipa rapidement.

—On dirait un animal mourant, dit Aidan Murray en se précipitant. L'agent de police se pencha à côté de Tomek, et à eux deux, ils le relevèrent en position assise.

—Ça va, Mick ? demanda Tomek, mais c'était inutile.

L'homme était ailleurs. Ses yeux étaient vitreux, roulant dans leurs orbites. Perdu dans les démons qui l'avaient aspiré.

Alors qu'ils le hissaient sur ses pieds avec beaucoup d'efforts, Aidan lâcha soudainement le bras de Mick. Le poids mort de l'homme tira sur Tomek et manqua de les envoyer tous les deux au sol.

—Pourquoi t'as fait ça, bordel ? hurla Tomek.

—Il se pisse dessus !

Tomek n'eut pas besoin de regarder le pantalon de l'homme pour voir de quoi parlait Aidan ; le bruit du liquide corporel coulant sur les chaussures de Mick, suivi par l'odeur d'urine, était suffisant.

—Putain de merde. Ce mec a la vessie d'un gamin de deux ans. Aide-moi, je ne peux pas le soulever tout seul.

—Mais...

—C'est juste un peu de pisse. Habitue-toi. Tu en verras bien plus dans ta carrière, et bien pire aussi.

Soupirant, Aidan attrapa le bras ballant de Mick et aida Tomek à installer l'homme sur une chaise plus petite. Une large tache sombre s'était formée sur son pantalon, et son corps penchait d'un côté. Tomek et Aidan planaient au-dessus de lui, Flynn les rejoignant peu après, comme s'ils venaient de le tuer et essayaient de décider quoi faire de son corps.

—Il a besoin d'aide, dit Tomek.

—Il a besoin d'une douche, répondit Aidan.

—Bien proposé, dit Tomek, en tapotant le dos du policier. Emmène-le en haut, tu veux bien ? Il y a une chambre là-haut. Demande la clé à Leon.

—Je ne vais pas le doucher, putain. Ce n'est pas dans la description du poste !

—Je n'ai pas dit ça. J'ai dit de l'emmener en haut. Rien à voir avec le doucher. Une fois là-haut, mets-le en position latérale de sécurité et laisse-le dormir. On va t'aider.

Flynn n'aimait pas cette décision plus qu'Aidan, mais Tomek s'en fichait. Il avait des choses plus importantes à gérer que de surveiller deux adultes qu'il ne connaissait pas. À contrecœur, et après quelques regards pleins d'espoir en direction de Tomek, Flynn et Aidan passèrent les bras de Mick sur leurs épaules et commencèrent à le traîner vers les escaliers.

—C'est tellement embarrassant, dit Aidan.

—Quoi donc ?

—*Lui*. Être dans cet état.

—Non, rétorqua Tomek alors qu'ils atteignaient la première marche. Ce que c'est, c'est triste. Il faut se demander pourquoi quelqu'un en arriverait là en premier lieu. Quelque chose l'a poussé à devenir dépendant à l'alcool. Blâme la cause, pas la conséquence.

Et d'après ce que Tomek avait entendu jusqu'à présent, Charlene Harris avait très certainement été la cause.

CHAPITRE
VINGT-SEPT

Tomek bailla largement tout en traversant silencieusement le gravier. Il était fatigué, étonnamment fatigué, et n'avait qu'une hâte : que la journée se termine pour pouvoir s'installer devant la télévision et savourer un bon fish and chips que Leon avait préparé pour lui, accompagné d'une grande portion de frites pour Kasia.

Le sac de nourriture réchauffait la jambe de Tomek en rebondissant contre sa cuisse. Il faisait encore chaud dehors, et le soleil disparaissait lentement sous l'horizon après ce qui avait été une journée longue et éprouvante. Le ciel était une tapisserie de pourpre et de violet, et un lourd silence était tombé sur l'île comme si l'endroit était en deuil, ses habitants assimilant la mort de l'un des leurs, ébranlés jusqu'à la moelle par le fait que quelqu'un avait commis un péché capital.

Alors que Tomek passait devant les mobile-homes, il entendit un enfant crier joyeusement, brisant le silence. Un jeune garçon, pas plus de dix ans, avait commencé à frapper un ballon contre une caravane et célébrait comme s'il venait de marquer un but. Pour fêter cela, il reproduisait la célébration de Cristiano Ronaldo, complète avec sa phrase signature qui résonnait dans tout le site. Un instant plus tard, le ballon passa en roulant près de lui. Tomek plongea dessus, manquant presque de se déchirer un muscle, et l'arrêta sous son pied.

— Par ici ! cria le garçon.

Tomek regarda le ballon, le fit sauter en l'air, enchaîna quelques jongles, puis lança le ballon par-dessus l'une des caravanes.

— Attention la tête ! cria-t-il, grimaçant tandis que le ballon disparaissait de l'autre côté. Il retint son souffle, s'attendant au bruit de quelque chose s'écrasant au sol.

Mais rien ne vint.

Au lieu de cela, le garçon émergea de l'autre côté de la caravane, le ballon sous le pied.

— Joli contrôle !

Le garçon le remercia bruyamment alors que Tomek reprenait sa route vers son logement pour le week-end.

— Tu es comme ta fille, l'interpella une voix.

Le corps de Tomek se tendit. Il se tourna dans la direction de la voix. Elle appartenait à une femme âgée penchée à la fenêtre de son salon, une cigarette entre les doigts.

— Pardon ?

— Ta fille. Kasia. Elle jouait avec des cailloux tout à l'heure. Ne vous inquiétez pas, elle n'a rien touché. Et elle ne voulait pas non plus que je vous le dise, alors gardez ça pour vous. Oups. Parfois je ne peux pas m'en empêcher !

— D'accord, dit Tomek, sa voix teintée de méfiance. Comment connaissez-vous le nom de ma fille ?

— Je l'ai invitée à entrer tout à l'heure. Je pensais qu'elle avait besoin de compagnie.

— Et elle est entrée ?

— Elle était parfaitement en sécurité.

Tomek n'aimait pas l'idée que Kasia s'aventure dans la maison d'une inconnue. Surtout pas après les événements récents. Même s'il s'agissait d'une femme douce et innocente qui l'avait invitée.

— Elle m'a tout raconté sur toi, poursuivit la femme. Est-ce que c'est vrai pour Charlene ?

Tomek ne répondit pas. Il avait la nette impression que cette femme aimait parler, ouvrir la bouche et partager les secrets les plus sombres de ses amis. Il attendit qu'elle lui prouve qu'il avait raison.

— C'était une bonne amie à moi, continua la femme. Je m'entendais très bien avec elle. C'est vraiment dommage. Je n'ai pas pu penser à autre chose depuis. C'est tellement fou pour moi que quelqu'un ait pu vouloir lui faire ça.

Tomek resta silencieux.

— Kasia n'a pas dit grand-chose sur ton enquête, mais je suppose que c'est parce qu'elle n'est qu'une adolescente et qu'elle ne sait probablement pas. Je n'arrive pas à croire qu'elle a vu le corps. La pauvre petite était tellement secouée. — Elle baissa la voix et se pencha davantage par la fenêtre. — Avez-vous parlé à Derry ?

Tomek ne dit rien.

— Et Ian ? Mick ? Stuart ?

— Pourquoi les mentionnez-vous spécifiquement ? demanda Tomek, son intérêt piqué.

— Parce qu'elle avait des dossiers sur chacun d'eux. Et sur d'autres encore. Elle connaissait les secrets de la moitié de l'île. Ils avaient tous quelque chose contre elle à cause de ça. Et je parie que c'est l'un d'eux qui l'a fait. Et, comme je l'ai dit, Charlene et moi étions amies, ce qui signifie que je connais aussi tous ces secrets. La question est, donc, Sergent-détective Bowen, aimeriez-vous les entendre également ?

CHAPITRE
VINGT-HUIT

Kasia poussa un petit cri quand il entra dans la caravane.

— Papa ! s'écria-t-elle. Tu m'as presque fait avoir une crise cardiaque.

Sa poitrine se soulevait et s'abaissait rapidement. Elle était assise sur le canapé, les jambes repliées contre sa poitrine, absorbée par son téléphone tandis que la télévision bourdonnait en arrière-plan.

— Désolé, ma puce. Je ne voulais pas te faire peur, dit-il, puis il leva le sac de nourriture en l'air. Un peu de dîner pour te remonter le moral ?

Kasia se propulsa hors du canapé et sprinta vers lui, laissant derrière elle une traînée de coussins et de couvertures sur le sol.

— Je meurs de faim !

Tomek rit doucement. — Je m'en doutais.

Il posa la nourriture sur la table, chercha des assiettes et des couverts dans les placards, puis prépara le repas. Kasia ne perdit pas de temps. Elle saisit une fourchette et l'enfonça dans une frite avant même qu'il n'ait fini de mettre toute la nourriture dans son assiette.

— C'est froid ! s'exclama-t-elle.

— Désolé pour ça. C'était chaud quand je suis parti, mais ensuite je me suis arrêté pour discuter avec ta nouvelle amie, Dayana.

— Oh, c'est donc ce que tu faisais ? Je me demandais pourquoi tu traînais autour du site pendant un moment. J'ai cru pendant un instant que l'application avait planté.

Tomek inclina la tête. — De quoi parles-tu ?

— Find My Friends. J'ai regardé tout à l'heure pour voir où tu étais.

Tomek la regarda comme si elle parlait une langue étrangère.

— Tu vas devoir m'expliquer ça comme si j'étais ton grand-père.

Elle soupira profondément et leva les yeux au ciel. — Parfois, tu es vraiment comme grand-père. C'est une application qui te permet de suivre la position de certains de tes contacts.

Tomek apprécia cette idée et demanda à Kasia de configurer l'application sur son téléphone. En quelques secondes, elle lui avait donné accès pour suivre sa position aussi rapidement que si on lui avait demandé de cligner deux fois des yeux.

Quand Tomek reprit son téléphone, il dit : — Dayana a du caractère, n'est-ce pas ?

— Elle adore parler, marmonna Kasia avec la bouche pleine. C'est un peu une commère.

— Oui... Très curieuse, répondit Tomek d'un air pensif.

— De quoi avez-vous parlé tous les deux ? demanda Kasia.

— À peu près la même chose que toi. De Charlene.

L'adolescente tomba soudain dans le silence mais continua de manger. Il était clair pour Tomek qu'elle ne voulait pas revenir sur ce sujet de discussion.

— En parlant d'amis, dit-il. Tu as vu ton autre ami aujourd'hui ?

Elle hocha lentement la tête, puis leva les yeux de son assiette, tout en continuant d'enfourner des bouchées de nourriture. — Il est tellement adorable, le pauvre. Vraiment mignon. Parfois, j'ai juste envie de le prendre et de le mettre dans ma poche pour l'emmener partout avec moi.

— Tu as changé d'avis à son sujet.

— Parce que tu m'as dit d'être gentille et ouverte. Alors je l'ai été. Elle posa sa fourchette et se dirigea vers le frigo. — Aujourd'hui, il m'a montré tous ses nounours. Il en a des centaines, et il dit qu'ils sont tous ses préférés. Ensuite, on a fait du coloriage. Elle sortit une bouteille de Fanta du frigo et se précipita vers le canapé. Elle revint avec une feuille de papier dans les mains. — Il a dessiné ça pour moi.

Tomek la prit. C'était une image de la régate : le ponton, entouré de dizaines de bateaux, avec le mât de cocagne occupant le centre de la page. Ce n'était ni bon ni technique, mais c'était sincère et significatif.

— Le pauvre chéri, dit Tomek.

— Jacob m'a dit de te le donner.

— Tu en as reçu un ?

Un sourire s'épanouit sur son visage. — J'ai eu un dessin de bateau.

— Sympa.

Elle lui montra l'image. Il s'agissait d'un dessin plus accompli d'un bateau, comme si Jacob l'avait pratiqué et dessiné des dizaines de fois.

— Très joli. Et qu'as-tu dessiné ?

— Rien. C'était tout pourri. J'ai essayé, mais je n'ai jamais réussi à faire autre chose que des bonshommes en bâtons.

— Tu es clairement la fille de ton père. Je crois que tout ce que je peux dessiner, c'est un soleil, quelques nuages duveteux, et des oiseaux maigrichons qui ressemblent toujours à la lettre M. Tomek traça le contour dans l'air.

Kasia rit si fort qu'elle faillit recracher de la nourriture.

— Au moins, je ne prendrai pas les arts plastiques pour mon brevet, dit-elle.

— Tu as réfléchi davantage à ce que tu veux faire ?

— Un petit peu.

— Et alors ?

— L'histoire. L'espagnol, peut-être. Et l'anglais. Je voudrais prendre technologie alimentaire, mais pas beaucoup d'autres le font.

— Ça ne devrait pas avoir d'importance. Fais ce que tu veux faire. Tant que ça te plaît. Ne choisis pas quelque chose parce que tout le monde le fait. Tu finiras par détester ça et tu le regretteras.

— D'où vient cette réflexion pleine de sagesse ? demanda Kasia.

— De quoi parles-tu ? J'ai toujours été très *sagesseux*.

Kasia ricana. — J'ai eu des brosses à dents plus *sages* que toi. Tu ne sais même pas le dire correctement !

— Ça suffit comme ça. Tu es excusée de table et tu peux retourner à ce que tu faisais sur le canapé.

Tomek lui tira la langue tandis qu'elle retournait au canapé, puis il commença à manger. Kasia avait raison. C'était froid. Presque aussi froid que le corps de Charlene Harris l'avait été. Mais ce n'était pas ce qui lui avait coupé l'appétit. C'était plutôt les paroles de Dayana, et les secrets qu'elle avait révélés sur les habitants de l'île, qui tourbillonnaient dans sa tête.

CHAPITRE
VINGT-NEUF

S a tête battait de façon incontrôlable. Il avait l'impression qu'elle savait gonflé jusqu'à atteindre la taille d'un melon, comprimant sans relâche les parois de son crâne. Il avait essayé de fermer les yeux, de faire abstraction de la douleur et de cette intense sensation qu'il était en train de mourir, mais cela n'avait eu que peu d'effet. Il avait même tenté de dormir, avalant une poignée de somnifères et de paracétamol dans l'espoir qu'ils l'assommeraient — sans le tuer — mais même ceux-là s'étaient révélés inefficaces. Il n'avait jamais connu de crise d'angoisse auparavant. Et espérait ne plus jamais en revivre ; ce sentiment écrasant de terreur, de mort imminente, d'un monde qui s'effondre soudainement et horriblement. Cette pression lourde et insupportable sur sa poitrine qui l'avait laissé allongé sur le lit, paralysé, incapable de bouger ou même de répondre à la porte d'entrée.

C'était comme si quelqu'un, son propre monstre de paralysie du sommeil, le maintenait au sol, se moquant de lui, le raillant.

Charlene Harris était morte ! Charlene. *Charlene.* C'était horrible, impossible. Il avait du mal à accepter le simple fait qu'elle était morte, partie pour toujours.

Et, ce qui était pire, il savait qui était responsable. Il savait lequel de ses voisins — de ses *amis* — l'avait emmenée sur l'eau, lui avait enroulé la chaîne autour du cou et l'avait laissée se noyer.

Allongé sur son lit, il s'était débattu avec l'indécision : dire la vérité à Tomek, le sergent-détective, le professionnel, l'*officier de police*. Ou confronter le responsable ?

Le choix était évident. Bien sûr. Mais et s'il s'était trompé ? Si ses yeux l'avaient trahi ? S'il avait vu quelque chose qui n'existait pas ? Si son cerveau avait été tellement distrait par la merveilleuse et décadente compagnie de Crystal, tellement absorbé par cette euphorie post-coïtale, que son esprit l'avait inventé ? S'il avait vu la mauvaise personne et qu'il était sur le point de la dénoncer à la police ? Il ne pouvait pas se permettre de faire cette erreur.

Non. Il devait en être sûr. Il valait mieux les confronter. Leur faire savoir ce qu'il avait vu.

Les amener à une sorte d'... arrangement.

Oui. Un arrangement, c'était ce dont il avait besoin. Un qui lui conviendrait parfaitement.

Finalement, dès qu'il eut pris sa décision, la pression et le poids sur sa poitrine s'étaient allégés, et il sentit l'oxygène affluer dans ses poumons. Pour la première fois depuis des heures, il pouvait respirer à nouveau.

Maintenant, inspirant rapidement tout en traversant les rues sombres, l'air lui semblait épais dans les poumons, à tel point qu'il pouvait presque le goûter.

L'île de Mersea dormait. Les rues étaient silencieuses. Les lumières des maisons éteintes. Les seuls signes de vie étaient les quelques salons scintillant de différentes teintes bleues provenant des écrans de télévision, et le son de la musique et des rires qui résonnaient au loin sur la plage. Et pourtant, il gardait la tête baissée, son fin sweat à capuche relevé, et son corps dans l'ombre. Sa tête pivotait de gauche à droite, à l'affût de quiconque se promènerait dans la rue.

Par chance, il ne vit personne.

En approchant de la porte d'entrée du meurtrier, il ralentit son allure et marqua une pause après chaque pas.

La lumière du salon était allumée. Avec précaution, retenant son souffle, le corps tendu comme un arc, il s'approcha de la porte d'entrée et frappa.

Dans le silence profond, le son devint amplifié, presque

assourdissant. Il scruta les alentours, paniqué. Et puis soudain, la peur s'empara de lui ; lui disant que c'était une erreur. Qu'il était idiot d'être venu ici. Qu'il aurait dû faire confiance à son instinct et aller directement voir Tomek.

Le *professionnel*.

Au moment où il se retournait pour rentrer chez lui, la porte d'entrée s'ouvrit et une silhouette apparut, se détachant à contre-jour dans la lumière intérieure. L'homme ne dit rien. Il se tenait simplement là, figé, la main sur la porte.

C'est alors, en regardant l'homme dans l'encadrement de la porte, qu'il réalisa qu'il avait eu raison concernant le tueur. Il n'y avait pas d'erreur possible. Tous les doutes qui s'étaient insinués dans son esprit s'étaient évanouis.

— Je sais ce que tu as fait, dit-il, soudain submergé par l'adrénaline. Je sais ce que tu as fait, et je le sais parce que je t'ai regardé faire. Je t'ai vu emmener Charlene sur l'eau et lui faire ce que tu lui as fait. Mais je ne dirai rien, d'accord ? Je ne dirai rien, tant que toi et moi parviendrons à une sorte d'accord. Un accord qui me profite plus qu'à toi.

L'homme hésita un instant, l'observa attentivement. Puis il dit : — Très bien. Je pense que tu ferais mieux d'entrer.

CHAPITRE
TRENTE

LUNDI

Tomek haletait. Ses muscles lui faisaient mal partout. Les épaules. Les avant-bras, les biceps. Les jambes, les mollets. Mais le pire, c'était le bas du dos. La nuit précédente, il avait dormi comme une marionnette de ventriloque — tout tordu et désarticulé, ses membres placés dans des angles bizarres — à cause de ce maudit cadre de lit en bois et de ce matelas en carton qui ne lui offraient aucun soutien. Il avait dormi sur des trucs particulièrement horribles dans sa vie, mais aucun n'avait été aussi mauvais que celui-là.

En conséquence, tout son corps hurlait de douleur lorsqu'il arriva devant la caravane. La course matinale autour de l'île avait été plus rapide maintenant qu'il était habitué au parcours, et il avait réalisé son meilleur temps. Bien sûr, ne pas avoir Flynn avec lui pour s'arrêter prendre des photos, et surtout ne pas trouver de cadavre sur la plage, avait certainement contribué à ce temps, même s'il s'était accordé un rapide arrêt à l'endroit où Charlene Harris avait été étendue sur le sable. Un moment pour contempler et réfléchir, pour méditer sur tout ce qu'il avait vu, appris, *ressenti*, au cours de la journée précédente.

Il s'était trompé au sujet de Charlene Harris. Il s'était empressé de la juger comme une femme au grand cœur et douce, une femme pour le peuple. Mais plus il en apprenait, plus il réalisait qu'elle n'était qu'une personne avide et égocentrique qui cherchait à ruiner toutes les petites entreprises. Elle avait augmenté les loyers et les frais d'adhésion pour tout le monde, et elle les avait tous pressurés au point qu'ils avaient du mal à survivre. Pour cela, ils possédaient tous un mobile, une rancune contre elle, une raison de mettre fin à cette exploitation.

Mais, plus encore, il y avait ce qu'il avait appris la veille au soir. Ce que Dayana lui avait dit.

Il y avait plus dans son meurtre qu'une simple vendetta commerciale. Charlene Harris en savait beaucoup plus sur ses voisins du village que la couleur de leurs cheveux. Et maintenant, Tomek aussi.

Alors qu'il courait le long du périmètre de l'île, il avait aperçu quelques résidents qui l'observaient attentivement, leurs yeux le suivant, le surveillant comme s'il jouait dans un film. Les extraterrestres avaient atterri, et ils craignaient que Tomek ne révèle leurs secrets au monde entier.

Mais avant qu'il ne puisse envisager quoi que ce soit, la porte d'entrée de la caravane s'ouvrit juste au moment où il allait insérer la clé. Kasia, les yeux grands ouverts, tenait la porte pour lui et s'écarta pour le laisser entrer.

—Qu'est-ce que tu fais debout ? demanda Tomek, vérifiant l'heure sur sa montre Garmin tout en arrêtant l'enregistrement de sa course. Il est sept heures et demie. Je m'attendais pleinement à ce que tu dormes jusqu'à dix heures.

—C'est mon anniversaire !

—Exactement. C'est pourquoi je pensais que tu ferais la grasse matinée. Tomek posa sa bouteille d'eau sur le comptoir et inspecta le salon. Tu as gâché la surprise maintenant.

—Tu veux dire *cette* surprise ?

Kasia fila dans sa chambre. Elle réapparut un moment plus tard, portant une guirlande « Joyeux Anniversaire » et un sac plein de confettis.

—Où as-tu trouvé ça ?

—C'était dans ma chambre, papa, dit-elle. Tu croyais vraiment pouvoir entrer, prendre ça, *et* l'installer sans me réveiller ?

—Oui ? dit-il, plein d'espoir. En raison du manque d'espace dans la caravane, il avait été contraint de placer leurs valises sur le lit vide dans la chambre de Kasia, et il avait oublié de sortir les décorations avant de partir.

—Est-ce que je peux te demander de retourner dormir pendant une dizaine de minutes, s'il te plaît ?

—Non, dit-elle en haussant les épaules. Je vais t'aider.

—Tu peux toujours rêver. Tu ne vas pas m'aider à installer les décorations pour *ton* anniversaire. Ça va à l'encontre du but recherché.

—Ça ne me dérange pas, dit-elle.

—Tu veux aussi préparer ton propre petit-déjeuner d'anniversaire ? Et pourquoi pas t'emmener toi-même déjeuner et dîner ? Ça m'évitera du travail.

Et l'embarras d'expliquer que je ne t'ai rien acheté.

À vrai dire, il ne savait pas quoi lui offrir. Et il n'avait pas trouvé le temps de demander non plus. Il avait été tellement concentré à la distraire de Zeus et des Harpies qu'il l'avait couverte d'activités et de cadeaux au cours des dernières semaines précédant son anniversaire. Il était fauché, elle avait déjà reçu tout ce qu'elle voulait, et maintenant il ne restait plus rien.

—Je m'occupe des décorations, dit-elle. Toi, tu t'occupes du petit-déjeuner.

—Tu négocies dur, jeune Kasia, mais c'est d'accord. Tomek se dirigea vers la cuisine. Bien que je ne puisse plus t'appeler jeune maintenant. Quatorze ans – tu commences à vieillir. Avant que tu ne t'en rendes compte, tu auras vingt ans. Et puis avant de t'en apercevoir, tu auras *quarante* ans. C'est mon âge. Et... et j'aurai soixante-dix et quelques...

—Tais-toi, papa. Tu vieillis peut-être aussi vite, mais pas moi.

Ricanant pour lui-même, amusé par son innocence et sa naïveté, Tomek commença à préparer le petit-déjeuner : une double portion de bacon et d'œufs, trois saucisses, deux galettes de pommes de terre, et deux tranches de pain aux céréales bien croustillantes, le tout nappé de sa propre recette de sauce hollandaise pour lui. Et une version végétarienne pour Kasia, qui consistait en la même chose sans toutes les bonnes parties.

Vingt minutes plus tard, l'assiette de nourriture grasse était prête. Mais avant qu'ils ne se mettent à table, Tomek sortit un petit gâteau de l'un des placards et alluma quelques bougies. À sa vue, Kasia devint soudainement timide. Elle cacha son visage dans ses mains et regarda à travers ses doigts tandis que Tomek entamait une magnifique interprétation, franchement digne de l'opéra, de « Joyeux Anniversaire ». Quand il eut terminé, Kasia souffla les bougies, le remercia d'un câlin, puis se tourna vers son assiette.

—Bon, dit Tomek en s'asseyant à table. Il est temps de se régaler. Joyeux anniversaire, ma puce.

Kasia n'avait pas besoin qu'on le lui dise deux fois. Elle engloutit la nourriture sans problème, ne faisant pas de quartier. Alors que Tomek, victime d'un manque d'appétit, laissa une tomate, une poignée de champignons et la moitié d'une galette de pommes de terre dans son assiette.

—Tu vas manger ça ? demanda Kasia, fourchette prête à l'action.

Tomek confirma que non et Kasia se jeta en avant avec son ustensile, perçant la tomate et le hash brown ensemble avant de les mettre dans sa bouche.

— J'espère que tu as apprécié ton cadeau, dit-il.

— Quel cadeau ?

— Le petit-déjeuner.

— Le petit-déjeuner ?

— Le tien, et ce qui reste dans mon assiette.

Kasia baissa les yeux sur ce qui restait devant elle. — Merci..., dit-elle, peu sûre d'elle-même.

— Je plaisante. En fait, je ne t'ai rien acheté, dit-il. Je pensais—

— C'est pas grave, dit-elle sincèrement. Tu n'as pas besoin de m'offrir quoi que ce soit. Je ne veux rien. Tu as déjà fait beaucoup pour moi cette année. Tu m'as accueillie. Tu m'as aidée avec l'école. Tu as acheté un nouveau logement pour nous. Et... et tout ce qui s'est passé avec Zeus... Elle s'arrêta pour avaler la boule dans sa gorge. — Ouais, tu as fait beaucoup. Un cadeau d'anniversaire pourri ne fera pas une grande différence.

Tomek sentit une chaleur envahir son corps. C'était la première fois qu'elle lui exprimait une quelconque reconnaissance pour ce qu'il avait fait pour elle durant les onze mois où elle avait été dans sa vie. Cela le remplit de fierté, à tel point qu'il ne savait pas quoi dire. Il sentit ses joues rougir.

— Comme c'est ton anniversaire, je vais pardonner le gros mot. Tu as un laissez-passer pour la journée, mais uniquement aujourd'hui !

Le visage de Kasia s'illumina et elle sourit, découvrant ses dents. — Putain, merci pour—!

Son moment de liberté expressive nouvellement acquise fut interrompu par des coups lourds et prolongés à la porte.

— Qui est-ce maintenant ? murmura Tomek alors qu'il sortait de dessous la table et ouvrait la porte.

Devant lui, penché en avant comme s'il écoutait à travers la porte vitrée, se tenait Stuart Simms, le propriétaire du marché de l'île. L'homme qui lui rappelait tant Nick Cleaves semblait plus fatigué et angoissé depuis la dernière fois que Tomek l'avait vu, et il se tenait les mains derrière le dos, comme s'il attendait patiemment une forme d'approbation.

— Que faites-vous ici ? demanda Tomek d'un ton bourru. Il sortit de la caravane et ferma la porte derrière lui. — Comment savez-vous où je loge ?

— J'ai demandé à Flynn, dit Stuart, d'une voix douce. Il massa son crâne chauve. — Il m'a dit que je pouvais vous trouver ici.

— D'accord. Eh bien, avec tout le respect que je vous dois, je préférerais que vous ne passiez pas à l'improviste. Je fête l'anniversaire de ma fille.

Stuart leva les mains en signe d'excuse.

— S'il vous plaît, pardonnez-moi. J'avais juste... besoin de savoir. J'ai entendu parler de Charlene.

— D'accord...

— Et je me demandais si vous aviez trouvé qui l'avait fait.

— L'enquête est en cours, répondit Tomek, lui servant la réponse toute faite, celle qu'il avait utilisée bien trop souvent quand il n'avait pas envie d'expliquer la version complète des événements ou qu'il ne pensait pas que la personne en face la méritait. — C'est tout ce que je peux dire pour le moment. Mais soyez assuré que nous faisons tout notre possible avec les ressources *limitées* dont nous disposons.

Ressources limitées était un euphémisme. Tout ce qu'ils avaient, c'était un inspecteur-détective qui purgeait une suspension, tandis que l'autre était en congé de paternité soudain et improvisé ; un agent de police en uniforme avec autant d'expérience en matière de police qu'un Jack Russell ; et une petite équipe de la police scientifique qui avait probablement terminé son travail pour le week-end et ne reviendrait jamais.

Ressources limitées était bien en-deçà de la réalité.

— Je comprends parfaitement, dit Stuart, commençant lentement à reculer.

Juste au moment où Tomek allait fermer la porte à Stuart Simms, une autre voix l'appela. Cette fois, c'était une parfaite inconnue, quelqu'un qu'il n'avait pas encore eu le plaisir de rencontrer.

— Excusez-moi, Monsieur le Détective, cria-t-elle, se dandinant vers eux aussi vite qu'elle le pouvait, vêtue d'un jean en denim et de chaussures de randonnée. — Monsieur le Détective, monsieur !

Putain de merde. Pas encore un autre.

— Est-ce que quelqu'un a publié mon adresse dans un groupe WhatsApp ou quoi ? murmura Tomek. La situation devenait incontrôlable. Bientôt, des gens se présenteraient pour demander des bons alimentaires et un soutien financier.

— C'est Derry, Monsieur le Détective, monsieur ! cria la femme âgée tandis qu'elle s'approchait.

— Quoi, Derry ? appela Tomek.

— Il a disparu, monsieur. La femme s'arrêta finalement au bout du mobil-home. Visiblement, c'était aussi loin qu'elle pouvait aller. — Personne ne l'a vu.

— Avez-vous regardé sur les vasières ?

Mais Tomek se souvint alors qu'il n'avait pas vu l'homme lors de son jogging matinal. Il l'avait cherché du regard, avait prié pour qu'il n'y ait pas d'autres cadavres, mais ne l'avait pas vu. Sur le moment, il n'y avait pas trop réfléchi. Peut-être que Derry prenait un jour de congé pour se remettre mentalement de l'épuisement et de l'émotion de la veille. Peut-être que, pour la première fois en trente ans, il n'avait pas voulu s'aventurer sur les vasières par crainte d'y trouver autre chose.

Peut-être s'était-il trompé de penser cela.

— J'ai demandé aux alentours et personne ne l'a vu ce matin. Et son bateau a aussi disparu. Il ne quitte jamais l'île sans lui.

Tomek dévisagea la femme. — Ne pensez-vous pas qu'il est peut-être simplement sorti en mer ?

La femme réfléchit à cette possibilité. Puis elle secoua vigoureusement la tête, comme si toute suggestion autre que la sienne était idiote.

— Vous n'êtes pas d'ici. Mais moi si, et mon mari aussi. Et quand il dit que quelque chose ne va pas, c'est que quelque chose ne va pas.

Tomek se tourna vers Stuart Simms pour obtenir du soutien.

— S'il n'est pas sur les vasières comme d'habitude, je ne peux pas imaginer où il pourrait être, dit Stuart. Puis il leva son pouce, le pointant derrière lui. — Je vais y aller - il semble que vous ayez beaucoup à gérer. Si vous avez le temps, j'aimerais beaucoup que vous passiez tous les deux au marché aujourd'hui. Nous avons plein de choses intéressantes. Et ce bonsaï que vous regardiez est toujours là.

Sur ces paroles, Stuart fit un signe d'adieu et disparut au coin de la caravane. Tomek ne savait pas si c'était le soleil matinal qui tapait sur lui, le fait que tout le monde sur l'île savait où il habitait, la possible disparition de Derry Waterman, ou les saucisses fraîches et le bacon qui auraient pu être insuffisamment cuits, mais quelque chose le faisait transpirer.

Heureusement, avant qu'il ne puisse commencer à réfléchir de manière cohérente à l'un de ces problèmes pressants, un klaxon retentit. Tomek se pencha hors de l'encadrement de la porte et vit Aidan garé dans le petit parking, le soleil se reflétant sur les bandes de son uniforme.

Tomek lui fit signe qu'il serait là dans cinq minutes, apaisa la femme avec une promesse qu'il s'en occuperait, dit au revoir à Stuart, puis ferma la porte derrière lui.

—Je suis désolé, Kash, mais—

— C'est cool, dit-elle. — Le devoir t'appelle. Va t'amuser. Mais ne va pas au marché sans moi.

CHAPITRE
TRENTE-ET-UN

Il n'y avait personne à la maison. Ni chez Derry Waterman, ni dans la tête d'Aidan Murray. Tomek lui avait posé une question trente secondes plus tôt, et toujours pas de réponse.

Il la répéta.

— Un petit oiseau m'a dit que tu as déjà eu un accrochage avec Charlene Harris avant hier, dit-il.

Aidan termina sa manœuvre de recul, puis fit avancer la voiture. Ce n'est qu'une fois qu'il roulait à 50 km/h dans une zone limitée à 48 qu'il finit par répondre à la question de Tomek.

— C'était rien de grave, répliqua Aidan.

— Pour elle, si. Quelqu'un avait lancé une brique à travers sa fenêtre.

— Ouais, et j'ai dit que je m'en occuperais. Mais cette garce ne m'a pas laissé de temps, alors tu sais ce qu'elle a fait ?

Tomek le savait. Il le savait indirectement par Dayana. Mais il voulait l'entendre directement de la bouche du principal intéressé.

— Elle m'a balancé. Elle est passée au-dessus de ma tête et a déposé une plainte. C'était littéralement mon deuxième jour !

Tomek pouvait comprendre la frustration de l'homme, il avait eu sa part de plaintes déposées contre lui par le passé, mais cela n'excusait pas son comportement. — Mais tu as simplement laissé tomber et tu n'as rien fait à ce sujet, n'est-ce pas ? insinua-t-il. Pourquoi ?

Inspirant profondément, Aidan dit : — Je n'ai pas simplement *laissé tomber*, d'accord ? Je ne suis pas comme ça. J'ai juste... égaré mes notes.

— Et tu ne voulais pas avoir l'embarras de revenir lui demander les informations à nouveau ?

— Ouais.

— Donc tu t'es rendu les choses dix fois plus difficiles à la place ?

— Je ne suis pas parfait, d'accord ? J'ai merdé. Je le sais. Je n'aurais pas dû perdre le carnet, mais cette garce n'avait pas besoin d'aller déposer une plainte contre moi comme ça, si ? Elle a fait comme si je n'avais rien fait concernant l'incident. Comme si je restais assis sur mon cul à me tourner les pouces. Mais je te signale que j'ai parlé à quelques voisins pour voir s'ils avaient entendu ou vu quelque chose.

— Et c'était le cas ?

— Non. Personne n'avait rien vu. C'était une impasse. Un coup dans l'eau. Et je ne pensais pas que ça valait la peine de dépenser des ressources pour faire des analyses ADN sur la brique. Si elle avait eu des caméras de surveillance sur place, j'aurais peut-être pu faire quelque chose. Mais... je ne pensais pas que ça mènerait quelque part.

— Comment aurais-tu pu savoir que ça risquait de s'aggraver et finalement culminer par sa mort ? remarqua Tomek. Il n'était pas sûr que les deux événements soient liés d'une manière ou d'une autre, mais il ne croyait pas non plus aux coïncidences. Les choses se produisaient généralement pour une raison, et dans son esprit, celui qui avait lancé cette brique avait joué un rôle dans le meurtre de Charlene.

— Tu aurais dû voir sa tête quand elle m'a vu à la régate l'autre jour, poursuivit Aidan. Elle était furieuse. Elle m'a affronté. Elle a menacé de me faire renvoyer de l'île pour qu'ils puissent envoyer quelqu'un d'autre gérer l'événement. Il ricana. Ce qu'elle ne savait pas, c'est que personne d'autre ne voulait venir. J'étais le seul. Son ego et son importance hypergonflée lui ont barré la route. À la fin, je l'ai juste ignorée et j'ai continué mon travail.

Tomek sentait que l'homme était encore furieux à l'intérieur. De sa façon de parler à sa manière de serrer la mâchoire, quelque chose de plus profond et peut-être même plus sinistre bouillonnait sous la surface. Il y avait une agressivité, une frustration. Mais l'homme était encore jeune, subalterne, inexpérimenté. Il avait beaucoup à apprendre, et bientôt il réaliserait qu'il y avait beaucoup de connards dehors, et que parfois il fallait les supporter, les oublier et passer à autre chose. On ne pouvait pas laisser les choses couver, sinon elles vous consumaient. Tomek avait été pareil à son âge. Il avait ressenti la même chose, réagi de la même façon. Et il avait appris la leçon à la dure.

Aidan aussi l'apprendrait. Mais pas maintenant.

Ils s'arrêtèrent au Victory Inn peu après. À leur arrivée, l'air extérieur était étouffant et humide, formant un contraste désagréable avec la climatisation de la voiture. Debout devant le jardin de la brasserie, parlant dans un combiné, se trouvait un homme que Tomek ne reconnaissait pas, mais avec qui il ressentait immédiatement un sentiment de familiarité. Sa façon de se tenir, le torse bombé. La posture qui suggérait qu'il était sur pied depuis vingt-quatre heures. Tomek avait la même vague impression de reconnaissance qu'il avait ressentie en voyant Rick Lawson sauter du bateau.

Sauf que cet homme était déjà arrivé du bateau et attendait.

Dès qu'il aperçut Tomek et Aidan approcher, l'homme raccrocha et rangea l'appareil dans sa poche.

— Enfin, dit-il en s'adressant à Aidan.

Puis son regard tomba sur Tomek. L'homme l'étudia intensément, observant Tomek dans son t-shirt et son short.

— Et vous êtes ?

Tomek tendit la main. — Sergent-détective Tomek Bowen. De Southend.

L'homme regarda la main de Tomek avec mépris. — Le type suspendu ? Vous ne devriez même pas avoir affaire à cette enquête.

Tomek ignora la remarque. — Désolé, je n'ai pas bien saisi. Votre nom est ?

Du coin de l'œil, Tomek vit Aidan se raidir inconfortablement. Il se tourna vers Tomek, choqué par la révélation.

— Inspecteur Hadland. Même équipe que Rick. Je vais reprendre comme SIO en son absence. Et je n'aurai certainement pas besoin de *votre* aide pour cela. Pas après ce que j'ai entendu sur ce qui s'est passé au château de Hadleigh. Vous pouvez vaquer à vos occupations.

Tomek fit une pause, retint son souffle, se mordit la langue. Ce petit con moralisateur. Pour qui se prenait-il ? Il voulait lancer une tirade contre l'homme, lui crier au visage, le réprimander pour avoir pris une décision aussi stupide. Mais il réalisa alors que cela ne ferait que renforcer la décision.

— Vous êtes sûr ? demanda Tomek. Je suis ici depuis deux jours de plus que vous. J'ai vu le corps, je l'ai même manipulé. J'ai traité avec les témoins clés. J'ai mené la plupart de cette enquête sans aucune aide de votre part ou de Rick qui a décidé de se barrer en pleine journée. Vous avez besoin de moi. Mais si vous ne me *voulez* pas, alors qu'il en soit ainsi. C'est votre perte. J'ai l'anniversaire de ma fille à célébrer.

CHAPITRE
TRENTE-DEUX

Tomek quitta la terrasse de la brasserie et se dirigea directement vers le café Fowler. Bien qu'il se soit écoulé moins d'une heure depuis le petit-déjeuner, son estomac gargouillait déjà. Il plaisantait souvent en disant qu'il adoptait quotidiennement la mentalité des forces spéciales face à la nourriture : mange beaucoup car tu ne sais jamais quand sera ton prochain repas. La seule différence pour Tomek était qu'il appliquait cette philosophie à chaque repas — petit-déjeuner, déjeuner et dîner. Sauf, apparemment, pour ses repas de ce week-end ; les événements entourant le meurtre de Charlene affectaient clairement son appétit.

L'atmosphère à l'intérieur du Fowler ce matin-là contrastait fortement avec celle de la visite de Tomek la veille. La machine à café crachotait et sifflait avec vigueur tandis qu'une musique jouait en fond, offrant une bande sonore bienvenue au brouhaha général des conversations. C'était comme si l'île avait terminé son deuil pour Charlene et était rapidement passée à autre chose. Soit les clients étaient là pour célébrer sa vie, soit pour célébrer son départ.

Et s'il y avait une chose qu'il avait apprise concernant la relation entre Charlene et les habitants, c'est qu'ils étaient très probablement là pour célébrer cette dernière option.

— Bonjour, Tomek, lança Bradley, tout en finissant de poser une assiette devant un client. Prends une place et je suis à toi dans une minute. Comme hier ?

Tomek ignora l'offre d'un siège venant d'un couple qui partait et se dirigea plutôt vers le comptoir, suivant Bradley de près. Des cernes sombres pendaient sous les yeux de l'homme et ses joues semblaient cireuses.

— C'est l'anniversaire de ma fille aujourd'hui, commença Tomek. Je me demandais ce que tu avais comme douceurs. Quelques cupcakes, ou quelque chose d'un peu plus grand. On n'aura pas besoin de beaucoup, nous ne sommes que deux. Et si je pouvais avoir un café pour chacun, ce serait super. Un moka pour elle, un flat white pour moi.

Bradley acquiesça, puis tourna immédiatement le dos à Tomek et tendit la main vers un présentoir de cupcakes et de parts de gâteau. Au moment où Tomek s'apprêtait à parler, un homme d'une quarantaine d'années, appuyé contre le comptoir, vêtu d'une salopette et d'un polo gris sale, se mit à parler bruyamment.

— Comme je te disais, mon pote, tout ce que je dis, c'est qu'elle aurait dû le voir venir.

Les yeux de Bradley s'écarquillèrent. Il jeta rapidement un regard gêné entre l'homme et Tomek, puis se figea, trop abasourdi pour bouger.

— De qui parles-tu ? demanda Tomek, ne se souciant plus des pâtisseries ou des délicieuses douceurs.

— Tu sais, cette femme qui est morte hier ? dit l'homme d'une voix forte. Sa voix était grave et profonde, résonnant dans tout le café. Le genre de voix qu'on entendrait de l'autre côté d'un stade de foot bondé.

— Je ne la connais pas personnellement.

— Ah bon. Eh bien, tu as entendu parler de ce qui lui est arrivé, non ?

— Plus ou moins, répondit Tomek.

L'homme se pencha plus près et tenta de baisser la voix. — Eh bien, d'après ce qu'on raconte, elle a été tuée par deux personnes.

C'était une nouvelle pour Tomek.

— *Deux* personnes ?

— Apparemment, elle avait tellement de gens qui la détestaient qu'ils ont tous décidé de faire équipe pour s'en débarrasser.

Tomek fit semblant d'être choqué. Pendant ce temps, Bradley continuait de regarder alternativement les deux hommes, tellement absorbé, tellement captivé par la conversation qu'il n'entendait même pas un client qui l'interpellait. — Est-ce que la police a trouvé des preuves de ça ?

— Pfft ! Les flics ont plus de chances de trouver leur propre bite que de trouver des preuves qui leur diraient qui l'a fait. Je serais pas étonné qu'ils aillent frapper à toutes les portes pour demander où se trouve la route principale afin d'arrêter des gens pour excès de vitesse plutôt que son meurtrier. Mais si tu veux mon avis, pas besoin de les attraper. Ils nous ont tous rendu service avec celle-là.

Tomek était stupéfait. Il avait remis sa cape d'anonymat, et l'homme se lâchait complètement, sans aucune retenue.

— Désolé, dit-il, je n'ai pas saisi ton nom.

— Tony, commença Bradley, s'insérant soudainement dans la conversation. C'est—

— Tomek Bowen. Mais tu peux m'appeler Tom.

— Tom ! s'exclama Tony. Ravi de te rencontrer. Un bon nom, fort. Ça ressemble à Tony donc je ne devrais pas l'oublier. Il pointa un doigt sale vers Bradley. Je vois que tu as rencontré mon petit frère ?

Tomek jeta un rapide coup d'œil au jeune Fowler. — Oui, je suis venu plusieurs fois. Joli petit endroit que vous avez ici. Tu... tu aides aussi à le gérer ?

— Moi ? Dans cet endroit ? Tony ricana. Jamais. J'ai pas la patience avec les gens, moi. Je préfère qu'on me laisse faire mon boulot sans que les gens me harcèlent ou me questionnent toutes les deux secondes.

— Et que fais-tu ?

— Tony est plombier, intervint Bradley, comme s'il ne l'avait pas déjà dit à Tomek. À présent, il avait posé les gâteaux sur le comptoir devant lui, et l'employé derrière lui s'affairait à terminer les boissons de Tomek. Il a fait quelques travaux ici et pour d'autres personnes sur l'île.

— Ouais, et j'en ai fait un pour cette garce d'à côté aussi.

— Pour Charlene ? demanda Tomek, feignant l'innocence.

— Ouais. Tony se frotta le dessous du nez avec le dos de la main. — Ça remonte à deux semaines maintenant. Elle avait des problèmes avec des radiateurs qui fuyaient. Elle m'a appelé pour me demander si je pouvais y jeter un œil. J'ai dit que c'était pas un problème, alors j'y suis allé tout de suite. Une fois sur place, il s'est avéré qu'ils avaient juste besoin d'être resserrés, sauf un qui nécessitait une nouvelle tête, et c'était tout. Travail bien fait. Mais quand je lui ai dit combien ça allait coûter, elle a pété un plomb et a carrément refusé de me payer. Tu imagines ? Moi, qui suis à mon compte, qui doit payer tout mon matos, qui arrive à peine à joindre les deux bouts à la fin du mois, et elle ne veut pas me payer ce qu'elle me doit. Ridicule !

— Combien lui as-tu facturé ?

— Deux cents livres.

Tomek faillit éclater de rire. Ce n'était pas tant le montant qui l'amusait que le sérieux avec lequel Tony l'avait annoncé. Comme s'il croyait sincèrement que son travail sur les radiateurs de Charlene valait cette somme, et qu'il n'accepterait aucun avis contraire.

— Et elle ne m'a toujours pas payé jusqu'à aujourd'hui, poursuivit Tony. Maintenant, je ne vais jamais récupérer cet argent. Peut-être que je devrais juste aller au pub et prendre pour deux cents livres de bière à emporter chez moi. J'aurais bien pu en avoir besoin hier soir, pour être honnête.

Les yeux de Bradley s'écarquillèrent de peur. Heureusement pour lui, la barista lui tapota l'épaule et lui passa les boissons. Paniqué, il les prit et les posa sur le comptoir.

— Et tu voulais aussi ce gâteau, n'est-ce pas ?

Tomek ignora Bradley et se tourna vers son frère. — Qu'est-ce qui s'est passé hier soir ?

Le plombier haussa les épaules. — Pas grand-chose. On est juste allés à quelques-uns à la plage pour boire un verre.

— Jusqu'à quelle heure ?

Nouveau haussement d'épaules. — Tard. Après minuit peut-être. Peut-être une heure.

— Est-ce que Derry Waterman était avec vous ?

Il secoua la tête.

— Est-ce que tu l'as vu quelque part ?

— Sur le chemin du retour, oui. Il marchait dans la rue. Il avait sa capuche relevée et marchait très vite. On aurait dit qu'il allait quelque part. Aucune idée où, par contre.

— Tu lui as parlé ?

La tête de Tony s'inclina sur le côté. — Comment ça se fait que ça t'intéresse autant ?

— J'ai entendu dire qu'il avait disparu. Personne ne l'a vu ce matin, et son bateau n'est pas à l'eau.

— Disparu ? demanda Bradley, l'inquiétude perçant dans sa voix. Tu ne penses pas qu'il aurait pu... faire quelque chose de stupide ?

Tomek haussa les épaules. — Aucune idée. La police va devoir enquêter.

— Pff ! Pas de chance que ça arrive. On aura une nouvelle ère glaciaire avant que cette bande ne fasse quoi que ce soit. Quant à Derry, je suis sûr qu'il va bien. Il était probablement en route pour rencontrer une autre pute ou quelque chose comme ça. Le pauvre bougre essaie probablement encore de se débarrasser de celle de l'autre soir.

— Une pute ? demanda Tomek, bien qu'il connaissait la rumeur selon laquelle, à l'occasion, on avait vu Derry laisser entrer des inconnues chez lui au milieu de la nuit. Et s'en débarrasser quelques minutes plus tard, une fois qu'il avait terminé avec elles...

— Des prostituées, expliqua Tony. Le vieux Derry avait un faible pour un peu de compagnie achetée et payée, le cochon.

Tomek hocha la tête en assimilant l'information. Dayana ne l'avait pas exprimé de manière aussi éloquente, mais il savait ce que Tony voulait dire.

— J'en ai vu une entrer chez lui la nuit du meurtre de Charlene, poursuivit le plombier.

C'était une nouvelle pour Tomek. Derry n'avait rien dit à propos de passer la nuit avec une prostituée. S'il l'avait fait, il aurait eu un alibi plus solide. Avant que Tomek ne puisse dire quoi que ce soit sur ce point, le cadet des frères Fowler prit la parole.

— Autre chose pour vous ? Il leva à nouveau le présentoir à gâteaux en l'air.

Tomek revint à lui, puis secoua la tête. — Je crois que je vais m'abstenir pour le moment. Les cafés devraient suffire. Combien je te dois ?

— Rien, répondit Bradley. C'est la maison qui offre.

— La maison qui offre ? Comment ça se fait que je ne reçois jamais rien gratuitement ? Tu me fais toujours payer ! intervint Tony.

— Je me sens généreux, répondit Bradley, incapable de regarder son frère dans les yeux. Tomek l'a mérité. Il... il a gagné au mât de cocagne, après tout.

CHAPITRE
TRENTE-TROIS

Kasia arrivait en bondissant sur la plage comme un chien excité, soulevant le sable derrière elle. À la grande surprise de Tomek, elle s'était douchée et habillée pendant son absence. Comme si elle avait su qu'il lui demanderait de le rejoindre quelque part. Si ça avait été lui — un adolescent de quatorze ans célébrant son anniversaire — il aurait été plus que content de ressembler à un souillon et de se comporter comme tel toute la journée. C'était son anniversaire après tout. La journée serait entièrement pour lui. Il pourrait donc faire ce qu'il voulait. Mais pas Kasia. Elle l'avait surpris.

À mesure qu'elle approchait, son sourire s'élargissait. Non seulement elle était heureuse (bien plus qu'avant), elle était extatique.

—Tu as l'air d'avoir gagné au loto, lui dit-il en lui tendant son café.

—Je suis juste de bonne humeur. Ne gâche pas tout en étant *toi-même*. Tu crois qu'on pourrait se mettre d'accord pour que, pendant un jour dans l'année, tu ne m'embêtes pas et tu ne te moques pas de moi ?

—Tu veux dire comme aujourd'hui ?

—Oui. Le jour de mon *anniversaire*.

—Mais c'est le meilleur moment pour le faire. Quand tu auras dix-huit ans et que tous tes potes seront là pour une soirée tranquille — parce que c'est certain que tu n'iras pas en boîte, ça c'est sûr — je vais devoir me moquer de toi. C'est mon boulot. C'est écrit dans l'accord père-fille.

Kasia grogna et leva les yeux au ciel. —Juste pas aujourd'hui alors ? S'il te plaît. Tu as probablement beaucoup à faire avec cette enquête sur le meurtre.

Tomek ricana. —Bien essayé, mais tu seras ravie d'apprendre que je ne travaille plus dessus — officiellement du moins.

—Pourquoi pas ? demanda Kasia, sirotant son café comme une mère de trois enfants à qui on venait d'accorder vingt minutes de pause.

Tomek lui expliqua sa conversation avec l'inspecteur Hadland.

—Comment l'a-t-il découvert ?

—Il a probablement tapé mon nom dans le système ou posé des questions, répondit Tomek. Donc, devine quoi, je suis tout à toi pour la journée. Tu as toute mon attention.

Kasia ne savait pas si elle devait avoir l'air contente ou contrariée. Elle prit une autre gorgée de café à la place.

—Je me suis dit qu'on pourrait faire une promenade. Profiter de la plage. S'arrêter quelque part pour déjeuner, puis aller au marché ?

—On dirait un *dé-pro*, répondit-elle.

—Un quoi ?

—Un *dé-pro*. De *Friends*.

Tomek pinça les lèvres et secoua la tête. —Tu m'as perdu.

—Quand Phoebe dit qu'elle a besoin d'un projet, mais qu'elle n'a même pas un *dé-pro* — comme la première partie du mot « projet ».

—Ça se tient. Et c'est ce que disent les jeunes de nos jours ?

Elle haussa les épaules. —Je l'ai vu sur TikTok.

Évidemment. Sa vie entière était gouvernée par cette application de médias sociaux, comme par toutes les autres. Tomek décida de ne pas se moquer ni la taquiner à ce sujet. C'était son jour spécial, après tout.

Pendant dix minutes, ils marchèrent le long de la côte de l'île de Mersea, suivant le chemin que Tomek avait emprunté avec Rick Lawson et les techniciens de scène de crime, jusqu'à l'endroit où Tony Fowler et ses amis avaient bu la veille. Des canettes de bière vides et des bouteilles en verre avaient été laissées en tas sur le sable, entourées de mégots et de paquets de cigarettes vides. Tomek secoua la tête à la vue de ces déchets.

Cette partie de la plage, comme le reste de l'île, était habituellement impeccable. Les résidents prenaient soin de l'endroit ; c'était leur maison. Mais pas Tony Fowler et ses amis.

Alors que Tomek se penchait pour ramasser un déchet, son téléphone sonna. Il sortit l'appareil de sa poche et jeta un coup d'œil au nom de l'appelant. Nasty Nick. Avant de répondre, Tomek s'éloigna de Kasia, lui faisant signe que tout allait bien avec un pouce levé.

—Quelle surprise du passé, dit-il.

—Voilà l'homme du week-end.

Tomek ne dit rien, attendant que Nick s'explique avant que Tomek ne se mette dans l'embarras en disant quelque chose de mal à propos.

—J'ai entendu parler de ton succès sans précédent à gravir les échelons. Félicitations, tu dois être si fier.

—C'est ce vers quoi j'ai travaillé toute ma vie.

Nick s'éclaircit la gorge. —Tu sais, il y a une blague gay là-dedans quelque part, mais je suis convaincu que les RH ont mis des micros dans les murs et nous écoutent.

—Soit ça, soit tu deviens plus sensible avec l'âge.

—Ce qui est étrange, car c'est généralement le contraire. La moitié des mecs de mon âge pensent que le monde est devenu trop progressiste et qu'on pisse tous contre un mur.

—Oui, mais tu es un membre respectable de la communauté. Tu ne peux pas te permettre d'avoir des opinions, monsieur.

Nick s'éclaircit à nouveau la gorge. —Assez de ça. Comment est l'île de Mersea ?

—Bien. Un petit problème, mais je devrais m'en sortir.

—Problème ?

—Tu n'as pas entendu ? Je me retrouve au milieu d'une enquête pour meurtre. Une femme a été traînée jusqu'à une bouée et y a été attachée par la gorge. Elle s'est soit noyée, soit la chaîne l'a étranglée. Dans tous les cas, je suis en plein dedans.

—Mais tu es suspendu, dit Nick, dubitatif.

—Oui, un point que l'inspecteur Hadland de Colchester m'a hurlé en pleine face quand il m'a dit d'aller me faire foutre et de le laisser mener l'enquête tout seul.

—Hadland ? *Ce* connard ? Bonne chance.

—Tu le connais ?

—J'ai eu affaire à lui par le passé, ouais. Disons simplement que si des bactéries mangeuses de cerveau envahissaient sa tête, elles mourraient de faim. Mais il ne le voit pas comme ça. Il pense qu'il est le meilleur, et d'après ce que j'ai vu de lui, il a littéralement des couilles de chien. Ça ne doit pas faire beaucoup de bien à son ego.

—Eh bien, son ego a eu un coup de boost quand il m'a dit où me mettre, juste devant un agent de police.

— Ça va affirmer une certaine domination. Par ailleurs, tu peux abandonner cette enquête, parce que je t'appelle avec le résultat de l'enquête de l'IOPC... Le moment de vérité.

Tomek retint sa respiration, jetant un coup d'œil à Kasia qui ramassait les déchets et les emportait vers une poubelle proche.

— Et alors ? demanda-t-il. Son cœur lui remontait dans la gorge. Son pouls explosait dans ses poignets et son cou. Ses paumes devinrent soudainement moites.

— Tu es blanchi. Ils ont jugé que tu as agi légalement et dans les limites de ton travail, et que tu n'as absolument rien fait de mal ; ils ont recommandé que tu sois pleinement réintégré quand tu reviendras de ton week-end.

— J'ai retrouvé mon poste ? demanda Tomek, sa voix pas plus forte qu'un murmure.

— Oui, tu as retrouvé ton poste, mon pote.

CHAPITRE
TRENTE-QUATRE

Le cri de joie qui s'était échappé des lèvres de Tomek avait résonné sur toute la longueur de la plage. Kasia avait paniqué et avait couru vers lui, pour être finalement soulagée de recevoir une grosse étreinte. Pour célébrer, Tomek avait suggéré qu'ils aillent déjeuner quelque part. Un endroit différent pour changer. Un endroit où il pourrait peut-être accompagner son repas d'un verre de vin.

Il connaissait l'endroit parfait.

Ils sont entrés dans le Wine by the Mer-Sea presque vingt minutes plus tard, en sueur et désespérément en quête d'une boisson rafraîchissante.

Tomek fut le premier à entrer dans le Log Cabin Café. Il tint la porte ouverte pour Kasia et lui dit de prendre la dernière table avant qu'elle ne disparaisse.

—Il vient juste de passer, commença Ariana, la gérante derrière la caisse, en s'adressant formellement à Tomek.

—Qui ? demanda-t-il.

—Ian.

—Je ne le cherche pas aujourd'hui. Je suis venu ici pour autre chose.

—Quelqu'un d'autre est mort ?

Le ton désinvolte d'Ariana prit Tomek par surprise. Savait-elle pour

Derry ? La nouvelle s'était-elle répandue dans la communauté avant son arrivée ? Tomek ne trouvait pas cela invraisemblable.

—Espérons que non. Mais vous n'auriez pas entendu quelque chose à propos de la mort de Charlene, par hasard ?

—Non, mais j'ai entendu quelque chose à propos du chien de Mick Thorne, dit-elle en époussetant quelques miettes de son chemisier.

—Il est mort aussi.

—Comment le savez-vous ?

—C'est moi qui l'ai trouvé.

—Vous l'avez trouvé *aussi* ? dit Ariana en haussant un sourcil. Vous devriez faire attention ou les gens vont commencer à vous regarder bizarrement, comme si c'était vous qui l'aviez fait ou quelque chose comme ça.

Tomek ricana. —Je pense qu'il y a beaucoup plus de suspects potentiels que moi.

—C'est de ça que je parlais : le chien de Mick.

Tomek fit un pas en avant et mit ses mains dans ses poches. —Quoi, à ce sujet ?

Elle baissa la voix et attendit qu'un couple quitte le café. —Eh bien, j'ai entendu de Debbie qui habite en face de chez Ryan, dont le fils va à l'école à Colchester avec le fils d'Azhar, qui a dit qu'il avait vu Mick lâcher son chien l'autre jour. Le même jour où il a dit qu'il avait disparu, et où il a commencé à mettre toutes ces affiches.

—Il a lâché le chien ?

—Oui, comme s'il l'avait juste déposé, détaché, puis abandonné là.

—Le chien ne l'a pas suivi ?

Elle haussa les épaules. —Apparemment non. Apparemment, Mick lui a juste dit de s'asseoir et d'attendre, et c'est ce qu'il a fait. Il a abandonné ce pauvre animal. Elle mit sa main sur sa poitrine et fit la grimace. —Comment quelqu'un peut-il faire ça ?

Oui, pensa Tomek. Comment peut-on ? Mais, plus important encore, si quelqu'un était capable d'abandonner son propre animal de compagnie, l'une des plus grandes trahisons qui soient, de quoi d'autre était-il capable ?

—C'était quoi tout ça ? demanda Kasia quand Tomek posa leur déjeuner sur la table. Un croque-monsieur grillé pour Tomek, et un bagel halloumi-poivron rouge pour Kasia.

—Elle me parlait juste de Charlene, répondit-il. Mais ce n'est pas important. Je ne veux pas t'embêter avec tout ça.

Elle ne semblait pas s'en soucier. Elle prit le sandwich des mains de Tomek et commença immédiatement à l'enfourner dans sa bouche.

—Hé, je réfléchissais à quelque chose, dit-il, ce qui la fit soudainement s'arrêter. Je me disais que tu pourrais peut-être aller chez tes grands-parents ?

—Quand ?

—Aujourd'hui.

—Pourquoi ?

—À cause de ce qui se passe ici.

—Tu n'es plus impliqué dans l'enquête, et tu dois retourner à ton *vrai* boulot quand on rentrera, alors où est le problème ?

Elle reposa le sandwich sur l'assiette, semblant maintenant s'en désintéresser.

—Ce n'est pas la question, répondit-il. Je vais parler à Montgomery et à Nick pour rester, et je n'aime pas t'avoir ici avec tout ce qui se passe. Et je n'aime pas le fait qu'une douzaine d'inconnus viennent frapper à notre porte chaque jour, sachant où nous habitons. Ce n'est pas sûr.

—Ça va, dit-elle. Je ne veux aller nulle part. Je veux rester ici avec toi.

—Peut-être, mais tu es encore en train de te remettre de-

—Va bien falloir que tu me laisses grandir à un moment donné, Papa, lança-t-elle sèchement en plissant les yeux. J'ai quatorze ans maintenant. Je peux m'occuper de moi-même.

Il y a quelques semaines à peine, elle avait dû être secourue d'une secte meurtrière. Qu'est-ce qui avait bien pu changer au cours de l'été ?

—Je suis désolé, mais si je te dis que tu vas chez tes grands-parents, alors tu vas chez tes grands-parents. Ne me contrarie pas là-dessus. Il y a beaucoup plus de choses sur ces gens que tu ne sais pas. Je ne... je ne leur fais pas confiance.

—Ce n'est pas un film d'horreur, Papa, rétorqua-t-elle. Tout le monde ne va pas nous courir après.

Mais l'attention de Tomek fut distraite par deux silhouettes qui venaient de passer devant la vitre. L'une d'elles était Ian Kidd, le propriétaire du vignoble, vêtu d'une paire de bottes en caoutchouc. Et l'autre était quelqu'un que Tomek n'avait vu que de loin : Damien Westwood, habillé d'un t-shirt blanc défraîchi qui moulait ses muscles fins, et d'un pantalon couvert de poussière orange brûlé.

Ils s'arrêtèrent devant la fenêtre du café, plongés dans une discussion, inconscients de la présence de Tomek assis à quelques centimètres derrière eux. Il essaya de lire sur leurs lèvres, mais ses compétences n'étaient plus ce qu'elles étaient.

—Je reviens tout de suite, dit-il à Kasia, en se levant déjà de derrière la table.

Elle dit quelque chose, mais il ne put déchiffrer quoi. Il était trop concentré à rattraper Ian et Damien. Il se glissa par la porte, puis déambula vers les deux hommes, prétendant être un simple observateur.

—Écoute, il est parti, d'accord ? marmonna Ian. Et je ne pense pas qu'il reviendra.

—Mais qu'en est-il de l'autre ?

—Laisse-moi m'en occuper, d'accord ? Je vais gérer ça, m'assurer que tout disparaisse. Mais tu dois me faire confiance, compris ?

—Mais—

—Laisse-moi faire, et tout ira bien.

—Mais—

Damien Westwood aperçut Tomek et s'arrêta brusquement. Il n'avait aucune raison de se méfier de Tomek, ils ne s'étaient jamais rencontrés jusqu'à maintenant, mais l'interruption de la conversation fit se retourner Ian.

—Ian, dit Tomek avec enthousiasme, je pensais bien que c'était toi. J'espère que je n'interromps rien d'important.

—Pas du tout, marmonna Ian, l'effort de tenter de sourire et prétendre qu'il n'avait pas été surpris par un policier se lisait sur son visage. Puis-je faire quelque chose pour vous aujourd'hui, Inspecteur ? Ou devrais-je dire inspecteur *suspendu* ?

Ian arborait un sourire suffisant et Tomek essaya de comprendre comment Ian avait pu l'apprendre si vite. L'Association de Mersea Island ? Directement par la police ? Ou une sorte de réseau souterrain de conspirateurs et d'assassins ?

—Vous pouvez commencer par me dire comment vous savez cela ?

—Oh, juste quelques petits oiseaux que j'ai sur l'île, qui gazouillent à mon oreille.

—Ce ne seraient pas les mêmes petits oiseaux qui ont aidé à voler tout votre stock plus tôt cette année et à commettre une fraude à l'assurance, par hasard ?

La bouche d'Ian s'ouvrit comme celle d'un poisson.

—Je suis curieux, l'argent de l'assurance est-il déjà arrivé ou... ?

—Comment savez-vous... Comment savez-vous... ?

—J'ai aussi des petits oiseaux autour de l'île, dit Tomek.

À savoir Dayana, qui s'avérait être le plus gros et le plus bruyant oiseau qu'il ait jamais rencontré.

—Maintenant, pourquoi ne me dites-vous pas de quoi vous discutiez tous les deux ? poursuivit Tomek.

—Non, rétorqua Ian. C'est une conversation privée. Je ne vous demande pas de partager les vôtres avec moi.

—Parce que je n'ai rien à cacher. *De qui* parliez-vous ? Tomek se pencha autour d'Ian et regarda Damien, espérant que l'homme divulguerait l'information.

—Nous parlions de vous, dit-il, paniqué.

Bingo.

—De moi ? C'est très flatteur. Je présume que je suis celui dont Ian va s'occuper, et mon collègue Rick est celui qui a déjà quitté l'île ?

Le sang se retira du visage des deux hommes.

—Ou êtes-vous certains que vous ne parliez pas de Derry Waterman et de quelqu'un d'autre ?

—Derry ? répondit Ian, déconcerté. Qu'est-ce que Derry a à voir là-dedans ?

Tomek mit ses mains dans ses poches. —Vos petits oiseaux ne vous l'ont pas dit ? Ou, laissez-moi deviner, ils ont fermé les yeux sur celle-là, n'est-ce pas ?

—Je n'ai aucune idée de ce dont vous parlez.

—Où étiez-vous hier soir ?

—À la maison.

—Avec quelqu'un ?

—Non. Je ne suis pas comme Derry. Je n'ai pas besoin de payer pour la compagnie des femmes.

—Et vous, Damien ?

Le maçon balbutia, sa bouche s'ouvrant et se fermant rapidement. —Comment connaissez-vous mon nom ?

—Je sais tout. Tomek parlait lentement, avec autorité, faisant comprendre aux deux hommes que c'était lui qui contrôlait la situation. —Je sais qu'elle vous a demandé de réparer une fissure dans la fenêtre mais que vous n'avez jamais pris le temps de le faire. Je sais que Charlene vous a aussi demandé un devis pour une véranda dans le jardin de la brasserie il n'y a pas si longtemps. Je sais que vous lui avez demandé beaucoup d'argent et que quand elle n'a pas aimé ça, elle a commencé à traîner votre nom dans la boue. Je sais que les affaires en ont souffert et que vous avez eu recours à vous rapprocher de cet homme ici pour vous aider. Comment fonctionne ce petit arrangement ? Il vous donne une partie de l'indemnisation d'assurance pour vous maintenir à flot, et en échange vous faites tout ce qu'il demande ?

Ian se planta devant Tomek, brandissant un doigt contre sa poitrine. Tomek resta ferme, contractant ses muscles pour ne pas tomber. —Vous n'avez aucun droit de venir ici et de lancer ces accusations.

—Rien d'accusatoire à leur sujet. C'est la vérité. Et je le sais. Tomek se détourna d'Ian et s'adressa à Damien, le maillon faible des deux. —Est-ce pour cela qu'il vous a dit de lancer la brique à travers la fenêtre de Charlene l'autre semaine, ou l'avez-vous fait de votre propre chef ?

—Ce n'était pas moi ! Je l'ai déjà dit à l'autre type hier ! Ça n'avait rien à voir avec moi.

—C'était votre brique qui a traversé la fenêtre.

—Je fabrique beaucoup de briques. C'est mon *métier*. J'ai aidé à construire presque toutes les maisons sur cette île. Les pilotis sur lesquels repose votre caravane ont probablement été construits par moi à un moment donné.

Tomek n'aimait pas l'idée qu'une personne de plus sur l'île puisse potentiellement savoir exactement où il logeait.

—Quel est votre point ? demanda-t-il, espérant détourner l'attention.

—Que n'importe qui aurait pu ramasser une de ces briques et la lancer à travers sa fenêtre. De la même façon que n'importe qui aurait pu tuer Charlene. N'importe qui...

CHAPITRE
TRENTE-CINQ

Tomek n'avait jamais été fan des étals de marché. Il pensait qu'ils étaient remplis de babioles dont personne n'avait besoin, et il ne croyait pas à l'adage selon lequel les déchets des uns font le trésor des autres. Pour lui, c'était *tout* des déchets. Mais pas *ce* marché. Ce marché était différent. En fait, il était spectaculaire. Il était même meilleur que celui qu'ils avaient parcouru samedi, bien que de nombreux mêmes vendeurs y soient présents, et Tomek était époustouflé par la multitude de produits proposés. À tel point qu'il avait déjà perdu la notion du temps. Il regarda sa montre et fut stupéfait de constater qu'ils étaient là depuis une heure, à flâner entre les étals, à discuter avec les propriétaires, à découvrir leurs petites activités parallèles, alors qu'il n'avait eu l'impression que de cinq minutes.

— Oh, Papa, regarde ça !

Kasia tira sur son bras, l'arrachant d'un étal qui contenait boîte sur boîte de bandes dessinées Marvel et DC des années quatre-vingt. La plupart étaient en parfait état, ayant été conservées dans des pochettes en plastique toute leur vie, mais même celles exposées semblaient avoir été gardées dans des contenants hermétiques pendant des décennies.

Tomek tenait un exemplaire de *Spider-Man* en l'air. — Regarde ! J'ai lu celui-ci quand j'étais gamin, dit-il à Kasia. Je me souviens que mes frères et moi recevions quelques pièces chacun pour aller au magasin quand nous étions plus jeunes, et pendant qu'ils dépensaient tout en sodas et bonbons, je m'offrais quelques-uns de ces petits bijoux. Il pointa le prix de la bande dessinée dans le coin supérieur. — À l'époque, c'était soixante-dix-neuf pence. C'était abordable. Maintenant, ils coûtent presque dix fois plus cher, voire plus.

— C'est vraiment cool, Papa, dit Kasia, bien que le manque d'enthousiasme dans sa voix contredise son choix de mots. — Mais je veux te montrer quelque chose. Regarde. Viens par ici !

Finalement, Tomek reposa le magazine dans la boîte et suivit Kasia. Elle l'entraîna vers le stand de bonsaïs qu'ils avaient vu pendant la régate.

— Qu'est-ce qu'on fait ici ? demanda Tomek.

— On achète mon cadeau d'anniversaire.

— Tu ne veux pas un bonsaï pour ton anniversaire.

— Si, j'en veux un. Et je veux que tu en choisisses un pour moi.

Tomek lui jeta un regard en coin. Il aurait menti s'il avait dit qu'il n'avait pas pensé à remplacer l'un des bonsaïs que Kasia et son amie avaient détruits dans un accès de rage. Il avait chéri ses plantes bien-aimées pendant près de vingt ans, les avait soignées avec expertise pendant tout ce temps, les avait traitées comme ses propres enfants. D'une certaine façon, il les avait pleurées, et il avait l'impression de ne pas pouvoir les remplacer. Que c'était trop tôt. Mais maintenant, alors qu'il fixait l'étalage d'ormes de Chine et de ficus, il se sentait satisfait de la décision de Kasia. Comme si c'était le moment.

— Choisis-en un, lui dit-il. — C'est ton cadeau, donc c'est à toi de choisir.

— Mais tu m'aideras à en prendre soin ?

— Bien sûr. Et je sais qu'éventuellement tu arrêteras d'en prendre soin, parce que tu es une adolescente et c'est comme ça que fonctionne l'adolescence, et quand ce moment viendra, je continuerai à en prendre soin, ne t'inquiète pas.

Kasia sourit, son sourire remplissant Tomek de chaleur. Il savait ce qu'elle faisait – essayer de se faire pardonner pour la destruction qu'elle avait causée, sacrifiant son propre cadeau d'anniversaire pour lui – et il l'appréciait, sentant son corps déborder d'amour.

— Que penses-tu de celui-ci ? demanda Kasia en pointant un petit arbre naissant.

— Pas celui-là.

— Celui-ci ?

— Non. Prends celui-là. Tomek désigna un orme de Chine de cinquante centimètres de haut. Selon son estimation, il avait déjà une dizaine d'années et était assez robuste pour survivre aux soins de Kasia.

— Mais il est vraiment cher, dit Kasia.

— Ce n'est pas grave, lui dit-il. — C'est ton cadeau d'anniversaire.

Quelques instants plus tard, il paya l'arbre, et le propriétaire du stand le plaça dans une grande boîte en carton avant de le transférer dans un sac format IKEA. Tomek tenait l'arbre triomphalement avec un large sourire sur le visage tandis qu'ils continuaient à parcourir les étals. Le marché était situé au milieu d'un grand champ du côté est de l'île, et était délimité par une fine rangée d'arbres qui semblait piéger la chaleur de l'après-midi. La chemise de Tomek collait à son dos, et il était certain de pouvoir sentir sa propre odeur corporelle s'échapper de sous ses aisselles. Mais il s'en fichait ; il avait un tout nouveau bonsaï ! Il était heureux et se sentait à nouveau comme un petit enfant.

Son humeur, cependant, s'effondra dès qu'il aperçut Stuart Simms qui fonçait vers eux.

— Vous êtes venus ! s'exclama l'homme.

— À quoi d'autre servent les lundis fériés ? répondit Tomek.

— Et vous avez aussi acheté quelque chose !

— C'est à ma fille qu'il faut dire merci pour ça.

Stuart baissa les yeux vers Kasia avec un regard louche et sinistre. — Tu as bon goût, n'est-ce pas ?

Kasia ne dit rien. Au lieu de cela, elle hocha lentement la tête puis recula de quelques pas.

— Comment avancez-vous dans l'enquête ? demanda Stuart, s'adressant à Tomek.

— Je voulais justement vous parler de ça, répondit-il. — Vous avez été rapide à vous enfuir quand vous avez appris la disparition de Derry. Pourquoi donc ?

Les yeux de l'homme s'illuminèrent de peur.

— Je... je ne voulais pas m'impliquer. Je ne voulais pas être une distraction. Cela semblait important, alors j'ai pensé qu'il valait mieux vous laisser vous en occuper.

— Rien à voir avec le fait que vous sachiez où il pourrait être ou ce qui aurait pu lui arriver ?

L'homme secoua la tête si violemment que Tomek crut qu'elle allait se détacher de son corps. — Je n'ai aucune idée de ce dont vous parlez. Je n'ai pas vu ni parlé à Derry depuis quelques jours. Ce serait dommage si quelque chose lui était arrivé.

— Et pour Charlene ? C'était aussi dommage ?

Avant que Stuart ne puisse répondre, un homme âgé s'approcha de lui et lui serra la main, le remerciant pour un service rendu précédemment. Stuart fut poli et courtois avec l'homme, avant de le congédier d'un geste. Tandis que Tomek observait la scène, il prit conscience qu'ils se tenaient au milieu du marché, entourés de gens de tous côtés. Cela ne le dérangeait pas, mais à en juger par l'air agité et nerveux de Stuart, lui n'était clairement pas à l'aise.

—Était-ce regrettable que Charlene soit morte, Stuart, ou étais-tu content d'apprendre la nouvelle ?

Stuart jeta un regard gêné aux visages qui passaient près de lui.

—Pouvons-nous avoir cette conversation ailleurs ? Il tendit la main et la posa sur le bras de Tomek, lui faisant signe de s'éloigner.

Tomek tressaillit et dit : —S'il te plaît, ne me touche pas.

—Bien sûr. Pardon. Excuse-moi. Il désigna un petit espace derrière l'une des tentes du marché. —On y va ?

Tomek baissa les yeux vers Kasia, lui dit d'explorer le reste des stands et qu'il la retrouverait après, puis suivit Stuart derrière la tente voisine.

—Tu devras m'excuser, commença Stuart. Je suis encore sous le choc de ce qui lui est arrivé.

—L'île entière l'est, répondit Tomek. Il posa le bonsaï par terre, puis sortit son téléphone de sa poche. —Étiez-vous proches tous les deux ?

Stuart baissa les épaules et inclina la tête sur le côté. Puis il se gratta le double menton avant de répondre. —On se connaît depuis longtemps. On a grandi dans la même rue dans les années quatre-vingt. Cet endroit n'était pas comme maintenant. On jouait tous dans les rues, on s'amusait, on restait dehors jusqu'à tard.

—Et Charlene était l'une de tes amies ?

—*Était*. Elle a changé ces derniers mois. Elle est devenue avide. Voulant et exigeant toujours plus.

—J'ai entendu dire qu'elle achète ce terrain au propriétaire.

Stuart haussa un sourcil et inclina à nouveau la tête, cette fois-ci de l'autre côté. —C'est exact, dit-il lentement, comme s'il calculait sa réponse. Les documents ont été traités l'autre semaine. Ils sont chez les notaires maintenant. Ce sera le dernier Marché de la Régate que nous organiserons ici dans cet espace.

—Elle te mettait à la porte ?

—Ouais, c'est ce qu'elle m'a dit. « Quand tout sera finalisé, a-t-elle dit, quand j'achèterai ce terrain, je veux que tu quittes cet endroit pour de bon. J'ai de grands projets pour cet espace, tu verras. » Vingt ans que ce marché existe. Vingt ans, tous les dimanches et les lundis fériés. Ne me demande pas ce qu'elle allait faire du terrain, parce que je n'en sais rien. Probablement ouvrir un nouveau pub ou mettre la main sur quelques caravanes et créer son propre site. L'emplacement est plutôt bon, et elle a l'habitude de casser les prix, alors ça aurait probablement marché.

Tomek réfléchit un moment à cela. D'après tout ce qu'il avait entendu sur Charlene jusqu'à présent, il semblait qu'elle avait escroqué ses amis et collègues pour tout ce qu'ils valaient. Essayant de tirer autant d'argent d'eux que possible. Mais et si tout cela avait été fait pour qu'elle puisse réunir des capitaux pour le terrain ? Tomek n'en savait rien. Mais il aimait penser qu'il y avait encore du bon en elle, qu'elle aurait utilisé ces fonds pour une autre entreprise qui aurait profité à la communauté.

—Comment cela t'a-t-il fait te sentir ? demanda Tomek.

—Furieux. Comme je l'ai dit, j'organise ce marché depuis vingt ans. Ça a été bon pour la communauté, ça a aidé à créer des liens. J'ai même rencontré ma femme ici. Stuart joua instinctivement avec son alliance.

—La sœur de Mick ?

Une expression de surprise passa sur le visage de Stuart. —Comment sais-tu ça ? Tu lui as parlé ?

Tomek secoua la tête. —J'ai juste entendu dire que tu étais marié à sa sœur. Je suis curieux, comment est-il comme beau-frère ?

—Un idiot. Un putain de connard, mais comme c'est mon beau-frère, je ne peux rien dire. Je dois juste supporter tout ça.

—Tu peux préciser ?

Stuart regarda autour de lui, s'assurant qu'il n'y avait pas d'oreilles indiscrètes à proximité, avant de continuer. —Il se noie dans l'alcool. Quand il a perdu sa femme il y a cinq ans, il n'a pas su comment gérer ça. Il ne le sait toujours pas. Il pense que la boisson est le seul moyen d'y faire face. Son entreprise est en train de couler. Toute sa vie s'effondre. Il est dans cette spirale descendante depuis si longtemps, et je ne vois aucun moyen pour lui de s'en sortir.

—Pas sans un petit coup de pouce de ta part, n'est-ce pas ?

Stuart s'arrêta, jetant un regard évaluateur sur Tomek. —Je n'apprécie pas ton ton.

Tu vas encore moins apprécier ce que je vais dire, pensa Tomek.

—Tu sais de quoi je parle, n'est-ce pas, Stuart ?

L'homme ne dit rien.

—Allez, sois honnête avec moi...

—Je n'ai aucune idée de ce dont tu parles.

—Si, tu le sais. Par lequel veux-tu que je commence ? Le fait que tu as fait un trou dans l'un de ses bateaux et contribué à la chute de son entreprise, ou le fait que tu trompes sa sœur avec Ariana du Café Log Cabin ? Je dirais que le premier a contribué à la ruine de sa vie, tu ne crois pas ? Mais imagine ce que ça lui ferait s'il découvrait le second.

—Tu ne sais pas de quoi tu parles, siffla Stuart. Tu es un menteur. Tout ce que tu viens de dire est un mensonge éhonté. Tu n'as pas le droit de me parler comme ça.

—Si, quand cela concerne le meurtre de Charlene Harris, répondit Tomek. Dis-moi, comment penses-tu que Mick réagirait s'il apprenait à quel point tu as ruiné sa vie ?

—Tu n'oserais pas...

Du coin de l'œil, Tomek remarqua que le poing de Stuart se serrait.

—Tu veux dire que je n'oserais pas être aussi stupide que ce à quoi tu penses en ce moment ?

À cela, Stuart n'eut aucune réponse.

S'éclaircissant la gorge, Tomek poursuivit : —Peut-être pourrais-tu répondre à d'autres questions pour moi ? Où étais-tu le soir du meurtre de Charlene ?

—À la maison.

—Avec ta femme ou ta maîtresse ?

Le visage de Stuart se crispa. —Ma *femme*.

—Et elle peut le confirmer ?

—Oui, mais si tu penses ne serait-ce que mentionner le nom d'Ariana devant elle, je te ferai regretter.

Tomek eut un petit sourire narquois. Encore un homme avec un tempérament qui n'avait jamais été maîtrisé.

—Est-ce ce qui s'est passé avec Charlene ? Elle t'a confronté au sujet de ta liaison et tu l'as menacée comme tu viens de le faire avec moi. Sauf que cette fois, tu es allé trop loin et tu as fini par la tuer ?

Stuart ouvrit la bouche pour parler, mais Tomek le coupa.

—Comment est-elle morte ?

—Je ne sais pas. Personne ne me l'a dit.

Tomek observa attentivement le visage de l'homme pendant qu'il parlait, cherchant un mensonge. Les résultats n'étaient pas concluants.

—Tu es sûr que la curiosité n'a pas pris le dessus ? Non ? Rien ne t'a poussé à le découvrir ? Ou est-ce parce que tu le sais déjà ?

—Je ne sais rien.

— Ou pensais-tu pouvoir obtenir des réponses de ma part ce matin ? C'est ça ? Tu as cru pouvoir te rapprocher de moi sans que je m'en aperçoive, pour garder une longueur d'avance ?

Stuart serra le poing. Il se planta face à Tomek.

— Je te suggère de retrouver ta fille et de te faire rare. Je ne sais pas comment tu connais toutes ces choses sur moi, mais je vais le découvrir. Je ne veux plus jamais que tu reviennes ici.

— Eh bien, en toute honnêteté, commença Tomek, une fois la vente conclue, il semble que je ne pourrai plus le faire de toute façon.

CHAPITRE
TRENTE-SIX

Le poids du bonsaï commençait à faire souffrir son bras et son épaule, ce qui faisait paraître le trajet dix fois plus long. Ce qui aurait dû être une promenade décontractée de quinze minutes s'était maintenant presque transformé en une marche de trente minutes.

Kasia marchait avec enthousiasme à côté de lui, impatiente de rentrer pour pouvoir jouer avec le Nano iPod que Tomek avait repéré parmi les détritus de quelqu'un d'autre. Après qu'il lui ait expliqué ce que c'était et comment ça fonctionnait, Kasia était devenue obsédée par l'idée d'en acheter un et de l'utiliser pour sa musique, en l'accrochant à la ceinture de son short tout en se promenant avec les écouteurs blancs dans les oreilles. Le rétro était très à la mode, disait-elle. Les vinyles, les jeans pattes d'éléphant, les coupes mulet, tout revenait à la mode, bien que Tomek n'aimait pas penser qu'une technologie vieille d'à peine plus de vingt ans était considérée comme rétro et « faisait son grand retour ». Mais qu'est-ce qu'il en savait ? Peut-être que les vidéos d'aérobic et les sapins de Noël en céramique allaient bientôt refaire leur apparition dans les foyers à travers tout le pays.

Peu de temps après, ils arrivèrent dans la rue principale. Tomek entra rapidement dans une épicerie pour prendre une bouteille d'eau et un Lucozade pour Kasia. Habituellement, il aurait protesté contre ce type de boisson, mais comme c'était son anniversaire, il avait cédé.

Alors que Tomek fermait la porte derrière lui pour rejoindre Kasia, quelqu'un le percuta violemment dans le dos, lui faisant presque lâcher les bouteilles.

— Désolé, mon pote, dit Tony Fowler, puis il se reprit en reconnaissant Tomek. Hé, toi !

Tomek s'arrêta à mi-tour. — Moi ?

— Ouais. *Toi*. Il lâcha la poignée de la porte et s'approcha de Tomek, franchissant la distance en une seule enjambée. — Qu'est-ce que j'entends dire que tu es flic ? Un putain de *détective* ?

— Pourquoi ? Tu cherches à changer de carrière ? demanda Tomek.

— Non, je ne cherche pas à changer de carrière, bordel. Je veux savoir pourquoi tu ne m'as pas dit qui tu étais avant que je commence à parler de Charlene. Il agita un doigt menaçant devant le visage de Tomek.

— Si je l'avais fait, tu n'aurais pas dit la moitié de ce que tu m'as raconté.

— Tu as intérêt à n'avoir rien répété à personne, dit Tony.

Tomek haussa les épaules. — C'est toi qui l'as dit. Tu as peur uniquement parce que tu as quelque chose à cacher. Il n'y avait rien d'autre que tu voulais ajouter ? Je peux sortir mon carnet et le noter pour toi si tu veux.

L'homme ouvrit la bouche, puis hésita. Il pensa à l'ouvrir à nouveau, mais après quelques instants, décida de s'abstenir.

— Si tu penses à autre chose que tu aimerais ajouter, tu pourras toujours me trouver au Victory Inn, commença Tomek. C'est notre quartier général officieux pour l'enquête.

— Pas dans ta petite caravane sur le terrain de Montgomery ?

Il y avait du venin dans les mots de l'homme, et aussi dans ses yeux. Ils se rétrécirent et s'assombrirent, comme ceux d'un serpent. Sa voix était chargée de menaces, et comme un ours protégeant son petit, Tomek sentit la colère monter en lui.

— Si jamais tu penses à t'approcher de chez moi sur cette île, je te jure sur ma vie que je te briserai tous les os des mains et des jambes, et je m'assurerai que tu ne travailles plus jamais, siffla-t-il.

Cela sembla faire l'affaire. Tony Fowler recula immédiatement et sa taille diminua de vingt pour cent tandis qu'il se recroquevillait sur lui-même.

— En parlant de travail, commença Tomek, j'imagine que le comportement de Charlene envers toi ces derniers mois a été très éprouvant...

L'homme pinça les lèvres.

— Beaucoup d'affaires perdues... Ta propre réputation traînée dans la boue... Tu as même dit toi-même que ça te mettait très en colère. À quel point ?

Tony ne dit rien.

— Sur une échelle de un à dix ? Un signifiant que tu étais si calme que tu voulais juste câliner un chiot ; ou dix, tu étais tellement furieux que tu as été obligé de la tuer ?

— Je n'ai pas...

— Est-ce que tu conduis un bateau, Tony ?

— Tout le monde sur l'île en conduit un.

— Toi y compris ?

— Je fais partie de l'île, non ?

— Quand est-ce que tu es sorti avec pour la dernière fois ?

— L'autre soir.

— *Soir* ? Quand et à quelle heure ?

— Mercredi dernier. Vers onze heures. Je suis sorti avec des potes, c'est tout.

— En buvant ?

— Eux oui. Naturellement, pas moi.

— Naturellement. J'espère que tu ne ferais pas quelque chose d'aussi stupide, parce que ce serait *illégal*. Tu sais ce qui est aussi illégal ? Le meurtre. Tu n'as jamais tué personne, n'est-ce pas, Tony ?

Tony cracha par terre. — J'ai rien fait, siffla-t-il. Je n'ai rien eu à voir avec la mort de Charlene.

— Qu'en est-il des travaux de construction qu'elle avait peut-être prévu près du marché ? Elle t'a demandé de faire quelque chose là-bas ?

Tony semblait confus par la question. — Quel rapport avec quoi que ce soit ?

— Rien. Juste ma curiosité qui prend le dessus. Tomek contourna l'homme, jonglant avec les bouteilles dans une main, et lui tint la porte du magasin ouverte. — Passe une bonne journée, Tony. Tu sais où me trouver si tu as quelque chose à me dire.

CHAPITRE
TRENTE-SEPT

La porte s'ouvrit à la volée et ils furent accueillis par un sourire exubérant de Jacob. Dès que le jeune garçon posa les yeux sur Kasia, son expression se transforma en pure excitation, comme si rien au monde ne pouvait ternir sa joie.

— Tu es revenue ! s'écria-t-il avant de saisir immédiatement la main de Kasia pour l'entraîner dans la maison.

— Est-ce que ton père est là ? demanda Tomek, mais avant qu'il ne puisse terminer sa phrase, Kasia et Jacob traversaient déjà la maison en trombe. Tomek prit sur lui de les suivre.

— Qui c'était, Jacob... ? Montgomery s'arrêta dans le couloir. Il essuyait une tasse en porcelaine avec un torchon. — Bonjour, Détective. Je ne vous attendais pas. Tout va bien ?

Tomek désigna Kasia, qui venait de disparaître dans une autre pièce. — Kasia a demandé à venir voir Jacob, si cela ne vous dérange pas.

L'homme jeta le torchon sur son épaule et sourit. — C'est plus que bienvenu. Nous avons rarement des visiteurs, surtout ceux qui viennent voir Jacob. Il va être tellement ravi. Venez, je vais vous préparer quelque chose à boire.

Tomek suivit Montgomery dans la cuisine. Bien qu'il n'y ait jamais mis les pieds auparavant, l'endroit lui semblait familier, comme s'il entrait dans sa propre cuisine. L'agencement était très similaire, tout comme les équipements et les appareils sur le plan de travail. La seule différence était que le réfrigérateur de Montgomery était couvert de dessins d'un enfant de dix ans, tandis que celui de Tomek était couvert d'un calendrier, de rappels de devoirs et de factures.

Montgomery se dirigea vers la bouilloire et appuya sur l'interrupteur.

— Thé ou café ?

— Le thé, c'est parfait. Avec du lait et deux sucres. Merci.

Montgomery s'affaira à préparer les boissons. Pendant que l'eau chauffait, il ouvrit un placard à proximité et en sortit un paquet de biscuits digestifs au chocolat.

— Mes préférés, dit Tomek. Comment le saviez-vous ?

— Ce sont les préférés de toute la nation, j'ai donc tenté ma chance.

Tomek se tapota la tempe. — Vous êtes malin. Puis il se dirigea directement vers l'assiette, saisit délicatement un biscuit entre ses doigts et mordit dedans. Il gémit tandis que la saveur explosait dans sa bouche. — Ça, c'est un bon biscuit.

Il termina le premier en deux bouchées. Les deuxième et troisième n'ont pas tenu aussi longtemps. Lorsque Montgomery apporta le thé, il n'en restait que quelques-uns.

— Désolé, dit Tomek. Je vous ruine en nourriture.

— Non, non. Je suis content que vous soyez là. J'ai besoin de quelqu'un avec qui les partager, sinon je vais manger tout le paquet moi-même, répondit Montgomery en tapotant son ventre. — Et ensuite, je me sentirai dégoûté de moi-même pour le reste de la soirée.

— Et puis vous recommencerez le lendemain. C'est un cercle vicieux sans fin. Tomek rigola. — Notre métabolisme n'est plus ce qu'il était.

— C'est bien vrai, répondit Montgomery. — Il y a bien longtemps, j'étais mince et en forme. Puis je me suis marié et, eh bien...

— On appelle ça les kilos du bonheur, je crois.

Montgomery émit un ricanement. — Nous étions heureux à l'époque. Maintenant, plus tellement...

Le regard de l'homme se posa sur le paquet de biscuits, plongé soudain dans ses souvenirs. Tomek sentit que Montgomery voulait parler de son mariage — que peut-être il n'avait pas souvent l'occasion de le faire et qu'il avait beaucoup de choses en tête — mais il ne voulait pas mettre son invité mal à l'aise.

— Combien... combien de temps êtes-vous resté marié ? demanda Tomek, faisant le choix pour lui.

— Ensemble pendant vingt ans, mariés pendant quinze. Nous avons eu Jacob quand nous étions prêts. En fait, je ne pense pas que nous ayons jamais été *sûrs* de le vouloir. C'était comme... comme la chose à faire. Comme si quelque chose manquait depuis le début, vous voyez ce que je veux dire ?

Tomek secoua la tête. — Malheureusement non. J'ai découvert que Kasia était ma fille il y a à peine un an. Elle s'est présentée à ma porte un jour, puis a complètement changé ma vie.

Montgomery posa sa tasse sur la table. — Vous ne saviez rien d'elle ? Comment ?

Tomek ouvrit la bouche pour répondre.

— Désolé si c'est indiscret, mais... Quel âge a-t-elle ?

— Quatorze ans aujourd'hui.

— Donc vous n'avez jamais su que vous aviez une fille de treize ans quelque part, qui vous attendait.

— La dernière chose qu'elle faisait était de m'attendre. Ce n'est que lorsque sa mère est allée en prison qu'on lui a dit où me trouver. La seule attente qu'elle a connue, c'est le temps entre le moment où elle a frappé à la porte d'entrée et celui où j'ai répondu.

Les yeux de Montgomery s'écarquillèrent avec un mélange d'incrédulité et d'admiration. — C'est fou. Et... la mère de Kasia ? Où est-elle maintenant ?

— Toujours en prison. Elle y sera pour longtemps. Je n'imagine pas que Kasia voudra avoir une relation avec elle, mais je ne l'en empêcherai pas si elle le souhaite ; elle a choisi d'avoir une relation avec moi, donc tout est possible.

— Ça n'a pas dû être facile cependant. Pour vous deux.

Tomek but une gorgée de sa boisson et en savoura le goût. — Vous n'en connaissez pas la moitié. Nous avons traversé tout ce que l'on peut attendre des adolescents, et plus encore.

— Espérez simplement qu'il n'y aura pas de grossesse adolescente, dit Montgomery, avec un rire gêné.

Tomek ne trouvait pas ça drôle. En fait, l'idée qu'elle rentre à la maison, enceinte, était franchement terrifiante. Bien qu'il soit secrètement confiant que rien de tel n'arriverait. Elle avait traversé tellement d'épreuves ces derniers mois, il aimait penser qu'elle était plus sage et plus raisonnable que pour faire quelque chose comme ça.

— Depuis combien de temps êtes-vous séparé de votre femme ? demanda Tomek, désireux de détourner la conversation de lui et de Kasia pour le moment.

Avant que Montgomery ne réponde, un éclat de rire filtra à travers les couloirs jusqu'à la cuisine.

— On dirait qu'ils s'amusent bien, dit Montgomery. — Jacob a probablement entraîné la pauvre Kasia dans un jeu de déguisement. Il traverse une phase où il aime jouer à Donjons et Dragons, mais il oublie que maman n'est plus là pour jouer le rôle de la reine.

Tomek grogna, ne sachant pas quoi dire.

— Je suis sûr que Kasia adore ça. Elle n'a jamais eu cette expérience en grandissant, donc c'est probablement très agréable pour elle de la vivre.

— C'est pareil pour lui. Il n'a personne d'autre. Il a aussi des difficultés à l'école. Le pauvre petit. Je reçois des appels de ses professeurs qui me disent qu'il a été harcelé ou qu'il a pleuré parce que personne ne veut être son ami. J'apprécie vraiment que toi et Kasia veniez nous voir comme ça.

— Pas de problème, dit Tomek avec un sourire.

— Il va beaucoup moins bien depuis que ma femme est partie. Elle lui manque tellement. Ne vous méprenez pas, elle me manque aussi, mais c'est différent pour lui. C'est sa mère, vous savez. Elle est censée être avec lui pour toujours, vous comprenez. Généralement, ce sont les pères qui prennent la fuite pour une partenaire plus jeune, plus en forme, plus séduisante.

— Pas dans nos vies, dit Tomek. Peut-être que nous sommes le problème.

Montgomery ricana et posa sa tasse sur son ventre.

— Votre ex-femme a-t-elle pris contact avec vous ?

Pinçant les lèvres, Montgomery secoua la tête. — Pas un mot à l'un ou l'autre d'entre nous. Je pensais qu'elle aurait au moins essayé de contacter Jacob, soit via moi, soit via l'un de nos voisins ou membres de la famille, mais nous n'avons eu aucune nouvelle. Je commence à me demander si quelque chose lui est arrivé, mais je me sens trop blessé pour m'en soucier. Elle a trouvé quelqu'un d'autre, elle a fait son choix. Elle doit vivre avec.

Un silence s'installa entre eux. Tomek se servit deux autres biscuits, les trempant cette fois dans son thé. Avant que l'un d'eux ne puisse parler, quelqu'un frappa à la porte d'entrée.

Montgomery s'excusa, demanda à Tomek de patienter, puis le laissa dans la cuisine. Il entendit le bruit de pieds traînant le long du couloir. Le temps que Montgomery se dirige vers la porte, le visiteur avait frappé fort trois fois.

Puis la porte d'entrée s'ouvrit, et le son de la panique se répandit dans le bâtiment. Tomek, son intuition s'éveillant, se leva brusquement de sa chaise.

Un instant plus tard, le bruit sourd de chaussures en caoutchouc martelant le sol résonna dans le couloir. Se tenant là, dans l'embrasure de la porte de la cuisine, haletant et épuisé, se trouvait Flynn, le visage blême, les yeux écarquillés par la peur.

— Qu'est-ce qu'il y a ? demanda Tomek.

— Je suis venu dès que j'ai appris.

— Quoi ?

— Et j'ai pensé que vous n'étiez pas au courant parce que l'autre type détective dans le pub ne voulait rien me dire.

— Flynn. Que s'est-il passé ?

— C'est Derry, répondit-il. Ils ont trouvé son bateau. Mais il n'est pas avec.

CHAPITRE
TRENTE-HUIT

Tomek fut le premier à franchir les portes, suivi de près par Flynn, puis Montgomery.

Ils trouvèrent l'inspecteur Hadland au bar, en train de dévorer une généreuse portion de fish and chips, une main tenant son couteau prêt à l'emploi, l'autre son téléphone portable collé à l'oreille. Il était plongé dans une conversation.

Tomek s'avança vers lui et posa sa main sur le comptoir.

Hadland lui jeta un regard latéral plein de mépris, puis se détourna.

— Je vais devoir te rappeler, quelqu'un vient d'arriver.

Hadland raccrocha, puis reprit son repas de fish and chips.

— Est-ce que je peux vous aider ? demanda Hadland, sa fourchette suspendue devant sa bouche. Permettez-moi de vous rappeler que vous êtes un civil et que vous ne pouvez pas faire irruption dans une salle d'opération comme celle-ci.

— C'est un pub, rétorqua Tomek. C'est ouvert à tous. D'ailleurs, si je dirigeais cette enquête, mes portes seraient grandes ouvertes pour que les gens puissent venir me donner toutes les informations dont j'ai besoin.

Tout en mâchant sa bouchée, Hadland répondit :

— Et si le tueur entrait et voyait toutes vos avancées ?

Tomek examina rapidement la salle. L'endroit était complètement vide et dépourvu de tout document ou note. Il ricana.

— Eh bien, on dirait que vous n'aurez pas ce problème. Et puis, je ne serais pas assez con pour laisser traîner des informations sensibles, n'est-ce pas ?

Hadland saisit le verre de limonade à côté de lui et prit une gorgée exaspérément longue.

— Non, mais c'est vous qui avez fricoté avec tous nos suspects, n'est-ce pas ?

Tomek fit la grimace.

— De quoi parlez-vous ?

— Je vous ai vu tout à l'heure. Avec Bradley Fowler, Tony Fowler... Avez-vous apprécié vos visites au vignoble et au marché ?

Tomek hésita, se remémorant sa journée.

— Vous m'avez suivi ?

— Pas du tout. Il semble simplement que nos enquêtes aient été menées en parallèle. Et pendant que vous vous liiez d'amitié avec les habitants, j'interrogeais ces mêmes personnes au sujet du meurtre de Charlene.

Tomek ricana.

— Vous délirez, mon vieux. J'ai fait votre boulot à votre place. Il n'y a eu aucun *fricotage* avec qui que ce soit. Et maintenant j'en sais plus que vous, et j'ai probablement tiré d'eux tout ce qu'ils avaient à dire, alors ils ne seront pas prêts à le répéter.

Hadland posa sa fourchette sur son assiette.

— Il vous est interdit de vous mêler de cette enquête.

— Pas de problème. Je mène la mienne.

Tomek posa les mains sur ses hanches. Il détestait à quel point cet homme l'irritait, mais il ne voulait pas s'arrêter non plus.

— Je suppose que vous êtes au courant pour Derry alors ?

L'expression sur le visage de Hadland était évidente et très révélatrice. Tomek la décrypta immédiatement, mais Hadland tenta de la masquer.

— Oui, dit Hadland. Je suis au courant.

— Vous avez trouvé son corps, alors ?

Hadland s'agita inconfortablement sur son siège.

— Comme je l'ai dit, vous êtes écarté de l'enquête. Je n'ai pas à vous dire quoi que ce soit.

Un sourire narquois et suffisant se dessina sur le visage de Tomek.

— Vous êtes plein de merde. Je suis venu ici en pensant que vous pourriez vouloir mon aide, même si je savais que c'était peu probable. Mais si c'est comme ça que vous voulez que les choses se passent, alors c'est comme ça qu'elles se passeront. À un de ces jours.

Alors que Tomek se dirigeait vers la sortie, Hadland le rappela.

— Où allez-vous ?

— Faire une balade en bateau.

Hadland sauta de son siège si vite qu'il faillit tomber.

— Vous ne pouvez pas aller là-bas. C'est une scène de crime active.

Tomek le toisa de haut en bas.

— Vous n'avez pas l'air de faire quoi que ce soit d'*actif* à ce sujet.

— Le bateau de police n'est pas prévu avant quarante minutes. Personne n'est autorisé à se rendre là-bas tant que l'endroit n'aura pas été inspecté par moi et l'équipe médico-légale.

Tomek ignora l'homme et lui tourna le dos.

— Si vous allez là-bas, vous serez en train de falsifier une scène de crime, et je serai obligé de vous arrêter.

— Je ne sais pas de quoi vous parlez, lança Tomek en se dirigeant vers la sortie avec Montgomery et Flynn. Je vais rejoindre certains de mes complices. Nous sommes sur le point de fricoter ensemble.

CHAPITRE
TRENTE-NEUF

Pour la première fois depuis longtemps, Tomek se sentait mal sur l'eau. Il ne savait pas si c'était la chaleur étouffante qui déshydratait rapidement son corps, ou les épaisses vapeurs crachées par le moteur du bateau de Montgomery, ou le tangage et le ballottement constants qui mettaient son déjeuner non digéré et la montagne de biscuits actuellement en transit dans son système sens dessus dessous. Ou si c'était le fait qu'il allait peut-être devoir faire face à un autre cadavre. Quoi qu'il en soit, il voulait juste fermer les yeux, claquer des doigts et se retrouver directement sur le bateau de Derry. Au lieu de cela, Flynn n'avait pas arrêté de lui rabattre les oreilles pendant tout le trajet, s'épanchant sur combien il détestait Hadland, et sur l'injustice de la suspension de Tomek et de son éviction de l'enquête.

— Tu veux mon avis, poursuivit Flynn, je ne te connais que depuis quelques jours, et je sais déjà que tu es un bien meilleur gars que lui. Il a juste l'air d'un connard.

Tomek était d'accord. Hadland était un connard. Mais c'était un connard avec de l'autorité. Un connard qui avait toute la loi derrière lui. Et Tomek soupçonnait que c'était un connard qui n'aurait pas peur de s'en servir.

Parce que c'était un connard de première.

— On sera vite entrés et sortis, marmonna Tomek, fixant toujours le même point à l'horizon depuis leur départ. Rapide et facile. Personne ne saura jamais qu'on y était.

— Tu as parlé à la femme de Hadland de leur vie sexuelle ? plaisanta Flynn.

Tomek pouffa. Ce mouvement soudain lui fit détourner le regard de la terre au loin, et son estomac fit des cabrioles.

— Il te faut encore trouver ton pied marin, mon vieux, lança Montgomery derrière le volant. Dès qu'ils avaient quitté le pub, Montgomery les avait dirigés vers son bateau et, après avoir pagayé jusqu'à lui dans une petite barque qu'ils avaient laissée derrière, il avait pris les commandes.

— D'habitude, ça va, dit Tomek.

— C'est ce qu'ils disent tous.

Tomek leva les yeux au ciel, puis les reporta vers l'horizon. Il inspira profondément, contrôlant sa respiration. Plus ils s'éloignaient de l'île, plus l'odeur du diesel lui prenait la gorge. Il essaya de retenir sa respiration, mais en vain. Pour combattre la nausée, il se déplaça vers le bord du bateau et laissa pendre un bras par-dessus bord. Le bateau était assez bas sur l'eau pour que ses doigts puissent effleurer la surface. Immédiatement, la sensation de nausée commença à se dissiper, comme si elle se déversait hors de lui dans l'eau, et sa tête commença à s'éclaircir.

Le brouillard revint quand son téléphone se mit à vibrer contre sa jambe, l'obligeant à retirer sa main de l'eau.

C'était Nick.

Tomek répondit à l'appel en parlant doucement dans le combiné, tournant le dos à son compagnon de voyage et au pilote.

— Qu'est-ce que c'est que cette histoire de balade en bateau ? aboya Nick.

— Je ne vois pas de quoi vous parlez, répondit Tomek.

— Alors c'est quoi ce bruit que j'entends en fond ?

Tomek jeta un rapide coup d'œil au moteur. — C'est une moto.

— Une moto qui flotte ?

— Peut-être.

Nick soupira lourdement au téléphone. — Imagine ça un instant, tu veux bien ? J'étais là, en train de déguster un déjeuner tardif, sur le point d'attaquer un délicieux sandwich au chorizo et au fromage que Maggie m'avait préparé, quand je reçois un appel du DCI Carlisle de Colchester, qui se plaint à moi qu'il vient d'avoir son inspecteur au téléphone, qui se plaint à lui d'un sergent-détective de merde de Southend qui se mêle d'une enquête qui ne le regarde pas. Alors je me suis demandé, qui est-ce que je connais qui pourrait correspondre à cette description ?

— Votre hypothèse est aussi bonne que la mienne, monsieur, répondit Tomek. Est-ce que Sean a encore fait des siennes ?

— Et puis je me suis souvenu, attends une minute, il n'y a qu'une seule ordure que je connaisse qui aurait l'audace de marcher sur les pieds de quelqu'un d'autre comme ça.

— Eh bien, j'espère que vous le trouverez, monsieur.

— Moi aussi, parce que quand je lui parlerai, je vais lui en faire voir de toutes les couleurs.

— Avant de faire ça, monsieur, dit Tomek, alors qu'un jet d'eau salée lui aspergeait la bouche, je me demandais si vous pourriez faire quelques recherches pour moi. Il y a certaines choses qui ont dû être soumises comme preuves et que je voudrais examiner, quelques anomalies que je voudrais vérifier.

Un silence.

— Tu me prends pour un imbécile, Tomek ?

— Non, monsieur. Est-ce que je ne vous ai jamais dit que je vous considère comme la personne la plus intelligente que j'aie jamais rencontrée ? Sans parler du fait que vous êtes le plus beau. J'aime beaucoup le look chauve, en fait.

— Ta gueule, lança Nick. Le message était reçu cinq sur cinq. — Je ne crois pas que tu comprennes, Tomek. Tu es toujours suspendu pour le moment. Tu n'es pas censé être impliqué dans une enquête de quelque nature que ce soit. Alors, non, je ne t'aiderai pas.

— Même si ça peut aider à résoudre le meurtre d'une femme ? Tu devrais voir ces abrutis ici, Nick. Ils sont inutiles. Les deux types qu'ils ont envoyés ne savent pas distinguer leur trou de balle de leur bouche, et je crains d'être le seul à me soucier de Charlene Harris.

Tomek attendit une réponse, mais aucune ne vint. L'expérience lui disait que cela signifiait qu'il avait éveillé une parcelle de curiosité chez

Nick, que l'homme était sur le fil du rasoir. Tout ce qu'il avait à faire maintenant était de lui donner un petit coup de pouce.

— Je suis un loup solitaire ici. Comme Jack Reacher ou quelqu'un du genre. Et j'ai besoin d'aide. Après ce qui est arrivé à Zeus, j'ai ressenti le besoin de réparer des torts. Et c'est mon opportunité. Je peux venger la mort de Charlene Harris, mais seulement si tu m'aides.

Un long silence, mais pas aussi long que le soupir qui s'échappa des narines de Nick.

—Tu es vraiment une épine dans mon pied, Tomek. Tu l'es vraiment.

—Vous ne voudriez pas qu'il en soit autrement, monsieur.

Un autre soupir. Cette fois plus court.

—Je peux te procurer tout ce dont tu as besoin. Mais il faut que tu sois rapide. Dis-moi ce que tu veux.

▭

Lorsque Tomek raccrocha le téléphone, ils étaient arrivés au bateau de Derry. Ils l'ont trouvé à moitié coulé, submergé jusqu'à la cabine du capitaine. Il se trouvait à un peu plus de dix mètres de la rive d'un petit ruisseau, et ils étaient à presque un mile au sud de West Mersea.

—Qui l'a trouvé ? demanda Tomek à Flynn, pendant que Montgomery descendait l'ancre.

—Un de mes amis navigateurs. Il était sur l'eau et l'a remarqué.

—Donc il t'en a parlé en premier ?

—Il est allé voir la police. Puis il me l'a dit. Je lui avais parlé de ce qu'on avait vu l'autre jour, et il voulait partager ça avec moi.

Tomek jeta un coup d'œil rapide sur l'épave. On aurait dit qu'elle était là depuis des mois : des traînées d'algues drapaient tout l'intérieur ; une épaisse couche de vase enlaçait les flancs du navire ; et sa peinture semblait décolorée.

—Ton ami a-t-il vu une trace quelconque de Derry ?

Flynn secoua la tête. —Il a inspecté les environs, fait des allers-retours sur l'eau, mais il n'a pas pu le trouver.

Tomek hocha la tête, puis tourna toute son attention vers le bateau.

Pour lui, c'était le même que tous les autres bateaux qu'il avait croisés. Il n'y avait rien de particulièrement différent ou unique à son sujet. Il était indiscernable des autres. Il n'y avait pas d'effets personnels à l'intérieur de la cabine, aucun objet qui avait été laissé derrière. Il essaya d'imaginer ses derniers moments : Derry fuyant l'île, conduisant le bateau au milieu de la nuit. S'était-il échoué ? Avait-il été ivre et heurté quelque chose, puis s'était-il cogné la tête et tombé inconscient dans l'eau ? Ou avait-il simplement pris la fuite, pour ne plus jamais être revu ?

—Depuis combien d'années Derry sait-il conduire un bateau ? demanda Tomek.

—Des décennies, répondit Montgomery, rejoignant Tomek.

—Et buvait-il quand il le conduisait ?

—Je ne l'ai jamais vu faire. Il a toujours été prudent et vigilant sur ce genre de choses. Je l'ai même vu réprimander quelques personnes par le passé, tellement il était maniaque à ce sujet.

—Qui ?

—Stuart et Mick. Il était constamment sur leur dos pour ce genre de choses.

Tomek prit note mentalement.

—Tu ne penses pas qu'il lui est arrivé quelque chose, n'est-ce pas ? demanda Flynn. Pas comme... pas comme à Charlene ?

—Soit ça, soit c'est lui qui l'a tuée, répondit Montgomery, avant que Tomek ne puisse le faire. Il regarda Tomek, puis s'excusa pour l'interruption et pour lui avoir coupé l'herbe sous le pied.

—Je n'en ai aucune idée... ajouta Tomek, fixant l'avant du bateau. Émergeant juste au-dessus de la ligne de flottaison se trouvait le nom du bateau : *The Packing Shed*.

Le nom lui rappela immédiatement l'entreprise en difficulté qui se retrouvait maintenant sans propriétaire.

—Prends quelques photos pour moi, s'il te plaît, Flynn. Je veux les examiner plus tard. Voir si quelque chose me saute aux yeux. Et si ça ne te dérange pas d'entrer dans la cabine, ce serait super.

CHAPITRE
QUARANTE

Agacement suprême, alors qu'il ne restait que cinq minutes avant d'arriver, la sensation de nausée au creux de son estomac se dissipa et Tomek trouva enfin son pied marin. C'était comme si son corps – ou plutôt son esprit – savait qu'il retournait sur la terre ferme et avait donc décidé d'arrêter de lui jouer des tours.

En descendant du bateau pour monter dans la petite embarcation qu'ils avaient utilisée pour y accéder, Tomek pensa à Derry. À la dernière fois qu'il l'avait vu : assis sur un banc près de la plage, le regard fixé sur l'endroit où Charlene avait été étendue sur le sable. Se remémorait-il les moments passés ensemble ? Ou planifiait-il sa propre fuite ? Tomek ne pensait pas que cette dernière hypothèse soit probable. Sa réaction, lorsqu'il l'avait trouvée, avait été sincère. S'il avait vraiment voulu s'en tirer, pourquoi aurait-il donné l'alerte après avoir découvert son corps ? Non, Tomek était presque certain que l'homme était innocent. Qu'il n'avait pas fui par peur d'être attrapé. Au contraire, quelque chose lui était arrivé. Le meurtrier de Charlene l'avait forcé à s'aventurer sur l'eau, tout comme il l'avait fait avec Charlene, et l'avait laissé là pour mourir.

Il espérait seulement qu'ils n'avaient pas attaché son corps à une autre bouée à un mile en mer. Si c'était le cas, ils ne le retrouveraient peut-être jamais.

Quand ils arrivèrent au ponton, Tomek descendit de l'embarcation avec plus de dignité et de contrôle que Rick Lawson, et se dirigea vers le Victory Inn. Flynn et Montgomery le suivirent, lui courant après.

Tomek atteignit le bas de la terrasse quand il entendit son nom.

Il s'arrêta, pivota, puis regarda dans la direction de l'appel.

Sortant d'une BMW noire, un homme d'une cinquantaine d'années portait un costume coûteux qui semblait avoir été taillé pour donner l'impression qu'il était plus large d'épaules et plus mince qu'il ne l'était réellement.

— Qui demande ? répondit Tomek.

— DCI Carlisle, répondit l'homme. Police de Colchester.

Putain de merde.

— Ah bon ? Que puis-je faire pour vous, monsieur ?

— Vous pourriez commencer par vous tenir à l'écart de l'enquête de mon équipe.

— C'est ce que je fais.

— Ce n'est pas ce qu'on me dit.

— Eh bien, votre équipe a été en retard sur tout le reste, donc ce n'est pas surprenant que vous soyez en retard pour entendre parler de ça. Est-ce que votre équipe compte des femmes, ou êtes-vous tous des hommes ? demanda Tomek.

Il savait qu'il dépassait les bornes, qu'il jouait un jeu très dangereux. Mais il s'en fichait. L'équipe de la police de Colchester l'avait gêné et rabaissé depuis le début. En bref, ils lui tapaient sur les nerfs et il en avait assez. Soit ils voulaient de lui, soit ils n'en voulaient pas.

— Je viens de raccrocher avec le Commissaire Divisionnaire Cleaves, poursuivit Carlisle. Peut-être le connaissez-vous ?

Merde. Dis-moi que tu ne t'es pas fait prendre, Nick.

— Je connais ce nom.

— Bien. Il m'a dit que votre suspension a été levée et que vous serez à nouveau en service actif la semaine prochaine.

Fait chier.

— Voulez-vous que je touche un mot aux Ressources Humaines d'ici là pour m'assurer que vous ne reviendrez pas ? Parce que c'est assez facile à faire. Tout ce que vous avez fait, c'est entraver cette enquête depuis le début. Vous avez empêché mon équipe de travailler de façon approfondie et efficace.

— Je pense que la femme de Rick et une assiette de fish and chips en sont responsables.

Carlisle se gratta le côté de la tête, juste au-dessus de son oreille. — Je peux m'assurer que vous ne retourniez pas au travail cette semaine. Ni la suivante. Ni celle d'après. Il suffit d'un coup de téléphone et d'un email. Le choix vous appartient, Sergent-Détective Bowen. Réfléchissez-y bien.

— Un coup de téléphone *et* un email ? demanda Tomek. Pourquoi ne pas vous épargner la peine et n'en faire qu'un seul ?

Avant que Carlisle ne puisse répondre, Tomek lui tourna le dos et commença à s'éloigner dans l'autre direction, vers le chemin qui menait au camping Rosebank.

— C'était dingue, dit Flynn, presque en trottinant pour le rattraper. T'as le droit de leur parler comme ça ?

— Non. T'as pas le droit non plus de faire des bombes dans la piscine, mais les gens le font quand même et s'en tirent.

Tomek ne pensait pas qu'un jeu d'enfant était au même niveau que d'être désobéissant et insubordonné envers un supérieur. Mais il ne pouvait plus rien y faire maintenant. Le mal était fait.

Puis son téléphone vibra. Nick. Tomek jeta un coup d'œil à l'écran, puis aux deux hommes devant lui.

— Je dois prendre cet appel, leur dit-il. Vous pouvez y aller. Je vous trouverai si j'ai besoin de vous. Et merci pour le bateau, Montgomery.

L'homme adressa un salut à Tomek avant de pivoter sur la pointe des pieds et de se diriger vers le camping. Pendant ce temps, Flynn avait l'air abattu, comme si on venait de lui dire qu'ils n'étaient plus amis. Finalement, après un au revoir poli de Tomek, Flynn partit dans l'autre direction.

Tomek répondit à l'appel tout en descendant vers le ponton.

— Je n'arrive pas à croire que tu m'as balancé, dit-il.

— Tu voulais des informations, non ?

— Je ne vois pas le rapport entre les deux.

— Eh bien, andouille, tout est enregistré dans HOLMES, n'est-ce pas ? Je ne pouvais pas juste fouiner sans raison, donc j'ai dû prendre contact avec Carlisle. Je présume que vous avez eu le plaisir de vous rencontrer ?

— À l'instant.

— Splendide. Était-il autant un connard en vrai qu'au téléphone ?

— Plus encore.

— Bien. Te connaissant, tu l'as probablement mérité. Quoi qu'il en soit, au téléphone, j'ai prétendu vouloir discuter des détails de l'affaire pour avoir une raison de consulter les preuves sur HOLMES.

— D'accord.

— Réfléchir avant d'agir...

— Au sous-sol pour danser, termina Tomek pour l'inspecteur principal. Il imaginait l'homme se tapotant le côté de la tête en le disant.

Tomek s'arrêta au bout du ponton et s'assit, croisant les jambes. Toute la structure ondula sous l'effet d'une réplique.

— Vas-y alors, commença-t-il. Qu'est-ce que tu as découvert pour moi ?

— Tu veux la version abrégée, ou... ?

— La quoi ?

— Abrégée. Ça veut dire quand quelque chose a été raccourci. Comme ta ligne de cheveux.

— Tu peux parler, toi, rétorqua Tomek.

— Sale insolent. Ne me force pas à t'envoyer balader, parce que je le ferai.

À cela, Tomek n'eut rien à répliquer. Il voulait l'information et rien d'autre.

— La version désabrégée.

— *Non* abrégée, tu veux dire, répondit Nick. Tu es allé à l'école ?

— J'y étais pour m'amuser, pas pour y rester longtemps.

— Ça se voit. Putain de merde... Il y eut un long soupir au téléphone. Il continua : J'ai cherché ce que tu m'as demandé, et un peu plus. Parce que je suis sympa comme ça. L'autopsie a été faite. La cause du décès de Charlene Harris était la noyade. La chaîne enroulée autour de son cou l'a maintenue au fond tandis que la marée montait progressivement, ce qui a entraîné très rapidement sa noyade. L'heure estimée du décès se situe entre deux et quatre heures ce matin-là. Cependant, à cause de cette chaleur insupportable —

— Contre laquelle je ne pouvais rien faire, soit dit en passant.

— Personne ne dit que tu le pouvais. Ne deviens pas tout défensif avec moi. Je sympathise avec ta situation. Tu étais seul et tu as dû tout faire par toi-même. Le fait est que les effets du soleil ont rapidement accéléré la décomposition, et ont quelque peu brouillé les pistes.

— Et la marque sur sa main ? demanda Tomek.

Nick consulta ses notes. — Rien d'inquiétant. Ça ressemble à une brûlure chimique, et d'après ce que j'ai lu dans le rapport des techniciens de scène de crime, ils ont trouvé des produits chimiques dans le sous-sol.

— Quand y sont-ils descendus ?

— Probablement pendant que tu te baladais sur l'île, en flirtant avec tous les suspects.

Tomek ignora la pique. Il s'avérait que Rick Lawson et les techniciens avaient fait plus que ce qu'il avait prévu. Peut-être les avait-il sous-estimés.

— La chose la plus intéressante de l'autopsie cependant, poursuivit Nick, c'est le coup qu'elle a reçu à l'arrière de la tête avant de mourir.

— Force contondante ?

— Une brique.

— Une brique ? répéta Tomek.

— Ouais. Ils ont testé son cuir chevelu pour trouver des résidus, mais il n'y avait plus rien. Cependant, l'autopsie indique que la forme et l'indentation proviennent très probablement du coin d'une brique.

Tomek se déconnecta soudainement, pensant à l'autre incident lié à une brique qu'avait eu Charlene. Un aperçu de ce qui allait arriver...

— J'ai aussi cherché cette bague dont tu parlais, continua Nick, bien que sa voix fût calme, distante. Je n'ai pas vu de bague sur ses doigts dans les photographies du système.

Il fallut un moment à Tomek pour comprendre ce que Nick disait. — Elle aurait été volée ?

— Peut-être. C'est toi qui as dit que tu l'avais vue à son doigt quand tu l'as sortie.

Il claqua des doigts. Devant lui, un oiseau traversa l'eau puis se posa délicatement à sa surface. Tomek le fixa tout en essayant de réduire le nombre de suspects potentiels. Seules deux personnes, à part lui, étaient entrées en contact physique avec le corps de Charlene avant que Rick et l'équipe des techniciens n'arrivent.

Flynn.

Et Derry.

Maintenant, l'un d'eux était probablement mort.

L'autre avait-il quelque chose à voir avec ça, ou les deux affaires étaient-elles sans rapport ? Tomek se sentit soudainement mal à l'aise et décida qu'il allait devoir réduire drastiquement le nombre de personnes en qui il pouvait avoir confiance à une seule : Dayana. Et même là, c'était un peu tiré par les cheveux, compte tenu de tout ce qu'elle lui avait dit la veille.

— Quoi d'autre ? demanda Tomek.

Une pause pendant que Nick parcourait ses notes, marmonnant pour lui-même.

— Ils ont mené plusieurs enquêtes de porte à porte dans le secteur, mais jusqu'à présent personne n'a rien vu ni entendu.

— Quand ? demanda Tomek, surpris.

— Vraisemblablement au cours des deux derniers jours.

Tomek fit une pause pour réfléchir à cela. L'équipe de Colchester avait fait plus que ce qu'il leur avait accordé.

— De plus, ils ont fait une analyse approfondie de ses finances, bien que je ne pensais pas que c'était nécessaire, poursuivit Nick. Mais encore une fois, je ne suis pas là, je ne la connais pas, alors qu'est-ce que j'en sais ?

— Rien.

— D'après ce que j'ai compris, elle avait de sérieuses dettes. Je parle de dizaines de milliers de livres.

— D'où ça venait ?

— Du gros Ray Winstone.

— Elle jouait ?

— Mm hmm. Et elle était accro aussi, vu l'état des choses. Ça l'a mise dans un sacré trou dont elle devait se sortir. Elle avait même mis son pub en garantie si ça ne marchait pas.

Maintenant la raison de sa cupidité avait du sens. Elle avait beaucoup à perdre.

— Mais qu'en est-il du terrain qu'elle voulait acheter sur l'île ?

— Je me doutais que tu demanderais ça, nota Nick. Il y avait un commentaire à ce sujet dans l'un des dossiers qu'ils ont trouvés à l'étage dans le bureau. Il s'avère qu'elle prévoyait de construire un centre d'activités sur l'île. Un de ces endroits qui proposent du mini-golf, du laser game, du bowling, un practice de golf intérieur. Un vrai centre d'expériences.

— Comment sais-tu tout ça ?

— Parce que je regarde le plan de l'architecte et les rendus 3D en ce moment même.

— Envoie-les-moi, ordonna Tomek.

— Pourquoi ?

— C'est important. Et envoie-moi aussi le reste des informations. Je veux les examiner tranquillement.

— Tu n'as pas l'anniversaire d'une fille à célébrer ?

Tomek regarda sa montre. — Ce sera terminé dans quelques heures.

Nick soupira, confirma qu'il enverrait tout, puis raccrocha.

La conversation avait laissé Tomek avec un respect nouveau pour Charlene. Malgré ses dettes écrasantes – qui sans doute lui causaient des nuits blanches – elle voulait quand même construire quelque chose pour l'île qui les servirait, qui leur bénéficierait et les divertirait. Tomek ne pensait pas qu'elle était tout à fait le monstre que tout le monde avait dépeint. Et avec les visuels de l'artiste, il pourrait le prouver.

Mais d'abord, il devait trouver le vrai monstre.

CHAPITRE
QUARANTE-ET-UN

Tomek frappa si fort à la porte en bois qu'il sentit la réverbération remonter tout le long de son bras. Le bruit résonna dans les rues et ne sembla s'arrêter que lorsque la porte s'ouvrit enfin. Debout sur le seuil, l'air d'avoir été écrasé par un tracteur puis piétiné par un troupeau de vaches, se tenait Mick Thorne. Ses cheveux étaient gras et filasses, sa barbe grise sale et négligée. Ses yeux étaient injectés de sang, et son teint paraissait plus jaune qu'auparavant.

Mais pour la première fois depuis que Tomek était sur l'île, il semblait presque sobre, comme si le vice qui le rongeait depuis des semaines, des mois, des années, l'avait enfin quitté. Comme s'il l'avait finalement laissé tranquille pour la journée.

—Tu as l'air en forme, dit Tomek.

—Je ne me sens pas comme ça, marmonna l'homme d'une voix râpeuse. Mais j'ai connu des nuits pires.

—Je peux entrer ?

Mick posa une main sur la porte, réduisant subtilement l'ouverture. —Pour quoi faire ?

—Pour te poser quelques questions sur Charlene et Derry. J'ai essayé l'autre soir, mais tu m'as dit d'aller me faire foutre.

Un sourire narquois traversa le visage de Mick. —Probablement pour une bonne raison. Si mes souvenirs sont exacts, je trouvais que tu te comportais comme un connard.

—Ou alors tu avais quelque chose à cacher et tu voulais te débarrasser de moi.

Mick hésita sur le pas de la porte. Ses options étaient simples : faire entrer Tomek et prouver qu'il n'avait rien à cacher, ou lui fermer la porte au nez et confirmer ses soupçons. Finalement, il s'écarta et laissa Tomek passer. La maison avait exactement l'aspect, l'odeur et l'atmosphère auxquels Tomek s'attendait, comme si une explosion s'était produite à l'intérieur. Il était évident que l'homme vivait dans la misère et n'avait personne pour le soutenir. Le couloir et les pièces étaient nus, ne contenant que le strict nécessaire. Dans le salon, il n'y avait aucun des accessoires du vingt-et-unième siècle auxquels Tomek s'attendait. Pas de télévision. Pas de lampadaire dans le coin. Pas de table basse. Pas de cadre photo sur le rebord de la fenêtre. Seulement un petit fauteuil et une vue sur le jardin envahi par les mauvaises herbes. À côté, un pack de quatre bières à moitié ouvert. La moquette et les murs étaient couverts de taches, sans doute dues à des renversements en état d'ébriété, et l'espace sentait l'humidité et le froid.

Tomek chercha un endroit où s'asseoir.

—Tu peux avoir la meilleure place de la maison si tu veux.

Une odeur émanait des coussins. Tomek secoua la tête. —Elle est à toi. C'est toi le maître des lieux. Je préfère rester debout.

Mick n'eut pas besoin qu'on le lui répète. En un instant, il s'assit et commença à donner l'impression qu'il s'endormait. —Avant que tu commences, je n'ai rien à voir avec ce qui est arrivé à Charlene. J'étais chez moi, après qu'elle m'ait mis à la porte. Et quand je suis revenu, j'ai pris un verre. Puis un autre. Et encore un autre après ça. Je me suis probablement évanoui dans le fauteuil peu après.

Tomek décida qu'il y reviendrait plus tard. —Raconte-moi comment elle a rendu *ta* vie misérable. D'après ce que j'ai compris, elle a bien réussi à faire ça à tout le monde sur l'île.

—C'est parce qu'elle était la meilleure pour ça, dit Mick, des gouttes de salive atterrissant sur sa chemise. Elle m'a saigné à blanc. Elle a saigné tout le monde à blanc. Elle m'a fait signer un contrat qui disait que je ne pouvais pas augmenter les prix des poissons que j'attrapais et vendais quand je ne faisais pas les visites, et que je devais lui payer des frais d'adhésion pour faire partie de la régate. C'est un requin, une charlatane. Et je suis sûr qu'elle a fait un trou dans mon ancien bateau. Je ne peux pas prouver que c'était elle, mais je *sais* que c'était elle. Je le sens.

—Pourquoi as-tu signé l'accord si tu savais qu'il était mauvais pour toi ? demanda Tomek.

—Je n'avais pas le choix parce qu'elle menaçait de détourner les gens de mon entreprise. Elle gère l'entreprise la plus populaire de cette île. Son pub est l'endroit où vont tous les visiteurs, et si elle ne recommande pas un endroit pour une raison quelconque, tu peux être sûr qu'ils n'iront pas là-bas. Elle est comme une leader de secte ou quelque chose comme ça. Ils écoutent chacun de ses mots. Et avec les coûts tels qu'ils sont, je ne pouvais pas me permettre de perdre le peu d'affaires qu'il me restait.

—Ça n'a pas l'air beaucoup mieux d'être sous contrat, dit Tomek.

—C'était le moindre de deux maux. J'étais pris entre le marteau et l'enclume.

—Serais-tu content d'apprendre qu'elle utilisait l'argent pour construire un centre d'activités pour l'île ? Elle allait mettre en place un lieu pour la communauté.

Tomek était sur le point de montrer à l'homme les photos et les plans que Nick lui avait envoyés quand Mick ricana et dit : —Putain, non. C'était probablement une chance pour elle de soutirer jusqu'au dernier centime à chaque connard qui vit sur cette île ou décide de la visiter.

Tomek n'avait pas vu les choses sous cet angle. Il aimait encore penser qu'il y avait du bon chez Charlene.

—Que faisais-tu hier soir ? demanda-t-il.

Mick parut désorienté par ce brusque changement de conversation.

—Hier soir ? J'étais ici. Au lit. Endormi dans ma propre pisse.

Tomek faillit demander à l'homme s'il pouvait confirmer cela, puis décida qu'il ne voulait pas trop s'approcher des draps souillés de Mick.

—Pourquoi tu demandes ça ?

Tomek le lui dit. À propos de Derry qui avait disparu. À propos de son bateau qui avait été découvert.

— C'est étrange, en effet, dit doucement Mick. Derry était un bon nageur. Un très bon nageur. S'il avait chaviré ou s'était échoué, il aurait pu se mettre en sécurité sans problème. Je pense... Tu ne crois pas que quelqu'un lui a fait la même chose qu'à Charlene ?

Tomek haussa les épaules et évita autant que possible de répondre à la question. Pour détourner les pensées de Mick de Derry, il dit : — J'ai entendu quelque chose d'intéressant hier.

— Ah, ouais ?

— C'était à propos de ton chien, dit-il.

— Toi et mon foutu chien, franchement ! Pourquoi tu n'arrêtes pas avec ça ? Tu n'arrêtes pas de me harceler à son sujet, bon sang. Je l'aimais, d'accord ? Et maintenant il n'est plus là.

— Si tu l'aimais, pourquoi l'as-tu détaché et abandonné ?

La couleur revint aux joues de Mick, les rendant d'un rouge foncé. Son front se plissa et son regard se fixa sur Tomek.

— De quoi parles-tu ? demanda-t-il sévèrement.

— La personne à qui j'ai parlé m'a dit que tu avais emmené le chien en promenade un jour, que tu l'avais abandonné, puis que tu avais continué ta journée comme si de rien n'était.

Mick ouvrit la bouche pour protester, mais Tomek l'interrompit d'un geste de la main. — Au début, je ne l'ai pas cru. Mais ensuite, j'ai repensé à ta réaction quand on s'est croisés sur l'eau ; tu étais surpris, et il y avait une lueur de reconnaissance. Et puis, quand nous avons trouvé le chien le lendemain matin... Qu'as-tu fait au chien après notre départ en kayak ?

Les muscles de la mâchoire de Mick se crispèrent tandis qu'il serrait fort les dents. — Je lui ai donné des funérailles de vrai chien de mer. Comme il aurait dû en avoir.

— Donc tu admets l'avoir abandonné ?

La tension sur le visage de Mick s'intensifia. Puis, soudain, elle disparut, comme si une lumière s'était éteinte dans sa tête. Son regard quitta lentement Tomek pour se poser sur un oiseau dehors.

— Drôle de chose, la vie. Parfois c'est bien, parfois c'est de la merde. Mais la plupart du temps, c'est de la merde. Du moins, pour moi ça l'est, et ça l'a toujours été. Parfois, on a l'impression qu'il n'y a pas d'issue, que l'obscurité ne s'estompera jamais, qu'on est simplement destiné à rester dans un endroit particulièrement pourri et misérable pour le reste de sa vie. C'est ce que j'ai ressenti pendant si longtemps. J'ai flotté, erré, me contentant de supporter, laissant la vie me déprimer. Jusqu'à l'autre semaine, où j'ai décidé que je ne voulais plus continuer. La vie, le travail, les amis — bien que je n'en aie aucun. Le chien. Je ne voulais plus rien faire. La vie était devenue un vide, un trou noir. Un gouffre vide. Alors j'ai décidé de me suicider. Je veux dire, je suis déjà en train de le faire avec cette merde. Mick pointa du doigt le pack de bières à côté de lui, puis le frappa avec colère du pied. — J'ai pensé que je pourrais aussi bien accélérer le processus, alors j'ai emmené Jerry dans le champ près de l'eau, je lui ai dit d'attendre, et puis je l'ai juste... laissé là. Je ne pouvais pas supporter de le faire, et de le laisser vivant avec moi, essayant de me sauver. Il serait devenu fou. Et je n'aurais pas pu le tuer moi-même. Je n'avais pas le courage de faire ça, alors je l'ai juste laissé se faire renverser par une voiture et boiter jusqu'à sa mort sur l'accotement. Je suppose qu'une partie de moi espérait peut-être qu'il reviendrait et me sauverait. Mais quand il ne l'a pas fait, je suis allé sur l'eau, j'ai attaché un poids énorme à ma taille, puis je me suis tenu au bord. Prêt à sauter.

— Qu'est-ce qui t'a arrêté ? demanda involontairement Tomek. Jusqu'à ce moment, il avait été captivé par l'histoire de cet homme.

— La lâcheté. Pour dire les choses simplement. J'ai choisi la voie du lâche, j'ai fait un pas en arrière du bord du bateau, puis je suis rentré chez moi, me détestant encore plus que je ne le faisais déjà, regrettant chaque jour ce que j'ai fait à Jerry, me flagellant à son sujet. Je me suis puni pour la façon dont je l'ai traité. Il ne méritait pas de mourir. Moi oui, mais pas lui. Et maintenant, je me tourmente à ce sujet à chaque instant de la journée. Les jours où j'ai des clients sont les plus durs : je ne peux pas boire, et c'est là que tout le regret, le chagrin et la haine reviennent. Ça me hante. Ça me ronge. Et ça me donne juste envie de me tuer encore et encore et encore.

Le silence descendit sur la pièce. Pendant un long moment, Tomek ne dit rien. Il était trop occupé à assimiler la gravité et la sévérité des propos de l'homme. L'homme était suicidaire et avait désespérément besoin d'aide médicale. Il ne savait pas combien de temps Mick survivrait à son rythme actuel.

— Je suis désolé pour ton chien, dit Tomek. Et j'ai le numéro de quelqu'un qui peut t'aider, tu sais. Ma propre thérapeute. Elle est plutôt bonne, fait principalement des séances en face à face, mais je suis sûr que si tu lui expliquais la situation, elle pourrait faire des consultations en ligne.

Mick tourna lentement la tête vers Tomek.

— Merci, mais non merci. Je ne veux pas d'aide. Je ne la mérite pas. J'ai laissé mon propre chien mourir, putain. C'est moi qui devrais être mort.

— Personne ne veut ça, dit lentement Tomek, essayant de trouver les mots justes. Je ne vais pas me tenir ici et dire que ce que tu as fait n'était pas moralement répréhensible, parce que ça l'était, mais maintenant que je connais le contexte... de ce qui s'est passé avec le chien et toutes les tensions que tu as subies avec Charlene... je peux *en quelque sorte* te pardonner un peu. Mais il n'est pas trop tard pour te racheter. Tu ne peux pas changer le passé, mais tu peux changer l'avenir. Et, si tu veux quelque chose qui va te faire sortir du lit chaque matin, je pense que je pourrais savoir ce qui peut t'aider.

L'intrigue était gravée sur le visage de Mick. — Continue...

— J'ai eu une conversation intéressante avec ton beau-frère hier.

Mick ricana. — Je ne veux rien avoir à faire avec ce connard !

— Même si tu apprenais que c'est lui qui a fait le trou dans ton bateau l'année dernière, et-

— Il a fait *quoi*, putain ?

— Et si tu apprenais qu'il trompe ta sœur ?

— Avec qui ?

— Ariana du *Log Cabin Café*.

Mick bondit de sa chaise, le plus rapidement que Tomek l'ait vu bouger. — Cette ordure. Cette putain de vermine. Je vais le tuer.

CHAPITRE
QUARANTE-DEUX

Tomek avait complètement perdu la notion du temps. D'une façon ou d'une autre, quand il quitta la maison de Mick Thorne, après être resté pour un petit verre d'eau et avoir calmé Mick, l'empêchant de tuer *réellement* son beau-frère, il faisait déjà nuit dehors. Le soleil s'était couché, mais l'humidité persistait, et après une courte marche, il sentit la sueur revenir dans son dos et sa chemise coller à sa peau. Sa conversation avec Mick avait été révélatrice. Il avait vu de loin que l'homme était en difficulté — toute l'île l'avait vu — mais il n'avait pas réalisé à quel point c'était grave. L'homme avait du mal à payer ses factures, ses allocations ne suffisaient pas à le faire vivre, et en plus, Charlene le saignait à blanc. Tomek comprenait pourquoi Mick pensait qu'il n'y avait pas d'issue, pourquoi il avait sombré dans l'alcool et passé les derniers mois de sa vie au fond d'une bouteille. Mais c'était hors de son contrôle. Il ne pouvait rien faire, si ce n'est donner à Mick le nom et le numéro du thérapeute, et espérer qu'il passerait l'appel.

En traversant les rues de West Mersea, Tomek consulta son téléphone : plusieurs messages de Kasia lui donnaient des mises à jour précises sur sa localisation et ses déplacements. Après le retour de Montgomery de la sortie en bateau, elle avait quitté Jacob et était passée chez Dayana, où elle avait savouré une autre canette de Coca et encore des biscuits. À cet instant, elle était à la maison, regardant la télévision, sans doute faisant défiler son téléphone et grignotant quelque chose de mauvais pour sa santé. Tomek accéléra le pas.

Mais il s'arrêta brusquement quand il entendit des voix au loin. Il se trouvait près de l'entrée arrière du pub. Un projecteur au sommet du bâtiment illuminait la zone des poubelles, mais les silhouettes étaient hors de vue derrière la clôture en bois qui l'entourait.

Prudemment, en réduisant au minimum le bruit de ses pas sur le béton, Tomek s'approcha du panneau de la clôture et regarda à travers une petite fente. De l'autre côté se trouvait Leon, vêtu de son uniforme blanc de chef, en train de parler avec Tony Fowler, toujours habillé du même pantalon crasseux et du même polo qu'auparavant. Le chef fumait une cigarette, tandis que le plombier était en train d'en allumer une.

—Ne te méprends pas, ce qui s'est passé était terrible et je ne le souhaiterais pas à mon pire ennemi, commença Tony Fowler, en inhalant profondément sa cigarette. Mais je pense qu'elle a eu ce qu'elle méritait, pour être honnête. Le nombre de personnes qu'elle a énervées et baisées. Mon petit frère a tellement galéré depuis qu'elle a introduit tous ses suppléments. Et depuis que vous avez commencé à servir des petits déjeuners et des cafés, il n'arrive plus à rester compétitif.

—Désolé pour ça, marmonna Leon.

—Oh non, je ne m'en prenais pas à toi. Je dis juste que les affaires n'ont plus été les mêmes pour lui depuis. Tony tira longuement sur sa cigarette.

—Je comprends. Elle a fait des trucs de vipère, mais elle ne méritait pas de mourir. Personne ne mérite de mourir, mec.

Une pause pendant que Tony relâchait lentement les produits chimiques de ses poumons. —Ouais, tu as sans doute raison. J'ai entendu dire qu'elle avait d'abord été frappée à la tête avant de mourir.

Leon haussa les épaules. —Peut-être.

—Tu as entendu parler aussi de la façon dont Derry l'a trouvée ? Cette chaîne autour de sa gorge. Complètement dingue. Qui voudrait faire quelque chose comme ça ?

—Aucune idée, répondit Leon doucement, fixant le béton à ses pieds.

—Tu dois être sacrément taré pour aller aussi loin. Il n'y a pas de retour possible après ça. Et toute cette histoire avec Derry aussi...

L'intérêt de Leon s'éveilla soudainement et il se tourna vers son ami. —Qu'est-ce que tu as entendu sur Derry ?

—Pas grand-chose. Juste qu'il a disparu. Apparemment, ils ont retrouvé son bateau plus tôt, mais il était introuvable. Je crois que la même personne qui a buté Charlene l'a aussi descendu. Tony jeta sa cigarette au sol et en alluma une autre. —Descendre deux personnes en un week-end, c'est dingue. Quelqu'un est vraiment foutu dans sa tête.

Ils restèrent silencieux un moment. Tomek continuait à regarder à travers le trou dans la clôture. Comment Tony en savait-il autant sur l'enquête ? Et comment connaissait-il le mode de décès de Charlene ? Tomek ne lui avait certainement rien dit. Mais il se rappela alors que les nouvelles circulaient vite sur l'île, et qu'il y avait des yeux et des oreilles partout. Quelqu'un l'avait sans doute entendu de quelqu'un qui l'avait entendu de quelqu'un d'autre, et ils avaient naturellement suivi l'ordre des choses et l'avaient transmis à quelqu'un d'autre, ajoutant un autre maillon impossible à retracer dans la chaîne.

—Tu as parlé à ce con de détective ? demanda Tony.

—C'était son nom officiel ?

Tomek savait immédiatement de qui ils parlaient.

—Ça pourrait aussi bien l'être. Tu savais qu'il n'est même pas détective ? poursuivit Tony.

—Comment ça ?

—Enfin, il l'*est*. Officiellement, en tout cas. Il est juste suspendu. Donc tout ce que tu lui dis, il ne peut rien en faire.

Leon se percha sur le bord d'une marche menant au pub. —Il a fait du moonlighting pendant tout ce temps ?

—Ouais.

—Et les autres ? L'inspecteur et le commissaire ?

—Non, eux sont réglo. Juste celui qui habite sur le site de Montgomery. Il t'a posé des questions sur Charlene ?

Leon hocha la tête, aspirant lentement sur son bâton de tabac.

—Pareil. Mais j'avais l'impression qu'il me cherchait vraiment. Me posant toutes ces questions sur où j'étais et ce que je faisais. Tony secoua la tête avec frustration.

—C'est seulement un problème si tu as quelque chose à cacher... dit Leon, levant les yeux vers lui.

—Ben, ouais. Évidemment. Je... j'espère juste qu'il ne va pas fouiner, c'est tout. La dernière chose dont j'ai besoin, c'est qu'il découvre cette histoire avec Bradley.

CHAPITRE
QUARANTE-TROIS

Cette histoire avec Bradley, comme Tony l'avait mentionné, concernait l'époque où il avait volé une grosse somme d'argent à l'entreprise familiale pour acheter un ensemble d'outils pour son entreprise de plomberie — et verser un acompte sur une nouvelle voiture. Personne dans la famille ne savait que c'était lui, et quand on lui avait demandé d'où venait l'argent pour s'acheter un Range Rover flambant neuf, il avait répondu qu'il avait eu un bon mois de travail, avec un petit coup de pouce supplémentaire grâce à un gain à la loterie.

C'était une façon de présenter les choses.

Tomek ne pensait pas que ce vol méritait d'être examiné, ni qu'il était lié de quelque façon que ce soit à la mort de Charlene et à la disparition de Derry. Cela signifiait simplement que Tony Fowler était un sale égoïste qui ne se souciait ni de ses parents ni de son frère.

En déambulant dans le camping, Tomek jeta un coup d'œil à travers les fenêtres de ses voisins. Beaucoup étaient dans leur salon, les pieds relevés, regardant la télévision, profitant de leur temps ensemble. Tous sauf Dayana.

— Salut toi, lui lança-t-elle.

Ce son soudain le fit sursauter et son rythme cardiaque s'accéléra.

— Qu'est-ce que tu fais dehors ? demanda Tomek.

Elle était assise sur sa terrasse, les pieds posés sur une petite chaise de jardin, un ruban de fumée s'élevant dans l'air. — J'observe les gens et le ciel. C'est une belle soirée. Je sors toujours ici en été. J'ai ce bel espace ouvert, autant en profiter.

Tomek s'approcha d'elle. — Ça doit être l'enfer en hiver.

— Glissant comme tout. Mes hanches ne sont malheureusement plus ce qu'elles étaient.

En arrivant en haut des marches, Dayana souleva ses jambes de la chaise pour le laisser s'asseoir. Ce faisant, elle se figea et poussa un cri de douleur. Elle porta la main à son bas du dos.

— Que se passe-t-il ? demanda Tomek, paniqué.

Grimaçant, elle dit : — C'est mon fichu dos. Il me fait souffrir depuis des semaines. Quand on arrive à mon âge, tout commence à se détraquer.

Elle essaya de se lever de la chaise, mais n'y parvint pas.

— Tu devrais rester immobile, lui conseilla Tomek.

— Je ne peux pas rester dehors toute la nuit.

Pas faux. — Laisse-moi t'aider.

Tomek lui prit la main, plaça l'autre sous son bras, puis la souleva doucement sur ses pieds. Elle grimaça et gémit de douleur. Tomek s'excusa tout en passant un bras autour d'elle pour la soutenir jusqu'au salon, où il l'aida à se diriger vers le siège le plus proche : une chaise métallique près de la table à manger.

— Pas là, aboya Dayana. — Je les déteste. Elles sont tellement inconfortables. Je ne me souviens pas de la dernière fois où je me suis assise dessus. Je voulais m'en débarrasser depuis longtemps. Mets-moi sur le canapé.

Tomek fit comme on lui disait.

— Tu es un ange, dit-elle en grimaçant.

— Tout fait partie du boulot, répondit-il en souriant. — Je peux te chercher quelque chose ?

— Oui, dit-elle, en déposant sa cigarette dans le cendrier devant elle. — Tu peux t'asseoir. Et tu peux tout me raconter sur Derry. Qu'est-ce que j'entends dire qu'il a disparu ?

Tomek rapprocha le fauteuil. — L'alerte a été donnée ce matin, commença-t-il. — Mais personne ne l'a vu. Il n'a pas récupéré ses huîtres ce matin, et personne ne sait où il est passé. Je pense qu'il a disparu à un moment donné la nuit dernière ; nous avons trouvé son bateau cet après-midi.

Dayana semblait pensive et tripotait les manches de son pull. — Mon Dieu. Qu'arrive-t-il à notre petite ville ?

— Je ne sais toujours pas. J'aimerais bien le savoir.

— Penses-tu que d'autres personnes vont être blessées ?

Tomek déglutit difficilement. — Je ne pourrais pas dire. J'espère que non.

— Es-tu plus près de découvrir qui est responsable de ce crime horrible, horrible ?

Tomek secoua la tête. — Pas encore. Bien que les informations que tu m'as données l'autre soir ont été vraiment utiles.

Juste au moment où Dayana allait répondre, elle laissa échapper un gémissement bref et aigu et posa une main sur son dos.

— Je peux te chercher quelque chose ? demanda-t-il.

— Ça ira.

— Tu devrais parler à Montgomery de l'accessibilité. Est-ce que tu vas pouvoir monter et descendre ces marches ?

— C'est facile. Je ne vais tout simplement pas les descendre. Je suis plus qu'heureuse de rester à l'intérieur. J'ai tout ce dont j'ai besoin ici. Tu n'as pas à t'inquiéter pour moi.

— Ne me tente pas, plaisanta Tomek.

Dayana rit, mais même cela semblait lui faire mal. Finalement, après que la douleur se soit calmée, elle dit : — Tu disais à propos de... à propos de mes conseils ?

Tomek s'éclaircit la gorge. — Il semble que tout le monde ait quelque chose à cacher. Et tout le monde avait quelque chose contre Charlene. Pour être honnête, j'ai été surpris de la quantité de saletés qu'elle avait sur chacun.

— Le pouvoir peut pousser les gens à faire des choses dangereuses, dit-elle. — Il peut corrompre même les individus les plus innocents.

— La personne responsable de sa mort n'est pas innocente.

— Elle l'était jusqu'à ce que Charlene devienne ce qu'elle est devenue. Si elle n'avait pas joué des coudes et contrarié tout le monde autant qu'elle l'a fait, ils n'auraient pas été poussés à faire ce qu'ils ont fait. Je ne dis pas que cela les excuse, pas le moins du monde. Mais chaque action a une conséquence, et sa conséquence à elle a été plus grave que tout ce que j'aurais pu imaginer.

— Tu as eu un soudain changement d'avis.

Dayana inspira profondément, sa poitrine se soulevant et s'abaissant lourdement. — J'ai eu du temps pour y réfléchir, et pour réfléchir à ce que j'ai dit l'autre soir. Ce qu'elle a fait aux gens n'était pas bien.

Tomek ne savait pas quoi penser de cela. Que la personne qui l'avait le plus soutenu dans son enquête, que la personne qu'il pensait être de son côté, ait eu un soudain changement d'avis.

— Quiconque a fait ça est probablement en train de se ronger de l'intérieur, poursuivit-elle. — Je connais ces gens. Je sais qu'ils ont des cœurs bons et gentils. Aucun d'eux n'est mauvais. Ils ne l'auraient pas fait s'ils n'y avaient pas été forcés, comme je l'ai dit.

— Si c'est le cas, comment expliques-tu ce qui est arrivé à Derry ? Tu n'as rien dit à propos de quelqu'un ayant des problèmes avec lui. Pourquoi quelqu'un aurait potentiellement voulu le tuer ?

Dayana haussa les épaules et commença à jouer avec ses doigts. — Derry et Charlene étaient proches, mais ils n'étaient jamais liés de cette façon. La seule chose qui me vient à l'esprit, c'est que Derry se trouvait au mauvais endroit au mauvais moment. Ou alors, c'est parce que c'est lui qui l'a trouvée, et celui qui l'a tuée a pensé qu'il avait peut-être découvert quelque chose.

La bague.

— Elle portait une bague avec des pierres vertes quand nous l'avons trouvée, expliqua Tomek. Mais entre le moment où elle a été traînée sur la plage et l'arrivée de l'équipe médico-légale, la bague a disparu. Tu sais quelque chose à propos de cette bague ?

— Seulement qu'elle valait beaucoup d'argent. Un héritage familial je crois, de sa grand-mère. Elle a survécu aux deux Guerres mondiales, cette bague.

— Je pense que Derry l'a peut-être prise. As-tu une idée de pourquoi il aurait fait ça ?

Dayana secoua la tête. — Pour l'argent, peut-être. Il avait des ennuis financiers. Il a probablement pensé que ça pourrait l'aider à sortir du trou dans lequel ses petites amies l'avaient aidé à tomber.

Soit ça, soit il allait s'en servir pour payer davantage de compagnie féminine, pensa Tomek.

— Tu ne penses donc pas que la bague a une quelconque signification particulière ? demanda-t-il.

Elle secoua à nouveau la tête. — Je ne vois pas en quoi ce serait un facteur.

— Il doit donc y avoir une autre raison pour sa disparition.

Dayana haussa les épaules, inclinant la tête sur le côté. — Comme je l'ai dit, peut-être qu'il était au mauvais endroit au mauvais moment. Elle devint soudainement alerte et secoua la tête. — Mon Dieu, pardonne-moi. Où sont mes manières ? Je ne t'ai rien offert à boire.

Tomek se tapa le genou. — Ce n'est pas grave. Je devrais probablement y aller. Kasia m'attend.

— Tu voudrais une canette de Coca pour la route et une autre pour Kasia ?

Tomek secoua la tête, la remercia pour son temps, et vérifia s'il y avait quelque chose dont elle avait besoin, avant de quitter la caravane. Tout ce à quoi il pouvait penser en sortant et en se dirigeant vers son domicile temporaire était ce qu'elle avait dit. À propos de comment Derry aurait pu être au mauvais endroit au mauvais moment.

Et que le tueur effaçait maintenant ses traces.

CHAPITRE
QUARANTE-QUATRE

Kasia poussa un petit cri lorsqu'il ouvrit la porte.

— Tu aurais pu frapper ! siffla-t-elle en portant une main à sa poitrine.

— Je te garde en alerte.

— Tu aurais pu me tuer.

— Ne sois pas si dramatique. Je suis surpris que tu ne m'aies pas suivi sur l'application de localisation de l'iPhone.

— J'ai oublié. Et tu sais bien que ça ne s'appelle pas comme ça.

Tomek ferma la porte derrière lui et se figea, son regard tombant sur le bonsaï posé sur la table à manger. Un sourire s'étira sur son visage tandis qu'il le prenait pour le déplacer sur le comptoir de la cuisine. Soudain, il avait oublié tout le reste, comme si plus rien n'importait. Il ouvrit le robinet, remplit un verre d'eau, puis le versa sur la terre. Ensuite, il porta son attention sur les feuilles. Avec la chaleur estivale, la croissance de l'arbre avait explosé, et de nouvelles pousses s'étendaient bien au-delà de leur forme d'origine. Par conséquent, il avait désespérément besoin d'une taille, alors Tomek prit des ciseaux pas très adaptés et plutôt émoussés dans un tiroir et commença à tailler les branches, les coupant à la bonne longueur, juste après la feuille. Bientôt, les branches durciraient et une nouvelle croissance commencerait à partir d'elles. Alors qu'il examinait le bonsaï sous tous les angles, il était vaguement conscient du bruit provenant du canapé. Ce n'est que lorsque Kasia cria « Papa ! » qu'il prit conscience de son environnement.

— Tu m'écoutes ? demanda-t-elle.

— Pas vraiment. Il désigna l'arbre avec les ciseaux. J'étais occupé...

— Je vois ça. Je pensais que c'était moi qui allais le faire. C'est censé être mon arbre.

— Oups. Désolé. Tu pourras le faire la prochaine fois. Je te montrerai comment.

Elle croisa les bras sur sa poitrine. — Je n'en ai plus envie.

— Allez, ne sois pas comme ça. Tu ne peux pas être triste le jour de ton anniversaire.

— Si, je peux, si tu viens juste de me rendre triste.

La culpabilité s'empara soudain de son estomac.

— Je suis désolé, ma puce, lui dit-il en posant les ciseaux sur la table puis en se dirigeant vers le canapé. Il s'assit à côté d'elle et posa ses pieds sur la table basse devant lui. Comment s'est passé ton après-midi avec Jacob ?

Kasia pressa affectueusement son cœur. — Il est tellement adorable. Parfois, je le regarde simplement et j'ai envie de lui faire un gros câlin et de le ramener à la maison avec moi.

— Tu n'auras pas de nouveau frère ou sœur. Je n'ai pas le temps pour tout ça.

Elle leva les yeux au ciel. — Ce n'est pas du tout ce que je voulais dire, papa. D'ailleurs, je ne pensais pas que tu pouvais à ton âge. Tu sais, une fois que tu dépasses un certain stade, est-ce que tu n'arrêtes pas de—

Il leva une main pour la faire taire. — Si on arrêtait la conversation là, dit-il. Je suis parfaitement en forme et en bonne santé à cet égard, merci. C'est la dernière chose dont tu devrais t'inquiéter. Il inspira brusquement. Bref, *passons*...

— Aujourd'hui, on a joué à Donjons et Dragons. C'est un jeu d'aventure avec des rôles. Tu en as entendu parler ?

Tomek fit semblant que non. C'était agréable de voir le sourire sur son visage pendant qu'elle expliquait le jeu ; il ne voulait pas lui enlever ça.

— Il m'a fallu du temps pour m'y habituer, poursuivit Kasia.

Vraiment longtemps, même. Mais Jacob a été si patient, le pauvre. Je devais constamment demander ce que signifiaient les différentes choses, et chaque fois, il me prenait la main et disait : « Kasia, ma chère, cela signifie... » comme un petit vieux. Il est si gentil, et il est *tellement* intelligent pour son âge.

— Tout comme toi.

— Ouais, mais pas aussi intelligent que lui. Après, il m'a montré ses livres scolaires. Il fait des maths plus avancées que moi. Je sais pas, il... comprend tout simplement. J'aimerais pouvoir faire ça.

— Tu es intelligente dans d'autres domaines. Tu aimes l'histoire. Tu aimes faire de la pâtisserie. Tu aimes les mots.

— J'aime *les mots*. Qu'est-ce que ça veut dire, ça ?

Il ne savait pas. Il avait dit n'importe quoi.

— Juste que... juste que tu es soit l'un, soit l'autre. Soit tu aimes les maths, soit tu aimes le français. On trouve rarement quelqu'un qui aime les deux.

Son expression suggérait qu'elle n'y croyait pas, mais elle choisit de ne pas insister.

— Qu'est-ce que vous avez fait d'autre ? demanda Tomek.

— On a essayé de descendre dans le sous-sol parce qu'il y a stocké certains de ses vieux livres scolaires, et un badge *Blue Peter* qu'il a gagné en envoyant un dessin de bateau qu'il avait fait, mais c'était fermé à clé.

— D'accord.

— Et puis je suis rentrée. J'ai accepté de le revoir demain.

— Ah bon ?

— Oui. Quand est-ce qu'on part ? demanda-t-elle doucement, la tristesse perçant dans sa voix.

— Je ne sais pas. Je dois parler à Montgomery pour prolonger notre séjour. Idéalement jusqu'à ce qu'on découvre la vérité sur le meurtre de Charlene. Mais nous devrons rentrer à temps pour que je reprenne le travail et que tu retournes à l'école.

Son visage s'illumina d'excitation. — Donc on a au moins quelques jours de plus ?

— Pas si je t'envoie chez tes grands-parents...

Elle jeta son téléphone sur le canapé. — Non ! Je ne vais nulle part. Tu ne peux pas m'y forcer.

Tomek tendit la main vers la sienne, mais elle la retira vivement. — C'est exactement ce que je peux faire. Ce n'est pas sûr pour toi ici.

— Je m'en fiche. Je me suis fait un ami, et je ne veux pas encore lui dire au revoir.

— Tu devras le faire à un moment donné.

— *Je sais*. Mais pas maintenant. Je ne veux pas partir avant qu'on ne doive vraiment le faire.

Tomek connaissait la vraie raison pour laquelle elle voulait rester. Certes, la relation qu'elle avait créée avec Jacob en faisait partie. Mais c'était nouveau, récent, une distraction bienvenue face à l'idée de devoir aller à l'école pour la nouvelle année scolaire dans quelques semaines. Ses professeurs avaient accepté qu'elle les rejoigne un peu après la rentrée des autres élèves, mais cela ne ferait que retarder l'inévitable. Pas l'arrêter complètement. Ici, sur l'île de Mersea, elle était libre, loin de la réalité. Dès qu'elle partirait, tout lui retomberait dessus.

Il posa une main sur son épaule.

—Bon, dit-il doucement. Tu peux rester, mais si quoi que ce soit d'autre se produit, je vais—

Un fracas assourdissant déchira l'atmosphère de la caravane alors que le verre d'une fenêtre proche se brisait en des centaines de morceaux qui s'éparpillèrent sur le canapé de l'autre côté. Une brique l'accompagnait et atterrit sur la moquette, heurtant le meuble de télévision. Les cris de Kasia emplirent l'air. Tomek l'entoura de ses bras et la serra contre lui.

—Tu vas bien ? demanda-t-il.

Dès qu'elle lui confirma qu'elle allait bien, Tomek se précipita vers la porte d'entrée, bondit en bas des marches, puis scruta le camping. L'endroit était dépourvu de tout signe de vie. Complètement vide. Silencieux. Pas même le bruit paniqué de pas s'éloignant précipitamment de la scène du crime.

—Qui a fait ça ? hurla Tomek, sa voix résonnant contre les caravanes. Qui est là ? Revenez et montrez-vous.

Mais il n'y eut aucune réponse, comme il le savait déjà.

Il attendit quelques instants de plus. À l'écoute. Toujours rien, hormis le bruit de Kasia qui déplaçait les débris de verre à l'intérieur. Tournant le dos à l'obscurité, il retourna dans la caravane et la trouva accroupie sur ses talons, ramassant les morceaux de verre avec une pelle et une balayette. Elle posa la balayette et lui tendit la brique.

—Papa...

Prudemment, Tomek la prit. Il reconnut instantanément l'empreinte sur la brique : DW Bricks.

—Damien... murmura-t-il.

—Papa...

Tomek baissa la brique et reporta son attention sur Kasia.

—Ça l'accompagnait...

Elle attrapa une petite bande de papier sur le sol et la lui tendit. Dessus, écrit à l'encre rouge, on pouvait lire : RESTEZ À L'ÉCART DE L'ENQUÊTE. VOUS ÊTES PRÉVENUS.

CHAPITRE
QUARANTE-CINQ

MARDI

Le lendemain matin, Tomek bouillonnait encore de colère. Son instinct paternel de protection envers sa fille était en alerte maximale. Et depuis les événements impliquant Zeus et le culte des Harpies dont Kasia avait fait partie, cet instinct avait atteint de nouveaux sommets. Il donnerait sa vie pour elle. En fait, plus que ça, si c'était possible. Alors il avait pris une décision catégorique : dès que la marée serait basse, ou du moins à un niveau lui permettant de traverser sans risquer d'endommager son moteur, il la déposerait chez ses parents. Elle n'aimerait peut-être pas, elle lui en voudrait peut-être, mais il s'en fichait. C'était pour son bien, et il faisait passer sa sécurité avant tout. En vérité, songea-t-il, il aurait dû le faire plus tôt — dès qu'il avait découvert le corps de Charlene — mais jamais il n'aurait imaginé que les choses s'aggraveraient autant en si peu de temps. La situation échappait à tout contrôle. Le tueur les prenait maintenant pour cible. Ou plutôt, *lui*. Et son message était on ne peut plus clair. Mais, Tomek étant l'idiot égoïste qu'il était, il avait choisi d'ignorer l'avertissement. Pour qui se prenaient-ils à le menacer ainsi ? S'ils voulaient lui faire du mal, il serait là et il serait prêt. Il ne se laisserait pas faire sans combattre.

Heureusement, ses parents n'habitaient qu'à quelques minutes de route. Sur le chemin du retour, il conduisit en silence, laissant ses pensées se décanter, s'accordant du temps pour réfléchir à tout ce qu'il avait vu, appris et entendu. Et il dut faire face à la dure réalité : il n'avait absolument aucune idée de ce qui se passait, ni de qui était responsable de la mort de Charlene Harris et de la disparition de Derry Waterman. Aucune preuve matérielle ne plaçait qui que ce soit sur les lieux du crime. Elle avait reçu un coup de brique à la tête, avait été emmenée sur l'eau, puis attachée à une bouée où elle s'était noyée. Il n'y avait eu ni l'opportunité ni le temps d'examiner médico-légalement les plus de cent bateaux ancrés autour de l'île. Aucune preuve matérielle n'avait été laissée sur son corps, rien qui puisse indiquer qui aurait pu la tuer. C'était pareil pour Derry. Certes, ils avaient retrouvé son bateau, mais jusqu'à ce que son corps apparaisse, dans un état ou un autre, il resterait exactement là où il était, inexaminé.

Le défaitisme s'était confortablement installé dans le cerveau de Tomek, imprégnant chaque pensée d'une attitude pessimiste. Son expérience et son intuition avaient leurs limites, et jusqu'à présent, ni l'une ni l'autre ne fonctionnaient à plein régime.

Après quinze minutes passées dans le silence, il engagea la voiture sur le Strood. À présent, la marée était basse et la route dégagée. Du moins, elle aurait dû l'être, n'eût été la masse de voitures garées et le petit attroupement qui s'était formé au milieu de la route.

Tomek se gara derrière la voiture la plus proche, coupa le moteur et se précipita en petites foulées. Il ralentit dès qu'il aperçut le corps mutilé que la marée avait déposé et qui était maintenant enroulé autour d'un poteau de clôture. Tomek le reconnut instantanément.

Derry Waterman.

Habillé des mêmes vêtements que la dernière fois que Tomek l'avait vu. Sauf que maintenant, son visage et ses mains étaient aussi pâles que Tomek se sentait l'être. Une large entaille d'une oreille à l'autre, d'au moins deux centimètres de large, barrait sa gorge. Avec le temps, l'eau salée de la mer l'avait décolorée, presque pétrifiée. De gros morceaux de chair pendaient de la blessure, et ses yeux étaient grands ouverts.

Dans la foule, deux femmes étaient blotties l'une contre l'autre, se consolant mutuellement. Un homme parlait précipitamment au téléphone, tandis qu'un autre était penché à côté du corps.

— Écartez-vous de là, ordonna calmement Tomek. Pour votre bien. Vous n'avez pas besoin de voir ça plus longtemps. Je suis détective. Quelqu'un a-t-il appelé la police ?

— Il est au téléphone avec eux en ce moment, dit l'homme près du corps, montrant l'autre homme à côté de lui.

— Ils sont en route. Je reste juste en ligne. Le regard de l'homme était fixé sur le corps. C'est bien qui je pense ?

— Trop tôt pour le dire, répondit Tomek, bien qu'ils sussent tous de qui il s'agissait. Je vais vous demander de reculer, s'il vous plaît. Je m'en occupe.

Le groupe n'eut pas besoin qu'on le lui répète. En quelques instants, ils retournèrent vers leurs voitures respectives. Tomek demanda à l'homme au téléphone de le tenir informé de la position de la police, et tandis qu'il s'accroupissait, l'homme cria : « Arrivée prévue dans deux minutes. »

Tomek le remercia puis examina le corps. Les cheveux de Derry étaient emmêlés et collés à son visage, tout comme l'avaient été ceux de Charlene. Son corps était rigide et froid, malgré le soleil de fin de matinée, et alors que Tomek commençait à fouiller les poches de l'homme à la recherche d'indices, ses doigts s'engourdissaient. Comme si le sang avait cessé d'y circuler. Comme s'il était submergé par des sensations qu'il n'avait pas ressenties depuis longtemps. La peur. L'effroi.

Son cerveau l'empêchait pour une raison quelconque d'inspecter le corps du défunt. Et avant qu'il ne puisse lutter contre cela, le bruit des sirènes qui approchaient rapidement le tira de sa rêverie.

— Éloigne-toi immédiatement de ce corps, bordel !

Tomek reconnut la voix avant de voir Hadland. Prenant son temps, il se releva soigneusement et s'éloigna de Derry.

— Comment se fait-il que tu sois toujours là au bon moment, hein ? insinua Hadland en s'arrêtant à quelques centimètres du visage de Tomek. Juste derrière lui se trouvait Aidan, dont l'expression restait impassible tandis qu'il fixait Derry.

— Il faut bien que quelqu'un le soit, riposta Tomek.

Hadland fit un mouvement vers le corps, mais Tomek se plaça devant lui.

— Je ne pensais pas devoir te le répéter, dit Hadland. Tu ne dois être mêlé à aucune de mes scènes de crime. Pour un inspecteur, t'es vraiment trop con si tu ne peux pas comprendre cette consigne élémentaire.

Tomek serra la mâchoire, se mordant la langue tandis qu'il regardait Hadland s'accroupir près du cadavre et commencer à aboyer des ordres à Aidan. Fais ceci. Fais cela. Appelle ces gens. Débarrasse-toi de ceux-là.

— N'oublie pas de dégager le Strood, ajouta Tomek, avec un rapide coup d'œil à Aidan et un clin d'œil. Tu sais bien faire ça.

Le policier répondit à la remarque joviale par un sourire narquois, puis leur tourna le dos et se dirigea vers l'autre extrémité du Strood. Tomek le regardait s'éloigner quand sa vue de l'homme fut obstruée par Hadland qui se planta devant lui. L'odeur nauséabonde de café matinal lui monta aux narines et lui descendit dans la gorge.

— Si tu ne t'éloignes pas de mon visage—

— C'est plutôt vous qui êtes dans *mon* espace, monsieur, si je puis me permettre, l'interrompit Tomek.

Hadland s'approcha d'un centimètre de plus. Tomek réprima l'envie de faire la moue pour plaisanter, comme s'il allait l'embrasser. — C'est trop proche pour vous, Sergent ? demanda Hadland. Si vous ne dégagez pas de ma vue et de mon enquête dans les deux secondes qui suivent, je vous arrête sur-le-champ et vous mets à l'arrière de la voiture de police, sans ouvrir les fenêtres, sans mettre la climatisation, où vous transpirerez et suffoquerez — comme un chien.

Tomek fixa les yeux noirs de l'homme.

— Un...

Il voulait pousser sa chance. Il voulait tester les couilles de l'homme, voir combien relevait de l'aboiement, et combien de la morsure.

Mais il se rappela alors l'enjeu plus large. Il ne servirait à rien ni à Charlene ni à Derry s'il se faisait arrêter. Il ne servirait à personne s'il se retrouvait balancé à l'arrière d'une voiture de police.

Juste au moment où Hadland ouvrait la bouche pour prononcer le mot suivant, Tomek fit un grand pas en arrière, gardant son regard fermement fixé sur l'inspecteur en chef.

— Voilà un bon petit chien, dit Hadland, avant de tourner le dos à Tomek et de passer un appel téléphonique.

Au moment où Tomek regagna sa voiture, Hadland aboyait des ordres à un pauvre type à l'autre bout de la ligne. En fermant la portière derrière lui, son regard tomba sur la brique qui avait traversé la fenêtre la nuit précédente. Kasia l'avait enveloppée dans un T-shirt et l'avait laissée dans l'espace pour les pieds. Tomek la saisit et l'examina. À cet instant, il ne désirait rien tant que la lancer à l'arrière de la tête de l'inspecteur, mais il savait que cela ne résoudrait rien.

Quelques instants plus tard, Aidan avait atteint l'extrémité insulaire du Strood, et la circulation commença à se fluidifier. Tomek passa une vitesse et se dirigea vers l'île.

Alors qu'il passait devant le corps de Derry, Hadland, comme par un sixième sens, se retourna et le fixa, lui offrant un petit signe de la main condescendant.

Putain d'abruti de connard. Je parie qu'il vit encore chez sa mère, cette lavette.

CHAPITRE
QUARANTE-SIX

Tomek aimait penser qu'il n'était pas du genre à garder rancune. Qu'il n'était pas quelqu'un qui laissait le nuage de frustration et de ressentiment planer trop longtemps au-dessus de lui. Mais le traitement que lui avait réservé Hadland constituait l'exception à la règle. L'inspecteur l'avait humilié et rabaissé. Pour Tomek, c'était inacceptable, et tandis qu'il conduisait vers l'est de l'île, il avait décidé qu'il devait canaliser sa colère et sa frustration vers autre chose.

Ou plutôt, vers *quelqu'un* d'autre.

La malheureuse âme en question était Damien Westwood.

Alors que Tomek marchait d'un pas décidé vers l'atelier du maçon, il jonglait avec la brique dans ses mains comme s'il s'agissait d'une balle de tennis. Il trouva Damien sortant d'une autre pièce de l'atelier, un grand sac de matériel jeté sur l'épaule. L'homme se figea dès qu'il vit la brique.

—Hé, hé, hé ! Qu'est-ce que tu fais avec ça ? Je ne veux pas d'histoires.

Il laissa tomber le sac au sol. Il atterrit avec un bruit sourd, soulevant un nuage de poussière dans l'air.

—Je veux juste te poser quelques questions, dit Tomek.

—Encore ? Tu m'en as déjà posé plein.

—C'est à propos de cette brique. Tomek s'arrêta à l'entrée de l'entrepôt et remarqua pour la première fois de la musique jouant au fond de la pièce.

—Je te l'ai dit, je n'ai rien à voir avec cette brique qui a traversé la fenêtre de Charlene.

Tomek secoua la tête et agita son doigt vers l'homme. —Mauvaise brique, mauvaise fenêtre.

—Alors de quoi tu parles ?

Plongeant la main dans la poche de son pantalon, Tomek sortit la note qui accompagnait la brique. —Tu n'as rien à voir avec ça, alors ?

—Non ! Je ne sais même pas ce que c'est, *ça*. Tu n'as rien expliqué. Tout ce que tu fais, c'est me pointer une putain de brique dessus !

—Tu sembles nerveux.

—Qu'est-ce que tu veux que je fasse ? Que je me mette à genoux et dessine une cible sur mon front ? Arrête tes conneries.

Tomek fit passer la brique d'une main à l'autre. Il appréciait ce moment. Le pouvoir. La satisfaction de contrôler la conversation. C'était l'un des aspects du métier dont il ne se lassait jamais.

—Hier soir, cette petite brique, la même brique qui porte le nom et le logo de ton entreprise, a été lancée à travers la fenêtre de la caravane où ma fille et moi séjournons. Avec elle, ce message me disant de prendre mes distances.

—Qu'est-ce que ça a à voir avec moi ?

—C'est ta brique.

—Mes briques sont partout, siffla Damien. Elles sont sur toute l'île. Tu sais combien de maisons et d'extensions j'ai aidé à construire ? Des tas.

—Oui, mais les briques sont comme les pièces d'un puzzle, non ? répondit Tomek. Chaque pièce a sa place. Il n'y en a jamais en trop. Ce n'est pas comme si chaque maison était un kit LEGO avec des pièces supplémentaires. Tous les surplus te reviennent. Alors, je te redemande, pourquoi l'une de tes briques aurait traversé ma fenêtre ?

—Je. N'en. Sais. Rien. Ça n'a rien à voir avec moi.

Finalement, Tomek baissa son bras. Ce simple mouvement sembla diluer la tension dans l'air ; les épaules de Damien s'affaissèrent visiblement et l'expression inquiète sur son visage se dissipa.

—Qui d'autre a accès à ces locaux ? demanda Tomek.

—Moi. C'est mon entreprise et je suis le seul à avoir une clé.

Tomek s'arrêta un moment pour inspecter l'atelier. Depuis sa dernière visite, le nombre de briques sur les palettes dans la cour avait augmenté. Elles étaient attachées avec des pinces et des cordes. Plusieurs briques détachées étaient tombées et gisaient éparpillées sur le sol.

—Et celles-ci, dehors ? demanda Tomek.

—Quoi, celles-ci ?

—Qu'est-ce que tu en fais la nuit ?

—Je les laisse là. Ça ne sert à rien de les rentrer et les sortir tous les jours. Personne ne va venir voler une palette de briques, non ? Et si quelqu'un le faisait, je le saurais. J'ai des caméras de surveillance partout ici – je les verrais.

Tomek tourna la tête vers Damien si vite qu'il faillit se faire un torticolis.

—Des caméras de surveillance ?

—Tu en as déjà entendu parler alors ? marmonna Damien avec sarcasme. Son attitude avait changé depuis qu'il avait réalisé que Tomek n'allait plus lui lancer la brique.

—Dans mon métier, je ne vis que par les caméras de surveillance. Mais si tu ne t'inquiètes pas que l'on te vole, alors pourquoi en as-tu ?

—Ian... Damien pointa en direction générale du vignoble plus bas sur la route. —Après son « cambriolage », je les ai installées.

—Pourquoi ?

Damien haussa les épaules. —Parce que, pour être honnête, je ne voulais plus être impliqué dans ses histoires. Je lui ai dit que s'il voulait mentir à sa compagnie d'assurance, il pouvait le faire, mais je ne voulais rien avoir à faire avec ça. J'ai perdu tellement de sommeil pendant que sa réclamation était en cours, c'était insensé. Il n'était pas très content, alors j'ai pensé qu'il était dans mon intérêt d'installer des caméras. Juste au cas où, tu vois.

Tomek fourra le morceau de papier dans sa poche. —Montre-moi. Je veux les voir.

Comme un enfant excité, Tomek suivit Damien dans le bureau arrière. La pièce était exiguë, mais contenait tout le nécessaire, et en quelques instants, Damien avait lancé le logiciel de vidéosurveillance sur l'écran.

—Montre-moi hier soir, ordonna Tomek.

—Quand ?

—Juste avant vingt-deux heures. Il posa la brique sur le bureau. —Ce truc a traversé la fenêtre vers vingt-deux heures trente.

Damien fit ce qu'on lui demandait, et ils passèrent les deux heures suivantes à examiner les enregistrements, vérifiant les différents angles autour de l'atelier, cherchant des signes d'une silhouette s'approchant des briques détachées pour en prendre une. Ils visionnèrent près de douze heures d'enregistrement, à une vitesse de lecture dix fois supérieure, et pourtant ils ne trouvèrent rien. Aucun signe de quelqu'un entrant dans la cour, aucun signe de quelqu'un volant une brique.

Rien. C'était une impasse.

—Désolé, dit Damien, paraissant presque aussi abattu que Tomek.

—Rends-moi un service, et continue à chercher s'il te plaît. Si tu vois quoi que ce soit d'intéressant, fais-le-moi savoir.

Damien confirma qu'il le ferait.

Juste au moment où Tomek allait partir, une idée lui vint à l'esprit.

Deux, en fait.

Il saisit un carnet sur le bureau et attrapa un stylo dans un pot à côté de l'écran d'ordinateur, puis le tendit à Damien.

—Je veux que tu écrives « Restez à l'écart de l'enquête. Vous avez été prévenu » en lettres majuscules.

Damien ouvrit la bouche pour protester, mais se ravisa rapidement. Sans rien dire, il prit le stylo des mains de Tomek et griffonna le message sur le papier. Quand il eut terminé, Tomek tourna le dos à l'homme et examina le texte, le comparant côte à côte avec le message qui avait traversé la fenêtre.

Il n'y avait aucune similitude. L'écriture de Damien était bien plus soignée que celle du mot qu'il avait reçu. Ce n'était pas Damien qui l'avait écrit.

—Une dernière chose, dit Tomek.

—Tu n'en demandes pas beaucoup, n'est-ce pas ?

Tomek ricana. —Je veux que tu notes une liste de toutes les personnes sur l'île qui sont liées à Charlene et pour qui tu as travaillé dans le passé, que ce soit pour un petit muret dans leur allée ou une toute nouvelle maison.

CHAPITRE
QUARANTE-SEPT

Stuart Simms figurait en tête de la liste de Damien.

Il était également en tête de la liste personnelle de Tomek.

Mais pour une raison différente. Non seulement Damien avait effectué quelques travaux pour le propriétaire de l'étal du marché, lui donnant ainsi potentiellement accès à certaines des briques de Damien Westwood, mais il était aussi l'une des rares personnes sur l'île à savoir exactement dans quelle caravane Tomek et Kasia séjournaient.

Cela le plaçait fermement en tête de la liste des suspects de Tomek.

Tomek fut soulagé de sortir de la voiture. C'était encore une journée étouffante. La température extérieure avoisinait les vingt-cinq degrés, mais l'intérieur de la voiture ressemblait à un sauna, et le thermomètre sur le tableau de bord indiquait trente et un degrés. Tomek essuya une goutte de sueur de son front en fermant la portière et se dirigea vers la maison de Stuart Simms. Le jardin avant était impeccable et ressemblait à quelque chose digne du Chelsea Flower Show. Des explosions de couleurs surgissaient de tous les angles, le submergant. Il ne savait pas où regarder, sur quoi fixer son regard en premier. Il était évident que Stuart, ou peut-être sa femme, consacrait beaucoup de temps à l'entretenir, en faisant l'œuvre de leur vie. Au sol, des dalles d'ardoise étaient expertement disposées parmi un lit de pierres blanches. À sa gauche se trouvait une petite fontaine, remplissant l'espace d'un son doux, presque thérapeutique. Sur son rebord était perché un petit rouge-gorge, observant Tomek avec prudence tout en sirotant l'eau.

Tomek l'évita soigneusement en s'approchant de la porte d'entrée. Au moment où il allait appuyer sur la sonnette, le portillon latéral s'ouvrit et Tony Fowler émergea, portant un grand et lourd sac à outils. L'homme se figea dès qu'il croisa le regard de Tomek.

—Quelle surprise de vous voir ici, dit Tomek.

—Je faisais juste un petit dépannage. Stu a des problèmes d'irrigation dans son abri de jardin.

Tomek choisit de ne rien dire, et Tony hésita un moment, se demandant s'il devait continuer à parler ou poursuivre son chemin. Finalement, il passa nonchalamment devant Tomek, évitant son regard et prenant soin d'éviter tout contact physique avec lui.

Tomek attendit que l'homme soit près de son Range Rover avant de dire quoi que ce soit. —Belle voiture, lança-t-il.

—Euh... merci, répondit Tony, mal à l'aise. J'ai décidé de me faire plaisir.

—Ça a dû coûter une fortune. Enfin, vous devez être reconnaissant envers vos parents de vous avoir laissé prendre cet argent dans l'entreprise.

Tony eut soudain l'air de quelqu'un qui vient de recevoir une gifle : rouge et déconcerté, comme s'il avait obtenu bien plus qu'il n'avait négocié. Mais avant qu'il ne puisse répondre, Stuart émergea du portillon latéral. Lui aussi se figea dès qu'il aperçut Tomek debout près de la porte d'entrée.

—Détective... commença Stuart. Quelle... quelle agréable surprise.

—De même.

—Voudriez-vous... voudriez-vous faire le tour ?

Tomek jeta un coup d'œil au panier de fleurs fanées que Stuart tenait à la main. —J'espère que je n'arrive pas à un mauvais moment.

—Au contraire. Juste un peu de jardinage tranquille.

Stuart invita Tomek à entrer par le portillon latéral. Tomek s'exécuta sur fond sonore du Range Rover de Tony qui s'éloignait à toute vitesse sur l'étroite route de campagne.

Tomek s'arrêta au bout du chemin et resta en admiration devant le jardin arrière. S'il trouvait le jardin avant impressionnant, celui de derrière était à couper le souffle. L'espace était un kaléidoscope de couleurs qui se fondaient et se démarquaient simultanément les unes des autres. Chaque section du jardin avait un thème, et chaque plante avait un but. L'herbe était parfaitement tondue au point qu'elle ressemblait à quelque chose sorti d'un dessin animé, et les plantes étaient de hauteurs variées, offrant échelle et profondeur. Tomek aurait aimé pouvoir explorer quelque chose de similaire pour son propre jardin, mais celui-ci n'était pas assez grand, loin de là. Sans compter qu'il le partageait avec sa voisine du dessous. Certes, Edith faisait du bon travail pour le ranger et planter des légumes pendant la saison, mais ce n'était pas son propre espace. Et ça ne le serait jamais.

—Qu'en pensez-vous ? demanda Stuart.

—Pas mal, dit-il, choisissant de minimiser son étonnement.

—Merci. Sally et moi avons passé beaucoup de temps à nous en occuper.

À la mention de son nom, une petite femme soignée sortit la tête de derrière un buisson et leur fit un signe avec une paire de sécateurs.

—Je ne l'avais pas vue là, commenta Tomek.

—Je la perds parfois dans les broussailles, elle est si petite. Surtout à cette période de l'année quand tout est en pleine floraison.

Tomek ouvrit la bouche pour répondre, mais se rappela alors la raison de sa présence.

—Pouvons-nous discuter à l'intérieur ?

Stuart ouvrit rapidement la porte arrière et fit entrer Tomek. Il versa deux verres d'eau du robinet, puis les posa sur la table de la cuisine. Alors que Stuart se perchait au bord du siège en face, jetant un rapide coup d'œil par la fenêtre arrière, Tomek posa la brique sur la table. Elle fit un bruit sourd.

Les yeux de Stuart s'écarquillèrent en la voyant.

—Savez-vous ce que c'est ? demanda Tomek.

—Une brique.

—Dix points.

—Savez-vous d'où elle vient ?

—De chez Damien ?

—Encore dix points.

—Savez-vous où je l'ai trouvée ?

Cette fois, Stuart mit plus de temps à répondre. Finalement, il haussa les épaules et but une gorgée d'eau.

—Hier soir, j'ai eu le plaisir de ramasser ça sur le sol de ma caravane. Avec un tas de verre. Vous ne sauriez rien à ce sujet, par hasard ?

Les yeux de Stuart s'écarquillèrent davantage, au point que Tomek crut qu'ils allaient presque éclater.

—Avez-vous lancé ceci à travers ma fenêtre, Stuart ?

L'homme était incapable de détacher son regard de la brique. —Qu'est-ce... qu'est-ce qui vous fait penser que c'était moi ?

—Le fait que j'ai vu une poignée de ces briques sur le côté de votre maison, et que vous êtes l'une des quatre seules personnes qui savent où ma fille et moi séjournons.

—Moi ?

—Oui, vous. Vous êtes venu à ma porte l'autre jour, n'est-ce pas ? Me harcelant pour obtenir des informations sur la mort de Charlene.

—Oui, mais-

—En essayant de me soutirer des informations sensibles.

—Nous avons déjà parlé de ça, répondit Stuart en adoptant une attitude défensive. Je vous ai dit qu'elle était mon amie. J'étais simplement curieux. D'ailleurs, vous ne travaillez même plus sur cette affaire, alors de quel droit osez-vous—

—Je n'ai jamais dit que j'étais là pour Charlene. Je suis ici pour découvrir qui a lancé ceci à travers ma fenêtre. Et votre nom est en tête de liste. Quel travail Damien a-t-il fait pour vous ?

—Il a réparé le mur de briques devant la maison. Mick l'a percuté il y a quelque temps. Cet idiot avait bu et « oublié » qu'il était là.

—Et vous avez gardé certaines des briques ?

Stuart haussa les épaules. —Je me suis dit qu'elles pourraient me servir à quelque chose.

—Comme en lancer une à travers la fenêtre de Charlene il y a quelques semaines ?

La question, et l'insinuation qu'elle contenait, sembla décontenancer

Stuart. Sa bouche s'ouvrit et se ferma comme celle d'un poisson. —Je n'étais pas au courant de ça... marmonna-t-il.

—Vous êtes sûr ?

—Honnêtement.

—Ce n'était pas vous ?

—Non ! Ce n'était pas moi. Je n'ai rien à voir avec tout ça. Je vous le promets. Et je n'apprécie vraiment pas que vous veniez ici m'accuser de choses. Tout comme la dernière fois qu'on s'est rencontrés.

—C'est à ce moment-là que j'ai vu votre colère surgir, répondit Tomek. Vous avez un côté assez méchant, n'est-ce pas, Stuart ?

—Oui, quand vous menacez de ruiner ma famille.

—Je pense que vous avez fait ça vous-même quand vous avez commencé à avoir une liaison avec Ariana.

La porte d'entrée s'ouvrit au moment même où Tomek parlait, et Sally Simms se figea sur le seuil. Tomek mentirait s'il disait qu'il ne l'avait pas vue arriver et attendu le moment opportun pour lâcher cette bombe particulière devant elle. Elle déposa les sécateurs sur le comptoir de la cuisine puis ressortit, claquant la porte derrière elle.

Stuart bondit de son siège pour la suivre, mais Tomek se plaça devant lui.

—Vous et moi n'avons pas terminé, dit-il.

—Bien sûr que si ! Vous venez de ruiner mon mariage ! Je dois la rattraper.

—Comme je l'ai dit, la faute vous incombe. Asseyez-vous. Plus vite vous répondrez à mes questions, plus vite vous pourrez courir après votre femme.

Tomek pouvait lire sur le visage de l'homme l'indécision : devait-il se battre ? Était-il assez fort et courageux pour écarter Tomek de son chemin ? Il perdit rapidement cette bataille intérieure et retourna s'asseoir.

—Sage décision, dit Tomek. Du coin de l'œil, il repéra un bloc-notes et un stylo. Il les attrapa et les plaça devant Stuart.

—Qu'est-ce que c'est ?

—Je veux que vous écriviez une lettre à votre femme.

—*Quoi* ?

—Vous m'avez bien entendu. En majuscules. Une lettre à votre femme pour lui dire à quel point vous êtes désolé.

—Vous ne pouvez pas être sérieux...

—Si vous ne voulez pas le faire pour votre femme – si vous ne pouvez pas assumer votre chagrin et admettre que vous êtes un connard – alors faites-le pour votre beau-frère. Excusez-vous auprès de lui d'avoir fait un trou dans son bateau.

Furieux, Stuart fit mine de partir, renversant la chaise, mais Tomek le retint d'une main levée. Il tapota sa montre. —Le temps presse. Votre femme aura probablement quitté l'île bientôt.

Stuart grogna, se jeta sur la brique posée sur la table, puis la brandit en l'air.

—Dégagez de mon putain de chemin !

—Voilà qui devient intéressant, répondit Tomek, restant ferme. Il n'avait pas peur le moins du monde. Il avait rencontré des hommes plus grands et plus effrayants que Stuart. L'homme était une souris en comparaison. —C'est ce que vous avez ressenti hier soir ? Ou quand vous avez lancé la brique à travers la fenêtre de Charlene ? Ou quand vous l'avez tuée, elle et Derry ? C'est ce que vous avez ressenti ?

Une fureur sauvage flamboyait dans les yeux de l'homme, et pendant un instant, Tomek crut qu'il allait faire quelque chose avec la brique. Mais finalement, il la laissa tomber sur la table, saisit le bloc-notes et le stylo, et commença à griffonner sur le papier. Tomek observa avidement, le cœur battant, jusqu'à ce que Stuart ait terminé et lui tende la note.

L'écriture était, étonnamment, lisible. Stuart avait écrit : « Je suis désolé d'avoir fait un trou dans ton bateau, mais tu le méritais. »

Ce n'était pas le message auquel Tomek s'attendait, mais ce n'était pas le but, ce n'était pas la raison pour laquelle il avait forcé Stuart à écrire. Dans sa poche se trouvait la note qui avait été attachée à la brique. Il la sortit et les tint côte à côte, analysant les lettres, regardant la façon dont le « S », le « B » et toutes les autres lettres avaient été écrites.

Et, comme prévu, il y avait une ressemblance. Ce n'était pas parfait, mais ce n'était pas non plus radicalement différent. Juste assez pour que Tomek soupçonne que l'homme était celui qui avait écrit la note.

Le seul problème était que Stuart Simms n'était plus là. Tomek avait été tellement préoccupé par les lettres qu'il avait complètement manqué Stuart qui s'était glissé par la porte de derrière.

—Merde !

Tomek se lança à sa poursuite, sprintant le long de la maison. Le temps qu'il arrive à la porte d'entrée, Stuart était hors de vue.

—Fait chier !

CHAPITRE
QUARANTE-HUIT

Tomek était essoufflé lorsqu'il entra au Victory Inn dix minutes plus tard. Il n'y avait pas de place pour se garer devant l'entrée, et il avait donc été contraint de se garer à quelques centaines de mètres de là.

L'intérieur du pub était comme un sauna, et la chaleur oppressante s'accrochait au fond de sa gorge et aggravait instantanément la transpiration sur son front et le bas de son dos.

Au centre de la pièce, en pleine conversation téléphonique, se tenait l'agent Hadland. Dès qu'il aperçut Tomek, il fonça vers lui et le poussa en arrière, l'escortant hors du pub. Tomek repoussa sa main et dit : « Qu'est-ce que vous croyez faire, bordel ? »

— Je vous arrête.

Tomek se défendit par une forte poussée.

— Je vous avais dit que si vous vous approchiez de cette enquête, je vous arrêterais.

Hadland raccrocha et rangea l'appareil dans sa poche. Durant ce bref instant, Tomek avait saisi l'occasion pour créer une distance entre eux. Une dizaine de pas les séparait maintenant ; Tomek dehors dans le jardin de la brasserie, Hadland sur le point de franchir le seuil.

— Je ne ferais pas ça si j'étais vous, dit Tomek.

— Pourquoi pas ?

— Je connais le kung-fu.

Une expression perplexe traversa le visage de Hadland.

— Pas fan de *Matrix* ? Bon, d'accord.

— Crachez le morceau. Qu'avez-vous à dire pour votre défense ?

— Je crois que je sais qui est responsable des meurtres de Charlene et de Derry.

Cela sembla faire l'affaire. Simple et direct. Hadland, impassible, s'écarta. Avec précaution, Tomek s'approcha de l'homme, gardant son corps tendu au cas où celui-ci l'aurait dupé. Mais une fois passé le seuil du pub, Tomek détendit ses épaules et desserra son poing.

En s'asseyant sur une chaise, Tomek posa la brique sur la table.

— Vous comptez me frapper à la tête avec ça ? demanda Hadland sans la moindre ironie dans sa voix.

— Vous êtes la troisième personne à me poser cette question aujourd'hui. Et la troisième personne à me lancer exactement ce regard.

Hadland haussa un sourcil.

— Ne vous inquiétez pas, dit Tomek. Ce n'est pas ce que vous pensez.

Il entreprit alors d'expliquer ce qui s'était passé la veille avec la brique, à qui il en avait parlé depuis, et ce qu'il voulait montrer à Hadland. Finalement, l'inspecteur s'approcha de la table avec prudence. En s'asseyant, il prit les deux morceaux de papier et commença à les examiner.

— Vous pensez que ces deux notes ont été écrites par la même personne ?

— Stuart Simms, répondit Tomek.

— Et vous pensez qu'il a assassiné Charlene Harris et Derry Waterman ?

Tomek acquiesça.

— Pourquoi ? Quelles preuves avez-vous ?

Tomek ouvrit la bouche, puis se ravisa. Et soudain, cela le frappa. Il n'avait aucune preuve. Du moins, rien de physique, de tangible. Rien qui ne soit son intuition et son instinct. Rien qui puisse servir de preuve lors d'un procès. Rien qui passerait jamais le filtre du parquet.

— Il... commença Tomek.

— Laissez-moi deviner. Vous pensez qu'il a lancé la brique à travers votre fenêtre ?

— Oui...

— Et laissez-moi deviner, vous avez tripoté ce truc toute la journée ?

Tomek baissa les yeux vers l'objet.

— Cela ne vous est pas venu à l'esprit que nous aurions pu l'examiner pour y relever des empreintes ?

Il n'y avait pas pensé.

— Et que nous aurions pu faire de même avec le papier.

Il n'y avait pas pensé non plus.

— Si vous aviez fait l'une ou l'autre de ces choses, vous auriez peut-être eu une meilleure chance de trouver qui avait jeté cette brique à travers la fenêtre. Mais cela ne vous aurait pas dit qui a tué qui que ce soit.

Tomek fronça les sourcils. « Vous avez lu le mot, n'est-ce pas ? L'avertissement est on ne peut plus clair. Il ne peut venir que du tueur. »

— Comme c'est étroit d'esprit, remarqua Hadland. Vu le nombre de personnes que vous avez énervées pendant cette enquête, je ne serais pas surpris que ce soit votre voisine qui l'ait fait.

— Dayana... murmura Tomek pour lui-même. Un instant, il envisagea la possibilité qu'elle ait jeté la brique à travers la fenêtre, mais il rejeta immédiatement cette idée. C'était absurde.

— Vous n'avez aucune preuve, dit Hadland, tirant la chaise de sous la table. Vous n'avez rien accompli. Tout ce que vous avez fait, c'est vous mêler de ce qui ne vous regardait pas, vous impliquer, fourrer votre putain de nez là où on n'en voulait pas, et me causer un tas d'ennuis en ramassant derrière vous. Vous avez été une vraie douleur dans mon cul, et vous avez raté la chose la plus évidente dans toute cette affaire.

— Quoi ? Tomek essaya de cacher l'excitation dans sa voix, mais en fut incapable.

— Mick Thorne.

Il fallut un moment pour que le nom fasse son chemin.

— Mick ? Vous pensez que Mick l'a fait ?

— Nous avons parlé avec plusieurs personnes qui étaient au pub le soir de sa mort, et elles ont toutes dit qu'il était agressif et menaçant envers elle. Sans compter qu'il était fortement alcoolisé et qu'il ne peut pas justifier de ses allées et venues.

— Exactement, parce qu'il était complètement bourré.

Hadland balaya le commentaire d'un geste. Un sourire suffisant se dessina sur son visage. « Vous n'avez pas encore entendu le meilleur. »

Tomek savait que Hadland attendait qu'il pose la question, mais il ne lui donnerait pas cette satisfaction.

— Nous l'avons filmé par des caméras de surveillance domestiques la nuit de la mort de Charlene, marchant vers le pub, aux alentours de l'heure où elle est morte.

— Comment ?

— Quelqu'un s'est présenté avec les images.

C'était une nouvelle pour Tomek. Surtout considérant que Mick ne lui avait rien dit à ce sujet la veille. « Ça ne prouve pas qu'il l'a tuée, pas plus que ma brique ne prouve que c'est le tueur qui l'a balancée à travers la fenêtre. »

Hadland se leva de sa chaise et se dirigea vers la porte. « On verra bien. Vu son état actuel, je suis sûr qu'il sera plus que disposé à tout avouer une fois que nous l'aurons dans une salle d'interrogatoire. »

Hadland ouvrit la porte d'entrée, rendant son geste parfaitement clair.

En sortant de son siège, Tomek prit la brique et les notes avec lui. Sur le chemin de sortie, il murmura à Hadland : — Je pense que vous faites une grave erreur. Mick a ses problèmes, mais ce n'est pas votre homme.

— Eh bien, je suis sur le point de l'arrêter et nous verrons bien. Vous serez la première personne que j'informerai... *Pas*. Puis il claqua la porte derrière Tomek, le bruit résonnant contre les bâtiments et au-dessus de l'eau.

CHAPITRE
QUARANTE-NEUF

Tomek déplaçait distraitement la nourriture dans son assiette avec sa fourchette ; faisant tourbillonner les haricots blancs à la sauce tomate jusqu'à ce qu'il ait créé un petit vortex au milieu, faisant rouler les saucisses d'un côté à l'autre, écrasant les œufs brouillés jusqu'à ce qu'ils soient si aplatis qu'ils semblaient avoir été tout juste frits.

En vérité, au peu qu'il avait goûté, c'était l'un des meilleurs petits déjeuners anglais qu'il ait jamais mangés, bien meilleur que celui du week-end, mais il n'avait tout simplement pas faim. Il n'avait aucun appétit, aucune envie de manger quoi que ce soit ; il ne s'était retrouvé là que par habitude parce qu'il était l'heure du déjeuner et que son estomac pensait qu'il était temps de se nourrir.

Il regarda son assiette, puis la repoussa, dégoûté de ne pas l'apprécier. C'était ça avec les petits déjeuners anglais ; on pouvait les savourer n'importe où, à n'importe quel moment de la journée. Bien sûr, tous les petits déjeuners anglais n'étaient pas créés égaux, mais peu importait si tu t'en régalais à l'aéroport à quatre heures du matin ou si tu en profitais comme d'un en-cas tardif. Ils étaient faits pour être appréciés. Mais pas pour Tomek, pas en ce moment.

La seule chose qui le dégoûtait encore plus était ses pensées concernant Mick Thorne.

À l'heure qu'il est, le voyagiste avait été arrêté et était en route pour le poste de police. Tomek ressentit une pointe de sympathie. Mick n'avait rien fait de mal. Il avait bu jusqu'à perdre connaissance, donc il ne savait pas ce qu'il avait fait la nuit du meurtre de Charlene. Mais peut-être que c'était là une partie du problème. Peut-être l'avait-il fait, mais sans le savoir.

Tomek envisagea cette possibilité, puis laissa tomber ses couverts sur son assiette par frustration. Il ne savait plus.

Peut-être aurait-il dû laisser la police locale s'en charger dès le début. Confier aux personnes ayant accès à une équipe et à un budget la responsabilité de gérer ça. Au lieu de cela, il avait pris l'initiative, avait essayé de s'immiscer et de se placer au centre de l'attention. Et qu'en était-il ressorti ? Un autre corps avait fait surface et un homme innocent était interrogé, pendant que le tueur courait toujours.

Une silhouette se profila au-dessus de son épaule, planant à ses côtés. Elle resta là quelques secondes. Tomek supposa qu'il s'agissait de Rick, de Hadland ou d'Aidan, venus enfin l'arrêter.

Ce fut donc une agréable surprise quand, en levant les yeux, il vit Bradley qui se tenait au-dessus de lui.

— Cette place est prise ?

— Elle est tout à toi.

Bradley se glissa sur le siège, posant ses coudes sur la table. Il regarda la nourriture.

— Quelque chose ne va pas avec ?

Tomek secoua la tête. — Je n'ai juste pas faim. Désolé. Mais transmets mes compliments au chef.

— Il te remercie.

Tomek inclina la tête, confus.

— Je suis le chef aujourd'hui. Il n'y a que moi.

Tomek jeta un coup d'œil vers la cuisine. Il n'avait pas remarqué que l'employée de Bradley était absente.

— Elle est malade, dit Bradley. Tu sais comment sont les adolescents. Le week-end l'a probablement rattrapée.

Il nous rattrape tous...

— Ça signifie donc que c'est moi qui me suis retrouvé en charge de la cuisine. Maintenant, je ne veux pas me vanter, mais d'après certains retours que j'ai entendus aujourd'hui, je prépare le meilleur petit déjeuner anglais de l'île.

Tomek ricana. — Ne laisse pas Leon t'entendre dire ça.

— Leon, ça va. On se connaît depuis l'école. Il est exceptionnellement talentueux. Juste au mauvais endroit. Bien que, maintenant que Charlene n'est plus là, il pourrait envisager de reprendre le pub lui-même.

Tomek s'arrêta un moment. Il n'avait jamais envisagé cette possibilité auparavant. Leon, le chef discret. Quelqu'un qui travaillait avec Charlene tous les jours, qui la voyait de près, qui savait comment elle traitait les gens et comment elle en tirait le maximum. Peut-être avait-il eu accès à certaines informations financières sensibles dans les comptes. Peut-être avait-il voulu sa part du gâteau, l'avait demandée, et quand Charlene avait dit non... Peut-être était-ce lui qui l'avait tuée.

L'esprit de Tomek passa de Stuart Simms à Leon Holland. Puis il revint brutalement au présent : Bradley avait parlé, mais Tomek n'avait que vaguement entendu les mots qui sortaient de sa bouche.

— J'espère que l'année prochaine sera meilleure... conclut le propriétaire du café. Tu reviendras l'année prochaine ?

— Pas si ça doit ressembler à cette année, plaisanta Tomek.

Le visage de Bradley devint solennel. — J'espère que ce ne sera pas le cas. Ce petit endroit prospère grâce aux gens qui viennent ici pour la régate. Je détesterais que ce soit moins fréquenté à cause de ce qui s'est passé cette année.

Tomek tapota la table du doigt. — Je suis sûr que ça ira. Les gens ont une mémoire de poisson rouge, mon vieux ; ils auront tout oublié d'ici quelques mois.

Bradley pouffa de rire. — J'espère que tu as raison. Sinon, je ne suis pas sûr qu'on puisse survivre à l'année prochaine...

Cet aveu était accablant, et reflétait la situation de toutes les entreprises dans le marché actuel. Mais Tomek savait que cela aurait une profondeur particulière pour Bradley ; hériter de l'entreprise de ses parents et voir leur sang, leur sueur et leurs larmes échouer comme ça. Ce serait beaucoup plus dur à encaisser.

— Tu as des nouvelles positives pour moi ? plaisanta Bradley, en commençant à se lever de sa chaise.

— Je ne sais pas si c'est positif, mais la police procède à une arrestation.

— Une arrestation ?

Tomek expliqua la situation.

— Eh bien... *Mick*... C'est dingue.

— Je ne pense pas qu'il faudra longtemps avant qu'il ne ressorte, dit Tomek, puis ajouta : J'espère.

— Tu penses qu'il est innocent ?

Tomek haussa les épaules. — Je l'espère. Il a ses problèmes, c'est sûr. Mais je ne pense pas qu'il ait tué l'une ou l'autre. Et, ce qui est plus inquiétant, c'est que je n'ai aucune idée de qui l'a fait.

CHAPITRE
CINQUANTE

Tomek avait besoin de se vider la tête, de bouger son corps, de respirer l'air marin frais, et avec un peu de chance, de brûler quelques calories et de réactiver les capteurs de faim dans son cerveau.

Cet après-midi-là, l'air était parfaitement immobile, et l'eau était totalement calme, comme s'il n'y avait aucun problème dans le monde, comme si les vibrations de la planète s'étaient arrêtées suite à l'arrestation de Mick.

Tomek fendait l'eau avec grâce, rythmiquement, sans effort. Gauche, droite, gauche, droite. Creusant la surface. S'arrêtant de temps en temps pour laisser le kayak glisser, comme s'il était en apesanteur.

Pour la première fois depuis longtemps, il était entouré de rien. Il ressentait la paix. Heureusement, cette sensation était favorisée par l'absence de Kasia qui, habituellement, s'agitait et se plaignait continuellement à l'arrière de l'embarcation. Il s'arrêta, laissant le kayak flotter jusqu'à ce qu'il s'immobilise. Il se pencha en arrière et contempla le ciel. Un bleu parfait, dépourvu de toute tache blanche, lui rendait son regard. Une légère brise poussa son bateau dans un mouvement tournant.

Depuis sa discussion avec Bradley, Tomek n'avait pas réussi à sortir Leon de ses pensées. Le chef discret et insoupçonnable. Comment cela aurait pu avoir du sens qu'il ait tué Charlene. Comment il avait travaillé en étroite collaboration avec elle. Comment il avait été l'un des derniers à quitter le pub avant elle.

Cela semblait logique. Mais qu'en était-il de Derry ? Tomek n'avait aucune raison de soupçonner Leon d'avoir eu un quelconque différend ou motif pour tuer Derry. Si le meurtre de Charlene avait été en partie une revanche, en partie financier, quel était alors le mobile concernant Derry ?

Tomek n'en voyait aucun.

Et puis il se rappela ce que Dayana avait dit : que Derry était mort parce qu'il s'était trouvé au mauvais endroit au mauvais moment.

Derry avait-il vu Leon tuer Charlene et l'avait-il confronté à ce sujet, pour ensuite se faire tuer lui-même ?

Tomek n'en savait rien. Dans son état d'esprit actuel, il était perdu face à tout. Rien n'avait de sens pour lui en ce moment. Tout était gris et confus, les différentes nuances se fondant en une seule. À tel point que le ciel avait commencé à prendre une teinte terne et sourde.

Il releva la tête, puis examina les environs. Il se trouvait au milieu des eaux libres. Tout autour de lui, il n'y avait rien. La seule exception était le Packing Shed à quelques centaines de mètres. La petite cabane avait été construite il y a plus de cent ans et était perchée sur un petit monticule de terre. Bâtie en bois, elle avait résisté à tout ce que les éléments avaient pu lui infliger. Marées hautes. Vents violents. Pluies torrentielles. Et pourtant, elle restait l'un des monuments les plus célèbres de l'île de Mersea.

Tomek se dirigea vers elle, enfonçant profondément les pagaies dans l'eau pour y arriver aussi vite que possible. Au moment même où il plaçait la pagaie gauche dans l'eau, son téléphone vibra.

Kasia l'appelait.

Il posa la pagaie sur le kayak et répondit à l'appel.

— Tout va bien ? demanda-t-il, inquiet.

— Je m'ennuie. Est-ce que je peux rentrer maintenant ?

— Non, dit-il.

— Pourquoi pas ?

— Parce que tu n'aimerais pas l'endroit où je suis, dit-il, en baissant le téléphone et en transformant l'appel en visioconférence d'une simple pression sur le bouton. Il y avait des moments où il était reconnaissant que Kasia soit entrée dans sa vie ; sans elle, il n'aurait pas su comment faire cela sans accidentellement couper l'appel ou ajouter un parfait inconnu de son carnet d'adresses.

— Tu me vois ? demanda-t-il.

— Oui. Je te vois.

— Où es-tu ?

— Je suis dans le coin inférieur de l'écran, Papa, dit-elle, peu impressionnée.

— Oui, je sais. Où es-tu physiquement ?

— Oh, dit-elle. Dans le jardin. Mamie prépare une boisson et Papi est dans le garage.

Comme toujours, pensa Tomek.

— Tu veux voir où je suis ?

Avec la grâce d'une girafe sur la glace, Tomek fit pivoter la caméra frontale sur trois cent soixante degrés.

— Je suis en pleine eau, expliqua-t-il.

— Qu'est-ce que tu fais là-bas ? Tu t'es perdu ?

— Très drôle. J'ai pensé que je me viderais la tête, que je prendrais l'air.

— N'as-tu pas dit que l'air sur l'île de Mersea était l'un des plus purs qu'on puisse respirer ?

Petite maligne.

— Je voulais de l'air *encore plus pur*, répondit-il.

Avant que Kasia ne puisse répondre, sa mamie arriva avec les boissons. Tomek dit bonjour, échangea quelques banalités, raccrocha, puis continua vers le Packing Shed.

Il y arriva quelques minutes plus tard. L'eau léchait doucement le rivage, emportant cailloux et coquillages dans son reflux. Tomek fit glisser le kayak jusqu'à l'arrêt et débarqua. Son pied s'enfonça dans l'eau plus profondément que prévu, jusqu'aux chevilles, et ses chaussettes furent rapidement trempées. Ses jurons résonnèrent au loin.

Une fois sur la petite île, Tomek se dirigea vers le Packing Shed. La première chose qu'il remarqua fut l'odeur : des viscères de poisson en décomposition qui étaient restés au soleil beaucoup trop longtemps.

C'était un miracle qu'il n'y ait pas de volées d'oiseaux tournoyant ou festoyant sur les bons morceaux. Peut-être qu'ils étaient déjà venus et repartis, et qu'il ne restait plus que l'odeur de la mort et de la décomposition.

Il espérait simplement ne pas trouver d'autres exemples à l'intérieur.

Tomek s'approcha de l'entrée et essaya la porte. À sa surprise, la poignée s'abaissa, et il entra.

— C'est bizarre..., dit-il doucement pour lui-même.

La prudence et l'appréhension commencèrent soudainement à s'insinuer dans son corps, et il sentit les poils de sa nuque se dresser, son anxiété s'intensifiant à chaque seconde qui passait. Il s'était déjà retrouvé dans des situations précaires et potentiellement dangereuses auparavant, mais il y avait généralement une voie d'évacuation, une route ou un bâtiment séparé vers lequel il pouvait se précipiter. Mais ici... Ici, il était au milieu de nulle part. Un canard assis. Une proie facile.

L'intérieur du Hangar d'Emballage empestait le poisson, une odeur si accablante qu'elle coupa le souffle de Tomek. Il faisait sombre. Aucune lumière n'était allumée, et le peu de clarté qui filtrait à travers les petites fenêtres sur les côtés de la cabane ne suffisait pas. Pour combattre l'obscurité, Tomek alluma la lampe torche de son téléphone et balaya l'intérieur. Le long d'un côté du Hangar d'Emballage se trouvait une machine utilisée pour éviscérer et nettoyer les huîtres et les poissons. À côté, il y avait un petit espace de rangement où étaient gardés les outils et l'équipement de pêche. De l'autre côté s'alignait une rangée de congélateurs, leurs portes hermétiquement fermées. Juste à côté, presque à l'avant de l'espace, se trouvaient une table et une caisse enregistreuse, un endroit où Derry vendait les fruits de son labeur matinal.

Dehors, Tomek pouvait entendre le bruit d'un avion passant au-dessus. Dès qu'il fut passé, il commença à inspecter le hangar, en commençant par le comptoir avant, appuyant sur les boutons de la caisse, tapotant du bout des doigts sur la surface, soulevant le couvercle des congélateurs, se préparant à ce qu'il pourrait y trouver, se sentant comme dans un film de gangsters alors qu'il les ouvrait, pour n'y découvrir que des paquets de poissons congelés plutôt que les cadavres auxquels il s'attendait.

Il s'arrêta brusquement lorsque sa lampe torche éclaira l'arrière du bâtiment.

Là, imprégné dans le plancher en bois, se trouvait une tache sombre, couleur de sang. Tomek se figea, son regard tombant sur la tache, imaginant ce qui s'était passé.

Et puis il l'a vu. La cause.

Abandonné sur le sol, brillant sous la lumière blanche, se trouvait un couteau de pêche de quinze centimètres de long. Le même que Tomek avait vu Derry utiliser lorsqu'il pêchait des huîtres l'autre matin.

La même arme qui avait été utilisée pour éviscérer le poisson avait été celle utilisée pour éviscérer Derry Waterman.

CHAPITRE
CINQUANTE-ET-UN

L'équipe médico-légale est arrivée par bateau presque une heure plus tard. À ce moment-là, la marée se retirait à une vitesse alarmante, et ils ont donc été contraints de prélever leurs échantillons de sang et le reste des preuves beaucoup plus rapidement qu'ils ne l'auraient souhaité, de peur de se retrouver bloqués sur la petite île. Mais tant qu'ils avaient l'arme du crime, Tomek était satisfait. Le sang ne l'intéressait pas. Il était évident à qui il appartenait. La vraie victoire, c'était le couteau de pêche.

Après avoir fait ses adieux à l'équipe de la police scientifique, Tomek avait entamé le pénible voyage de retour vers la terre ferme. Le trajet en pagayant était plus difficile cette fois-ci, aggravé par la marée qui luttait contre lui à chaque coup de rame. Et le vent de face s'était levé aussi, transformant l'eau autrefois parfaitement calme en vaguelettes agressives.

Vingt minutes plus tard, les épaules et les biceps épuisés, il arriva au ponton. Tandis qu'il débarquait, le bateau de police transportant les enquêteurs médico-légaux se dirigeait vers la terre ferme. Bientôt, ils arriveraient au laboratoire et commenceraient à analyser la lame. Il était trop tôt pour dire quand ils pourraient obtenir les résultats, mais Tomek espérait que ce serait dans les prochains jours, même s'il savait par expérience que c'était une attente impossible.

Il attacha le kayak au ponton, le sécurisant avec une corde épaisse, puis se dirigea vers la terre ferme, où le monde ne tanguait pas à chaque seconde. Il atteignit le point médian avant d'apercevoir un petit groupe de personnes qu'il reconnaissait, debout le long de la route.

Flynn, Monty, Jacob et Ian Kidd.

Tomek pensa qu'ils ressemblaient à un remake de *Trois hommes et un bébé*, sauf que cette fois le bébé avait dix ans de plus et que l'âge n'avait pas été clément avec les personnages principaux.

Tomek s'approcha d'eux avec prudence, portant la pagaie à son côté comme un chevalier se préparant à entrer en bataille, bien que son biceps protestât vivement contre ce traitement.

— C'était quoi, tout ça ? demanda Flynn, faisant un signe de tête en direction du bateau de police.

— Affaire officielle de police, murmura Tomek.

— Tu es suspendu, donc ça veut dire que tu ne fais pas *officiellement* partie de cette affaire « officielle » de police ? demanda Ian, mimant des guillemets avec ses doigts sur le mot officielle. Tomek n'apprécia ni le ton sur lequel il l'avait dit ni l'expression narquoise sur son visage.

— Je suis plus officiel que toi, donc oui.

— Allez, dit Flynn, avec une pointe d'urgence dans sa voix. Dis-nous. Ils ont trouvé quelque chose ?

— Non. *Moi*, j'ai trouvé.

— Quoi ?

Tomek hésita. Il voulait leur dire. En partie pour flatter son ego et pour faire un beau doigt d'honneur à Hadland par procuration. Et en partie pour faire passer le mot, pour faire savoir au tueur qu'ils avaient trouvé l'arme du crime, et que son ADN serait bientôt retrouvé partout sur le couteau.

Mais ensuite, il baissa les yeux vers le petit Jacob. Le garçon lui souriait poliment, presque avec expectative.

Montgomery sembla comprendre l'inquiétude de Tomek et plaça ses mains sur les oreilles de son fils. Le garçon resta parfaitement immobile, gardant la même expression innocente sur son visage.

— J'ai trouvé l'arme du crime, expliqua Tomek. La lame de pêche de Derry.

Une tapisserie de trois visages choqués, consternés et légèrement terrifiés fixa Tomek en retour, accentuée par le visage innocent et naïf du petit Jacob.

— Il y avait autre chose là-bas ? demanda Flynn.

— Comme quoi ?

Flynn haussa les épaules. — Je sais pas. N'importe quoi.

— Du sang. Beaucoup de sang.

— Eh bien, je serai foutu, dit doucement Ian, la voix brisée. Que penses-tu qu'il s'est passé là-bas ?

Tomek choisit soigneusement ses mots. — Je pense que Derry a été emmené là-bas et assassiné. Ensuite, il a été mis sur son bateau et jeté à l'eau où il s'est échoué plus tard sur le Strood.

— Mais qui aurait pu faire une chose pareille ? demanda Flynn.

— Quelqu'un qui avait une raison de le tuer. Quelqu'un qui avait accès à son bateau et un moyen de revenir sur l'île après avoir fait ce qu'il a fait.

Montgomery leva la main pour poser une question, mais ce faisant, il relâcha sa prise sur la tête de son fils, et Jacob cria : — J'ai vu ma maman aujourd'hui !

Les deux hommes de chaque côté de Montgomery se tournèrent vers lui, une nouvelle émotion s'ajoutant à la tapisserie : la surprise.

Montgomery répondit en remettant ses mains sur les oreilles de Jacob et en disant : — Nous avons vu une femme qui lui ressemblait beaucoup, mais je n'ai pas eu le cœur de lui dire que ce n'était pas elle. Ce n'était probablement pas la meilleure chose à faire, remarquez. J'ai dû lui dire qu'elle était trop occupée pour lui parler et que c'était un secret. Pauvre garçon, il veut juste revoir sa mère.

À ce moment-là, le visage de Montgomery se décomposa, et il faillit éclater en sanglots.

— Désolé, dit-il. Désolé, je ne veux pas—

— Tu n'as rien à te reprocher, dit Ian, posant une main réconfortante sur le bras de Montgomery.

Flynn posa une main sur son autre bras. Il était clair que les deux hommes, et dans une certaine mesure, l'île entière, ressentaient autant de sympathie pour le mariage brisé de Montgomery que pour la mort de deux de leurs résidents les plus éminents.

— Chaque petit garçon a besoin de sa mère, poursuivit Ian. Tu fais tout ce que tu peux.

Montgomery hocha lentement la tête. Il renifla pour chasser les larmes et la boule dans sa gorge, puis remercia les hommes pour leurs paroles aimables et leur soutien. Tapotant l'épaule de son fils, il dit : — Allez, petit bonhomme, voyons si on peut te trouver une glace.

— Une glace ! répéta Jacob avec l'excitation d'un adolescent recevant un billet de cinquante euros.

Sur ce, père et fils s'éloignèrent et descendirent tranquillement la route, main dans la main.

Une fois qu'ils furent hors de portée d'oreille, Ian dit : — Pauvre type. Ces derniers mois ont été durs pour lui.

Tomek offrit au propriétaire du vignoble un sourire compatissant, essayant de ne pas laisser paraître que lui, un étranger, connaissait toute l'histoire de l'homme et de sa femme grâce à ce que Dayana lui avait dit dimanche soir. Qu'elle avait trouvé quelqu'un de plus jeune et plus séduisant à Colchester et qu'elle était tombée amoureuse de lui.

— Alors, que se passe-t-il maintenant ?

La question venait de Flynn et prit Tomek par surprise.

— Eh bien, c'est à Montgomery et sa femme de régler ça, dit-il.

— Pas eux deux, répondit Flynn. Je parlais de Derry, de l'arme du crime...

— Ah. C'est simple. Elle va partir pour examen médico-légal, et avec un peu de chance, on devrait pouvoir trouver des empreintes digitales et une correspondance ADN. Vous avez de la chance que je n'aie pas demandé d'échantillons à aucun d'entre vous. Mais je suis sûr qu'ils viendront frapper à la porte de quelqu'un très bientôt.

Les deux hommes semblèrent inquiets un instant, jusqu'à ce que Flynn dise : — J'ai entendu dire qu'ils ont arrêté Mick pour ça plus tôt aujourd'hui.

— En effet. Mais ça ne veut pas dire qu'ils ont raison.

— Tu penses que le tueur est encore en liberté alors ?

— Oui. Il l'est depuis tout le week-end maintenant. Il se promène parmi nous. Et ce ne sera pas long avant qu'il soit attrapé.

CHAPITRE
CINQUANTE-DEUX

La caravane semblait étrangement vide et silencieuse sans Kasia. Sans la télévision en fond sonore et les aperçus constants de vidéos d'une seconde sur son téléphone qu'elle faisait défiler. Tomek était continuellement stupéfait par la rapidité avec laquelle son jeune cerveau déterminait, en une fraction de seconde, quelle vidéo elle voulait ou ne voulait pas regarder. C'était comme si un interrupteur automatique s'allumait et s'éteignait pour chacune d'entre elles, dans un défilement et une consommation de médias sans fin. Au lieu de cela, il n'avait que le bruit du silence et son monologue intérieur.

Il était rentré directement chez lui après sa réunion avec Ian, Flynn et Montgomery. Il n'avait plus rien d'urgent à faire. Et il voulait reposer ses muscles, mettre ses pieds en l'air, laisser ses épaules et ses biceps récupérer après la pagaie. Il était resté là, à fixer distraitement l'écran silencieux de la télévision, laissant les images clignotantes passer devant ses yeux pendant que très peu de choses se passaient dans sa tête.

Il revint soudainement à la réalité quand un petit rouge-gorge se posa sur la terrasse près de la porte d'entrée. Tomek le regarda, un sourire se dessinant sur son visage. La vue de l'oiseau lui rappela immédiatement Nathan Burrows, et le nichoir qu'il lui avait envoyé quelques mois plus tôt. Puis Tomek pensa à Michał, son frère décédé.

—Salut, mon pote, dit Tomek en balançant ses jambes hors du canapé. Tu viens voir comment je vais ? C'est Kasia qui t'envoie ?

L'oiseau ne répondit pas ; il se contenta de sautiller d'une latte de bois à l'autre.

—Je te laisserais bien entrer, mais tu as toujours été le plus bordélique quand on était petits, et j'ai versé une caution pour cet endroit que j'aimerais récupérer.

Comme s'il avait compris la remarque, l'oiseau s'envola. Il revint un instant plus tard à la fenêtre de la cuisine, de l'autre côté de la caravane. Tomek bondit du canapé et se précipita vers lui. Sur le comptoir se trouvait le bonsaï qu'il avait acheté à Kasia pour son anniversaire. Elle lui avait dit de le garder avec lui, pour qu'il lui serve de rappel.

L'oiseau sautilla vers l'arbre.

—Tu aimes ? demanda Tomek. Je parie que ça te rappelle celui que tu avais près de ma fenêtre ? Eh bien, la bonne nouvelle c'est qu'il y en aura un nouveau maintenant, alors tu pourras amener tous tes amis et ta famille et tout.

L'oiseau gazouilla.

—Tu es allé voir maman et papa ? demanda-t-il.

Pas de réponse.

—Moi non plus. Enfin, pas vraiment. Je les ai vus quand j'ai déposé Kasia, mais je ne suis pas resté longtemps. Maman me demandait si j'étais allé sur ta tombe pendant l'été. Je crois qu'elle a oublié ce qui est arrivé à Kasia... Je n'étais pas vraiment d'humeur. Désolé, mon vieux. De toute façon, tu es là maintenant, n'est-ce pas...

Tomek fixa le rouge-gorge pendant un long moment. Il savait que c'était idiot de parler ainsi à un animal sauvage, mais cela l'apaisait, le distrayait, lui permettait d'oublier toutes les merdes qui se passaient autour de lui. Ça le réconfortait, le soulageait.

Et puis la réalité revint brutalement lorsque son téléphone se mit à sonner sur le canapé. Le bruit le fit paniquer. Il jeta un coup d'œil à l'appareil, et quand il regarda à nouveau vers la fenêtre, le rouge-gorge s'était envolé.

Tomek contourna furieusement le comptoir de la cuisine et répondit à l'appel.

—Oui, Nick, comment puis-je t'aider ?

—Bonjour à toi aussi, répondit le DCI Cleaves. J'espère que je ne te dérangeais pas.

—J'avais juste un moment pour moi.

—Putain. Moins j'en sais sur *ça*, mieux je me porterai.

Tomek soupira et leva les yeux au ciel. —Pas comme ça, idiot. Ne sois pas dégoûtant. Je regardais juste la télé.

—Où est Kasia ?

—Chez mes parents.

—Et tu es toujours à Mersea ?

Tomek confirma que oui, puis entreprit d'expliquer pourquoi.

—Tu vois, c'est ce qui arrive quand on fourre son gros nez dans quelque chose, remarqua Nick.

—Comment peux-tu dire ça ?

—Je n'avais pas fini. C'est ce qui arrive quand on fourre son nez partout *et* qu'on énerve les gens en même temps. Ce que tu fais presque dès que tu respires.

—Donne-moi le numéro des RH. Je veux déposer une plainte.

Nick ricana. —C'est off the record, tu te souviens ?

Tomek baissa soudainement la voix pour refléter le ton de la conversation. —Tu as quelque chose pour moi ?

—Juste les résultats de l'autopsie de Derry Waterman que j'ai pensé que tu aimerais entendre.

—Comment t'as fait ça ?

—Une autre conversation avec le DCI Carlisle. Cette fois, c'est moi qui l'ai appelé pour me plaindre de ton implication. Je pense qu'il t'adore secrètement, vu la façon dont il parlait de toi. Si tu continues comme ça, tu pourrais être invité pour Noël.

Tomek fit semblant de rire puis dit au commissaire divisionnaire de poursuivre.

—La cause du décès était une lacération profonde à la gorge, expliqua Nick.

—Je sais.

—Comment ça, « tu sais » ?

—J'ai trouvé son corps ce matin. J'ai vu la taille de l'entaille. Et j'ai trouvé l'arme du crime cet après-midi. Tu as quelque chose de *nouveau* pour moi ?

—Nouveau ? Comme quoi ?

—Comme la situation de Mick Thorne. Il a été amené pour interrogatoire ce matin. Hadland semble convaincu que c'est lui.

—Et tu n'es pas d'accord ? demanda Nick.

—Naturellement. Tu me connais, je ne me plie pas au conformisme. Je ne suis pas les normes sociales. Je fais mon truc à moi.

—Tu es doué pour deux choses dans ce monde. Et taper sur les nerfs des autres en faisant ton truc plutôt que ce qu'on te dit est l'une d'elles.

CHAPITRE
CINQUANTE-TROIS

MERCREDI

Tomek se réveilla en sursaut. Il se redressa d'un coup, le cœur déjà battant dans sa poitrine, le niveau de cortisol grimpant en flèche. Il entendait des cris. Au début, il crut qu'il s'agissait d'un écho lointain d'un cauchemar, les cris de sa mère sur la scène de crime de son frère, mais comme ils continuaient — et devenaient de plus en plus forts — Tomek comprit que quelque chose n'allait pas.

Quelque chose n'allait vraiment pas.

C'était le genre de hurlement hystérique, incontrôlable, qui surgit face au danger, lorsqu'on est témoin d'une situation mettant en jeu la vie d'autrui. Comme un attentat terroriste ou un accident de voiture. C'était guttural, et cela faisait se dresser les poils de ses bras sous l'effet de la peur.

Dans la chambre, il était entouré d'obscurité, à l'exception d'une douce lueur orangée qui provenait de la fenêtre. Rejetant les couvertures, il enfila un short de jogging et sprinta jusqu'à la cuisine. Là, la lueur rouge et les cris venant de l'extérieur s'intensifièrent. Sa première pensée fut que sa caravane était en feu et que les cris qu'il entendait étaient ceux de ses voisins temporaires suppliant pour leur vie.

La réalité était bien, bien pire.

Tomek ouvrit la porte à la volée, sauta les marches et se dirigea vers la source de l'illumination. Il s'arrêta dès qu'il la vit.

D'épais nuages noirs s'élevaient dans le ciel nocturne. Un torrent de flammes léchait férocement la caravane tout entière, baignant le site d'une douce lueur orangée. Un groupe de personnes, certaines se tenant dangereusement proches, regardaient avec horreur la maison de Dayana partir en flammes.

Tomek sprinta vers le groupe. La plupart étaient encore en pyjama, à l'exception d'un homme d'âge moyen qui avait honoré tout le monde de sa présence vêtu simplement d'un caleçon, sans rien d'autre.

— Où est-elle ? demanda Tomek à la personne la plus proche de lui. Où est Dayana ?

— Elle est encore à l'intérieur ! s'écria la femme, hystérique. Personne ne l'a vue sortir !

Tomek fixa l'incendie qui faisait rage à l'intérieur, détruisant les meubles, détruisant Dayana et ses souvenirs. Les flammes atteignaient six mètres de haut, s'élevant toujours plus dans le ciel. Il pouvait sentir la chaleur réchauffer son corps, à une dizaine de mètres de distance.

Il connaissait toutes les statistiques et les chiffres concernant le feu et l'inhalation de fumée. Toutes les façons dont cela pouvait vous atteindre, vous piéger à l'intérieur. Mais il se fichait de tout cela. Pas tant que Dayana était encore à l'intérieur. Pas tant qu'elle était potentiellement encore en vie.

Il devait savoir. Il devait...

Il cessa de réfléchir et se dirigea vers la porte d'entrée.

— Appelez les pompiers ! cria-t-il. Faites venir une ambulance !

Il avança de quelques pas avant de sentir une main lui agripper l'avant-bras. Il se retourna pour voir Montgomery au bout de cette main, le retenant, les flammes se reflétant dans ses yeux.

— Tu ne peux pas entrer là-dedans ! s'écria-t-il.

— Je dois essayer.

Tomek se dégagea et repartit vers la caravane. Immédiatement, ses jambes commencèrent à s'alourdir, à devenir comme du coton — son cerveau lui signalant que c'était une mauvaise idée, une très mauvaise putain d'idée — mais il continua malgré tout, ignorant les cris et les supplications derrière lui lui disant d'arrêter, de revenir.

Une seconde plus tard, il arriva à la porte d'entrée. Alors qu'il saisissait la poignée brûlante et ouvrait la porte, une boule de feu explosa à son visage, brûlant les poils de ses bras et de sa poitrine, le projetant en arrière et aspirant l'air de ses poumons. Il trébucha sur l'herbe, se protégeant le visage, et resta allongé là pendant quelques instants, en état de choc, haletant désespérément pour trouver de l'air, jusqu'à ce qu'enfin celui-ci revienne dans son corps. Et puis la toux commença. Dure, profonde, paralysant son corps alors qu'une douleur atroce gonflait dans sa poitrine et son abdomen.

Peu après, il fut entouré par ses voisins.

— Ça va ?

— Allez, éloignons-toi d'ici.

— À quoi pensais-tu ?

C'était ça. Il n'avait pas réfléchi. Et tandis qu'il rampait en arrière pour s'éloigner de la structure en flammes, il réalisa à quel point il avait été stupide, à quel point c'était insensé de se précipiter tête baissée vers un brasier pareil. Qu'est-ce qui se serait passé s'il était mort ? Qu'aurait fait Kasia ? Elle aurait perdu ses deux parents. L'un en prison et l'autre mort. C'était idiot. *Il* était idiot.

Un moment plus tard, une bouteille d'eau lui fut tendue. Il leva les yeux pour voir Montgomery la lui offrir. Tomek la prit lentement et la porta à ses lèvres. Les mains tremblant incontrôlablement, l'adrénaline inondant maintenant son corps, l'eau manqua sa bouche et coula sur sa poitrine. Une femme la lui prit des mains, lui tint la tête en arrière et versa l'eau dans sa bouche. Le liquide était glacé contre sa gorge desséchée, et il fut pris d'une quinte de toux involontaire, crachant de l'eau partout.

— Ça va, articula-t-il entre deux toux. Laissez-la juste là. Je boirai... je boirai quand je pourrai.

Mais il ne pouvait rien boire. Il pouvait à peine respirer. La fumée s'accrochait à ses poumons et refusait d'en sortir.

Par chance, vingt minutes plus tard, des lumières bleues et blanches commencèrent à combattre la teinte orangée dans le ciel alors qu'un camion de pompiers arrivait, sirènes hurlantes. Tomek fut reconnaissant que la marée soit basse et qu'ils aient pu traverser le Strood.

Le véhicule s'arrêta à côté de la caravane de Tomek, et immédiatement, l'équipe commença à s'attaquer au brasier, le noyant sous l'eau. Tomek regarda la bataille s'engager, fasciné par cette beauté maléfique, tandis que sa respiration s'apaisait progressivement.

Lentement, son cerveau recommença à fonctionner, et alors qu'il fixait les flammes qui diminuaient, il ne pouvait penser qu'à une seule chose.

Dayana.

Qu'elle était morte.

Et que le décompte du tueur s'élevait maintenant à trois victimes.

CHAPITRE
CINQUANTE-QUATRE

Un peu plus d'une heure plus tard, les pompiers avaient finalement réussi à maîtriser l'incendie. Il ne restait du domicile de Dayana qu'une structure métallique noircie qui continuait de fumer dans la lumière matinale. Tomek les avait aidés jusqu'à un certain point, sécurisant la zone en escortant les civils à une distance sûre, avant que la brûlure dans ses poumons ne devienne si intense qu'il avait été contraint de consulter les ambulanciers sur place. Une femme d'une vingtaine d'années lui avait administré de l'oxygène pour arrêter la toux. À sa surprise, cela avait fonctionné, néanmoins, cela n'avait guère soulagé la douleur dans sa poitrine qui s'intensifiait à chaque respiration.

L'ambulancière lui avait conseillé de se ménager, mais il n'en avait aucunement l'intention. Quelqu'un avait tué Dayana. Quelqu'un l'avait brûlée vive. Et dans son esprit, il n'y avait qu'une seule raison à cela. Elle aussi s'était soit trouvée au mauvais endroit au mauvais moment, soit le bruit avait couru qu'elle avait parlé avec Tomek, dévoilant les secrets de tout le monde. Et ils avaient donc riposté de la manière la plus abjecte possible.

Elle n'avait volé personne. Elle n'avait offensé personne. Elle n'avait contrarié personne.

Sauf une personne : la même qui avait tué Charlene et Derry.

Tomek s'approcha du ruban de la scène de crime qui avait été fixé aux caravanes voisines pour créer un cordon, et s'adressa à l'agent de police responsable de l'enregistrement des entrées et sorties.

— Je ne peux pas vous laisser passer, dit la femme.

— Je suis sergent, lui dit-il. À Southend.

— Pas sans pièce d'identité, vous ne l'êtes pas, sergent.

Tomek tâta le t-shirt et le jean qu'il avait enfilés, comme s'il avait perdu sa carte d'identité.

— Allez...

Derrière l'agent de police, Tomek aperçut Hadland en discussion avec deux pompiers, encore vêtus de leur uniforme complet.

— Si vous êtes sergent comme vous le prétendez, alors vous savez que je ne peux pas vous laisser passer sans votre pièce d'identité.

Elle l'avait bien eu. Tomek connaissait bien les règles et avait essayé de les contourner à plusieurs reprises, y compris maintenant. Sauf que, lors de ces occasions précédentes, il avait son identification sur lui. Maintenant, il n'avait aucun argument valable.

Heureusement pour lui, tout cela était théorique, car un instant plus tard, l'inspecteur Hadland et les deux individus avec qui il venait de parler passèrent sous la ligne et marchèrent devant lui.

— Inspecteur, appela Tomek.

Hadland l'ignora et continua à marcher.

— Inspecteur, j'ai quelque chose à vous dire.

L'homme considéra la pensée, hésita, puis s'arrêta.

— Quoi ? lança Hadland.

— Rien. J'ai juste dit ça pour que vous vous arrêtiez.

— Vous vous foutez de moi.

Tomek offrit à l'homme un sourire plein d'espoir, celui qu'il avait si souvent essayé sur Nick par le passé – sans succès.

— Qu'ont dit les enquêteurs des incendies ?

Tomek explosa dans une nouvelle quinte de toux.

— *Vous êtes* l'idiot qui a essayé d'entrer dans la caravane pendant qu'elle brûlait ? demanda Hadland.

— Ils vous ont parlé de moi ?

— Non. Ils ont juste dit qu'un crétin a tenté d'y courir, à moitié nu, et a inhalé beaucoup de fumée. Hadland examina Tomek de haut en bas. Ils ont bien cerné le crétin, mais je vois que vous avez changé depuis.

— Ordres du médecin. Et puis la protection de l'obscurité a fini par s'estomper, donc j'ai dû me changer.

— Dieu merci. Il y a déjà assez d'horreurs dans ce monde. La dernière chose dont il a besoin, c'est de voir vos tétons et vos poils de poitrine.

Tomek esquissa un sourire. Est-ce que Hadland s'adoucissait envers lui ?

— Qu'ont dit les enquêteurs à propos de l'incendie ? répéta Tomek.

— Il a été déclenché de l'intérieur, répondit Hadland.

— Quelle en était la cause ?

— Une cigarette.

— Pensent-ils que c'était accidentel ou délibéré ?

— Accidentel. Ils supposent que le feu a pris près de la table de la salle à manger. Ce qui restait du corps a été retrouvé sur l'une des chaises. Elle avait fondu sur le métal, et la cause présumée de l'incendie était un rideau à proximité.

Tomek secoua la tête avec frustration. — Je n'y crois pas. Je connaissais Dayana...

— Vous l'avez rencontrée ce week-end. Vous en savez autant sur elle que moi sur la biologie moléculaire.

— Peut-être, mais je sais qu'elle fumait depuis toute sa vie. Elle n'aurait pas laissé tomber une cigarette comme ça.

— Avez-vous envisagé la possibilité qu'elle se soit endormie avec ?

Tomek secoua la tête. Il ne le croyait pas. Ne le voulait pas.

— Elle avait plus de soixante-dix ans. Elle a peut-être simplement succombé au sommeil.

— Je ne suis pas d'accord. Elle était encore en forme et en bonne santé, et elle ne montrait aucun signe de fatigue ou de maladie. D'ailleurs, elle s'était fait mal au dos la veille, et elle détestait ces chaises, disait qu'elles étaient super inconfortables même en temps normal et qu'elle voulait s'en débarrasser. Elle ne se serait jamais assise sur l'une d'elles pour fumer une cigarette. Quelqu'un a mis en scène tout ça, je vous le dis.

— Nous ne le saurons pas avant que l'autopsie ne soit terminée, dit Hadland avec un léger haussement d'épaules.

Tomek jeta un rapide coup d'œil aux décombres, à ce qu'il présumait être les restes carbonisés de Dayana affalée sur la chaise métallique, l'une des rares pièces de mobilier qui n'avaient pas été consumées dans l'incendie.

— Il n'y a absolument aucune putain de chance que vous puissiez déterminer ça, dit Tomek.

Hadland haussa à nouveau les épaules. — Je ne sais pas quoi vous dire.

Plaçant ses mains sur ses hanches, Tomek secoua la tête. — Je pense que vous avez tort, commença-t-il. Elle a été assassinée, exactement comme Derry et Charlene. Et si vous ne pouvez pas voir ça, alors je ne sais pas comment vous aider.

Tomek s'était attendu à ce que Hadland réagisse à cette déclaration avec agressivité et ressentiment. Au lieu de cela, il se mordilla la lèvre et évita le regard de Tomek, en se balançant d'un pied sur l'autre.

— À ce sujet..., commença-t-il. Nous... nous nous sommes trompés à propos de Mick.

— Ah bon ?

Il était difficile pour Tomek de ne pas se sentir suffisant. Pourtant, il réussit bien à le cacher.

— Ce n'est pas lui qui l'a fait, poursuivit Hadland.

— Qu'est-ce qui vous a amené à cette conclusion ?

Haussant les épaules, Hadland dit : — Appelons ça de l'intuition.

Finalement, le sourire suffisant apparut sur le visage de Tomek. — Que vous dit votre intuition maintenant ?

— Flynn Berryman.

— Qui ?

— M. Berryman. C'était le photographe local pour la régate du week-end.

Et c'est alors que Tomek réalisa qu'il ne connaissait pas le nom de famille de son ami.

— *Flynn* ? répéta Tomek.

— Vous le connaissez.

— Vous pensez que Flynn a quelque chose à voir avec tout ça. Mais pourquoi ?

— C'est à vous de nous le dire, répondit Hadland. C'est vous qui avez passé le plus de temps avec lui. C'est vous qui avez des informations compromettantes sur tout le monde. Vous est-il déjà venu à l'esprit qu'il pourrait être impliqué ?

Non, pas jusqu'à ce moment-là.

Et puis c'était tout ce à quoi il pouvait penser. Comment Flynn avait été à ses côtés presque depuis le début. Comment ils avaient été ensemble au pub le soir où Charlene était morte. Comment ils avaient été ensemble quand ils avaient découvert son corps. Comment il avait été le seul, à part Derry, à toucher le corps de Charlene et à être en contact avec la bague avant qu'elle ne disparaisse. Comment Derry aurait pu potentiellement le voir la voler, et donc il aurait assassiné l'homme en légitime défense. Comment il avait eu l'air paniqué après que Tomek était revenu du Packing Shed la veille. Comment il savait où Tomek et Kasia logeaient, et comment son nom était apparu sur la liste de Damien Westwood.

Soudain, tous les indices pointaient vers Flynn Berryman, l'homme qui avait été à ses côtés, l'homme qu'il avait négligé.

CHAPITRE
CINQUANTE-CINQ

Le problème, c'était que Flynn Berryman était introuvable. Tomek et Hadland s'étaient rendus chez le photographe, mais il n'y était pas. Il était trop tard pour qu'il soit encore en train de faire son jogging matinal, et aucune voiture n'était garée dans l'allée. Tomek avait rapidement demandé aux voisins s'ils l'avaient vu, mais personne ne l'avait aperçu.

Cela avait déclenché une sonnette d'alarme dans l'esprit de Tomek.

Et cela avait également déclenché l'alerte au commissariat de Colchester, à tel point qu'une poignée d'agents en uniforme et en civil avaient été envoyés sur l'île pour le rechercher. Deux heures s'étaient écoulées, et toujours aucune trace de lui. Maintenant, la marée était montée, et ils étaient bloqués pour les prochaines heures.

Tomek sirotait doucement son verre de Coca. Lui et Hadland se trouvaient au Victory Inn. Aucun d'eux n'avait parlé depuis un moment. Tomek avait envisagé d'apprendre à connaître l'inspecteur sur un plan personnel, mais il ne le souhaitait pas pour deux raisons : premièrement, il était épuisé après être resté éveillé depuis les premières heures du matin, les effets de l'incendie de la caravane, et avoir gavé son corps de caféine à chaque occasion ; deuxièmement, il doutait de revoir cet homme un jour, rendant ainsi toute conversation superficielle inutile.

Finalement, il trouva un sujet de conversation qui l'intéressait vaguement.

— Comment va le bébé de Rick ? demanda-t-il.

— Bien. La mère et le bébé sont en bonne santé et heureux.

— Bien. Je parie qu'il est impatient de retourner au travail après ses deux semaines de congé paternité, dit Tomek avec sarcasme. Quitter le moment le plus heureux de sa vie après si peu de temps… C'est vraiment révoltant.

— À qui le dis-tu, répondit Hadland. J'ai vécu la même chose avec ma fille. Je me sentais tellement coupable de laisser à la maison ce que j'ai de plus précieux au monde après ce qui était essentiellement des vacances. Je te jure, c'était le plus beau jour de ma vie, et je n'oublierai jamais la première fois que je l'ai tenue dans mes bras.

— Ouais.

— Et toi ? continua Hadland, même si Tomek n'avait rien à ajouter sur le sujet. Comment t'es-tu senti après la naissance de ta fille ?

— Je ne saurais te dire, répondit Tomek, prenant une autre gorgée de sa boisson, plus maladroitement cette fois.

— Ah bon ?

— Je ne savais même pas qu'elle existait jusqu'à l'année dernière à la même époque. Elle a frappé à ma porte un après-midi et — il claqua des doigts — comme ça, je suis devenu son parent et son tuteur légal en un seul coup.

Hadland ouvrit la bouche pour parler mais s'arrêta. Tomek sentit que l'inspecteur avait beaucoup de questions, alors il décida d'y répondre d'un coup.

— Sa mère et moi, on a été ensemble pendant un moment, mais après notre séparation, elle ne m'a jamais parlé de Kasia. J'ai donc tout raté. La naissance, les premiers pas, le premier anniversaire, le premier jour d'école. Tout. Maintenant, je rattrape le temps perdu.

— C'est bien, répondit Hadland. Les choses se passent bien ?

— Aussi bien qu'on puisse l'espérer. Je suis encore en plein apprentissage, et nous avons nos bons et mauvais moments. Mais on y arrive, et je suis confiant qu'on s'en sortira très bien. Elle sait comment prendre soin d'elle-même, j'en suis sûr.

— Super. J'ai quelque chose de similaire avec ma fille. Similaire, mais pas tout à fait pareil.

— Ah oui ?

— Ma femme est décédée il y a quelques années, quand Katie avait six ans. À l'époque, je travaillais toute la journée pour en arriver là où je suis maintenant, et après la mort de ma femme, j'ai eu l'impression de ne pas connaître du tout ma fille. Je l'avais négligée pendant les six premières années de sa vie. Et puis j'ai décidé de changer. Enfin, je n'avais pas le choix. Elle devait passer en premier. Alors j'ai changé mes habitudes et mes horaires, et je suis content de l'avoir fait — c'était la meilleure décision que j'aie jamais prise. Elle illumine ma vie et me donne envie de me lever le matin et de rentrer le soir.

— Rick a tout ça devant lui. Et plus encore.

— Ouais... dit Hadland.

La conversation tomba dans un silence naturel, comme c'est souvent le cas lorsque deux hommes discutent de problèmes personnels et n'ont plus rien à dire. Tous deux avaient répondu maladroitement aux confidences sincères de l'autre, et à la fin, Tomek ressentait un nouveau niveau de respect pour Hadland. Peut-être que ce type n'était pas un connard après tout.

Tandis que Tomek prenait une autre gorgée de sa boisson, observant les gouttes de condensation descendre le long du verre, la porte d'entrée du pub s'ouvrit brusquement, et Damien Westwood fit irruption. Dans sa main, il tenait une brique. Immédiatement, Tomek et Hadland se levèrent d'un bond et se mirent sur leurs gardes.

Damien s'arrêta soudainement dans l'embrasure de la porte et, après quelques instants d'hésitation, abaissa la brique.

— C'est Ian, dit-il. J'ai vu Ian voler quelques-unes de mes briques dans l'atelier l'autre soir.

CHAPITRE
CINQUANTE-SIX

Ian Kidd était assis à son bureau, les yeux fixés sur son écran d'ordinateur, lorsque Tomek et Hadland sont entrés.

— Messieurs, dit-il avec une certaine détermination dans la voix. Je présume que vous n'êtes pas là pour la visite du vignoble. Bien que si c'était le cas, vous pourriez peut-être vous joindre au groupe qui vient de partir.

— Je ne bois pas, répondit Hadland.

— Il n'est pas nécessaire de boire pour apprécier la beauté du vignoble, riposta Ian.

— Je n'aime pas non plus les raisins, rétorqua Hadland. Nous espérions que vous pourriez répondre à quelques-unes de nos questions.

Ian se frotta vigoureusement le visage, puis massa le sommet de son crâne chauve.

— Est-ce que c'est à propos de Charlene, Derry ou Dayana ? Ce sont toutes des tragédies à part entière, mais je n'ai rien à voir avec aucune d'entre elles.

— Aucune de celles-là, dit Tomek, avant de laisser tomber la brique de Damien Westwood sur le bureau. Vous reconnaissez ceci ?

Ian l'examina pendant à peine une seconde avant de lancer un regard peu impressionné à Tomek.

— C'est une brique. On s'en sert pour construire des choses.

— Ou pour les lancer à travers les fenêtres des gens. Vous ne sauriez rien à ce sujet, par hasard ?

Ian secoua la tête, regardant Tomek droit dans les yeux, le visage impassible.

— L'autre semaine, l'une d'elles a traversé la fenêtre du pub de Charlene. Lundi soir, une brique similaire a traversé la fenêtre de ma caravane.

Croisant les bras, Ian se renversa sur son siège.

— Quel rapport avec moi ?

— Nous pensions que vous pourriez en savoir quelque chose, répondit Hadland avant que Tomek ne puisse le faire.

— Pourquoi ?

Hadland plongea la main dans sa poche, sortit son téléphone, puis le posa sur la table devant Ian. Sur l'écran se trouvait une vidéo de surveillance. Hadland appuya sur lecture.

Dès que la vidéo commença, un éclair de reconnaissance traversa le visage d'Ian. Cette expression demeura jusqu'à la fin de la vidéo.

— Ces images datent de la veille du jour où la brique a traversé la fenêtre de Charlene, commenta Hadland en reprenant son téléphone et en le remettant dans sa poche. De quoi aviez-vous besoin de ces briques, Ian ?

— Je peux expliquer...

— Nous espérions bien que vous le feriez.

Ian croisa les doigts et se pencha en avant sur sa chaise.

— L'autre semaine, voilà. Quelqu'un, un membre de mon personnel, a accidentellement percuté un mur. Il a accidentellement enclenché la marche arrière – vous savez, comme on voit dans les films – alors je me suis juste servi de quelques briques pour réparer les dégâts.

Ce n'était pas la réponse que Tomek avait espérée. Mais en même temps, il ne s'attendait pas non plus à ce qu'Ian avoue les avoir lancées à travers des fenêtres et avoir tué trois personnes.

— Pourquoi les voler plutôt que de les payer ? demanda Hadland.

— Parce que Damien me doit quelque chose.

— Pour quelle raison ?

— Il m'a emprunté de l'argent. Il avait besoin d'acheter une nouvelle machine pour son entreprise, alors je lui ai prêté des fonds, qu'il ne m'a pas encore remboursés. Considérez cela comme mes intérêts. Ian tapota la brique pour souligner son propos. Oui, d'accord, j'ai volé les briques, mais je n'ai rien à voir avec ce qui s'est passé ici. Demandez au sergent-détective ici présent. Il est venu me poser des questions à de nombreuses reprises, et jusqu'à présent, il n'a trouvé aucune raison de suggérer que je l'ai fait, n'est-ce pas ?

Tomek ne s'attendait pas à être mis sur la sellette de cette façon. Ses joues devinrent rouges.

— C'est peut-être pour ça que nous sommes ici, dit-il, sans conviction.

— Si c'était le cas, vous m'auriez déjà passé les menottes. Ian remit ses lunettes sur son nez. J'étais chez moi les nuits où Charlene et Derry sont morts, en train de dormir. Je sais que ça n'aide pas beaucoup, mais c'est la vérité. Quatre-vingt-dix-neuf pour cent des gens le sont généralement, et je fais partie d'eux. Je n'ai rien à voir avec la tragédie qui a eu lieu hier soir. Je n'ai rien à voir avec Dayana, et je ne sais pas comment elle a découvert mes problèmes d'assurance, mais ce n'est pas pour autant que je l'ai tuée, et je n'ai rien à voir avec ces briques qui ont traversé des fenêtres. Je vous souhaite bonne chance pour trouver ce un pour cent de personnes qui se promenaient au milieu de la nuit, parce que je n'ai aucune idée de qui il pourrait s'agir. Maintenant, si vous voulez bien m'excuser, messieurs, j'ai mon entreprise à gérer.

Tomek n'allait pas se laisser parler comme ça. Pas par un petit arrogant comme Ian Kidd. Mais avant qu'il ne puisse dire quoi que ce soit, le téléphone d'Hadland sonna. L'inspecteur regarda son écran, décida que c'était important, puis sortit de la pièce pour répondre à l'appel.

Cela laissa Tomek et Ian seuls. Tomek fixa l'homme qui avait déjà commencé à le traiter comme s'il était invisible.

Il contourna le bureau, se pencha pour attraper la prise qui reliait l'ordinateur au secteur, et la débrancha.

— Oups, dit Tomek. C'est une erreur de ma part. J'espère que vous ne travailliez sur rien d'important.

— Espèce d'enfoiré ! Qu'est-ce que vous croyez faire ?

— Vous donner une leçon, rétorqua Tomek. Le karma nous rattrape tous. Ce n'est peut-être pas maintenant, mais il va venir pour vous. Et j'ai le sentiment que ça va être un gros karma.

Il fut interrompu par Hadland qui entrait dans la pièce.

— Nous devons y aller, dit-il à Tomek.

— Pourquoi ? Que s'est-il passé ? demanda Tomek en courant après Hadland vers la voiture.

Hadland ne dit rien, ouvrit la portière, puis s'engouffra à l'intérieur.

Dès que Tomek eut refermé la porte derrière lui, l'inspecteur se tourna vers lui et dit :

— Flynn Berryman vient de rentrer chez lui. J'ai un agent en uniforme en attente au cas où il irait ailleurs.

CHAPITRE
CINQUANTE-SEPT

Au moment où la porte d'entrée s'ouvrit brusquement, Tomek sentit le nœud dans son estomac se resserrer. Et d'après l'expression surprise et confuse sur le visage de Flynn Berryman, un nœud venait également de se former dans son estomac.

— Bon après-midi, Monsieur Berryman, commença Hadland. Pourrions-nous entrer ?

— Tous les deux ? Ses yeux passèrent de gauche à droite, de Hadland à Tomek, où ils s'attardèrent un moment plus longtemps.

— Oui, s'il vous plaît.

Avec hésitation, les rides sur son front se creusant davantage, Flynn s'écarta et les laissa entrer tous les deux. Il fit un geste vers la cuisine avant que Hadland ne puisse disparaître dans la maison.

— Vous voulez une tasse de thé, messieurs ? La bouilloire est en marche.

— Ça ne ferait pas de mal, répondit Tomek.

La cuisine était petite et exiguë. À peine assez grande pour deux personnes, sans parler des trois. Le sol et les comptoirs étaient occupés par des sacs de courses et divers produits d'achats hebdomadaires : lait, œufs, pain. Toutes les denrées de base. Par conséquent, Tomek resta dans l'embrasure de la porte.

— De quoi s'agit-il ? demanda Flynn, en se déplaçant dans la cuisine pour récupérer trois tasses dans un placard.

— Nous avions quelques questions à vous poser concernant Charlene, Derry et Dayana.

— Dayana ? Que lui est-il arrivé ? demanda Flynn, surpris.

— Vous n'avez pas entendu ? Vous n'avez pas vu ?

Flynn avait l'air de quelqu'un à qui on venait de demander de pratiquer un accouchement. — Voir quoi ?

— Sa caravane a été incendiée au milieu de la nuit, dit Tomek.

— Sa caravane a *pris* feu, interrompit Hadland, lançant un regard réprobateur à Tomek. Nous ne savons pas avec certitude que c'était délibéré.

— Nous le savons, et vous le savez aussi, répliqua sèchement Tomek.

— Mon Dieu, c'est fou, répondit Flynn alors que la bouilloire terminait de bouillir. Je n'ai rien vu ni entendu à ce sujet, non.

Il commença à verser le liquide bouillant dans leurs tasses.

— Où étiez-vous toute la journée ? demanda Hadland.

Flynn reposa la bouilloire, puis fit un geste vers le reste de la pièce. — N'est-ce pas évident ?

— Vous avez passé toute la matinée et l'après-midi au supermarché ? demanda Hadland. Voilà un alibi solide.

— Je suis d'abord allé chez ma mère. Elle vit hors de l'île. Je ne l'avais pas vue depuis quelques semaines, alors j'ai pensé lui rendre visite.

Tomek en prit note mentalement, bien qu'il sût que cela n'avait aucune importance. Il n'était pas tant préoccupé par l'endroit où l'homme s'était trouvé ce matin-là. Il était plus concerné par ses allées et venues les nuits où Charlene et Derry avaient été tués.

— Vous ne vivez pas très loin du site. Vous n'avez rien entendu ?

Flynn secoua la tête et continua à préparer le thé. — J'ai le sommeil profond. Surtout après avoir bu un verre.

— Vous avez bu hier soir ?

— Juste un. Il posa une caisse de six bières sur le comptoir. Un par soir suffit à m'envoyer au lit. J'étais dans un sale état le matin après la fête sur la plage.

Tomek se remémora cette nuit-là. Flynn avait-il été ivre ? Il avait déjà bu quelques verres au moment où ils avaient commencé à discuter. À moins que son corps ne le supporte pas très bien. Sa grande et robuste carrure, qui était sans doute assez forte pour maîtriser un homme et une femme...

— Mais qu'en est-il de la soirée au pub ? demanda Tomek. Le soir de la régate. Vous buviez à ce moment-là.

— Même chose, j'en ai peur. Je me sentais mal.

Tomek n'y croyait pas.

— Vous étiez assez en forme pour aller courir avec moi les deux matins.

Flynn tendit les tasses de thé à Tomek et Hadland. Pour quelqu'un interrogé sur le meurtre de trois personnes innocentes, il était étonnamment calme. Presque trop calme au goût de Tomek.

— De mon point de vue, commença Flynn, soit on s'apitoie sur son sort, soit on se reprend en main. Moi, je ne suis pas du genre à me complaire dans l'apitoiement. C'est moi qui me suis mis dans cette situation, alors j'allais m'assurer d'en sortir. Même si me déshydrater davantage n'est probablement pas la chose à faire.

Tomek n'était toujours pas convaincu.

— Qu'avez-vous fait après avoir quitté le pub le soir de la mort de Charlene ? demanda Hadland. Où étiez-vous ?

— Sur la plage pour l'after party.

Tomek se rappela ce que Tony Fowler avait dit à ce sujet.

— Après le feu d'artifice ? demanda Tomek.

Flynn acquiesça.

— Qui d'autre était présent ? demanda Hadland, intervenant.

— Quelques-uns d'entre nous. Damien, Leon, quelques gars de la cuisine du pub. Tony, Bradley... bien qu'il soit seulement resté un moment avant de partir parce qu'il devait ouvrir le café tôt.

— Que faisiez-vous ?

— On buvait. On se détendait près du feu. Tony avait apporté un peu d'herbe mais aucun de nous n'en voulait.

— À quelle heure avez-vous tous fini ?

— Vers une heure... deux heures. Ce n'était pas particulièrement tard.

— Et vous êtes rentré chez vous après ?

Flynn acquiesça. L'esprit de Tomek tournait à cent à l'heure ; c'était tout ce qu'il pouvait gérer dans son état de privation de sommeil.

— Avez-vous vu quelqu'un sur le chemin du retour ? Quelque chose de suspect ?

Flynn secoua la tête. — Je ne passe pas près du Victor Inn en rentrant, désolé.

Tomek fit une pause, perdu dans ses pensées. Il passa en revue la liste des personnes qui avaient été sur la plage la nuit du meurtre de Charlene. Une seule d'entre elles le frappa. Une personne qui avait menti et lui avait dit qu'elle était rentrée directement chez elle après la fermeture du pub.

— Où étiez-vous la nuit du meurtre de Derry ? demanda Hadland, tirant Tomek de ses pensées.

— Je dormais, expliqua Flynn. Je m'étais couché tôt. Et, avant que vous ne le demandiez, personne ne peut en témoigner. Je suis seul dans cet endroit. Mais j'ai fait un FaceTime avec ma mère dans la soirée.

— Quand ? demanda Hadland.

— Vers dix heures.

Il y avait beaucoup de temps entre l'appel vidéo et le moment où Derry a disparu, et rien n'empêchait Flynn de sortir pour tuer Derry dès qu'il avait raccroché avec sa mère.

— Que savez-vous à propos de la bague de Charlene ? demanda Tomek.

— La bague de Charlene ? Celle qui est verte ?

L'intérêt de Tomek fut piqué. — Oui...

— Je sais que c'était un cadeau de sa mère, qui l'avait elle-même reçue de sa mère. À part ça, je ne sais rien d'autre.

— Elle a disparu, dit Hadland. Vous ne l'auriez pas par hasard chez vous ?

Flynn fit une grimace. — Ici ? Pourquoi serait-elle ici ?

— Vous l'avez vue à son doigt quand vous et Tomek avez découvert son corps. Peut-être que vous l'avez trouvée jolie. Peut-être que vous la vouliez pour vous. Vous pensiez que personne ne le remarquerait. Que vous aviez oublié de la prendre quand vous l'avez tuée.

— Tuée ? C'est quoi ce bordel ? Je ne l'ai pas tuée. Tomek vous le dira. Nous avons trouvé son corps ensemble. J'étais dévasté. Je n'arrive toujours pas à croire que quelqu'un lui ait fait ça. Qu'est-ce qui vous fait penser que j'y suis pour quelque chose ?

Hadland choisit de ne pas répondre à la question. Le cerveau de Tomek travaillait trop intensément pour qu'il puisse penser à dire quoi que ce soit. Hadland plongea la main dans sa poche et sortit son téléphone avec une photo de la brique qui avait traversé la fenêtre de Tomek.

— Est-ce que cela vous dit quelque chose ?

Flynn regarda la photo. — C'est une brique.

— Est-ce qu'elle a un rapport avec vous ?

— Bien sûr que non. Flynn prit les tasses de Tomek et Hadland, puis les posa sur le comptoir. — Je ne sais pas ce que c'est que tout ça, mais j'ai l'impression que vous m'accusez de quelque chose que je n'ai pas fait. Maintenant, si nous avons terminé, j'aimerais vous demander à tous les deux de partir.

Tomek fixa l'homme, l'esprit vide.

— Nous n'avons pas terminé, dit Hadland, en sortant une paire de menottes de derrière son dos. Les passant aux poignets de Flynn, il dit : — Monsieur Berryman, je vous arrête pour suspicion des meurtres de Charlene Harris et Derry Waterman. Vous n'êtes pas obligé de dire quoi que ce soit, mais cela pourrait nuire à votre défense si vous ne mentionnez pas lors de l'interrogatoire quelque chose sur lequel vous vous appuierez plus tard au tribunal. Tout ce que vous direz pourra être retenu comme preuve.

CHAPITRE
CINQUANTE-HUIT

Tomek savait que c'était une mauvaise décision d'arrêter Flynn, mais en raison de sa suspension, il n'avait pas son mot à dire. Il n'était pas non plus autorisé à s'approcher du commissariat, ni de la salle d'interrogatoire. Il était furieux contre Hadland qui s'était encore comporté comme un imbécile. D'abord Mick, maintenant Flynn. Il arrêtait tous ceux qu'il croisait ou qu'il soupçonnait de l'avoir regardé de travers.

Le manque de sommeil et l'épuisement n'aidaient pas à améliorer son humeur. Les synapses de son cerveau ne fonctionnaient qu'à cinquante pour cent, et rien ne semblait faire sens. Tomek espérait qu'une pinte de Coca bien frais et un repas copieux pourraient l'aider d'une manière ou d'une autre. Sans compter que le Victory Inn était la prochaine étape sur sa liste.

Pour une raison importante.

Alors qu'une goutte de condensation atteignait le bas du verre, Leon Holland déposa une assiette de nourriture devant Tomek. Du poulet chasseur avec des pommes de terre rôties et des légumes. Protéines, glucides et légumes. Tous les éléments essentiels.

— Bon appétit, dit Leon.

Tomek l'arrêta avant qu'il ne disparaisse.

— En fait, est-ce que je peux vous parler un instant ? demanda-t-il, en désignant le siège en face. J'aimerais discuter de quelque chose.

Leon examina le siège d'un air méfiant. Après un moment d'hésitation, il finit par se glisser dans le box avec Tomek.

Tomek commença à manger. Il ne s'en était pas rendu compte, mais il était soudain affamé, l'arôme de la nourriture éveillant sa faim.

— Depuis combien de temps êtes-vous chef ? demanda-t-il en enfournant une bouchée de nourriture.

— N'avons-nous pas déjà eu cette conversation ? demanda Leon. Il s'agitait déjà - regardant autour de lui, se penchant sur le côté pour voir derrière Tomek, jouant avec ses doigts.

— Je ne m'en souviens pas, répondit Tomek. Il s'est passé beaucoup de choses ce week-end. Avez-vous toujours voulu être chef ?

— Oui... répondit Leon, d'une voix méfiante. Depuis aussi longtemps que je m'en souvienne.

— Avez-vous déjà rêvé d'avoir votre propre cuisine ?

Hésitation. — Peut-être. Peut-être un jour.

— Donc vous êtes ambivalent à ce sujet ?

— Qu'est-ce que cela signifie ?

— Vous n'en faites pas la mission de votre vie ?

Leon haussa les épaules. Le sujet de conversation ne faisait rien pour apaiser ses inquiétudes. — Comme je l'ai dit, ce serait bien. Mais je ne me tue pas à la tâche pour que cela arrive.

Juste à briser la vie des autres et à les tuer à la place, pensa Tomek.

— Aviez-vous déjà discuté, Charlene et vous, de la possibilité que vous possédiez une partie de cet établissement ? demanda Tomek.

Et là, Leon comprit. Ses yeux s'écarquillèrent et il recula sur son siège, s'éloignant de Tomek autant que possible dans l'espace confiné du box.

— Vous êtes encore sur cette histoire ? Je vous ai dit que je n'avais rien à voir avec ce qui lui est arrivé.

La voix de Leon s'éleva considérablement. Tomek continua à manger, enfournant cette fois un délicieux morceau de poulet. Ses papilles explosaient, et par conséquent, les rouages de son cerveau commençaient à tourner à nouveau.

— J'ai entendu un jour un homme sage dire que ce n'est pas un problème si on n'a rien à cacher...

Leon sembla soudain comprendre.

— Vous avez écouté ma conversation avec Tony ?

— J'ai entendu des bribes en passant. Après tout, c'est vous qui l'avez dit... Donc, si c'est ce que vous croyez vraiment, qu'avez-vous à cacher ?

Une famille avec trois enfants entra dans le pub et se dirigea vers une table à proximité. Alors qu'ils s'installaient, Tomek dit : — Je croyais que cet endroit devait être le quartier général opérationnel temporaire de la police ? Quand cela a-t-il changé ?

— Quand ce commissaire m'a appelé plus tôt pour me dire que ce n'était plus nécessaire.

Carlisle. Peut-être était-ce lui qui misait tout sur Mick Thorne et Flynn Berryman, et Hadland n'était qu'une marionnette suivant les ordres.

— Très bien, dit Tomek. Je vais essayer de ne pas vous retenir trop longtemps. Vous avez un commerce à gérer maintenant, après tout. Tout s'est plutôt bien arrangé pour vous, n'est-ce pas ?

— Ce n'était jamais mon intention. Je n'ai jamais tué Charlene pour pouvoir récupérer cet endroit.

— Alors dites-moi pourquoi vous m'avez menti sur l'endroit où vous étiez la nuit de sa mort ? Je sais que vous étiez à la fête sur la plage, mais quand je vous ai demandé ce que vous faisiez, vous avez dit que vous étiez rentré directement vous coucher. Pourquoi avez-vous menti ? Et que faisiez-vous réellement ?

Leon aspira une grande bouffée d'air. Il la retint pendant quelques instants, observant tranquillement la salle, étudiant la famille à côté d'eux. L'indécision se lisait sur son visage. Au moment où il expira enfin, Tomek avait fini le blanc de poulet et s'attaquait aux légumes.

— J'étais à la fête, oui. J'ai retrouvé tout le monde de la cuisine après avoir quitté cet endroit.

Tomek ne dit rien. Il le laissa poursuivre pendant qu'il savourait son repas.

— Je... je vous ai seulement dit que j'étais rentré directement parce que je... parce que je ne voulais pas que la vérité s'ébruite.

— La vérité ?

Leon se lécha les lèvres, puis déglutit. Encore un regard prudent autour de la salle. — Je n'étais pas seul cette nuit-là. Je veux dire... Alexander et moi sommes rentrés chez moi après.

Tomek hocha lentement la tête.

— Nous... nous nous fréquentons depuis quelques semaines. C'est tout nouveau pour moi. C'est nouveau pour nous deux. Nous... nous ne nous étions jamais vus comme ça jusqu'à ce que les choses commencent à se produire. Et... nous essayons de garder ça secret. Pas parce que nous en avons honte, mais parce que nous essayons encore de déterminer si nous voulons quelque chose de sérieux, ou si nous voulons juste nous amuser un peu.

— Est-ce que Charlene était au courant ?

Leon secoua la tête. — La seule chose qu'elle n'aurait pas aimée, c'est l'idée que cela puisse créer des distractions au travail, interférer avec notre productivité. Elle voulait que nous soyons concentrés à cent pour cent, cent pour cent du temps. Si elle avait su que nous avions une relation, elle aurait fait en sorte que nous travaillions à des horaires différents d'une manière ou d'une autre. Évidemment, je ne l'aurais jamais permis - je défendrais mon équipe jusqu'au bout - mais cela aurait rendu ma relation avec lui plus difficile.

Tomek posa son couteau et sa fourchette. —Ça me semble que vous savez exactement ce que vous voulez de cette petite « chose » entre vous deux.

Léon médita un moment sur ce commentaire. Il frotta ses pouces l'un contre l'autre, puis massa son bras gauche. —Peut-être. J'y réfléchis encore.

—Et c'était la raison pour laquelle vous ne m'avez pas dit ce que vous faisiez la nuit où elle est morte ?

Léon baissa la tête, honteux, puis acquiesça. —Je suis désolé. Je ne vais pas avoir d'ennuis, n'est-ce pas ?

Tomek eut un petit rire. —Vous n'aviez rien à cacher. Je pense que tout ira bien. Il poussa l'assiette au centre de la table. —C'était délicieux, au fait. Mes compliments au chef. Qui l'a préparé ?

Le coin gauche des lèvres de Léon tressaillit. —Alexander.

—Quelle heureuse coïncidence. Pourriez-vous me l'amener ? J'aimerais le remercier en personne d'avoir préparé un repas aussi délicieux.

Une expression de consternation traversa le visage de Léon.

—Je serai bref, ajouta Tomek.

Finalement, Léon se glissa hors de la banquette, prit l'assiette vide de Tomek, puis se dirigea vers la cuisine. Il revint une minute plus tard, accompagné d'un jeune chef d'une vingtaine d'années aux cheveux bouclés en désordre.

—Vous êtes Alexander ? demanda Tomek.

—Oui... répondit prudemment le chef.

—Parfait. Asseyez-vous. Merci, Léon, je n'aurai plus besoin de vous.

Les deux chefs hésitèrent, puis Léon posa une main réconfortante sur le bras d'Alexander, accompagnée d'un hochement de tête, avant de s'éloigner.

Dès qu'Alexander se fut assis, Tomek déclara : —Merci d'avoir préparé mon repas. C'était l'une des meilleures choses que j'ai goûtées depuis longtemps. Vous avez beaucoup de talent.

—Euh... merci.

—Et modeste en plus, à ce que je vois. Tomek prit son verre et but une longue gorgée. —Je voulais aussi vous poser une petite question sur vos déplacements le soir du meurtre de Charlene. Vous savez de quelle nuit je parle ?

—Oui. Je sais... répondit Alexander avec hésitation.

—Où étiez-vous ?

Direct à la jugulaire. Sans tourner autour du pot.

—J'étais... j'étais sorti avec mes amis.

—Où ça ?

—Sur la plage. On buvait, on se détendait.

—Ça a l'air sympa. À quelle heure ça s'est terminé ?

—Vers deux heures, à peu près.

—Et après, où êtes-vous allé ?

Alexander hésita, détournant son regard de Tomek.

—Vous pouvez me le dire, affirma Tomek.

—Nous... je veux dire *je* suis allé chez Léon. Avec Léon, *évidemment*.

—Ça a l'air sympa, répondit Tomek, se détendant légèrement. — Merci pour cette confirmation. Vous pouvez y aller.

Alexander ne se le fit pas dire deux fois. Il se leva de sa chaise et se dirigea vers la cuisine.

—Une dernière chose, avant que vous partiez. Je pense que Léon vous apprécie. Je pense que, si vous avez quelque chose tous les deux, vous devriez tenter votre chance. On n'a qu'une vie, et si vous vous rendez heureux l'un l'autre, pourquoi ne pas essayer d'en profiter au maximum ?

CHAPITRE
CINQUANTE-NEUF

Avec l'âge, Tomek avait remarqué que la consommation de grandes quantités de nourriture avait un effet néfaste sur lui : cela le rendait somnolent. Le canapé confortable n'arrangeait pas les choses. Ni les rideaux fermés, qui faisaient de leur mieux pour empêcher le soleil de fin d'après-midi de pénétrer. Ses yeux se fermaient, devenant de plus en plus lourds à chaque seconde. Ils papillonnaient sans cesse. Le problème, c'est qu'il avait du mal à s'intéresser à la télévision. Les catastrophes mondiales ne suffisaient pas à le maintenir éveillé. Du moins jusqu'à ce qu'il aperçoive un petit reportage sur Mersea Island dans les informations régionales.

— Aux premières heures du matin, les pompiers ont été appelés pour un incendie impliquant une maison statique sur Mersea Island. Ils ont combattu les flammes pendant plus d'une heure jusqu'à ce que l'incendie soit finalement éteint à quatre heures dix du matin. On pense que le feu a été allumé délibérément, et qu'au moins une vie a été perdue. C'est le dernier d'une série de décès sur l'île, qui a poussé certains résidents locaux à fuir par crainte pour leur sécurité. La police affirme que leurs enquêtes sont toujours en cours, et que toute personne disposant d'informations devrait se manifester en appelant le numéro affiché au bas de l'écran.

Délibérément. Tomek répéta ce mot encore et encore dans son esprit.

Enfin, Hadland, ou Carlisle, peu importe, avait retrouvé la raison et réalisé que tout était lié, que tout était—

Et puis, comme ça, la fatigue revint soudainement, cette fois plus puissante et accablante. Un bâillement explosa entre ses lèvres et ses paupières s'alourdirent à nouveau.

La dernière chose que Tomek vit avant que ses yeux ne se ferment fut l'image des restes calcinés de la caravane de Dayana, qui fumait encore doucement dans le soleil matinal, son corps soudé à la chaise métallique.

Pour ça, elle devait être rapide. Super rapide. Plus rapide qu'elle ne l'avait jamais été.

D'après l'application, son chauffeur Uber était à quelques minutes. Elle suivit les mouvements de la voiture le long des routes de campagne, la suppliant intérieurement de se dépêcher.

Passer devant Papi serait facile. Il était occupé dans le garage, à réparer ou à créer quelque chose ; elle ne savait pas quoi exactement.

C'était Mamie qui représentait la plus grande menace. Elle avait l'ouïe d'une chauve-souris et débarquerait si elle pensait avoir entendu Kasia respirer bizarrement.

Le compte à rebours sur l'application lui indiquait que le chauffeur était à moins de deux minutes.

Kasia vérifia ses poches pour la quinzième fois. Elle avait tout ce dont elle avait besoin, c'est-à-dire presque rien : son téléphone, son portefeuille et ses clés. Elle pouvait se passer du reste.

Dès que la voiture s'arrêterait devant, elle devrait courir hors du salon, traverser le couloir et franchir la porte d'entrée, tout cela avant que Mamie ne sorte de la cuisine en brandissant sa cuillère en bois.

À la télévision, les informations locales continuaient. Elle les avait vues par hasard. Elles jouaient simplement en arrière-plan, et elle n'y avait pas prêté attention. Jusqu'à ce qu'elle entende mentionner Mersea Island. Puis les images d'un violent incendie dans l'une des caravanes l'avaient glacée jusqu'à la moelle. Papa. Sa première pensée avait été pour lui. Elle n'avait plus de nouvelles depuis leur appel vidéo, et il ne répondait pas à ses messages. Elle avait immédiatement commencé à craindre le pire. Que c'était *leur* caravane qui avait pris feu. Qu'il avait eu un accident et avait d'une façon ou d'une autre mis le feu. Ou que quelqu'un d'autre, le tueur, lui avait fait ça.

À ce moment-là, elle avait décidé de prendre les choses en main. S'il ne lui envoyait pas de message, alors elle devait aller à lui. Elle devait s'assurer qu'il ne lui était rien arrivé.

Elle ne voulait pas commencer à imaginer ce que serait la vie sans son père. Il avait fait tant de choses pour elle ces derniers mois – cette dernière année, en fait. Elle avait commencé à l'aimer. Au début, quand elle avait emménagé, elle pensait que ce ne serait jamais possible. Qu'ils ne pourraient jamais créer de lien et prendre soin l'un de l'autre. Mais il s'était occupé d'elle, avait pris soin d'elle, l'avait *protégée*. C'était le meilleur père du monde, et elle ne pouvait imaginer un monde où il n'existerait pas.

La petite icône de voiture sur l'écran se figea à côté de sa position, et une petite notification apparut en haut de l'écran.

Votre chauffeur vous attend.

C'était le moment. L'heure d'agir.

D'un bond, elle sauta du canapé, se précipita dans le couloir, attrapa ses chaussures, puis se dirigea vers la porte d'entrée. Par chance, celle-ci s'ouvrit facilement. Elle bondit sur l'allée, puis sprinta en chaussettes vers la Toyota Prius qui l'attendait au bout. Au moment où elle fermait la portière de la voiture derrière elle, manquant presque de faire tomber une de ses chaussures dans le processus, Izabela Bowen sortait par la porte d'entrée, se lançant à sa poursuite.

CHAPITRE
SOIXANTE

Tomek se réveilla en sursaut sur le canapé. Quelque chose l'avait dérangé – un bruit fort – mais il n'entendait plus rien. Le silence imprégnait la caravane comme une mauvaise odeur.

Il faisait encore jour dehors et, avant de regarder sa montre pour connaître l'heure, il se lécha les lèvres. C'est à ce moment-là qu'il sentit la bave sur son menton. En l'essuyant, il remarqua la petite tache sombre qu'il avait laissée sur sa chemise. Cela faisait longtemps qu'il n'avait pas bavé dans son sommeil comme ça. Il devait vraiment avoir besoin de cette sieste.

Il vérifia l'heure.

Dix-huit heures trente.

Il n'avait dormi qu'une heure, mais il avait l'impression d'en avoir dormi dix. Un bâillement l'assaillit soudainement et envahit tout son corps. Il étira ses jambes et ses bras, s'allongeant sur toute la longueur du canapé.

Puis on frappa à la porte. Un coup lourd et unique. Un grand coup sur la vitre. Une silhouette apparut, déformée derrière le panneau de verre texturé.

Un autre coup. Cette fois-ci, il y en avait plusieurs. Paniqués, précipités.

— J'arrive ! cria Tomek. Une seconde !

En gémissant, il se tira du canapé, s'étira jusqu'à ce que ses mains atteignent le toit de la caravane, puis se traîna vers la porte d'entrée, se frottant les yeux avec la paume de sa main si fort que des étoiles commencèrent à danser dans son champ de vision. Alors qu'il ouvrait la porte, un autre bâillement l'assaillit.

Montgomery se tenait là, une expression de consternation sur le visage. Sa vue ramena rapidement Tomek à l'éveil.

— Montgomery ? commença-t-il. Qu'est-ce qu'il y a ? Quel est le problème ?

— C'est Jacob. S'il vous plaît... il est tombé, et maintenant il ne se relève plus ! Je pense qu'il est gravement blessé !

Montgomery se détourna de Tomek et courut vers sa maison. Tomek ne réfléchit pas ; il se précipita à la suite de l'homme, laissant la porte se fermer derrière lui. Montgomery se déplaçait plus vite que Tomek ne l'avait jamais vu faire, et il eut du mal à le rattraper. Ce n'était qu'une courte distance, mais Montgomery avait déjà dix mètres d'avance.

— S'il vous plaît, vous devez venir vite ! appela Montgomery, sa voix basse, presque un chuchotement étouffé. Il y a quelque chose que vous devez voir !

Tomek le suivit dans la maison. Immédiatement, il sentit que quelque chose n'allait pas. Pour une autre chaude soirée d'été, la maison était froide. Et ce n'était pas grâce à un système de climatisation. Il y avait un froid lugubre dans l'air.

— Que s'est-il passé, Montgomery ? demanda Tomek tandis que l'homme le guidait à travers le couloir.

Montgomery ne dit rien.

— Est-ce qu'il saigne ?

Rien.

Ils tournèrent au coin et entrèrent dans la cuisine. L'espace était exactement comme Tomek s'en souvenait de l'autre jour, quand Kasia et Jacob jouaient dans le salon. De l'autre côté de la cuisine se trouvait une petite porte, ouverte sur un petit escalier qui menait au sous-sol dont Kasia avait parlé l'autre jour. Immédiatement, Tomek pensa que Jacob était tombé d'une façon ou d'une autre, avait dégringolé les marches et s'était blessé.

Il se prépara à la vision du jeune garçon étendu au bas de l'escalier, membres mutilés, sang suintant de son crâne.

La réalité était différente.

Montgomery s'arrêta près des marches et pointa du doigt.

— En bas, chuchota-t-il. Vous le verrez quand vous serez en bas.

Tomek n'hésita pas. Ne voulait pas. Ne pouvait pas. Ce n'était pas dans sa nature. Son esprit et son corps étaient maintenant en état d'alerte, l'adrénaline coulant en lui, la fatigue qu'il avait ressentie quelques instants auparavant n'étant plus qu'un lointain souvenir.

Tomek descendit les escaliers en béton. La température de l'air chuta soudainement, et les poils sur sa nuque se dressèrent. Derrière lui, la porte se ferma, mais il continua néanmoins. Au-dessus de sa tête, une faible lumière éclairait la cage d'escalier.

Et puis il arriva en bas.

Le niveau souterrain était beaucoup plus grand qu'il ne s'y attendait, et il n'y avait pas de Jacob en bas, pas de garçon innocent de dix ans qui s'était fait mal et qui avait désespérément besoin d'attention médicale. Mais ce n'était pas ce qui avait attiré son attention : c'était la vue de la bague de Charlene sur le sol à côté du cadavre, scintillant sous la lumière.

Il voulait bouger. Se retourner et faire face à Montgomery, mais quelque chose le retenait, une force impénétrable. Finalement, le bruit d'un mouvement le tira de sa rêverie, et heureusement, le nuage impénétrable qui l'entourait se dissipa. Mais alors qu'il se retournait, il était trop tard. Montgomery était juste devant lui, et d'un grand mouvement, il abattit sa main sur la tête de Tomek.

Juste avant que les lumières ne s'éteignent, Tomek reconnut la brique.

CHAPITRE
SOIXANTE-ET-UN

— Juste ici, ma p'tite dame ? demanda le chauffeur Uber depuis l'avant.

Kasia ne prit pas le temps de répondre. Dès que la voiture s'arrêta, elle le remercia, bondit hors du véhicule et se dirigea vers le camping. L'avantage d'Uber, c'était que le paiement était déjà géré via l'application, donc elle n'avait pas à fouiller dans son sac et à se retarder davantage.

Le trajet avait été long. Vraiment très, très long. Non seulement il y avait eu les embouteillages aux heures de pointe, mais aussi quelques idiots qui avaient essayé de traverser le Strood à marée haute et s'étaient retrouvés bloqués. Naturellement, le chauffeur n'avait pas voulu traverser l'eau, et Kasia non plus. Elle n'avait pas été capable d'affronter sa peur et de patauger à travers l'eau, même si elle aurait pu s'accrocher à la clôture en bois qui longeait la chaussée. C'était une tâche impossible pour elle.

Ils avaient donc été contraints d'attendre, un peu plus d'une heure, que l'eau redescende à un niveau acceptable.

Kasia était reconnaissante que l'homme ait risqué de noyer son moteur pour l'emmener là-bas. Pour ça, elle lui donnerait cinq étoiles. Une fois qu'elle aurait trouvé son père et se serait assurée qu'il allait bien, bien sûr.

Elle fila le long de la rue, dépassa le cimetière, suivit un sentier étroit et arriva à l'entrée du camping. C'était le crépuscule, le soleil venait de se coucher, et la seule lumière dont elle disposait provenait des caravanes autour d'elle. Il semblait que tout le monde était rentré chez soi, s'amusant, ayant repris une vie normale comme si rien ne s'était passé. Des cordes à linge chargées de vêtements flottaient doucement dans le vent, de la musique résonnait depuis l'intérieur des habitations, et tandis qu'elle sprintait vers sa caravane et celle de Tomek, elle s'attendait à voir son amie Dayana penchée à sa fenêtre.

Quelques instants plus tard, elle s'arrêta net devant le mobile home de Dayana. L'odeur âcre de charbon et de meubles brûlés flottait dans l'air. Kasia porta sa main à sa bouche et se mit à pleurer.

Elle s'était trompée. Ce n'était pas leur caravane qui avait pris feu. C'était celle de Dayana.

Ce qui signifiait que son père était vivant !

Elle s'accorda un moment de recueillement, un instant pour rendre hommage à Dayana, avant de sprinter vers leur caravane. Elle y arriva un moment plus tard, excitée, un sourire radieux illuminant son visage. Elle avait juste besoin de le voir, de le sentir, de serrer son père dans ses bras ; et alors tout irait bien.

Elle pourrait se détendre.

À la caravane, elle bondit dans les escaliers jusqu'à la porte. Mettant ses mains en coupe autour de ses yeux, elle colla son visage contre la vitre et regarda à l'intérieur. Rien. Puis elle frappa à la porte, au cas où il dormirait ou serait aux toilettes. Comme il n'y avait pas de réponse, elle saisit la poignée. À sa surprise, celle-ci céda et la porte s'ouvrit. Dans sa précipitation, elle trébucha à l'intérieur.

— Papa ? Papa, tu es là ? Je voulais voir si tu allais bien, appela-t-elle. J'ai entendu parler de l'incendie.

Le salon était vide, sans signe de vie, à l'exception de la télévision qui scintillait en arrière-plan. Bizarre, pensa-t-elle. Papa n'aurait jamais laissé ça allumé.

— Papa ? Tu es là ?

Avec hésitation, elle se dirigea vers l'autre extrémité de la caravane. Les planches du sol craquaient bruyamment sous ses pieds, et son épaule frottait contre le plâtre dans l'étroit couloir. La porte se referma derrière elle, la plongeant dans l'obscurité.

— Papa ? appela-t-elle, mais il n'y eut pas de réponse.

Elle regarda dans la salle de bain : vide.

Sa chambre : vide.

La chambre de son père au bout du couloir : également vide.

Toute la caravane était vide. Son père n'était visible nulle part.

Mais la porte d'entrée avait été ouverte. Pourquoi ? Il ne l'aurait jamais laissée déverrouillée comme ça. Sauf en cas d'urgence.

Dans ce genre de situation, elle serait allée voir Dayana. La voisine amicale aurait su où se trouvait son père. Mais maintenant... maintenant qu'elle était partie, il n'y avait qu'une personne à qui elle pouvait penser qui serait capable de l'aider.

Tournant le dos à la caravane silencieuse, elle courut vers la maison de Montgomery, ses jambes semblant soudain en coton, un nœud se formant dans son estomac, la paralysant. Elle n'avait pas ressenti une telle peur depuis cette nuit au château.

Une minute plus tard, elle arriva à la maison de Jacob. Elle frappa à la porte d'entrée à coups de poing répétés — bam, bam, bam — jusqu'à ce qu'enfin, après ce qui lui parut une éternité, son petit ami ouvre la porte. Enroulé autour de sa tête, il y avait un casque avec microphone, et dans ses mains, il tenait une manette de PlayStation.

— Kasia !

Son sourire excité était radieux.

— Mon père, répondit-elle. Tu as vu mon père ?

— Entre, dit Jacob, la tirant par le bras. Je jouais aux jeux vidéo. Papa m'a laissé jouer aux jeux vidéo aujourd'hui.

— C'est bien, dit-elle, se souvenant à qui elle parlait. En parlant de papas, tu as vu le mien aujourd'hui ?

— Je ne l'ai pas vu, non. Mais devine qui j'ai vu ?

Kasia n'entendit pas la question au début. Son esprit était trop occupé à s'emballer, réfléchissant à l'endroit où Tomek pourrait se trouver. Le pub ? En train d'interviewer d'autres personnes ? Elle ne savait pas.

Puis elle sentit qu'on tirait sur sa chemise, et elle baissa les yeux vers le petit Jacob.

— Devine qui j'ai vu l'autre jour, répéta-t-il.

Elle n'avait pas le temps de discuter. Elle devait trouver Tomek. Mais elle savait qu'elle ne pouvait pas laisser sa question sans réponse. Cela ne ferait que le contrarier.

—Qui ? demanda-t-elle.

—Maman !

Kasia ne pensait pas que c'était vrai, pas après ce que Dayana lui avait raconté sur le mariage de ses parents, mais elle ne voulait pas le blesser.

—Vraiment ?

—Ouais ! Elle est rentrée à la maison, m'a fait un câlin, et puis elle a parlé avec Papa dans la cuisine. Je voulais parler à Maman et savoir où elle était partie, mais Papa a dit qu'ils devaient avoir une conversation d'adultes. Alors il m'a donné la manette de PlayStation et m'a dit de monter. Je ne l'ai plus revue après.

—Elle n'a pas dit au revoir ?

Jacob secoua la tête. —Elle est juste partie. Papa a dit qu'elle devait s'en aller. Apparemment, c'est une femme très occupée.

Le cœur de Kasia se serra pour Jacob. Ce n'était pas agréable pour lui d'être pris au milieu des problèmes conjugaux de ses parents, mais les sentiments d'un enfant de dix ans étaient le cadet de ses soucis en ce moment.

Elle devait encore retrouver son père.

Alors qu'elle s'apprêtait à quitter le couloir, Jacob la rappela.

—Attends ! Tu ne vas pas me demander ?

—Te demander quoi ?

—À propos de ton père.

—Quoi à propos de lui ?

Jacob abaissa son casque autour de son cou. —Tu m'as demandé si je l'avais *vu*.

—Oui ?

Sa patience s'amenuisait rapidement.

—Je ne l'ai pas *vu*. Mais je l'ai *entendu*. Il est venu il y a une heure, pendant que j'étais dans ma chambre. Il avait l'air un peu contrarié et inquiet, comme si quelque chose n'allait pas.

—Est-ce qu'il allait bien ?

Jacob haussa les épaules. —Je ne sais pas. Tout ce que je sais, c'est qu'ils sont descendus à la cave parce que j'ai entendu la porte se fermer.

—La cave ? répéta Kasia, son esprit commençant lentement à fonctionner. Montre-moi.

—Non, on ne peut pas aller dans la cave. Tu le sais bien.

—Ça m'est égal. Je dois y jeter un coup d'œil. C'est important.

Kasia n'attendit pas de réponse. Elle bouscula Jacob et se dirigea vers la cuisine. Elle trouva la porte de la cave de l'autre côté de la pièce et, après un moment d'hésitation, sa main flottant au-dessus de la poignée, elle l'ouvrit.

Une rafale d'air frais la frappa, faisant dresser les poils sur ses bras. Elle alluma la lumière, puis commença à descendre prudemment les escaliers, posant ses deux pieds sur chaque marche avant de passer à la suivante. Au fur et à mesure que la cave se dévoilait davantage, elle se baissa pour mieux voir. Le sang sur le sol fut la première chose qu'elle remarqua. Deux zones distinctes. L'une séchée, vieille de plusieurs jours ; l'autre plus fraîche et étalée sur le béton. Avant, elle aurait hurlé à la vue du sang, serait devenue inconsolable, paralysée par la peur. Maintenant, elle redoutait ce que cela signifiait. Ce qui avait pu arriver à Tomek là-bas.

Puis ses yeux tombèrent sur la bague dont Tomek avait tant parlé, étincelante sous la lumière, et elle assembla toutes les pièces du puzzle, comprenant tout parfaitement.

Elle entendit le bruit de pas derrière elle. Son corps se crispa tandis qu'elle se retournait, s'attendant à moitié à voir Montgomery debout derrière elle. Au lieu de cela, elle trouva Jacob qui descendait lentement les escaliers, serrant toujours sa manette de PlayStation comme si sa vie en dépendait.

—Non ! cria-t-elle. Reste où tu es ! Ne descends pas ici. Ce n'est pas sûr. Il y a... il y a de l'eau partout ! C'est dangereux.

Jacob n'eut pas besoin qu'on le lui dise deux fois. Il remonta les escaliers, Kasia le suivant de près. En haut, elle claqua la porte et la ferma à clé. Son esprit s'affolait, ses poumons pompaient, son cœur battait dans sa poitrine, propulsant l'adrénaline dans tout son corps.

Montgomery avait tué Charlene et Derry. Avait-il tué Dayana aussi ? Et s'apprêtait-il à faire de même avec son père ?

Elle devait réfléchir, se concentrer. Mais il n'y avait pas de temps. D'après ce que Jacob avait dit, Tomek était venu une heure plus tôt. À présent, il pouvait être n'importe où. Peut-être même flottant dans l'eau comme Charlene et Derry l'avaient fait...

Elle repoussa cette pensée au fond de son esprit.

Et puis elle se souvint. Bien sûr ! Comment avait-elle pu être si stupide ? Comment n'y avait-elle pas pensé avant ?

Localiser mes amis.

Si Tomek avait toujours son téléphone sur lui, elle pourrait voir où il se trouvait.

Frénétiquement, elle fouilla dans la poche de son short en jean et sortit son portable. Elle navigua rapidement vers l'application Localiser, puis tapota sur le visage de Tomek. Instantanément, une petite carte apparut. Dessus se trouvait une épingle avec son visage au-dessus.

L'emplacement lui était évident. Le seul problème était : comment était-elle censée s'y rendre ?

CHAPITRE
SOIXANTE-DEUX

Pour la deuxième fois de la journée, Tomek se réveilla en sursaut. Sauf que cette fois, il n'était pas dans le confort chaleureux de la caravane et n'avait pas non plus reposé paisiblement sur un canapé moelleux. Il se trouvait dans le hangar d'emballage, entouré par l'obscurité, allongé sur du béton dur. L'arrière de sa tête lui donnait l'impression que quelqu'un lui avait percé le crâne et y fouillait encore. Sa vision en était déformée, rendant tout ce qui l'entourait flou.

Tout sauf ce qui se trouvait à côté de lui : une femme, adossée contre le mur et une machine. Sa tête pendait vers l'avant, s'arrêtant à quelques centimètres au-dessus du couteau qui dépassait de sa poitrine. L'odeur de décomposition commença progressivement à s'enregistrer dans son cerveau. Rance, putride. Elle s'accrochait à sa gorge et le faisait suffoquer.

Plaçant une main sur sa tête dans une vaine tentative pour soulager la douleur, il commença à examiner son environnement. Il était au fond de la pièce. Sur la gauche se trouvait une rangée de congélateurs qui bourdonnaient doucement en arrière-plan, et sur sa droite, le mur d'équipements et de machines de traitement du poisson. Ses mains étaient libres, et lorsqu'il posa sa main libre sur le béton, il réalisa que la surface était croûteuse, sèche. Et puis il se souvint de ce qui s'y était trouvé : les restes séchés du sang de Derry Waterman.

Tomek leva les yeux pour observer le reste de la pièce. Au fond, une silhouette se dessinait dans l'obscurité, perchée sur une surface. Le faible bruit de sanglots résonnait dans l'espace.

— Je suis désolé que les choses en soient arrivées là, Tomek, chuchota Montgomery, la voix chevrotante.

— Arrivées à quoi ?

Dès que Tomek posa la question, une douleur aveuglante lui traversa la tête. Il grimaça et ferma les yeux.

— Toute cette histoire, dit Montgomery. Ça n'aurait jamais dû dégénérer ainsi. Les choses ont juste... escaladé si rapidement.

Tomek vit que l'homme jouait avec quelque chose entre ses mains. Pas besoin d'être un génie pour deviner quoi. Le seul problème était que sa tête lui faisait trop mal pour qu'il puisse faire quoi que ce soit. Pour l'instant.

— C'est ici que vous avez amené Derry quand vous l'avez tué ? demanda Tomek.

Fais-le parler. Fais-le répondre aux questions. Retarde, retarde, retarde, se dit-il.

Montgomery renifla. — Je ne savais pas où l'emmener d'autre. J'ai pensé que c'était... que c'était assez approprié.

C'était une façon de voir les choses.

— Et c'est ici que vous l'avez tué ? demanda Tomek.

Il n'y eut pas de réponse, mais Tomek put distinguer un hochement de tête imperceptible dans l'obscurité. Sa vision revenait progressivement à la normale.

Dehors, le bruit des vagues léchant doucement le rivage servait de fond sonore à la conversation. C'était l'endroit parfait pour l'amener, réalisa Tomek. C'était isolé et au milieu de l'eau. Il n'y avait qu'une entrée et qu'une sortie. Et le seul moyen de revenir sur la terre ferme était via une longue nage glacée, ou en se traînant dans la boue.

Tomek comprit rapidement que ses chances d'en sortir vivant étaient minimes.

— Pourquoi l'avoir tué, Montgomery ? Que vous avait-il fait ?

Un silence.

— Il... il *savait*.

— À propos de Charlene ?

— Oh, oui. À propos de Charlene. Il... il m'a vu l'emmener sur le bateau cette nuit-là. La silhouette bougea dans l'obscurité, ses mouvements uniquement perceptibles par le son. — Il m'a vu quand il essayait de faire quitter l'île à la prostituée avec qui il venait de coucher.

— Comment l'avez-vous découvert ? demanda Tomek, son cerveau assimilant lentement ce qu'il entendait.

— C'est Derry qui me l'a dit, l'imbécile. Il a frappé à ma porte. M'a montré la bague. A dit qu'on pourrait trouver une sorte d'arrangement.

— Un arrangement ? répéta Tomek en se déplaçant dans une position plus confortable contre le mur.

— Il a promis de ne rien dire tant que j'effacerais sa dette.

— Il avait des dettes envers vous ? Comment ?

— À votre avis ? Charlene. Elle lui avait tout pris, alors je lui ai offert un soutien financier. Bien sûr, je voulais récupérer mon argent, mais je n'étais pas particulièrement pressé. Et puis le temps a passé. Six mois, un an, dix-huit mois. Il commençait à abuser un peu, alors je l'ai confronté. Et puis... et puis il m'a vu avec Charlene, et il a pensé qu'il pouvait me faire chanter.

Il s'était trouvé au mauvais endroit au mauvais moment, pensa Tomek.

— Je ne pouvais pas me permettre qu'il connaisse mon secret. Je ne pouvais pas avoir ça qui plane au-dessus de moi. Alors je l'ai tué. Je l'ai emmené à l'intérieur, lui ai fracassé le crâne, puis je l'ai amené ici. Mais ensuite, ce fichu bateau s'est échoué et j'ai su que j'étais foutu.

— Qu'avez-vous fait ?

— J'ai jeté son corps dans la mer, j'ai nettoyé le bateau du mieux que je pouvais, puis j'ai nagé jusqu'à la rive. Ça m'a pris une éternité, et j'ai failli me noyer en chemin, mais au moins il avait disparu.

— Vous avez dit qu'il avait la bague avec lui. L'avait-il prise ?

— Oui. Il a volé une femme morte pour pouvoir la mettre en gage et en tirer de l'argent, ce salaud cupide.

Ça venait de l'homme qui l'avait tuée !

Tomek prit un moment pour assimiler tout cela, et les martèlements dans sa tête s'intensifièrent. Il ferma les yeux, essayant de chasser la douleur, mais c'était inutile. Retirant sa main de l'arrière de sa tête, il la plaça sur le sol et tenta de se relever. L'élan fut de courte durée. Il s'effondra de nouveau et cogna sa tête contre le mur au passage. Il laissa échapper un gémissement sonore.

— Comment va votre tête ? demanda Montgomery, une certaine assurance revenant dans sa voix, comme si l'idée de voir Tomek souffrir lui apportait un sourire.

— Elle me fait un mal de chien, répliqua Tomek. Vous m'avez frappé la tête avec une brique. Avez-vous frappé Charlene aussi fort ?

— Trop fort, répondit-il sèchement. J'ai failli la tuer. J'ai dû attendre une éternité qu'elle reprenne connaissance.

— Pourquoi était-ce nécessaire ? demanda Tomek.

— Ça ne l'était pas. Je voulais juste qu'elle souffre. Je voulais qu'elle suffoque lentement, qu'elle sente son dernier souffle lui échapper comme elle le fait à tous les habitants de cette île.

— Vous y compris ?

— Oui.

Tomek passa rapidement en revue la liste des noms que Dayana lui avait donnée.

— Vous étiez l'une des rares personnes qui n'avaient pas de problèmes avec elle. Tout le monde la détestait, tandis que… tandis que je pensais que vous vous entendiez bien. Je pensais que *vous* étiez l'un de ses seuls alliés.

Montgomery ricana. — Je l'étais, pendant un temps. Jusqu'à ce que je découvre qu'elle était au courant de la liaison de ma femme depuis des semaines sans jamais me le dire.

— C'est pour ça que vous l'avez tuée ?

Tomek distingua un léger haussement d'épaules. — Entre autres raisons. Elle était un cancer pour la communauté. Au début, elle avait commencé petit et passait inaperçue, jusqu'à ce que progressivement elle devienne plus avide et plus destructrice. Et maintenant… maintenant elle a répandu la maladie dans toute l'île, nous tuant tous un par un.

— Alors vous avez pris sur vous de la tuer ?

Nouveau haussement d'épaules.

— Qu'est-ce que Dayana a fait pour mériter son sort ?

Montgomery poussa un long et lourd soupir. — Je ne voulais pas qu'elle meure. C'était un accident.

— Comment ?

— Vous êtes assis à côté d'elle.

Cette déclaration était si directe et abrupte qu'elle prit Tomek par surprise. Il tourna lentement la tête vers la femme morte à côté de lui. Une partie de lui s'était attendue à ce qu'elle bouge, à ce qu'elle se soit installée dans une position plus confortable, à ce qu'elle soit un peu plus animée. Et puis il se rappela qu'elle était morte. Il était reconnaissant que sa tête soit tournée dans la direction opposée.

— Qui est-elle ? demanda Tomek, bien qu'il connaisse la réponse au fond de lui.

— Ma femme.

— Quel rapport a-t-elle avec la mort de Dayana ?

— Dayana m'a vu avec elle.

Tomek fit le calcul dans sa tête. — C'est impossible. Jacob a dit qu'il avait vu sa maman lundi. C'était il y a deux jours. Si je connais Dayana comme je pense la connaître, elle me l'aurait dit immédiatement si elle vous avait vu tuer votre femme.

— Elle n'a pas vu *ça*, répondit Montgomery, en baissant la voix. — Nous avons eu une dispute quand elle est passée. Une dispute stupide et mesquine. Mais j'ai vu rouge, et... et une chose en a entraîné une autre. Et puis... quand j'ai essayé de me débarrasser de son corps, Dayana m'a vu. Elle était... elle était putain de penchée par la fenêtre, en train de fumer. Elle a tout vu. Et j'ai paniqué. Je savais que je ne pouvais pas la laisser comme témoin. Je savais que je devais m'occuper d'elle. Je ne voulais pas. Bon Dieu, non. J'aimais bien Dayana. Je l'admirais, je la respectais, je la trouvais drôle. On s'entendait bien. C'était une bonne résidente, elle payait toujours ses factures à temps. Je n'avais jamais eu de problème avec elle jusqu'à maintenant.

— Et donc vous avez mis le feu à sa caravane. Pourquoi ? Pourquoi ne pas l'avoir tuée comme le reste de vos victimes ?

— J'ai paniqué. Elle avait beau être vieille et s'être fait mal au dos, elle était bruyante et n'aurait pas voulu se laisser faire sans combattre. Alors j'ai fait ce que je devais faire. J'ai essayé de faire en sorte que ça ressemble le plus possible à un accident. Montgomery inspira profondément. Ce qui avait été autrefois culpabilité et regret s'était maintenant transformé en colère. — Elle avait la plus grande gueule qui soit. J'avais peur qu'elle soit si proche de vous. Je savais qu'elle vous donnait des informations sur tout le monde, qu'elle vous chuchotait à l'oreille. J'étais tellement inquiet qu'elle vous parle de moi.

— C'est ce qu'elle a fait, répondit Tomek franchement. — Mais je ne pensais pas que vous étiez un suspect.

— Vraiment ? demanda Montgomery, soudain plein d'espoir.

— Non. Mais ça ne veut pas dire que vous n'auriez pas été arrêté. La police aurait trouvé votre ADN sur l'arme du crime et ici. La vérité vous aurait rattrapé tôt ou tard.

La poitrine de Montgomery se gonfla lourdement. Il retint cette bouffée d'air pendant quelques instants avant de la laisser s'échapper lentement par le nez.

— Si vous étiez inquiet à propos de Dayana et moi, pourquoi m'avez-vous sorti de cet incendie ? J'aurais pu mourir si vous m'aviez laissé y aller.

Les épaules de Montgomery se soulevèrent en un haussement.

— Il le fallait, n'est-ce pas ? C'était mon site, ma caravane qui a pris feu. Je ne pouvais pas être vu en train de ne rien faire. Je devais avoir l'air de sauver au moins une vie cette nuit-là.

— Alors qu'en réalité vous en aviez déjà pris deux... dit lentement Tomek.

— Non, vous vous trompez. J'ai tué ma femme le jour où elle est venue.

Tomek réfléchit un moment, se transporta sur le ponton, quand il avait parlé avec Montgomery, Jacob, Flynn et Ian de ses découvertes dans le Packing Shed. De combien Montgomery avait été calme et confiant. Comment il avait parlé de sa femme si ouvertement et calmement, sachant qu'elle gisait morte dans sa cave. Et Tomek n'y avait vu que du feu. Il les avait tous manipulés.

— Je n'arrive pas à croire que ça en soit arrivé là, commença Montgomery. — Je ne me suis jamais imaginé capable de meurtre. Je n'ai jamais pensé que je serais capable de faire des choses aussi horribles, mais je les ai faites. Je ne sais pas ce qui m'a pris. C'était comme si j'étais possédé. Je me suis tué à l'intérieur depuis. Je me suis battu, j'ai lutté pour accepter ce que j'ai fait. Je voulais me manifester et tout vous dire, confesser. Il y a eu tellement d'occasions, tellement de fois où j'ai voulu frapper à la porte et tout avouer. Mais... mais je ne pouvais pas. Je devais penser à Jacob.

— Jacob, qui maintenant n'a ni maman ni papa.

— Ce n'était pas censé se passer comme ça.

— Comment était-ce censé se passer ?

Montgomery gémit. — Je l'ai rejoué tant de fois dans ma tête. Si je n'avais pas jeté cette brique à travers la fenêtre de Charlene... si je n'avais pas quitté la maison ce soir-là, elle serait encore parmi nous. J'aurais pu avoir une belle conversation avec elle. Il se frappa la tête à plusieurs reprises, grognant à chaque coup. — J'aurais pu gérer ça différemment.

— Vous ne pouvez plus changer le passé maintenant, Montgomery. Ce qui est fait est fait. Vous devez vivre avec vos erreurs.

Tomek ne ressentait aucune sympathie pour cet homme. Il avait tué, tué, tué et tué encore. Ce qui soulevait la question :

— Pourquoi me racontez-vous tout cela ?

Montgomery fit une pause, puis tourna lentement la tête vers Tomek. — Parce que j'avais besoin de me libérer la conscience. J'avais besoin que quelqu'un de votre profession sache ce que j'ai fait. Peut-être même me pardonne. Mais je me rends compte maintenant que ça n'aura pas d'importance à la fin. Après ça, je vais vous tuer. Et ensuite je vais me tuer moi-même.

CHAPITRE
SOIXANTE-TROIS

La réponse était évidente : pagayer.

Mais en réalité, ce n'était pas si simple. Non seulement le nœud paralysant dans son estomac l'empêchait de monter dans le kayak, mais son esprit pétrifié l'en dissuadait également. Et elle n'allait pas seulement devoir affronter sa plus grande peur en s'aventurant sur l'eau, mais elle allait devoir le faire dans l'obscurité. Et seule.

Elle se tenait là, au bout du ponton, pagaie dans une main, téléphone dans l'autre, gilet de sauvetage attaché autour du torse, doucement éclairée par les lumières de la rue voisine. L'eau clapotait doucement contre le ponton, et une légère brise lui chatouillait les jambes.

Elle fixait le kayak depuis cinq minutes, s'efforçant de se mettre en mouvement. Mais elle n'y arrivait pas. La peur l'avait saisie et ne voulait pas la lâcher.

Pourtant, elle savait qu'elle devait y aller. Tomek était en danger, en péril. Sa vie pouvait bien être en jeu. Et jamais elle ne pourrait se pardonner si elle avait eu la possibilité de faire quelque chose pour le protéger mais ne l'avait pas fait à cause de sa peur.

Elle essaya de se rappeler ce que Tomek aurait fait. Il n'aurait pas attendu. Il n'aurait pas tergiversé. Il n'aurait pas laissé la peur l'arrêter. Il aurait agi, il aurait fait quelque chose.

Et c'était exactement ce qu'elle allait faire.

Expirant profondément, elle baissa son pied du ponton et le posa sur le siège.

— Exactement comme l'autre jour, se dit-elle.

Sauf que l'autre jour, Tomek était déjà dans le kayak et l'avait aidée à le stabiliser pendant qu'elle y montait. En ce moment, elle n'avait pas ce luxe, et l'embarcation tanguait et oscillait de façon incontrôlable sous son poids. S'accrochant désespérément au ponton, elle se laissa glisser dans le bateau. En tombant sur le siège, elle laissa tomber son téléphone sur ses genoux. Elle laissa échapper un petit cri et le serra entre ses jambes. Elle ne pouvait pas se permettre de le perdre. Sa pagaie, oui ; elle pourrait utiliser ses mains si nécessaire, mais si elle n'avait aucune idée de la direction à prendre, elle serait complètement inutile.

Un instant plus tard, le kayak cessa de se balancer d'un côté à l'autre, et elle leva les yeux. Le ciel n'était que ténèbres, à l'exception du clair de lune qui perçait à travers une fine couverture nuageuse. Son cœur battait la chamade, et la voix dans sa tête lui disait que c'était une terrible idée, qu'elle devrait retourner en lieu sûr.

Mais elle l'ignora. Elle lui ordonna de se taire, se rappela qu'elle l'avait déjà fait, et qu'elle s'en sortirait. Si Tomek pouvait le faire, elle le pouvait aussi.

Des coups de pagaie doux et réguliers, se dit-elle. C'était tout ce qu'il fallait. *Calme et tranquille. Le kayak me maintiendra à flot.*

Et ainsi, sans source d'éclairage et sans soutien derrière elle, elle s'élança dans l'obscurité, utilisant la minuscule icône sur l'écran de son téléphone portable comme guide.

CHAPITRE
SOIXANTE-QUATRE

Kasia se propulsa en avant lorsque le kayak s'échoua sur le sable. Elle jeta la pagaie sur l'île, puis sortit maladroitement de l'embarcation. Elle mit trop de poids d'un côté, accrocha son pied à l'extrémité du kayak et trébucha, atterrissant lourdement sur son épaule, le sable humide s'infiltrant rapidement dans son haut. Alors qu'elle se relevait avec peine, un bruit éclata à l'intérieur du Packing Shed.

Ignorant la douleur lancinante dans son épaule, elle sprinta vers le bâtiment à peine visible dans l'obscurité. Lorsqu'elle fit irruption à l'intérieur, la porte heurta le mur adjacent, interrompant le bruit. Debout là, penché sur son père, se tenait Montgomery. L'homme qui les avait accueillis sur le site des caravanes à bras ouverts et avec un sourire chaleureux. L'homme qui avait tué trois personnes de sang-froid. Et qui s'apprêtait à ajouter une quatrième à cette liste.

— Papa ! cria-t-elle.

Aussitôt, les deux hommes se tournèrent vers elle.

— Éloigne-toi de lui ! Elle brandit un poing vers Montgomery. — Laisse-le tranquille !

Montgomery ne dit rien. Au lieu de cela, il se tourna lentement vers Tomek, le fixa un moment, puis se retourna et fonça sur elle, se précipitant à toute allure. En un instant, il fut presque sur elle, escaladant le comptoir. Kasia hurla, puis fit immédiatement volte-face et s'enfuit en courant hors de la cabane sur la petite île.

C'était une idée stupide. Qu'allait-elle faire ? Où allait-elle aller ? Il faisait deux fois sa taille. Et il avait d'énormes mains intimidantes qui étaient presque aussi grandes que sa tête. Parfaites pour l'étrangler. Bientôt, il serait sur elle et elle serait sans défense, seule.

Elle n'avait pas réfléchi suffisamment.

Avant qu'elle puisse penser à quoi que ce soit, son pied s'accrocha à un bout de corde et elle vola dans les airs, atterrissant sur un petit tas d'algues séchées. Avant même qu'elle ait le temps de réaliser ce qui s'était passé, Montgomery était sur elle, ses grandes mains plaquant ses épaules au sol. Elle hurla à s'en déchirer les poumons et donna des coups de pied, mais en vain. Il était trop fort pour elle.

Puis elle entendit le bruit de pas déchirant le sable. Un instant plus tard, Tomek surgit en trombe, plaquant Montgomery au sol comme au rugby. Ils atterrirent avec un lourd *boum*, et tous deux commencèrent à se bagarrer sur le sable, roulant et se tordant, luttant l'un contre l'autre pour prendre le dessus.

— Lâche-le ! cria Kasia.

Mais Montgomery ne lui prêta aucune attention. À présent, il était à califourchon sur Tomek, le chevauchant de la même manière qu'il l'avait fait avec elle quelques instants auparavant. Kasia essaya de sauter sur son dos, mais il était trop fort et la repoussa d'un coup d'épaule.

Une fois qu'elle eut retrouvé son équilibre, elle resta là, regardant, figée sur place, clouée par la même peur qui avait torturé son corps sur le ponton.

Et soudain, tout devint clair. Le ponton. Le kayak. La pagaie.

Elle courut vers elle, glissa sur le sable, la ramassa, puis sprinta de nouveau vers Montgomery. Avant, la pagaie lui avait semblé lourde dans ses bras fatigués et affaiblis. Mais maintenant, alors que l'adrénaline déferlait en elle, le poids passait inaperçu.

— Descends de là ! hurla Kasia une dernière fois, avant de finalement balancer la pagaie vers la tête de Montgomery. Le bord de la pagaie siffla dans l'air avant de percuter la tempe de l'homme.

Lentement, presque théâtralement, Montgomery s'effondra, quittant Tomek pour s'écraser sur le sable en un tas informe.

Tomek réagit immédiatement, bondit sur ses pieds, puis sauta sur l'homme inconscient, le plaquant au sol, s'assurant qu'il ne se relèverait pas.

— Est-ce que ça va ? lui demanda-t-il.

— Oui, répondit-elle, haletant fortement. — Ça va, je suis... Et *toi*, ça va ?

— Maintenant oui, grâce à toi, lui dit-il.

Puis, après avoir jugé qu'il était sûr de laisser l'homme au sol momentanément, il s'éloigna de Montgomery et l'étreignit, la serrant fermement contre sa poitrine. Kasia se détendit immédiatement dans ses bras.

— Je suis si fier de toi, lui dit-il. — Tu es venue jusqu'ici. Et sur l'eau !

— Il fallait bien que quelqu'un te sauve, répondit-elle.

Tomek éclata de rire.

— Nous sommes quittes maintenant, continua-t-elle, parlant contre sa poitrine. — Nous nous sommes mutuellement sauvés de la mort. S'il te plaît, plus jamais. Je ne peux pas le supporter.

Il l'écarta légèrement, caressant ses cheveux. — Moi non plus, ma puce. Moi non plus.

CHAPITRE
SOIXANTE-CINQ

Tomek avait perdu le compte du nombre d'enterrements auxquels il avait assisté depuis qu'il était dans la police. Certains concernaient des coéquipiers et des collègues, où ils se rassemblaient tous pour rendre hommage à l'un des leurs. Mais la majorité silencieuse concernait des victimes, ces personnes dont la vie avait été écourtée par accident, erreur, ou par la cruauté de la condition humaine. Ceux qui avaient été abattus par l'avidité, la fureur et la méchanceté.

Sauf que celui-ci n'avait rien à voir avec tout cela.

L'enterrement auquel il assistait discrètement au fond de l'église était celui de quelqu'un qui s'était perdu, seul, avançant péniblement dans les ténèbres de sa vie sans aucun guide ni soutien.

Peu après sa libération du commissariat, Mick Thorne était parti faire une promenade. Une très longue promenade. Jusqu'à la mer, marchant de plus en plus loin vers la mer du Nord à l'est. Jusqu'à ce qu'il ne puisse plus avancer. Jusqu'à ce que ses vêtements deviennent si lourds, et ses muscles si fatigués et léthargiques, qu'il avait cessé de marcher et de nager complètement.

Son corps avait été retrouvé des jours plus tard, rejeté sur la côte quelques kilomètres plus au sud à Bradwell.

L'enterrement de Mick était le cinquième auquel Tomek assistait ce mois-ci. Un pour chacune des victimes de Montgomery, y compris sa femme, et maintenant celui de Mick. La participation était étonnamment importante. Une grande partie de la communauté de l'île de Mersea était présente. Sa sœur Sally, son beau-frère Stuart, Flynn, Tony, Bradley, Ian, Damien. Les mêmes personnes qui avaient assisté aux funérailles des victimes de Montgomery. L'atmosphère était naturellement solennelle et morose, bien que Tomek sentait qu'il y avait un niveau plus profond de désespoir sous-jacent ; que l'histoire de Mick avait touché le reste de la communauté d'une manière différente ; qu'il avait lutté pour faire face à l'effondrement de son monde, qu'il avait mis fin à ses jours, et que personne sur l'île, personne autour de lui, n'avait fait quoi que ce soit pour l'aider à sortir du trou dans lequel il se trouvait.

Tomek se tenait en retrait à l'arrière de l'église, comme il le faisait toujours, ne voulant pas s'imposer, ne souhaitant pas déranger ceux qui avaient connu Mick Thorne plus longtemps que les soixante-douze heures de sa propre connaissance. Il observa, écouta, puis adressa une prière silencieuse à cet homme avant de sortir. Dehors, une éclaircie s'était formée entre les nuages, et le soleil brillait sur eux. Tomek s'approcha timidement de la sœur de Mick. Il tendit la main et serra la sienne.

— Je suis désolé, dit-il. Puis, alors qu'il s'éloignait, elle le retint.

— Vous n'avez pas à être désolé, lui dit-elle, levant les yeux vers lui à travers ses larmes. Vous avez fait plus pour moi et ma famille que vous ne pourriez l'imaginer. Vous étiez le seul à voir ce qu'il traversait. Même moi, je ne pouvais pas le voir.

— Vous ne devriez pas vous blâmer, lui dit-il. Rien de bon ne peut en sortir. La seule chose que vous puissiez faire est de regarder vers l'avenir.

Sur ces mots, il tourna les talons et partit. Il n'avait aucune raison de rester plus longtemps que nécessaire.

Alors qu'il se dirigeait vers sa voiture, il sentit son téléphone vibrer. En déverrouillant la voiture, il répondit à l'appel et porta l'appareil à son oreille sans vérifier l'identité de l'appelant.

— DS Bowen à l'appareil.

— Bonjour, Tomek, dit la voix familière. Ça fait longtemps qu'on ne s'est pas parlé.

— En quoi puis-je t'aider, Nathan ?

— Tu te souviens de cette fois où je t'ai aidé à retrouver ta fille ?

— Oui...

— Je t'ai rendu service à ce moment-là, n'est-ce pas ?

— Oui...

— Eh bien, il est temps que tu me le rendes. J'ai quelque chose que j'aimerais que tu fasses pour moi.

ÉGALEMENT PAR JACK PROBYN

La série d'enquêtes criminelles du DS Tomek Bowen :

LIVRE 1 : LA JUSTICE DE LA MORT

Southend-on-Sea, Essex : Le Détective Sergent Tomek Bowen – déterminé, tenace et hanté par la mort de son frère – est appelé sur l'une des scènes de crime les plus choquantes qu'il ait jamais vues. Un homme a été rituellement assassiné et abandonné dans un jardin ouvrier près de l'aéroport local. Les premières investigations indiquent que cet homme avait un passé. Un passé qui lui a valu de nombreux ennemis.

Télécharger La Justice de la Mort

LIVRE 2 : L'ÉTREINTE DE LA MORT

Annabelle Lake pensait reconnaître la Ford Fiesta qui attendait devant son école, ainsi que son conducteur. Elle se trompait. Son corps est retrouvé quelque temps plus tard, suspendu à une balançoire dans une aire de jeux locale sur l'île de Canvey.

Télécharger L'Étreinte de la Mort

LIVRE 3 : LE TOUCHER DE LA MORT

Lorsque le brouillard se dissipe un matin de décembre dans l'Essex, le corps d'une adolescente est découvert gisant face contre terre dans un champ. L'affaire atterrit rapidement sur le bureau du DS Tomek Bowen qui, tout en essayant de jongler avec sa nouvelle vie de parent célibataire d'une fille de treize ans, doit déterrer l'enchaînement mortel des événements et faire éclater la vérité au grand jour.

Télécharger Le Toucher de la Mort

LIVRE 4 : LE BAISER DE LA MORT

Le passé n'oublie jamais... La mort d'un sans-abri passe presque inaperçue à Southend-on-Sea — jusqu'à ce que l'autopsie l'identifie comme Herbert Tucker, un député controversé avec un historique de création d'ennemis. Retrouvé entre les cabines de plage de Thorpe Bay, sa mort soigneusement mise en scène soulève plus de questions que de réponses.

LIVRE 5 : LE GOÛT DE LA MORT

Par un matin venteux et glacial, Morgana Usyk, propriétaire de l'un des repaires préférés du DS Tomek Bowen, le Café Morgana, visite Mulberry Harbour à un peu plus d'un kilomètre en mer. Peu de temps après, son corps est retrouvé dans les bas-fonds, flottant à côté du port. Les premiers rapports et les témoins oculaires affirment avoir vu le tueur s'enfuir des lieux. Mais lorsque la tempête Alisha arrive, emportant toutes les preuves, Bowen et son équipe se retrouvent bloqués.

LIVRE 6 : L'ANGE DE LA MORT

Lorsque l'hôtesse de l'air Angelica Whitaker est portée disparue après une soirée dans l'une des boîtes de nuit les plus populaires de Southend, l'affaire est confiée au DS Tomek Bowen pour la première fois de sa carrière. Dès le début de l'enquête, les soupçons se portent sur l'homme avec qui elle a dansé au club, mais lorsque son corps est retrouvé plus tard dans une église, posé comme un ange, ces mêmes soupçons commencent à s'orienter vers un tueur calculateur, composé et sadique.

LIVRE 7 : LE SAUVEUR DE LA MORT

Au cœur d'une tempête, un animateur radio local est sauvagement assassiné dans son manoir de l'Essex. Lorsque les nuages et la pluie se dissipent le lendemain matin, le DS Tomek Bowen et son équipe découvrent une scène de crime qui rappelle quelque chose tout droit sorti des livres d'histoire. Les preuves suggèrent qu'il s'agit d'un meurtre aléatoire. Mais tandis que Tomek démêle les différentes couches de la vie de la victime, il réalise que l'animateur cache bien plus que ce qu'il laisse paraître.

LIVRE 8 : LE SOUFFLE DE LA MORT

L'île de Mersea. Plus de 1 000 hectares de terres agricoles, de marais et plusieurs parcs de caravanes. Habituellement, elle abrite 7 000 personnes. Mais pour le week-end férié du mois d'août, elle accueille deux résidents supplémentaires : le

DS Tomek Bowen et sa fille, Kasia, cherchant à profiter au maximum de la fin des vacances scolaires, de la fin de l'été, et de la fin du congé prolongé de Tomek.

Télécharger Le Souffle de la Mort

LAISSER UN AVIS

Et voilà. Fin.

Eh bien, je dis " nous "… je veux dire vous. Merci.

Merci d'être arrivé jusqu'ici et de m'avoir accompagné pendant que j'imaginais ces histoires folles et étranges, puis que je les traduisais sur papier (ou plutôt, en fichiers numériques).

Amazon regorge de millions de livres (littéralement, et je n'utilise pas ce terme à la légère), et il est donc souvent difficile de trouver sa prochaine lecture. On veut juste savoir quel livre se plonger. Mais parfois, on n'a pas le temps de tous les éplucher, alors que faire ?

Consultez les critiques, bien sûr.

On les utilise dans tous les aspects de notre vie.

Au restaurant. Au cinéma. Sur notre prochain téléviseur. Sur nos écouteurs. Presque tout est régi par les pensées des autres.

C'est fou, non ?

Mais que se passe-t-il quand on tombe sur un livre sans critique ? On risque de le fuir. Difficile de se fier à un livre.

Votre temps est précieux. Votre temps est précieux. Vous ne voulez pas perdre votre temps avec des histoires décevantes. Personne ne le souhaite. Et je ne vous le souhaite pas. Parfois, j'ai peur que la même chose arrive à cette histoire.

Mais il existe une solution.

Une critique est très utile. Et elle me donne la confiance nécessaire pour continuer à alimenter les pensées les plus folles qui me trottent dans la tête. Si vous avez un moment de libre, j'apprécierais vraiment que vous laissiez un commentaire. Il n'est pas nécessaire qu'il soit long ; juste quelques mots sur ce que vous avez pensé du livre.

Merci.

Votre aimable auteur,

Jack Probyn

REJOIGNEZ LE CLUB VIP

Votre livre GRATUIT vous attend

Offert dès votre adhésion au club

Recevez dès maintenant votre exemplaire GRATUIT du roman
préquelle de la série DS Tomek Bowen sur jackprobynbooks.com en
rejoignant mon club VIP par e-mail.